KB004779

나는 완벽한 멕시코 딸이 아니야

나는 완벽한 멕시코 딸이 아니야

에리카 산체스 지음 | 허진 옮김

I AM NOT
YOUR PERFECT
MEXICAN
DAUGHTER

ERIKA L.
SÁNCHEZ

orangeD

부모님을 위하여

목차

하나

죽은 언니를 봤을 때 가장 놀라웠던 것은 얼굴에 남아 있는 웃음 기였다. 창백한 입술 끝이 아주 약간 올라가 있었고, 듬성듬성한 눈썹을 누군가 검정색 연필로 칠해 메워 놓았다. 얼굴의 위쪽 절반은 (누구든 칼로 찌를 준비가 된 것처럼) 화가 나 보이지만 아래쪽 절반은 만족스러워 보일 지경이다. 내가 알던 올가가 아니다. 올가는 아기 새처럼 유순하고 연약하다.

　나는 언니의 다른 옷들과 달리 몸매를 감추지 않는 예쁜 보라색 원피스를 입히고 싶었지만 아마*는 내가 늘 싫어했던 분홍색 꽃무늬의 밝은 노란색 옷을 선택했다. 너무 촌스러웠다, 평소의 올가 그 자체. 그 옷을 입으면 네 살이나 여든 살로 보이는데, 둘 중 어느 쪽인지는 절대 알 수 없었다. 머리 모양은 옷만큼이나 별로다. 빽빽하고 꼬불꼬불한 컬을 보니 돈 많은 여자가 키우는 푸들이 떠오른다. 이런 모습으로 만들다니 너무 잔인하다.

* 엄마, 아빠는 '마마mamá', '파파papá'지만 멕시코 일부 지역에서는 더욱 친근하게 '아마amá', '아파apá'라고 줄여 부르기도 한다.

싸구려 파운데이션을 두껍게 발라서 뺨의 멍과 상처들을 가리자 겨우 스물두 살인데도(이었는데도) 얼굴이 수척해 보인다. 피부가 늘어지고 쭈글쭈글해지지 않게, 얼굴이 고무 마스크처럼 보이지 않도록 이상한 화학약품을 잔뜩 넣는 거 아니었나? 장의사를 어디서 찾은 거지? 벼룩시장?

불쌍한 언니는 덜 매력적으로 보이도록 꾸미는 특별한 재능이 있었다. 언니는 마르고 몸매가 괜찮았지만 무슨 수를 썼는지 항상 감자 포대처럼 보였다. 얼굴은 창백하고 평범했고, 화장은 전혀 하지 않았다. 정말 아깝다. 나도 패션 아이콘은 아니지만—거리가 아주 멀다—, 노인처럼 입고 다니는 건 절대 싫다. 이제 언니는 무덤 속에서도 노인처럼 입고 있을 판인데, 심지어 자처한 것도 아니다.

올가는 생김새도 행동도 절대 평범한 스물두 살짜리 같지 않았다. 그래서 나는 가끔 화가 났다. 다 큰 성인 여자면서 하는 거라곤 일하러 가거나, 집에서 부모님과 함께 앉아 있거나, 커뮤니티칼리지에서 학기마다 수업을 하나 듣는 것이 전부였다. 아주 가끔 아마와 쇼핑을 하러 가거나 단짝 친구 앤지와 영화관에 갔다. 가서는 덤벙거리지만 사랑스러운 금발 여자들이 뉴욕에서 건축가와 사랑에 빠지는 끔찍한 로맨틱 코미디를 봤다. 무슨 인생이 그따위일까? 언니는 더 많은 것을 원하지 않았을까? 밖으로 나가서 세상을 꼼짝 못 하게 움켜쥐고 싶지 않았을까? 나는 펜을 처음 들었을 때 이후로 줄곧 유명한 작가가 되고 싶었다. 길에서 지나가던 사람들이 나를 붙잡고 "세상에, 이 세상을 빛내는 최고의 작가 훌리아 레예스 씨 아니세요?"라고 물어볼 만큼 크게 성공하고 싶다. 나는 반드시 고등학교를 졸업하자마자 가방을 싸고 "잘 있어라, 지긋지긋한 놈들아"라고 외치며 떠날 것이다.

하지만 올가는 아니다. 성녀 올가, 멕시코 가정의 완벽한 딸. 가끔 나는 언니가 정신을 번쩍 차릴 때까지 소리를 지르고 싶었다. 하지만 언니한테 왜 독립을 하거나 제대로 된 대학교에 가지 않느냐고 딱 한 번 물었을 때 올가는 너무나도 연약하고 불안한 목소리로 자기를 가만히 내버려 두라고 말했고, 나는 두 번 다시 묻고 싶지 않았다. 이제 올가가 어떤 사람이 될지 영영 알 수 없다. 어쩌면 우리 모두를 놀래 줬을지도 모르는데.

나는 여기에서 죽은 언니에 대해 온갖 끔찍한 생각을 하고 있다. 하지만 화내는 것이 더 쉽다. 화내기를 멈추면 내가 조각조각 부서져서 한 뭉텅이의 뜨뜻한 살 무더기가 될까 봐 무섭다.

잘근잘근 씹은 내 손톱을 보면서 축 늘어진 초록색 소파 속으로 더욱 깊이 가라앉고 있을 때 아마의 울부짖는 소리가 들린다. 아마는 정말로 몸을 던졌다. "미하*, 미하!" 아마가 진짜 관으로 들어가려고 애쓰며 소리친다. 아파는 말리는 시늉도 하지 않는다. 아파를 탓하지는 못하겠다. 몇 시간 전에도 아마를 달래려고 했지만 아마가 발길질을 하고 팔을 내젓는 바람에 눈에 멍이 들었으니 말이다. 잠시 가만히 내버려 두려나 보다. 결국은 지쳐

---

* '내 딸*mi hija*'이 축약된 형태로, 딸을 부르는 애칭으로 쓰인다. 아들은 '미호*mijo*'라고 한다.

쓰러질 거다. 아기가 그러는 것을 본 적 있다.

아파는 온종일 장례식장 맨 뒤에 앉아서 그 누구와도 말하기를 거부하고, 늘 그렇듯 멍하니 아무것도 보지 않는다. 가끔 검은 콧수염이 떨리는 것 같지만 눈은 유리처럼 건조하고 투명하다.

나는 아마를 끌어안고 (지금도 안 괜찮고 앞으로도 절대 안 괜찮겠지만) 다 괜찮아질 거라고 말해 주고 싶다. 하지만 몸이 납으로 만들어져서 물속에 가라앉은 것처럼 마비된 느낌이다. 입을 열어도 아무 말도 나오지 않는다. 게다가 나는 어렸을 때부터 아마와 그런 관계가 아니었다. 우리는 서로 끌어안고 '사랑해'라고 말하지 않는다. 티브이 드라마에 나오는, 이층집에 살면서 서로 감정을 솔직히 털어놓는 따분한 백인 가족이 아니니까. 아마와 올가는 제일 친한 친구 사이나 다름없었고 나는 별난 딸이었다. 우리는 여러 해에 걸쳐서 말다툼을 하면서 멀어졌다. 진짜 아무것도 아닌 사소한 일로 말다툼을 했기 때문에 나는 평생 아마를 피하는 데 많은 시간을 허비했다. 예를 들자면 달걀노른자 때문에 싸운 적도 있다. 진짜다.

가족들 중에서 울지 않은 사람은 아파와 나밖에 없다. 아파는 고개를 숙이고 돌처럼 가만히 있는다. 어쩌면 우리가 이상한 것일지도 모른다. 울지도 못할 만큼 엉망으로 망가졌을지도 모른다. 나는 눈물은 나지 않지만 세포 하나하나에 깊이 파고든 슬픔을 느낀다. 뱃속이 작고 빽빽한 공으로 압축된 것처럼 숨이 막히는 순간들도 있다. 거의 나흘 동안 대변을 보지 못했지만 아마에게는 말하지 않을 것이다. 피냐타*처럼 터질 때까지 그냥 쌓이게 둘 거다.

아마는 늘 올가보다 예뻤고, 눈이 퉁퉁 붓고 피부가 얼룩덜룩한 지금도 마찬가지다. 이름도 더 우아하다. 암파로 몬테녜그로 레예스. 엄마는 딸보다 아름다우면 안 되고 딸은 엄마보다 먼저 죽으면 안 된다. 그러나 아마는 대부분의 사람들보다 매력적이다. 주름도 거의 없고, 크고 둥근 눈은 항상 슬프고 상처받은 것처럼 보인다. 검은 머리카락은 굵고 길고, 우리 동네의 다른 엄마들은 서양 배를 거꾸로 뒤집은 듯한 몸매지만 아마는 아직도 날씬하다. 내가 아마와 같이 걸어갈 때마다 남자들이 휘파람을 불면서 경적을 울리는데, 그럴 때면 나는 새총을 가져 다니며 쏘고 싶다.

아마는 올가의 얼굴을 문지르며 조용히 흐느끼고 있다. 하지만 오래가지 않을 것이다. 아마는 몇 분 동안 조용하다가 갑자기 크게 통곡하기를 반복하는데, 그 소리를 들으면 영혼이 뒤집힐 것 같다. 티아** 쿠카가 아마의 등을 문지르면서 올가는 예수님과 함께 있다고, 드디어 평화롭게 쉴 수 있다고 말하는 중이다.

그러면 올가가 언제는 평화롭지 **않았다**는 걸까? 예수님이 어쩌고 하는 말은 전부 헛소리다. 죽으면 끝이다. 내가 보기에 죽

---

* 종이 죽이나 도자기, 천 등으로 만들어서 사탕이나 과자 등을 넣은 통. 주로 파티에서 아이들이 눈을 가리고 막대 등으로 터뜨린 다음 나누어 먹는다.
** '티아Tia'는 이모, 고모, 숙모, 외숙모 등 친척 아주머니를, '티오Tio'는 삼촌, 외삼촌, 고모부, 이모부 등 친척 아저씨를 뜻한다.

음에 대한 그럴듯한 말은 월트 휘트먼의 것뿐이다. "나를 찾으려거든 네 신발 밑창 아래를 보아라." 올가의 몸은 흙이 되고, 흙은 나무가 되고, 언젠가 누군가가 그 나무에서 떨어진 낙엽을 발로 밟을 것이다. 천국은 없다. 땅, 하늘, 그리고 에너지 이동뿐이다. 이 악몽 같은 일만 없었다면 아름답다고 할 만한 생각이었을 것이다.

두 여자가 관 속에 누운 올가를 보려고 줄을 서서 기다리다가 울음을 터뜨린다. 처음 보는 사람들이다. 한 명은 색이 바래고 치렁치렁한 까만 원피스 차림이고, 또 한 명은 낡은 커튼처럼 축 늘어진 치마를 입고 있다. 두 사람이 서로 손을 꽉 잡고 속삭인다.

올가와 나는 공통점이 별로 없지만 서로 정말 사랑했다. 그것을 증명할 사진이 수도 없이 많다. 아마가 제일 좋아하는 사진 속에서 올가는 내 머리를 땋고 있다. 올가가 나를 데리고 엄마 놀이를 했다고 한다. 나를 장난감 유아차에 태우고 세피인의 노래를 불러 주곤 했다. 강간범처럼 생겼지만 왠지 모두가 사랑하는 그 무서운 멕시코 광대의 노래 말이다.

언니가 죽은 날로 돌아가서 뭔가를 바꿀 수만 있다면 무엇이든 내줄 수 있다. 나는 어떻게 하면 올가가 그 버스에 타지 않게 할 수 있었을까, 가능한 모든 방법을 생각한다. 머릿속으로 그날을 수없이 생각하고 또 생각하면서 세부 사항을 빠짐없이 적어 보았지만 아무런 전조도 찾을 수가 없다. 누가 죽으면 사람들은 늘 어떤 전조가 있었다고, 모퉁이 너머에서 끔찍한 일이 기다리고 있는 듯한 가슴 철렁한 느낌이 있었다고 말한다. 나는 없었다.

그날은 다른 날과 똑같은 느낌이었다. 지루하고, 아무 일도 일어나지 않고, 짜증 나는 날. 그날 오후 체육 시간에 수영을 했다. 나는 구역질 나는 페트리접시 같은 수영장에 들어가는 것이 늘 싫었다. 모든 학생들의 오줌—그 외에 또 뭐가 있는지는 하느님만이 아실 거다—속에 풍덩 빠진다는 생각만 해도 공황발작을 일으킬 것 같고, 염소 때문에 살갗이 간지럽고 눈이 따갑다. 나는 항상 치밀한 거짓말이나 그렇지 않은 거짓말로 수영 시간에 빠지려고 한다. 그때 나는 입술이 가느다란 코왈스키 선생님에게 또 생리 중(연속 8일째)이라고 말했고, 선생님은 못 믿겠다고, 생리를 그렇게 오래 할 수는 없다고 말했다. 물론 거짓말이었지만, 자기가 대체 뭐라고 내 생리 주기에 의문을 제기하는 거지? 지나친 참견이다.

"확인해 보실래요?" 내가 물었다. "원하신다면 실체적인 증거를 얼마든지 제공해 드릴게요. 인권침해라고 생각하지만요." 나는 이 말을 입 밖에 내자마자 후회했다. 나는 말을 하기 전에 깊이 생각하지 못하는 병에 걸렸을지도 모른다. 가끔 토사물 같은 말이 사방으로 흩어진다. 아무리 나라도 그 말은 너무 심했지만, 그때는 특히나 기분이 나빴고 아무도 상대하고 싶지 않았다. 올가가 죽기 전에도 내 기분은 항상 그렇게 오락가락했다. 한순간은 괜찮다가 갑자기 아무 이유도 없이 에너지가 뚝 떨어진다. 설명하기 어렵다.

당연히 코왈스키 선생님은 나를 교장실로 보냈고, 늘 그렇듯 부모님이 학교로 데리러 올 때까지 집에 보내 주지 않았다. 작년에 그런 적이 몇 번 있었다. 이제 교장실 직원들이 모두 나를 안다. 나는 몇몇 깡패보다 자주 교장실에 가는데, 항상 입을 잘못 놀렸기 때문이다. 내가 교장실에 들어갈 때마다 비서인 말도나도 부인이 눈을 굴리며 혀를 찬다.

보통은 아마가 포터 교장 선생님을 만나고 선생님은 내가 얼마나 예의 없는 학생인지 이야기한다. 그러면 아마는 내가 무슨 행동을 했는지 듣고 숨을 헉 들이켜며 "홀리아, 케 말크리아다*"라고 말한 다음 서툰 영어로 교장 선생님에게 몇 번이고 사과한다. 아마는 항상 백인들에게 사과를 하는데, 나는 그게 창피하다. 그러고 나면 창피하게 생각한 것이 창피해진다.

아마는 내 행동이 얼마나 심했느냐에 따라 1, 2주 동안 벌을 주고, 몇 달 지나면 같은 일이 또 반복된다. 이미 말했듯이 나는 입을 단속할 줄 모른다. 아마는 나에게 "코모 테 구스타 라 말라 비다**"라고 하는데, 맞는 말 같다. 항상 결국에는 스스로를 힘들게 만들기 때문이다. 나는 원래 모범생이었고 3학년도 때 월반도 했지만 이제는 말썽꾼일 뿐이다.

올가는 브레이크를 교체하느라 자동차를 수리 센터에 맡겼기 때문에 그날 버스를 탔다. 아마가 데리러 가기로 했지만 나 때문에 학교에 오느라 가지 못했다. 내가 입을 닫고 있었다면 상황

---

* 정말 버릇없구나 *que malcriada.*
** 너는 힘들게 사는 걸 정말 좋아하는구나 *Como te gusta la mala vida.*

이 달라졌겠지만, 그걸 내가 어떻게 알 수 있었을까? 올가는 버스를 갈아타려고 길을 건널 때 전화기를 들여다보느라 신호가 바뀐 것을 못 봤다. 버스가 경적을 울려 경고했지만 이미 너무 늦었다. 올가는 차가 북적거리는 도로에 때를 잘못 맞춰 내려섰다. 언니는 대형 화물자동차에 치였다. 그냥 치인 것이 아니다. **박살났다.**

언니의 짜부라진 장기를 떠올릴 때마다 꽃밭에서 목이 쉴 때까지 소리를 지르고 싶다.

두 목격자의 말에 따르면 언니는 사고 직전까지 미소를 짓고 있었다. 관 뚜껑을 열어 놓아도 될 만큼 얼굴이 멀쩡한 것은 기적이다. 구급차가 도착했을 때 언니는 이미 죽었다.

기사는 버스에 가려서 언니를 보지 못했고, 신호등이 초록색이었으며, 시카고에서 제일 붐비는 거리에서 길을 건널 때 전화기를 보면 안 된다. 하지만 아마는 목소리가 나오지 않을 때까지 운전자를 저주했다. 게다가 정말 창의적이었다. 아마는 내가 '젠장'이라는 말을 쓴다고, 심지어는 욕도 아닌데도 맨날 혼내 놓고 기사**뿐만 아니라** 하느님한테까지 엿이나 처먹고 나가 뒈지라고 욕을 했다. 나는 입을 떡 벌리고 엄마를 볼 뿐이었다.

화물차 기사의 잘못이 아니라는 건 우리 모두 알았지만 아마는 탓할 사람이 필요했다. 나를 직접적으로 탓하지는 않았지만 아마의 크고 슬픈 눈에서 다 읽힌다.

참견하기 좋아하는 티아들이 지금 내 뒤에서 속닥거리고 있다. 내 뒤통수에 들러붙은 티아들의 시선이 느껴진다. 안다, 내 잘못이라고 말하고 있다. 티아들은 내가 골칫덩이라고 생각하고, 나를 전혀 좋아하지 않는다. 내가 밝은 파란색으로 부분 염색을 했을 때 저 드라마 퀸들은 금방이라도 들것에 누워 병원에 실려 갈 것처럼 굴었다. 티아들은 내가 성당에 가기 싫어하고 그 시간에 책 읽는 것을 더 좋아한다는 이유로 악마의 자식이라도 되는 것처럼 군다. 그게 왜 나쁜 짓이라는 걸까? 티아들은 따분하다. 게다가 내가 언니를 얼마나 사랑했는지 하나도 모른다.

티아들의 속닥거림에 질린 내가 뒤를 돌아보며 못된 표정을 짓는다. 바로 그때 안으로 들어오는 로레나가 보인다. 아, 다행이다. 지금 내 기분을 풀어 줄 사람은 로레나밖에 없다.

다들 고개를 돌리고 말도 안 되게 높은 하이힐과 딱 달라붙는 검정 원피스 차림에 짙게 화장한 로레나를 빤히 바라본다. 로레나는 항상 눈길을 끈다. 이제 다들 로레나에 대해서 쑥덕거리겠지. 로레나가 나를 어찌나 세게 끌어안는지 갈비뼈가 부러질 것 같다. 싸구려 체리 향 바디 스프레이 냄새가 코와 입을 채운다.

아마는 로레나가 거칠고 헤프다고 생각해서 좋아하지 않는다. 아니라고 할 수는 없지만 로레나는 여덟 살 때부터 내 친구이고 내가 아는 그 누구보다 의리 있다. 나는 로레나에게 티아들이 내 이야기를 하고 있다고, 올가가 그렇게 된 것이 나 때문이라고 한다고, 너무 화가 나서 맨주먹으로 창문을 다 깨뜨리고 싶다고 속삭인다.

"참견쟁이 *비에하**들은 꺼지라고 해." 로레나가 과장되게

---

* 늙은 여자 *vieja*.

18

손을 흔들고 찌를 듯한 눈빛으로 티아들을 쏘아보며 말한다. 티아들이 이제 시선을 돌렸나 싶어 뒤를 돌아보자 저 뒤에서 손수건에 얼굴을 묻고 조용히 울고 있는 피부색이 거뭇한 남자가 눈에 들어온다. 회색 양복을 입고 번쩍이는 금시계를 차고 있다. 낯이 익지만 누구인지 생각이 안 난다. 아마 티오거나 뭐 그렇겠지. 부모님은 늘 낯선 사람들을 소개하면서 친척이라고 말한다. 처음 보는 사람이 몇 십 명이나 있다. 다시 고개를 돌리자 그 남자는 사라지고 올가의 친구 앤지가 자동차에 치인 듯한 몰골로 달려들어 온다. 앤지는 아름답지만, 제길, 우는 얼굴은 정말 별로다. 피부는 밝은 분홍색 걸레를 쥐어짜 놓은 것 같다. 앤지가 올가를 보자마자 아마보다 더 심하게 울부짖기 시작한다. 무슨 말을 해야 할지 알면 좋겠지만, 모르겠다. 나는 늘 모른다.

둘

장례식이 끝나고 2주가 되도록 아마는 침대에서 나오지 않는다. 화장실에 가거나 물을 마시거나 스티로폼 맛이 나는 멕시코 쿠키를 가끔 하나 먹을 때만 일어난다. 줄곧 헐렁하고 너절한 잠옷 차림이고, 그동안 샤워를 한 번도 하지 않은 것이 거의 확실하다. 그래서 무섭다. 아마는 내가 아는 사람들 중에 제일 깔끔하기 때문이다. 항상 머리를 감은 다음 깔끔하게 땋고, 옷은 (낡았을지라도) 늘 헝겊 조각을 대서 꿰매고 다려서 얼룩 하나 없다. 내가 일곱 살 때 닷새 동안 샤워를 하지 않은 적이 있는데, 아마는 그 사실을 알고 델 듯이 뜨거운 욕조 물에 나를 집어넣더니 살갗이 따가울 때까지 솔로 문질러 씻겼다. 아마는 여자가 성기를 씻지 않으면 끔찍한 병에 걸린다고 말했기 때문에 나는 두 번 다시 샤워를 거르지 않았다. 이제 내가 아마를 욕조에 던져 넣어야 할지도 모른다.

아빠는 온종일 일을 하고 돌아와서 늘 그렇듯 맥주 한 병을 들고 소파에 앉아 있다. 사실, 지금은 소파에서 자고 있다. 이제 소파가 아빠의 체형대로 모양이 잡혔을 거다. 아빠는 내내 나에게 별말을 하지 않았다. 예전에도 마찬가지였다. 가끔은 인사도 잘 안 한다. 나를 마음속 깊이 싫어하는 걸까? 아빠가 올가를 특별히 더 아꼈던 것은 아니지만, 언니는 확실히 나보다 열심히 노력했다. 아빠가 공장 일을 마치고 돌아오면 올가가 족욕기를 꺼내 왔다. 언니는 무릎을 꿇고 아빠의 발을 족욕기에 조심스럽게 넣은 다음 마사지를 해 주었다. 매일 되풀이되는 의식이었지만 두 사람은 내내 한마디도 하지 않았다. 나는 아빠를 그런 식으로 만지는 것이 상상도 안 된다.

아마와 올가가 주로 청소를 했기 때문에 지금 우리 아파트는 엉망진창이다. 우리 집은 바퀴벌레가 나오지만 아마가 매일 걸레질을 했기 때문에 그렇게 역겹게 느껴지지 않았다. 지금은 더러운 그릇이 높다랗게 쌓여 있고 부엌 식탁은 부스러기투성이다. 바퀴벌레들은 아마 기뻐 날뛰고 있겠지. 게다가 욕실은 또 어떻고? 전부 다 태워 버려야 한다. 내가 청소해야 한다는 것은 알지만 엉망진창인 집을 볼 때마다 무슨 소용일까 싶다. 이제 그 무엇도 아무 소용이 없는 것 같다.

안 그래도 걱정거리가 많은 부모님을 귀찮게 하고 싶진 않지만 배가 고프고 토르티야와 달걀만 먹는 것도 이제 지겹다. 며칠 전에는 콩 요리를 시도해 보았지만 세 시간이나 끓여도 콩이 말랑해지지 않았다. 하나 씹어 먹다가 이가 깨질 뻔했다. 한 솥 다 버려야 했는데, 아마의 말에 따르면 그건 죄악이다. 티아들이 음식을 더 갖다 주면 좋겠다. 엄마가 요리하는 법을 가르쳐 주었더라면 좋았을 텐데 하고 생각하기는 처음이다. 하지만 엄마가 졸졸 따라다니면서 나한테 일일이 간섭하는 건 싫다. 온종일 요리하고 청소하는 순종적인 멕시코 아내가 되느니 차라리 노숙자로 살고 말지.

아파도 별로 많이 먹지 않는다. 며칠 전에 아파가 케소 치와와*와 토르티야를 잔뜩 가져와서 며칠 동안 케시디야를 먹었지만, 이제 다 떨어졌다. 어제는 어찌나 절박했는지 오래된 감자를 삶아서 소금과 후추만 뿌려서 먹었다. 심지어는 버터도 없다. 이제는 꿈에 춤추는 햄버거가 나올 지경이다. 피자 한 쪽만 있어도 행복해서 울음을 터뜨릴 것 같다.

안방을 몰래 들여다보니 시큼한 냄새 때문에 기절할 것 같다. 감지 않은 머리, 가스, 땀 냄새가 섞여 있다.

"아마." 내가 속삭인다.

대답이 없다.

"아마." 내가 조금 더 크게 다시 말한다.

여전히 아무 반응이 없다.

결국 내가 방 안으로 들어간다. 냄새가 어찌나 끔찍한지 입으로 숨을 쉬어야 한다. 아마가 다시 일을 하러 가긴 할까 싶다. 엄마가 청소해 주는 돈 많은 집주인 새끼들한테 잘리면 어떻게 하지? 이제 집안을 도울 올가도 없는데 어떻게 하지? 나는 아직 어려서 일을 구할 수가 없다.

---

* 멕시코 치와와주에서 유래한 흰 치즈. 체더치즈와 유사하다.

"아마!" 결국 내가 소리친다. 그런 다음 불을 켠다.

아마가 숨을 훅 들이마신다. "뭐? 무슨 일이니?" 엄마가 말한다. 잠에 취해서 목소리가 흐리멍덩하다. 엄마가 손으로 눈을 가린다.

"괜찮아요?"

"그래, 괜찮아. 나 좀 내버려 둬. 쉬고 싶어."

"엄마, 아주 오랫동안 먹지도 않고 샤워도 안 했잖아요."

"네가 어떻게 알아? 여기서 종일 나만 지켜봤니? 어제 티아가 와서 수프 줬어. 난 괜찮아."

"방에서 지독한 냄새가 나요. 슬슬 걱정이 돼서. 어떻게 이렇게 살아요?"

"우리 게으름뱅이 딸이 갑자기 청결에 신경을 쓰다니 웃기네. 언제부터 그랬니?" 아마는 항상 내가 지저분하다며 뭐라 했지만, 이건 아마답지 않다. "깨끗한 건 올가였지." 앞의 말로는 충분히 마음이 상하지 않았을까 봐 한 마디 덧붙인다. 평생 언니와 비교 당했는데 언니가 죽은들 뭐가 달라질까?

"이제 올가는 없어요. 엄마 딸은 나밖에 없다고요. 미안하게 됐네요."

침묵.

나를 사랑한다고, 우리가 다 같이 헤쳐 나갈 수 있다고 말해 주면 좋겠지만 아마는 아무 말도 하지 않는다. 나는 얼간이처럼 가만히 서서 아마가 내 기분을 풀어 줄 말을 할 때까지 기다리고 또 기다린다. 하지만 그런 일은 없으리란 사실을 깨달은 나는 화장대에 놓인 아마의 지갑을 뒤져서 5달러짜리 지폐를 한 장 꺼낸 다음 문을 쾅 닫는다.

내 방을 샅샅이 뒤진 끝에 잔돈 4.75달러를 겨우겨우 찾아 낸다. 이 정도면 타코 세 개와 오르차타*를 큰 잔으로 하나 살 수 있다. 많진 않지만 그 정도면 된다. 맨 토르티야나 삶은 감자를 한 번만 더 먹으면 울고 말 거다. 나는 거실의 아파를 피해서 뒷 문으로 빠져나간다. 아파가 질문을 하거나 알아차릴 일도 없지 만 말이다. 이제 유령 아버지에다가 유령 언니까지 생겼다.

타코 가게는 형광등 불빛이 환하고 기름과 파인솔 세제 냄 새가 난다. 식당에서 혼자 먹어 본 적이 없어서 긴장된다. 나를 보는 모두의 시선이 느껴진다. 혼자서 식사를 하다니 정말 한심 하다고 생각할 거다. 웨이트리스도 나를 보고 이상한 표정을 짓 는다. 분명 내가 팁을 안 줄 거라고 생각하겠지만, 틀렸다는 것을 보여줘야지. 내가 어릴진 몰라도 바보는 아니다.

나는 타코 데 아사다 두 개와 라임을 추가한 알 파스토르 하 나**를 주문한다. 튀긴 고기와 구운 양파 냄새에 침이 고인다. 타 코가 나오자 천천히 먹으려고 애쓰지만 결국 절박하게 흡입하고 만다. 나는 요리를 못할 뿐만 아니라 배고픔도 잘 못 참는다. 배 가 꼬르륵거리기 시작하면 늘 기절할 것만 같다. 타코를 한 입 먹

* 추파라는 식물의 견과류 같은 작은 덩이뿌리를 설탕, 물과 함께 갈아서 마시는 스페 인의 대표적인 음료. 남미에서는 히카로, 멜론, 참깨, 쌀 등으로 만들기도 한다.
** '아사다'는 소고기 숯불 구이, '알 파스토르'는 돼지고기 꼬치구이이다.

을 때마다 온몸에 기쁨이 밀려든다. 그런 다음 속이 메슥거릴 때까지 양동이만한 오르차타를 벌컥벌컥 마신다.

집에 돌아오니 아마가 머리에 수건을 두르고 부엌에 앉아서 차를 마시고 있다. 이제 막 샤워를 마쳤는지 가짜 장미향이 난다. 아마가 드디어 잠옷을 벗어 던지고 흰색 로브를 입었다. 갑자기 깨끗하고 멀쩡한 엄마를 보니 겁이 날 지경이다. 나한테 어디 갔다 오냐고 묻지도 않는다. 지금까지 단 한 번도 없었던 일이다. 아마는 내가 어디에 누구와 같이 있는지 항상 알고 싶어 한다. 또 친구 부모님에 대해서 수많은 질문—멕시코 어디 출신이냐, 어느 성당에 다니느냐, 어디에서 일하느냐—을 던지지만 오늘은 아무것도 묻지 않는다. 내 옷과 머리카락에서 고기와 양파 냄새가 나지 않을까 싶다.

나는 보통은 아마가 무슨 말을 할지 예측할 수 있지만 지금은 전혀 준비가 안 됐다. 아마가 요란한 소리를 내며 차를 마시더니—늘, 항상 내 신경을 건드린다—, 내 킨세녜라* 파티를 열어야겠다고 말한다.

심장이 멈춘다. "잠깐만, 뭐요?"

"파티 말이다. 멋진 파티 하고 싶지 않니?"

"언니가 얼마 전에 죽었는데 나한테 파티를 열어 주고 싶다고요? 열다섯 살 생일은 이미 지났잖아요!" 꿈을 꾸고 있는 것이

* 멕시코 등 남미에서는 여자아이가 열다섯 살이 지나면 어른이 된다는 의미에서 열다섯 번째 생일 '킨세녜라*quinceñera*'를 성대하게 축하한다. 파티의 주인공도 킨세녜라라고 불린다.

25

분명하다.

"올가에게는 킨세녜라를 열어 주지 못했지. 그래서 항상 후회했어."

"그러니까 마음 편해지려고 나를 이용하겠다는 말이에요?"

"아니, 훌리아. 넌 대체 뭐가 잘못된 거니? 열다섯 번째 생일을 축하받고 싶지 않은 여자애가 어디 있어? 고마운 줄도 모르고." 아마가 고개를 젓는다.

나는 잘못된 데가 아주 많고, 엄마도 잘 안다.

"하지만 난 **싫어요**. 강요할 순 없어요."

아마가 로브를 여민다. "그것 참 안됐구나."

"돈 낭비예요. 언니는 엄마가 킨세녜라를 열어 주는 대신 내 대학 등록금에 보태 주길 바랐을 거예요, 확실해."

"올가가 뭘 바랐을지 너는 하나도 몰라." 아마가 이렇게 말하고 다시 요란하게 차를 마신다. 아빠는 거실에서 뉴스를 보고 있다. 앵커가 멕시코에서 발견된 공동묘지에 대해서 뭐라 말하는 소리가 들린다. 아빠는 아마와 내가 말다툼을 할 때마다 우리 소리를 지우려는 것처럼 음량을 엄청 올린다.

"말도 안 돼요. 열다섯 살은 이미 지났잖아요. 뒤늦은 킨세녜라라니, 누가 들어본 적이나 있대요?" 내가 머리카락을 잡아당기기 시작한다. 당황하면 나오는 행동이다.

"5월에 성당 지하실에서 할 거다. 신부님한테 전화해 놨어. 그때는 자리가 있대." 아마가 사무적으로 말한다.

"5월? 농담해요? 7월이면 열여섯 살인데. 도대체 왜 그래요? 그러면 킨세녜라라고 할 수도 없잖아요." 내가 서성이기 시작한다. 숨이 차오르는 것 같다.

"하지만 그때도 열다섯 살이잖아, 안 그래?"

"그게 중요한 게 아니잖아요. 진짜 말도 안 돼." 내가 고개를 저으며 바닥을 내려다본다.

"중요한 건 친척들이랑 멋진 파티를 하는 거야."

"하지만 친척들은 날 좋아하지도 않잖아요. 거창하고 못생긴 드레스 입고 싶지도 않고…… 춤도 싫어요. 세상에, 춤이라니." 멍청한 사촌들 앞에서 뱅글뱅글 도느니 차라리 가출해서 서커스에 들어가겠다.

"무슨 소리니? 다들 널 사랑해. 과장하지 마."

"아니, 안 그래요. 다들 내가 이상하다고 생각하는 거 엄마도 잘 알잖아요." 나는 장식장 옆에 걸린 〈최후의 만찬〉 싸구려 복제화를 빤히 바라본다. 너무 낡아서 예수님과 제자들이 밝은 노란색과 초록색으로 퇴색하기 시작했다.

"아니야." 아마가 눈썹을 찌푸린다.

"음, 어쨌든 그걸 킨세녜라라고 부를 순 없어요."

"난 부를 수 있어. 전통이잖니." 넌 이길 수 없다고 말하는 것처럼 아마의 턱이 꽉 다물리고 눈이 가늘어진다.

"돈은 어떻게 마련할 건데요?"

"그건 걱정하지 마."

"어떻게 걱정을 안 해요? 맨날 그 얘기만 하면서."

"말했지, 네가 걱정할 일 아니라고. 이해가 안 가니?" 아마의 목소리가 가라앉는다, 소리 지르는 것보다 더 무섭다.

"진짜 거지 같아." 내가 이렇게 말하고 스토브를 세게 걷어차자 팬들이 덜컹거린다.

"말조심해라, 맞아서 이빨 부러지기 전에."

무언가가 엄마의 말이 과장이 아니라고 말해 준다.

나는 잠이 안 오면 올가의 침대로 기어 들어간다. 지난주에 아마가 절대, 절대 올가의 방에 들어가지 말라고 했지만 나도 어쩔 수가 없다. 나는 부모님이 자러 간 다음 언니 방에 들어갔다가 부모님이 깨기 전에 일어난다. 아마는 그 방을 언니가 남겨놓은 그대로 유지하고 싶은가 보다. 어쩌면 올가가 아직 살아 있다고, 언젠가 일을 마치고 집으로 돌아올 것이고 그러면 모든 것이 정상으로 돌아갈 거라고 믿고 싶은지도 모른다. 내가 올가의 물건을 건드린 걸 알면 아마는 절대로 용서하지 않을 것이다. 어쩌면 멕시코에 보낼지도 모른다, 그러면 내 모든 문제가 해결된다는 듯이 말이다. 아마가 자주 써먹는 협박이다.

올가의 침대에서는 아직도 섬유유연제, 라벤더 로션, 그리고 설명할 수 없는 따뜻하고 달콤한 언니 냄새가 난다. 올가는 옷은 못 입었지만 초원 같은 냄새를 가졌다. 나는 한참 동안 뒤척인다. 오늘 밤은 생각이 멈추지 않는다. 어제 망친 화학 시험이 자꾸 생각난다. 24점이라니, 지금까지 받은 점수 중 최악이다. 재주 부리는 원숭이도 그보다 나은 점수를 받을 거다. 나는 원래 화학을 싫어하지만 올가가 죽은 이후로 집중이 안 된다. 가끔 책과

시험지를 들여다보지만 단어가 전부 흐릿하게 보이다가 하나의 소용돌이가 된다. 계속 이런 식이면 대학에 절대 못 갈 거다. 공장에서 일하다가 어느 한심한 남자랑 결혼해서 못생긴 애들이나 낳겠지.

나는 몇 시간째 멍하니 누워 있다가 램프를 켜고 책을 읽으려고 애쓴다. 『각성』을 백만 번은 읽었지만 이 책을 읽으면 여전히 위로가 된다. 내가 제일 좋아하는 인물은 에드나와 로버트가 어딜 가든 따라다니는 검은 옷의 여인이다. 나는 또 에드나가 나랑 너무 비슷해서—그 무엇에도 만족하지 못하고, 어디에서도 행복을 느끼지 못한다— 이 소설이 좋다. 나는 삶에서 너무나 많은 것을 원한다. 양손으로 삶을 꽉 붙잡고서 쥐어짜고 비틀어 최대한 많은 것을 얻어 내고 싶다. 아무리 해도 부족할 거다.

나는 같은 문장을 읽고 또 읽다가 책을 배에 올려놓는다. 그런 다음 연보라색 벽을 멍하니 보면서 사이가 멀어지기 전 언니와 함께했던 행복한 시절을 떠올린다. 언니의 화장대 위에 우리 둘이 멕시코에서 찍은 사진이 있다. 예전에는 부모님이 여름마다 우리를 멕시코로 보냈지만 이제 안 간 지 몇 년이나 됐다. 아마와 아파는 아직 불법체류자라서 갈 수 없었다. 사진 속의 언니와 나는 마마 하신타의 집 앞에 있다. 둘 다 햇빛 때문에 눈을 찡그린 채 미소를 짓고 있고, 올가가 나를 어찌나 꽉 끌어안고 있는지 내 목을 조르는 것처럼 보인다. 우리는 강에서 몇 시간이나 수영을 하고 공원 근처 가판대에서 하와이언 햄버거를 사 먹었다.

내 어린 시절은 대체로 최악이었지만 멕시코에서 보낸 여름은 달랐다. 우리는 지치고 더러워질 때까지 저녁 내내 길거리에서 깡통 차기 놀이를 했다. 여기서 그랬으면 빗나간 총알에 맞았을 것이다. 가끔 우리는 작은 할아버지의 검고 아름다운 말을 타러 갔고, 마마 하신타는 우리가 아무리 이상한 것을 먹고 싶어 해도 잔뜩 먹여줬다. 냄새가 지독한 란체로 치즈로 피자를 만들어준 적도 있다.

우리 사진 뒤에는 형편없는 멕시코 밴드 마나의 포스터가 붙어 있는데, 우는 천사가 어쨌다느니 하는 시대에 뒤떨어진 노래밖에 없어서 나는 정말 싫어한다. 반대쪽 벽에는 언니의 고등학교 졸업 사진이 걸려 있다. 올가는 공부를 잘했는데 왜 제대로 된 대학에 안 갔는지 정말 모르겠다. 나는 어렸을 때부터 대학에 가는 것이 꿈이었다. 내가 똑똑하다는 건 나도 안다. 그래서 한 학년을 월반시켜준 것이다. 그때는 수업이 짜증 날 정도로 지루했다. 요즘은 대부분 B를 받고 가끔 C도 있지만 영어는 예외다. 영어만큼은 항상 A를 받는다. 다른 수업 시간에는 보통 딴생각을 하다가 온갖 걱정에 휩싸인다.

나는 방을 둘러보면서 언니가 어떤 사람이었을까 생각한다. 평생 언니와 같이 살았지만 전혀 모르는 사람 같다. 올가는 완벽한 딸이었다. 요리하고, 청소하고, 절대 늦게까지 돌아다니지 않았다. 가끔 언니가 평생 부모님과 함께 살까 궁금했다. 『달콤 쌉싸름한 초콜릿』에 나오는 멍청한 타타처럼 말이다. 윽, 정말 끔찍한 책이다.

올가는 고작 접수담당자였지만 자기 일을 사랑했다. 파일을 정리하고 전화를 받으면서 뭐가 그렇게 보람찰 수 있었을까?

화장대에 놓인 동물 인형들을 보니 슬퍼진다. 인형이 무생물이라는 건 나도 알지만—난 바보가 아니다—, 다들 언니가 돌아오기를 우울하게 기다리는 것 같다. 올가는 아기와 분홍색, 피넛버터컵 아이스크림을 정말 좋아했다. 뻐드렁니 때문에 웃을 때는 항상 입을 가렸다. 그리고 이야기를 잘 들어 주었다. 나와 달리 언니는 절대, 절대로 말을 끊지 않았다. 그리고 요리도 정말 잘했다. 사실 언니가 만든 엔칠라다*가 아마의 것보다 맛있었지만, 그렇다고 입 밖으로 말한 적은 한 번도 없다.

아마가 항상 나를 사랑했고 지금도 사랑한다는 것은 알지만, 그래도 올가를 늘 제일 예뻐했다. 나는 아주 어렸을 때부터 온갖 질문을 퍼부어서 부모님을 미치게 만들었다. 착하게 굴려고 애를 써도 그게 안 된다. 규칙에 알레르기라도 있는 것처럼 나에게는 물리적으로 불가능한 일이었다. 나이가 들수록 점점 더 심해졌다. 이를테면 성차별을 보면 미칠 것 같다. 한번은 여자들이 온종일 요리를 할 때 남자들은 가만히 앉아서 엉덩이나 긁고 있다고 장광설을 늘어놓아서 추수감사절을 망친 적도 있다. 아마는 내가 온 친척들 앞에서 엄마에게 창피를 줬다고, 늘 그래왔던 방식을 내가 바꿀 순 없다고 말했다. 시간이 지나면서 어느 정도 포기해야 했지만 그래도 그 생각에는 변함이 없다.

아마와 나는 또 종교 문제로 항상 말다툼을 한다. 나는 아마

* 토르티야 사이에 고기, 해산물, 치즈 등을 넣어서 구운 멕시코 요리.

에게 가톨릭교회가 여자를 미워한다고, 우리가 약하고 무지하기를 원한다고 말했다. 신부님이 '여자는 남편에게 순종해야 한다'고 말한 직후였다. 신부님은 정말로 **순종**이라는 표현—진짜 맹세할 수 있다—을 썼다. 나는 숨을 헉 들이마시고 도저히 믿을 수 없어서 나처럼 화난 사람이 없나 주변을 둘러보았지만, 없었다. 나뿐이었나. 내가 올가의 갈비뼈를 쿡쿡 찌르고 속삭였다. "저런 개똥같은 소리를 하다니, 믿어져?" 하지만 올가는 조용히 강론을 들으라고 할 뿐이었다. 아마는 나보고 건방진 우에르카* 라고, 라 비르헨 데 과달루페**를 숭배하는 가톨릭교회가 어떻게 여자를 미워하겠느냐고 말했다. 이길 수 없는 말싸움을 해서 뭐 하겠는가?

이런 것들 때문에 우리는 서로를 미워하게 되었고, 올가는 항상 아마 편을 들었다. 두 사람은 생김새도 닮았다. 둘 다 얼굴이 희고 몸매가 날씬하고, 머리카락은 검고 곧다. 나는 아빠처럼 통통하고, 작고, 피부색이 짙다. 엄청 뚱뚱하거나 뭐 그런 건 아니지만 다리가 두껍고 배도 절대 납작하지 않다. 아, 그리고 체구에 비해서 가슴이 너무 크다. 열세 살 때부터 계속 달고 다니는 두 개의 출렁거리는 짐이다. 또 우리 집에서 안경을 쓰는 사람은 나밖에 없다. 사실상 장님이나 마찬가지다. 맨눈으로 밖에 나갔다가는 강도를 당하거나, 차에 치이거나, 들짐승에게 공격당할 것이다.

* 여자애 *huerca*.
** 과달루페의 동정녀 *La Virgen de Guadalupe*.

책을 조금 더 읽은 다음, 자려고 애써 보지만 잠이 오지 않는다. 몇 시간이나 말똥말똥하게 깨어 있는 느낌이다. 새들이 지저귀기 시작하자 나는 너무 화가 나서 시트를 잡아당기고 베개를 정리하고 또 정리한다. 베개 안의 무언가가 뺨을 찌르는 것 같다. 잠시 깃털인가 생각했지만, 지금이 1800년대가 아니라는 사실을 기억해냈다. 나는 베갯잇 안을 꼼꼼히 뒤져서 접힌 종이쪽지를 꺼냈다. 처방약 이름이 인쇄된 포스트잇이었다. 렉사프론. 올가가 병원에 늘 오는 제약회사 직원한테서 받은 건가 보다. 뒷면에 '사랑해'라고 적혀 있다. 나는 도대체 무슨 일인지 이해가 안 돼서 1분 동안 그 글자를 멍하니 바라보았다. 이게 도대체 왜 언니 베개에 들어 있지?

마음이 날뛰고 온갖 생각이 앞으로 뒤로 공중제비를 넘는다. 내가 아는 올가의 남자친구는 지금까지 한 명밖에 없었는데, 작고 빼빼 마르고 땅돼지처럼 생긴 페드로라는 남자였다. 하지만 벌써 몇 년 전 일이다. 올가가 그 남자에게서 뭘 봤는지 나는 정말 모르겠다. 페드로는 못생겼을 뿐 아니라 성격도 찐 감자 같았으니 말이다. 그때 나는 겨우 열 살이었지만 그의 작은 머릿속에서 도대체 무슨 일이 일어나고 있을까 생각할 때가 많았다.

페드로는 올가만큼이나 부끄러움이 많았기 때문에 두 사람이 무슨 이야기를 나누었는지 나는 전혀 모른다. 페드로가 우리 가족 파티에 참석했을 때 티오들은 얼간이 같이 군다며 그를 괴롭혔다. 티오 카예타노가 테킬라를 먹이려 하자 페드로가 싫다고 고개를 저었던 기억이 난다. 페드로는 보통 금요일 밤에 올가를 데리러 집으로 와서 저녁을 먹으러 나갔다. 두 사람이 제일 좋아하는 가게는 레드 로브스터였다. 둘이서 그레이트 아메리카*에 간 적도 있다(참도 재밌었겠다!). 두 사람이 1년 정도 사귀었을 때 페드로는 가족과 함께 멕시코로 돌아갔다(세상에, 뭐 이런 사람이 다 있지?). 내가 아는 한 그것이 올가의 마지막 연애였다.

나는 발뒤꿈치를 들고 올가의 옷장으로 살금살금 걸어가서 최대한 조용히 언니의 물건을 뒤지기 시작한다. 상자 하나에는 학교에서 찍은 사진이 가득 들어 있었다. 대부분 과학 대회, 현장 학습, 생일 파티에서 친구들과 같이 찍은 사진이었다. 올가는 학교에 다닐 때 과학반이었는데, 무슨 이유에선지 모든 순간을 기록해야겠다고 생각했나 보다. 심지어 현미경을 든 사진도 있다. 세상에, 우리 언니 진짜 따분하잖아. 상자를 계속 뒤지다 보니 무슨 옷 같은 것이 만져진다. 나는 마음의 준비를 할 새도 없이 그것을 끄집어낸다. 실크 레이스 티팬티 다섯 장. 내 생각에는 아주 비싼 창녀가 살 것 같은 섹시한 여성용 속옷. 제일 밑에는 노출이 심한 란제리가 있다. 이걸 뭐라고 부르는지도 모르겠다. 나이티? 네글리제? 테디**? 섹시하라고 만든 옷에 이런 멍청한 이름을 붙이다니. 올가의 옷장에 왜 이런 게 들어 있을까? 남자친구도 없는데 왜 엉덩이에 꼭 끼는 이런 속옷을 감수했을까? 할머니 옷 같은 앙상블 안에 이런 속옷을 입고 다녔을까? 철저하게 몰래 빨았나 보다. 아마가 빨랫감에서 이것들을 발견했다면 지옥이라도

* 일리노이주 거니에 위치한 유원지.
** 원피스 수영복과 비슷한 모양의 여성용 속옷.

뒤집어엎었을 텐데.

언니의 노트북을 찾아야 한다. 부모님이 일어날 때까지 두 시간 남았다.

나는 사방을, 심지어는 이미 뒤진 곳까지 다시 찾아본다. 결국 너무 지쳐서 포기하려는 순간 제일 뻔한 곳을 확인해야겠다는 생각이 든다. 매트리스 아래 말이다. 진짜 거기 있다. 이런.

비밀번호를 맞추는 것은 불가능하겠지만 그래도 노력은 해 봐야지. 나는 몇 가지를 시도해 본다. 올가가 제일 좋아하는 음식, 부모님의 고향인 로스 오호스, 우리 집 주소, 언니 생일, 심지어 바보 천치나 쓸 법한 12345까지 입력해 본다. 아, 될 리가 없지. 절대 못 맞춘다.

나는 다시 옷장으로 간다. 여기에 틀림없이 다른 무언가가 있을 거다. 잡동사니를 넣어 두는 서랍에는 펜, 종이 클립, 종이 쪽지, 영수증, 낡은 노트가 가득 들어 있다. 조금이라도 흥미로운 것은 하나도 없다. 다시 잠이나 잘까 생각하는 찰나, 인덱스카드 더미 밑에서 봉투가 하나 나온다. 신용카드가 들어 있는 것 같았지만 아니다, 호텔 키다. '콘티넨탈'이라고 적혀 있다. 멕시코에 갔을 때를 제외하고 올가는 절대, 절대로 외박을 하지 않았다. 호텔 키가 왜 필요했을까? 앤지가 호텔에서 일하지만 이름이 다른데…… 스카이라인이었던 것 같다.

누가 문 여는 소리가 들린다. 아마나 아파가 화장실에 가려고 일어났나 보다. 나는 얼른 불을 끄고 누워서 움직이지도 않고 숨소리도 내지 않으려고 애쓴다. 아마한테 들키면 두 번 다시 언니 방에 못 들어올 거다.

부엌에서 나는 소리 때문에 잠에서 깬다. 베개가 축축하다. 전화기로 알람을 맞추지도 못하고 잠든 것이 분명하다. 제기랄, 아마 손에 죽겠다. 나는 올가의 침대를 재빨리 정리한 다음 내 방으로 몰래 돌아가려고 문에 귀를 대고 근처에 아무도 없는지 확인한다.

아마가 닌자용 신발이라도 신고 있었나 보다. 내가 문을 열자 아마가 허리에 양손을 올린 채 떡 버티고 서 있다.

셋

집안 분위기가 이보다 더 나빠질 수 있을 줄 몰랐지만, 알고 보니 가능하다. 우리 아파트는 연극 〈베르나르다 알바의 집〉과 비슷하지만 재미는 훨씬 없다. 이제 막 장례를 치른, 제정신이 아닌 베르나르다 알바처럼 아마가 커튼과 블라인드를 전부 다 쳐 놓아서 비좁은 아파트가 훨씬 더 갑갑하고 우울해졌다.

올가의 방에 들어간 죄로 벌을 받는 중이기 때문에 내가 할 수 있는 일은 없다. 읽고, 그리고, 일기를 쓰는 것밖에는. 아마한테 전화기도 뺏겼다. 방문을 못 닫는다, 닫으면 아마가 바로 와서 열어 버린다. 나도 사생활이 필요하다고 말하자 아마가 깔깔 웃더니 내가 너무 미국인이 되어 버렸다고 말한다. "사생활이라니! 엄마가 어렸을 땐 사생활 같은 거 없었다. 미국 애들은 원하는 대로 다 해도 된다고 생각한다니까." 아마가 말했다.

내가 방에서 혼자 뭘 할 거라고 생각하는지 정말 모르겠다. 아마가 항상 소리를 지르거나 살금살금 걸어 다니기 때문에 자위 같은 건 꿈도 못 꾼다. 내 방에서 보이는 건 옆 건물밖에 없기 때문에 창밖을 내다보지도 않는다. 이제는 올가의 방에 들어갈 수도 없다. 부모님이 잠든 밤에도 안 된다. 아마가 자물쇠를 달았는데 열쇠를 찾을 수가 없다. 내가 **전부 다** 뒤져봤다. 외출 금지가 풀리자마자 콘티넨탈 호텔로 가서 올가에 대해 좀 알아봐야겠다. 집 전화로 앤지에게 백만 번쯤 전화를 걸었지만 아직도 답이 없다. 앤지는 분명 아는 게 있을 거다.

나는 보통 부모님한테 들리지 않도록 옷장에 들어가서 운다. 아니면 침대에 가만히 누워 멍하니 천장을 보면서 내가 나중에 어떻게 살고 있을지를 상상한다. 에펠탑 꼭대기나 이집트 피라미드에 올라가는 나, 스페인의 거리에서 춤을 추고, 베니스에서 배를 타고, 중국 만리장성을 걸어 다니는 내 모습을 그려본다. 이런 상상 속에서 나는 화려한 스카프를 두르고 온 세계를 여행하며 멋진 사람들을 만나는 유명 작가다. 아무도 나한테 이래라저래라 하지 않는다. 가고 싶은 데 가고, 하고 싶은 대로 한다. 그러다가 문득 여전히 작은 방에 갇혀서 밖으로 나가지도 못하는 신세임을 깨닫는다. 죽느니만 못한 삶이다. 개소리인 건 알지만, 올가가 부러울 지경이다.

아마한테 따분하다고 하면 대걸레를 들고 청소나 하라는 말이 돌아온다. 청소가 해변에 놀러 가는 것처럼 재미있는 일이라는 듯이, 집 안에 할 일이 이렇게 많은데 지루하다니 믿을 수가 없다고 말이다. 아마가 이런 말을 하면 나는 뱃속에서부터 분노가 끓어오른다. 가끔은 엄마가 좋지만 가끔은 엄마가 밉다. 대체로 나는 두 감정을 동시에 느낀다. 부모님을 미워하면 안 된다.

특히 언니가 죽었을 때는 더욱 그렇다. 나도 알지만 어쩔 수가 없다. 그래서 속에 담아만 두다 보니 분노가 잡초처럼 자란다. 누가 죽으면 주변 사람들과 더 가까워지는 줄 알았는데, 티브이에서나 있는 일인가 보다.

다른 사람들도 나 같은 기분일까 궁금하다. 로레나한테 물어본 적도 있지만 "아니, 어떻게 자기 엄마를 미워할 수가 있어?"라는 대답을 들었을 뿐이었다. 나는 뭐가 잘못된 걸까? 하지만 로레나의 엄마는 로레나가 원하는 대로 다 해 주니까 그런 걸지도 모른다.

선생님들은 대부분 하나같이 한 양동이의 돌멩이만큼이나 재미가 없어서 썩 좋아하지 않지만 잉맨 선생님의 영어 수업은 항상 재미있다. 잉맨 선생님에게는 특별한 무언가가 있다. 나는 선생님을 보자마자 좋아하게 되었다. 교외 지역의 멍청한 학부모처럼 생겼지만 눈빛이 친절하고, 묘하고 고르지 않은 웃음소리가 좀 재미있다. 그리고 선생님은 우리를 어른처럼, 우리의 생각과 감정에 정말로 신경을 쓰는 것처럼 대한다. 선생님들 대부분은 우리한테 말할 때 아무것도 모르는 바보들에게 하듯이 깔보며 얘기한다. 잉맨 선생님이 우리 언니가 죽었다는 소식을 들었는지는 잘 모르겠다. 나를 동정하는 눈으로 보지 않는다.

오늘 아이들이 자리에 앉자마자 잉맨 선생님이 각자 제일 좋아하는 단어를 써보라고, 나중에 반 전체에게 이를 설명하도록 시킬 거라고 말한다.

나는 읽는 법을 배운 이후로 줄곧 단어들을 사랑했지만 제일 좋아하는 단어는 한 번도 생각해 본 적이 없다. 어떻게 하나를 고르지? 단순한 과제인데 왜 이렇게 초조한지 모르겠다. 몇 분이 지나서 생각이 떠오르자 이번에는 멈출 수가 없다.

황혼
고요
육신
망각
일몰 기도
뜻밖의 우연
만화경
눈부시다
등나무
상형문자
지글지글

내 차례가 되자 나는 결국 '등나무'로 결정한다.

"좋아하는 단어가 뭐니, 훌리아?" 잉맨 선생님이 고갯짓으로 나를 가리킨다. 선생님은 항상 내 이름을 정확하게, 스페인식으로 발음한다.

"네, 그러니까, 음…… 정말 많지만, '등나무(wisteria)'로 정했어요."

"그 단어의 어떤 점이 좋은데?" 잉맨 선생님이 자기 책상에 앉아 상체를 앞으로 내민다.

"모르겠어요. 등나무는 꽃 이름이고, 또…… 그냥 소리가 아름다워요. 그리고 '히스테리아(hysteria)'랑도 운이 맞아서 멋진 것 같아요. 좀 이상하게 들릴지도 모르지만, 그 단어를 발음할 때 입에서 울리는 느낌이 좋아요."

남자애들이 전부 웃음을 터뜨렸기 때문에 나는 마지막 말은 덧붙이지 말걸 후회한다. 이럴 줄 알았어야 하는 건데.

잉맨 선생님이 고개를 젓는다. "그러지 마, 얘들아. 홀리아를 존중하자. 내 수업에서는 다들 서로에게 친절하면 좋겠구나. 그러지 않으면 나가라고 할 거다. 알겠니?"

아이들이 조용해진다. 모든 학생이 발표를 끝낸 다음 잉맨 선생님이 왜 이런 연습을 시키는 것 같으냐고 우리에게 묻는다. 몇 명이 어깨를 으쓱하지만 아무도 대답하지 않는다.

"너희가 선택한 단어는 너희들에 대해서 많은 것을 가르쳐 줄 수 있지." 선생님이 말한다. "나는 이 수업에서 너희들이 단어를 음미하는 법, 잠깐, 아니야, **사랑하는** 법을 배우길 바란다. 어려운 텍스트를 읽고서 지적이고 놀라운 방식으로 분석하는 법뿐만 아니라 새로운 단어를 수백 개 익히면 좋겠어. 자, 내가 너희에게 가르치고 있는 건 표준 영어인데, 그건 힘을 가진 언어야. 무슨 뜻일까?" 잉맨 선생님이 눈썹을 치켜올리고 교실을 둘러본다. "누구 없니?"

교실은 조용하다. 내가 대답하고 싶지만 너무 부끄럽다. 레슬리가 옆에서 씩 웃는 게 보인다. 뭐야 쟤는. 레슬리는 항상 더러운 기저귀 냄새를 맡은 듯한 표정이다.

"권위 있는 방식으로 말하고 쓰는 법을 배운다는 뜻이야. 그렇다면 너희들이 동네에서 말하는 방식은 틀렸다는 뜻일까? 은어가 나쁘다는 뜻일까? '쌔끈하다'처럼 너희들이 하는 말을 쓰면 안 된다는 뜻일까? 절대 아니야. 그러한 형식의 말도 재미있고, 창의적이고, 독창적이지. 하지만 취업 면접을 볼 때 그런 식으로 말하면 도움이 될까? 유감스럽지만 그렇지 않아. 너희가 그런 문제들에 대해서 생각해 보면 좋겠어. 말에 대해서 한 번도 해 보지 않은 방식으로 생각하길 바란다. 이 수업을 마칠 때는 교외 출신 아이들과 경쟁할 도구를 갖추면 좋겠구나. 너희도 그 애들만큼 유능하고, 그 애들만큼 똑똑하니까."

잉맨 선생님이 미국 문학의 중요성에 대한 짧은 수업을 마치자 종이 울린다. 정말이지 나는 이 수업이 제일 좋다.

토요일 아침, 아마가 밀가루 토르티야를 만들고 있다. 아침에 잠에서 깨자 반죽 냄새와 밀대 소리가 내 방까지 들어온다. 가끔 아마는 종일 침대에 누워 있지만 또 가끔은 미친 듯이 요리와 청소를 한다. 예측 불가다. 엄마가 도와 달라고 할 게 뻔하므로 나는 엄마가 일어나라고 할 때까지 침대에 누워서 책을 읽는다.

"일어나라, 우에보나*!" 밖에서 아마가 소리친다. 아마는 나

---

* 게으름뱅이*huevona*.

를 항상 우에보나라고 부른다. 내가 엄마처럼 온종일 남의 집 청소를 하는 것도 아니므로 피곤할 권리가 없단다. 엄마 말도 일리가 있지만, 잘 생각해 보면 여자애를 그렇게 부르는 건 좀 이상하다. 우에보는 '알'이라는 뜻이므로 이 말은 네 알(불알)이 질질 끌릴 정도로 너무 커서 너를 게으르게 만든다는 뜻이 된다. 여자애한테 불알이 너무 무겁다고 말하는 건 좀 이상하지만, 나는 이 사실을 지적하지 않는다. 그러면 아마가 분명 화를 낼 거다.

나는 세수를 하고 이를 닦고 나서 부엌으로 간다. 밀대로 얇게 편 토르티야가 식탁과 조리대를 온통 뒤덮고 있다. 아마는 식탁 위로 몸을 숙이고 작은 공 모양 반죽을 완벽한 동그라미로 펴내고 있다.

"앞치마 입고 이것 좀 구워라." 아마가 부엌 전체에 흩어진 토르티야를 가리키며 말한다.

"다 됐는지 어떻게 알아요?"

"그냥 알아."

"무슨 뜻인지 모르겠어요."

"어떤 여자애가 토르티야가 다 됐는지 아닌지도 모르니?" 아마는 벌써 짜증이 난 표정이다.

"나. 난 몰라요. 그냥 말해 줘요."

"하다 보면 알아. 상식이야."

나는 철판에서 구워지는 토르티야를 유심히 보면서 타기 전에 뒤집으려고 한다. 첫 번째 토르티야를 뒤집어 보니 너무 오래 놔뒀다. 한 쪽이 거의 다 탔다. 아마는 두 번째 토르티야가 너무 허옇다고, 조금 더 구워야 한다고 말하지만 그렇게 했더니 너무 바삭해진다. 세 번째 토르티야를 완전히 태우자 아마가 한숨을 내쉬고 자기가 구울 테니 나보고 반죽을 펴라고 한다. 나는 밀대를 받아 들고 최선을 다해서 작은 공을 동그랗게 민다. 하지만 아무리 제대로 손보려고 애를 써도 결국 이상한 모양이 된다.

"서건 찬클라* 같네." 아마가 제인 이상한 토르티야를 보며 말한다.

"완벽하진 않지만 슬리퍼 같진 않죠, 세상에." 점점 더 괴로워진다. 내가 심호흡을 한다. 어젯밤에 엄마가 방에서 우는 소리를 들었기 때문에 싸우고 싶지는 않다.

"완벽해야지."

"왜요? 어차피 우리가 먹을 건데. 모양이 완벽하지 않으면 뭐 어때요?"

"뭘 하려거든 똑바로 해야지, 아니면 아예 하질 말든가." 아마가 가스레인지를 향해 돌아서며 말한다. "올가는 항상 동그랗게 잘 만들었는데."

"올가가 토르티야를 어떻게 만들었든 무슨 상관이야." 내가 앞치마를 벗어던지며 말한다. 더 이상은 못 참겠다. "이런 거지 같은 거 아무 관심도 없어요. 가게에서 사면 되는데 왜 이 고생을 하는지도 모르겠고."

"썩 이리 와." 아마가 소리를 지른다. "토르티야도 못 만들다

* 슬리퍼 *chancla*.

니, 도대체 어떤 여자가 되려고 그러니?"

티브이도 못 보고, 전화기도 못 쓰고, 외출도 못 한 지 2주가 지나자 아마가 오늘 벌을 끝내 줄 수도 있다고 말한다. 나는 학교가 끝난 뒤에 콘티넨탈에 갈 생각이지만 아마는 모른다. 어디 갈때마다 허락을 받는 것도 지쳤고, 나는 올가 때문에 미칠 지경이다. 로레나를 설득해서 같이 갈 수 있을지도 모른다.

나는 밝은 빨간색 립스틱을 바르고, 제일 좋아하는 검정색 원피스를 입고, 빨간 그물 스타킹에 검정색 컨버스 운동화를 신는다. 그런 다음 고데기로 머리카락을 펴서 등 뒤로 곧게 내린다. 내가 좀 뚱뚱한 편이라는 것도, 턱에서 거대한 여드름이 욱신거리고 있다는 것도 전혀 신경 쓰지 않는다. 나는 즐거운 하루를 보내기 위해서 최선을 다하고 있다. 음, 언니가 죽은 뒤로 언제라도 정신이 나갈 것 같은 상황이지만, 그 나름대로는 말이다.

방에서 나가자 아마가 나를 보더니 아무 말도 없이 성호를 긋는다. 내 옷차림이 마음에 들지 않거나 내가 이상한 말을 할 때마다 하는 행동이다. 즉, 늘 그런다는 뜻이다.

나는 올가한테 크리스마스 선물로 받은 가죽 일기장을 배낭에 넣는다. 내가 받은 것 중 가장 사려 깊은 선물이었다. 언니는 그렇게 보이지 않을 때에도 항상 관심을 기울이고 있었나 보다.

아마가 나를 학교 앞에 내려 주면서 양쪽 뺨에 입맞춤을 한다. 슬슬 드레스를 찾아봐야겠다고, 킨세녜라에 주인공이 사탄 숭배자 같은 옷차림으로 참석할 수는 없다고 말한다.

내 사물함 앞에서 기다리던 로레나가 수업이 시작하기 전에 나를 꽉 안아준다. 가끔은 로레나와 내가 아직도 제일 친하다는 사실이 이해가 안 간다. 우리는 너무 다르고 겉보기에도 완전 정반대다. 심지어 사람들도 우리가 같이 다니는 것을 의아하게 본다. 로레나는 스판덱스와 밝고 정신없는 무늬, 다채로운 색깔을 좋아하고 바지 대신 레깅스를 입는다. 나는 밴드 티셔츠, 청바지, 검은 원피스를 더 좋아한다. 내 옷장에는 검정색, 회색, 빨간색 옷밖에 없다. 내가 뉴웨이브와 인디 음악을 듣기 시작했을 때 로레나는 힙합과 알앤비에 빠졌다. 우리는 항상 음악으로 (그리고 물론 다른 모든 것들로) 투닥거리지만, 나는 로레나를 평생 알았고 우리는 설명할 수 없는 묘한 방식으로 서로를 이해한다. 로레나는 내가 무슨 생각을 하는지 딱 보기만 해도 안다. 로레나는 품행이 방정하지 않고, 요란하고, 가끔 어처구니없을 만큼 무식하게 굴지만 나는 로레나를 사랑한다. 로레나는 누가 나를 이상한 눈길로 쳐다보기만 해도 그 사람과 싸울 것이다. (우리가 초등학교 때부터 알던 여자애 파비올라가 내 바지를 두고 놀리자 로레나가 그 아이의 책상을 엎고 넌 겁먹은 치와와 같다고 말한 적도 있다.) 학교 끝나면 시내에 같이 나가자고 로레나에게 말하기도 전에 종이 울린다. 나는 대수 수업에 늦지 않으려고 달려간다. 나는 온몸으로 수학을 싫어할 뿐만 아니라 시먼스 선생님이 인종차별주의 공화당원이 아닐까 하는 의심도 하고 있다. 팔자수염을 기르는 데다가 책상 전체가 성조기로 장식되어 있다. 심지어 작은 남부 연합 깃발도 하나 있는데, 학생들이 못 알아차릴 거라고 생각하나 보다. 도대체 어떤 사람이 남부 연합 깃발을 간직할까? 또 젤리빈에 대한 로널드 레이건의 멍청한 말도 붙여 놓았는데, 그것도 명백한 단서다. '젤리빈을 먹는 방식을 보면 그 사람의 성격에 대해서 많은 것을 알 수 있다.' 도대체 무슨 말이지? 사람들이 젤리빈을 먹는 방식이 뭐 얼마나 다르다는 거지? 하지만 아무도 이런 것들을 알아차리지도 못하고 신경도 안 쓰는 것 같다. 로레나에게 설명하려고 시도해 봤지만 어깨를 으쓱하고 "백인이 다 그렇지 뭐"라고 말할 뿐이었다.

시몬스 선생님이 정수에 대해서 뭐라 말하는 동안 나는 일기장에 시를 쓴다. 이제 몇 장밖에 안 남았다.

내 혼돈의 소음과 함께
풀려나는 빨간 리본.
북처럼 둥둥거리는 빛.
나는 날개를 펴고서 사람들이 뺨에 손을
대고 깜짝 놀라는 따뜻하고
상쾌한 꿈속을 헤엄치다가
결국 미친 듯이 춤을 추며
새로운 별자리로 날아갔다.
그 꿈은 내 육신을 담기에는
너무 따뜻하고, 단번에 내 우주를
붙잡는 부드러운 손끝에는
너무 거칠다. 모든 것이 가라앉고, 땅으로

추락하고, 새파래졌다.

내 뒤에서 석양이 호우처럼

내린다.

내가 시적 이미지에 대해서 공상을 하고 있으려니 시몬스 선생님이 나를 부른다. 그럼 그렇지. 내 주변에서 고동치는 선생님을 향한 증오가 느껴졌나 보다.

"줄리아, 4번 문제 답이 뭐지?" 선생님이 안경을 벗고 나를 노려본다. 내 이름을 어떻게 발음하는지 알려 줬지만 선생님은 자꾸 내 이름을 이상하게("줄리아") 발음한다. 아마는 내 이름을 절대 영어식으로 발음하지 못하게 한다. 이름을 지은 사람은 아마 자신이라고, 사람들이 멋대로 자기들 편하게 바꾸면 안 된다면서 말이다. 적어도 그 문제에 대해서만은 우리 두 사람의 의견이 일치한다. 발음하기 어려운 것도 아닌데.

"죄송합니다. 모르겠어요." 내가 시몬스 선생님에게 말한다.

"수업 듣고 있었니?"

"아니요. 죄송합니다."

"왜 안 들었지?"

얼굴이 뜨거워진다. 애들은 나를 독수리처럼 바라보면서 창피 당하기만을 기다리고 있다. 왜 저렇게 끈질기게 물고 늘어질까? "죄송하다고 했잖아요. 무슨 말을 더 해야 할지 모르겠어요."

시몬스 선생님은 화가 머리끝까지 났다. "칠판 앞으로 나와서 문제 풀어 봐." 선생님이 나를 가리키며 말한다. 삿대질이 무례하다는 것도 못 배웠나 보다.

나는 필경사 바틀비처럼 그러고 싶지 않다고 말하고 싶지만, 그러면 안 된다는 것도 안다. 요즘 말썽을 너무 많이 일으켰다. 하지만 시몬스 선생님은 왜 나를 괴롭힐까? 우리 언니가 죽은 걸 모르나? 심장이 미친 듯이 두근거리고, 왼쪽 뺨에서 고동이 크게 느껴진다. 얼굴이 실룩거리나 보다.

"싫어요."

"지금 나한테 뭐라고 했지?"

"싫다고 했어요."

시몬스 선생님의 얼굴이 햄처럼 분홍색으로 물든다. 허리에 양손을 얹었고, 내 두개골을 내리치고 싶다는 표정이다. 선생님이 무슨 말을 하기도 전에 내가 배낭에 물건을 쑤셔 넣고 달려 나간다. 오늘은 이런 일을 견딜 수 없다.

"당장 돌아와." 시몬스 선생님이 소리치지만 나는 계속 달린다. 내가 교실 밖으로 나가자 아이들이 소리를 지르고 웃으면서 박수 치는 소리가 들린다.

"와, 쫓겼다!" 마르코스가 소리친다.

"아니, 쟤가 **너한테** 그런 일은 없을 거래!" 호르헤 같은데, 저 말을 들으니 쥐꼬리같이 기른 머리 모양도 용서가 될 것 같다.

하늘이 맑다. 너무 선명하고 아름다운 파란색이라서 보고 있으니 마음이 아프다. 학교가 끝날 때까지 기다렸다가 로레나한테 같이 가자고 하는 게 나았을지도 모르지만 이제 와서 다시 들어갈 순 없다. 새들이 날아가고 길거리에서 초리조를 굽는 냄새가 난다. 차들이 빵빵거린다. 가판대에서 과일과 옥수수를 팔고 있다. 사방에서 멕시코 음악이 울려 퍼진다. 나는 깡패들이나 차에 앉아서 휘파람을 부는 남자들 때문에 동네에서 걸어 다니는 것이 늘 싫지만 오늘은 아무도 나를 쳐다도 안 본다.

학교에서 뛰쳐나오지 말았어야 한다는 건 안다. 하지만 아마는 항상 이런저런 것들을 낭비하는 게 죄라고 말하는데, 오늘 같은 날을 낭비하는 것이야말로 죄다. 게다가 이제 콘티넨탈에 가려고 온종일 기다릴 필요가 없다.

나는 버스를 타러 걸어가면서 시내 쪽으로 날아가는 헬리콥터가 작은 검정색 점이 되어 사라질 때까지 바라본다. 멀리 스카이라인이 흐릿하게 보인다. 시어스타워*가 보이는 한, 길을 잃을 염려는 없다.

초록색 풍선이 전선을 지나 날아가다가 나무에 걸린다. 1학년 때 본, 파리의 길거리에서 빨간 풍선이 프랑스 남자아이를 쫓아다니는 영화가 기억난다. 나는 저 풍선이 나무에서 풀려나 시카고 길거리에서 멕시코 소녀를 쫓아다니면 어떨까 상상한다.

나는 시카고에서 제일 입맛 떨어지는 식당으로 들어간다. 카운터는 아보카도 색이고 스툴은 대부분 찢어졌다. 창문에도 기름이 낀 것 같다. 타임머신에 탄 기분이다. 에드워드 호퍼의 그림 〈밤을 지새우는 사람들〉이 떠오르지만 훨씬 더 우울하다. 여기가 정확히 어디인지 모르겠다. 사우스 루프 근처인 것 같다.

* 시카고 서쪽에 위치한 110층짜리 건물.

내가 카운터에 앉자 웨이트리스가 심한 유럽 억양으로 뭘 주문하겠느냐고 묻는다. 폴란드나 동유럽 어느 나라 출신인가 보다. 정확히는 모르겠다. 그녀는 피곤한 기색에도 미모가 돋보였는데, 예쁘다는 사실 자체로 필요 이상의 주목을 끌지도 않는다. "여기, 여기, 나 좀 봐!"라고 말하는 것 같지 않다.

주머니에 8.58달러밖에 없고 집으로 돌아가려면 버스나 지하철을 타야 하므로 메뉴를 신중하게 골라야 한다. 정말 먹고 싶은 건 달걀, 해시브라운, 치즈, 베이컨—사실상 내가 좋아하는 것 전부—이 나오는 '더 호보'라는 메뉴지만 7.99달러나 한다. 그러면 집으로 돌아갈 차비가 모자라다. 베이컨 냄새 때문에 침이 흐를 지경이지만 나는 치즈 데니시와 커피 한 잔을 주문한다.

카운터에 앉아서 신문을 읽으며 커피를 마시는데, 맛이 참을 수 없을 정도로 이상하다. 오래 신은 양말을 넣고 끓인 물을 커피포트에 넣은 것 같은 맛이지만 2달러를 낭비할 순 없으므로 어쨌든 억지로 삼킨다. 데니시도 물론 딱딱하다. 짐작했어야 하는 건데. 나는 손가락으로 치즈를 퍼내서 먹는다.

"학교에 있어야 되는 거 아니니?" 웨이트리스가 내 잔에 커피를 다시 채우며 묻는다.

"네, 그렇죠. 하지만 선생님이 완전 재수 없게 굴어서요."

"흐음." 그녀가 눈썹을 치켜올린다. 의심스러운가 보다.

"진짜예요, 맹세해요."

"선생님이 어떻게 했는데?"

"칠판 앞으로 나와서 문제를 풀래요. 답을 모른다는데도 계속 나와서 풀라잖아요. 너무 창피했어요." 입 밖에 내어 말하자 얼마나 멍청하게 들리는지 알겠다.

"그렇게 나쁘진 않은 것 같은데." 그녀가 말한다.

"네, 그런 것 같네요." 우리 둘 다 웃는다.

"음, 문제가 생기기 전에 학교로 돌아가는 게 좋을 것 같다." 그녀가 미소를 짓는다.

"언니가 죽었어요." 내가 불쑥 내뱉는다.

"뭐?" 웨이트리스가 잘못 들었다는 듯이 묻는다.

"지난달에 죽었어요. 집중이 안 돼요. 그래서 학교에서 뛰쳐나왔나 봐요."

"어머." 그녀의 예쁜 얼굴이 슬프고 심각해진다. 내가 왜 웨이트리스에게 이런 말을 하는 걸까? 이 사람이랑은 상관없는 일인데. "불쌍해라. 정말 안됐다."

"고마워요." 이렇게 말하면서도 왜 웨이트리스에게 올가 이야기를 했는지 나도 모르겠다. 그녀가 내 손을 꼭 잡아 준 다음 뒤쪽 테이블로 간다.

나는 잠깐 일기를 쓰면서 이제부터 뭘 할지 생각한다. 이미 시내에 나왔으니 종일 놀아도 된다. 하지만 돈이 아예 안 들거나 거의 안 드는 것을 해야 한다, 아니면 집까지 걸어가야 한다. 나는 낙서를 끄적거리면서 이런저런 생각을 하다가 아트인스티튜트에 가기로 결정한다. 세상에서 내가 제일 좋아하는 곳이다. 아니, 시카고에서. 나는 아직 세상을 별로 못 봤다. 일정액의 권장

기부금이 있지만* 다 낸 적은 한 번도 없다. 중요한 건 **권장**이라는 사실이다.

웨이트리스에게 계산서를 달라고 하자 누가 이미 냈다고 한다.

"뭐요? 누가요? 잠깐, 무슨 말인지 모르겠어요."

"저기 앉아 있던 남자 말이야." 그녀가 카운터 끝의 빈 의자를 가리킨다. "오늘 네 일진이 나쁘다는 얘기가 들렸대."

믿을 수가 없다. 어떻게 아무 대가도 요구하지 않으면서 그럴 수 있을까? 그 남자는 나한테 추근대거나 가슴을 빤히 보거나 고맙다는 인사를 들으려고 근처에서 서성이지도 않았다. 그 사람을 찾으러 달려 나가지만 너무 늦었다. 벌써 가고 없다.

나는 노트를 꺼내서 콘티넨탈 호텔 주소를 빤히 본다. 길을 썩 잘 찾는 편은 아니지만 지도 없이 찾아갈 수 있을 것 같다. 나는 북서쪽을 향해 걸어간다. 호수의 위치만 알면 그렇게 어렵지 않다. 건물에 태양이 가려서 추워지기 시작한다. 재킷을 가져올걸.

다리가 없는 남자 노숙자가 스타벅스 앞에서 소리를 지른다. 술에 취했나 보다, 무슨 말인지 못 알아듣겠다. 라마가 어쩼다는 건가? 어떤 모녀가 거대한 아메리칸걸** 쇼핑백을 두 개 들고 나를 스치며 지나간다. 저기 인형은 수백 달러씩 한다던데. 빨리 한두 푼까지 걱정할 필요 없이 원하는 건 뭐든지 살 만큼 돈을

* 미국에는 미술관이나 박물관 등에 입장료 대신 원하는 금액을 기부하고 들어가는 제도가 있다.
** 시카고의 유명한 인형 가게.

벌고 싶다. 하지만 인형처럼 하찮은 것에는 절대 돈을 쓰지 않을 거다.

콘티넨탈은 작지만 호화롭고, 푸른색과 황백색 위주로 꾸며졌다. 무슨 뜻인지는 모르겠지만 '부티크 호텔'이라고 한다. 내가 다가가자 프런트데스크의 여자가 전화를 끊는다. "무엇을 도와드릴까요?" 머리카락은 아파 보일 만큼 단단하고 매끈하게 포니테일로 묶었고, 향수는 여름 해 질 녘의 자욱한 꽃 냄새다.

"여기서 이 사람 본 적 없어요? 저희 언니예요." 나는 올가가 죽기 한 달 전 티아 쿠카의 바비큐 파티에서 찍은 사진을 건넨다. 올가는 음식이 담긴 접시를 들고 눈을 감은 채 웃고 있다. 나는 제일 최근 사진을 보여주는 게 좋겠다고 생각했다.

"죄송하지만 고객 정보는 알려드릴 수 없습니다." 여자가 미안하다는 듯이 미소를 짓는다. 이빨에 분홍색 립스틱이 살짝 묻었다.

"하지만 언니는 죽었어요."

여자가 움찔하더니 고개를 젓는다. "유감입니다."

"본 적 있는지 없는지만이라도 말해 주면 안 돼요?"

"다시 말씀드리지만, 언니분께서 돌아가신 건 정말 진심으로 유감이에요. 하지만 말씀드릴 수가 없습니다. 저희 정책에 어긋나요."

"죽었는데 정책이 무슨 상관이에요? 이름 좀 찾아봐 주시면 안 돼요? 올가 레예스예요. 제발요."

"경찰에게만 정보를 제공할 수 있습니다."

"젠장." 내가 소리 죽여 말한다. 이 여자의 잘못이 아닌 건 알지만 너무 짜증 난다. "좋아요 그럼. 이 호텔이 스카이라인과 관련이 있는지만이라도 말해 줄 수 있어요? 같은 회사 소유인가요?"

"네, 같은 복합 기업체 소속입니다. 그건 왜 물어보세요?"

"고맙습니다." 나는 굳이 설명하지 않고 밖으로 나선다.

미술관에 들어가기 전에 바깥 정원을 먼저 산책한다. 다들 햇살을 간절히 붙들고 겨울이 이 도시에 차가운 회색 똥을 싸질러서 우리 모두를 다시 비참하게 만들기 전에 불시에 찾아온 따스함을 즐기고 있다.

나무는 색을 바꾸고 있지만 꽃이 아직 피어 있고 사방에 벌이 날아다닌다. 모든 것이 너무나 완벽하다, 이 순간을 유리병에 담아 간직할 수 있으면 좋겠다. 꽃무늬 원피스 차림의 젊은 여자가 아기에게 젖을 먹인다. 회색 머리를 길게 기른 남자가 아내의 무릎을 베고 벤치에 누워 있다. 어느 커플은 나무에 기대어 키스를 한다. 아주 잠깐이지만 긴 포니테일, 마른 몸, 평평한 엉덩이가 똑같아서 올가인 줄 알았다. 돌아섰을 때 보니 언니와 전혀 다르게 생겼다.

기부금을 권장액만큼 내지 않겠다고 말하자 카운터의 여자는 내가 범죄자라도 되는 것처럼 눈을 굴린다.

"누구나 예술 작품을 감상할 권리가 있는 거 아닌가요? 제가 교육을 못 받게 하시려는 거예요? 제 생각을 말하자면, 그건 너무 부르주아적이네요." 나는 이 단어를 작년 역사 수업에서 배운 다음 적절할 때마다 쓰려고 노력하는 중이다. 잉맨 선생님은 언어가 곧 힘이라고 우리에게 항상 말씀하신다.

여자가 한숨을 쉬더니 눈을 굴리고 표를 준다. 자기 직업이 싫은가 보다. 나라도 그럴 것 같다.

나는 제일 좋아하는 그림 〈홀로페르네스의 목을 베는 유디트〉 앞으로 간다. 작년 미술 시간에 화가 아르테미시아 젠틸레스키에 대해서 배웠다. 슈와르츠 선생님은 아르테미시아에게 안 좋은 일이 있었다고만 말할 뿐 무슨 일인지 말해 주지 않았기 때문에 수업이 끝난 다음 찾아보았다. 알고 보니 열일곱 살 때 그림을 가르쳐 주던 선생님한테 강간을 당했다고 한다. 더러운 놈.

수업 시간에 배운 르네상스와 바로크 시대의 그림은 거의 다 아기 예수님을 그린 것이라서 별로 재미가 없었다. 그래서 성경 속 여인들이 끔찍한 남자들을 모조리 죽이는 아르테미시아 젠틸레스키의 그림을 보자 심장이 떨렸다. 정말 끝내 주는 여자였다. 〈홀로페르네스의 목을 베는 유디트〉를 볼 때마다 새로운 것이 보인다. 바로 그게 미술과 시의 정말 좋은 점이다. 다 알겠다고 생각하는 순간 다른 게 보인다. 숨은 의미를 백만 개는 찾을 수 있다. 이 그림에서 내가 제일 사랑하는 부분은 유디트와 하녀가 남자의 목을 썰고 있지만 전혀 겁먹어 보이지 않는다는 점이다. 설거지라도 하는 것처럼 아무렇지도 않은 표정이다. 정말로 그랬을까 궁금하다.

우리 미술관에 젠틸레스키의 그림이 한 점 있다고 슈와르츠 선생님이 말했을 때 나는 당장 봐야겠다고 결심했다. 올해만 벌써 네 번째로 보고 있다. 나는 책만큼이나 미술을 사랑한다. 아름다운 그림을 보았을 때 드는 느낌은 말로 표현하기 어렵다. 두려움, 행복, 흥분, 슬픔을 전부 합친 것 같다. 몇 초 동안 내 가슴과 뱃속에서 차분한 빛이 반짝이는 것 같다. 가끔 숨이 멎을 때도 있는데, 이 그림 앞에 서기 전까지는 그런 일이 정말 가능한지도 몰랐다. 사랑에 빠진 멍청이들에 대한 팝송에서 그냥 하는 말인 줄 알았다. 에밀리 디킨슨의 시를 읽었을 때도 비슷한 느낌이 들었다. 나는 너무 흥분해서 책을 던져 버렸다. 화가 날 만큼 좋았다. 설명하려고 해 봤자 다들 내가 미쳤다고 생각할 게 뻔해서 나는 아무 말도 하지 않는다.

나는 몸을 숙이고 지금까지 유심히 보지 않았던 그림 아래쪽을 더 자세히 본다. 하얀 시트에 피가 뚝뚝 떨어지고 있고, 비단결을 어찌나 섬세하게 그렸는지 진짜가 아니라는 사실을 믿기 힘들다.

여기는 아무리 자주 와도 부족하다. 여기서 미술 작품을 하나하나 자세히 들여다보고 대리석 계단을 오르내리면서 평생 살수도 있을 것 같다. 손의 미니어처 룸*도 좋다. 내가 작아져서 이 자그맣고 멋진 방들에서 살면 어떨까 몇 시간이고 상상할 수 있다. 하지만 미술관에는 늘 혼자 온다. 아무도 같이 오려고 하지 않기 때문이다. 한번은 로레나를 끌고 오려 했지만 그냥 막 웃더

* 나시사 손(Narcissa Thorne)이 13세기부터 20세기까지의 유럽, 아시아, 미국의 인테리어를 12분의 1 크기로 제작한 미니어처.

니 나더러 범생이라고 했다. 아니라고는 못하겠다. 올가에게 같이 오자고 한 적도 있지만 언니는 그날 앤지와 쇼핑을 하러 갔다.

나는 미술관을 돌아다니다가 지금까지 알아차리지 못했던 그림을 발견한다. 토머스 로렌스 경이 그린 〈애나 마리아 대시우드, 후(後) 엘리 후작 부인〉이었다. 그림 속 여자의 얼굴을 보고 나는 쌈싹 놀라서 숨을 헉 들이마셨다. 언니의 눈이 니를 보고 있었기 때문이다. 예전에는 이런 표정에 전혀 신경 쓰지 않았다. 즐겁지도 우울하지도 않지만 뭔가를 말하려는 듯한 표정 말이다.

나는 시간도 잊고 계속 돌아다닌다. 내가 좋아하는 그림들—파블로 피카소의 〈늙은 기타 연주자〉, 살바도르 달리의 〈사이버네틱 바닷가재 전화기〉, 조르주 쇠라의 점묘화—을 다시 본다. 나는 쇠라의 그림을 볼 때마다 언젠가는 꼭 파리에 가겠다고 다짐한다. 혼자서 파리 시내를 돌아다니다가 치즈를 배 터지게 먹을 거다.

러시아워라서 기차를 타고 집으로 돌아간다. 이 시간에는 버스를 믿을 수가 없다. 정장 차림의 남녀는 모두 지쳤고 땀을 흘리고 있다. 나는 슬랙스 차림으로 기차에서 내려서 흰 스니커즈로 갈아 신고 집까지 걸어가는 사무직 여성이 되느니 차라리 고층 건물에서 뛰어내릴 거다.

기차에 사람이 가득하지만 역방향의 창가 좌석이 하나 있다. 내가 자리에 앉자 더러운 외투를 입은 옆자리 남자가 미소를 지으며 "안녕하세요"라고 말한다. 오줌 냄새가 나지만 적어도 매너는 좋다. 나는 일기장을 꺼내서 몇 가지 메모를 한다. 도시를 내려다보는 것이 좋다. 공장에 그려진 그라피티들, 경적을 울리는 자동차들, 창문이 다 깨진 낡은 건물들, 서두르는 사람들. 이런 움직임과 에너지를 보면 흥분된다. 멀리 떠나고 싶은 것은 사실이지만 이런 순간들 때문에 시카고를 사랑한다.

출입문 근처에서 흑인 아이들이 비트박스를 시작하자 어떤 남자가 얼굴을 찌푸리며 고개를 젓는다. 하지만 정말 듣기 좋다. 어떻게 입으로 저런 음악을 만들어내는지 궁금하다. 어떻게 기계랑 똑같은 소리를 내지?

시몬스 선생님 수업 시간에 쓰기 시작한 시를 다시 보고 있는데 얼굴에 화상 흉터가 있는 여자가 북적거리는 통로를 따라 걸어오면서 사람들에게 잔돈을 달라고 부탁한다. 여자가 가까이 다가오자 초록색 티셔츠에 '하느님은 나에게 너무 잘해 주셨어요!'라고 적힌 것이 보인다. 글자가 어찌나 환하게 반짝이는지 꼭 소리치는 것 같다. 여자가 내게 손을 내밀자 나는 배낭에 손을 넣어 남은 돈을 전부 꺼낸다. 식당에서 수수께끼의 남자가 내 대신 계산해 줬으니까, 다 주지 뭐.

"축복 가득한 하루 보내세요." 그녀가 이렇게 말하고 미소를 짓는다. "예수님은 당신을 사랑하세요."

예수님은 나를 사랑하지 않지만, 어쨌든 미소로 답한다.

창밖으로 저녁 햇살을 받아 반짝이는 스카이라인을 바라본다. 건물들이 눈부신 주황색과 빨간색을 반사해서 얼핏 보면 불이 붙은 것 같다.

학교에서 분명 부모님께 전화를 했을 거고, 나는 이제 똥통에 된통 **빠졌다**. 하지만 그럴 만한 가치가 있었다. 나는 일기장 빈 페이지를 펼쳐서 까먹기 전에 '하느님은 나에게 너무 잘해 주셨어요!'라고 적는다.

넷

토요일 오후, 나는 아마에게 도서관에 간다고 말해 놓고 앤지의 집으로 걸어간다. 전화를 백만 번은 걸었지만 답이 없었다. 나는 화가 났다. 무슨 말을 할지는 모르겠지만 어쨌든 얘기해야 한다. 올가의 속옷, 호텔 키, 그리고 죽은 언니가 떠올리고 있던 그 기묘한 웃음이 계속 떠오른다. 몇 주 동안 이상한 느낌이 작은 바늘처럼 뒷목을 쿡쿡 찌르며 나를 가만히 내버려두지 않는다. 어쩌면 앤지는 언니에 대해서 내가 모르는 뭔가를 말해 줄 수 있을지도 모른다.

이제 추워지기 시작한다. 공기에서 나뭇잎과 곧 비가 올 듯한 냄새가 난다. 나는 1년 중 이때가 제일 싫다. 해가 일찍 지기 시작하면 평소보다 더 우울해진다. 아주 뜨거운 물로 샤워를 하고 침대에서 책을 읽다가 잠들고만 싶다. 길고 어두운 나날은 끝이 없는 검정 리본 같다. 올해는 올가가 없으므로 더욱 심할 것이다.

앤지와 올가는 유치원 때 만났으니 나는 평생 앤지를 알았던 셈이다. 야성적인 곱슬머리와 항상 깜짝 놀란 듯한 커다란 초록색 눈을 가진 앤지는 아주 세련되고 예쁘기 때문에 나는 앤지를 무척 좋아했다. 올가는 고등학교 때 앤지가 그려 준 이국적인 풍경들을 자기 방 벽에 테이프로 붙여 놓았다. 앤지는 우리처럼 가난하지만 패션 센스가 뛰어나서 특이한 색과 무늬를 그럴듯하게 매치한다. 그리고 버룩시장에서 산 옷을 사기한테 어울리게 수선한다. 앤지에게서는 바닐라 냄새가 나고, 그녀의 웃음소리를 들으면 풍경(風聲) 소리가 떠오른다. 나는 앤지가 커서 디자이너나 예술가처럼 멋진 사람이 될 거라고 늘 생각했지만 알고 보니 앤지 역시 집을 떠나지 않는 멕시코 딸이었다. 앤지는 시내에서 일하면서 아직도 부모님과 같이 산다.

앤지의 어머니 도냐 라모나가 문을 열어 주고 내 뺨에 축축한 입맞춤을 한다. 도냐 라모나는 앤지의 할머니뻘은 되어 보이기 때문에 나는 그녀를 평생 알았지만 아직도 볼 때마다 깜짝 놀란다. 앤지를 늦게 낳은 데다가 고생을 많이 해서 그런가 보다. 아마는 그녀를 두고 항상 "에스타 아카바다*"라고 하는데, 이 말을 들으면 낡고 더러운 수세미가 생각난다. 도냐 라모나는 항상 앞치마를 두르고 있다. 진짜 맹세할 수 있다. 아마 성당에도 앞치마를 두르고 갈 거다.

앤지의 집은 구운 칠리 냄새가 나고 안경에 김이 낄 정도로 따뜻하다. 눈에 눈물이 고이고, 감당을 못할 정도로 기침이 터져

---

* 그 여자는 끝났어 *Está acabada.*

나온다. 아마가 무슨 살사를 만들 때도 늘 이렇다.

"아이, 미하, 케 델리카다.*" 도냐 라모나가 이렇게 말하며 내 등을 탁 친다. "앤지 불러온 다음에 물 한 잔 줄게." 다들 자꾸 내가 얼마나 예민한지 알려 주려고 한다. 내가 모르는 것도 아닌데 말이다. "요즘은 어떻게 지내니?" 도냐 라모나가 부엌에서 소리친다. "앤지는 아주 힘들어 하고 있어, 포브레시타**."

"전 좀 괜찮아졌어요, 감사합니다."

지구상에서 소파에 비닐 커버를 씌우는 집은 앤지네 집밖에 없을 거다. 게다가 어디에나 도일리를 깔고 도자기 인형을 올려놨다. 멕시코 여자들은 항상 온갖 도일리를 뜬다. 티브이용 도일리, 꽃병용 도일리, 쓸모없는 골동품용 도일리. 눈 닿는 곳마다 도일리가 있다! 정말 무의미하다. 이게 바로 아마가 "나코***"라고 부르는 거겠지. 우리는 가난할지는 몰라도 적어도 이렇게 구질구질하지는 않다.

마침내 방에서 나온 앤지는 떡 진 머리에 쥐색 로브 차림이다. 밤새도록 운 사람처럼 눈이 새빨갛다. 벌써 몇 주나 지났는데 아직도 엉망이다. 나를 봐서 반가운 것 같지도 않다.

앤지가 나를 안아 준 다음 자리에 앉으라고 한다. 엉덩이 밑에서 비닐 커버가 끽끽 소리를 낸다. 도냐 라모나가 물을 한 잔 주더니 부엌으로 돌아가 요리를 계속한다.

---

* 이런, 애, 정말 예민하구나 *Ay, mija, que delicada*.
** 불쌍하기도 하지 *pobrecita*.
*** 교양이 없다 *naco*.

"어떻게 지냈어?" 보이는 모습 그대로겠지만 나는 어쨌든 이렇게 묻는다.

"세상에, 훌리아. 어떻게 지냈을 것 같은데?" 앤지가 쏘아붙인다. 앤지는 대체로 나에게 상냥하지만 올가의 죽음 때문에 역시 엉망이 되었나 보다. 이제 그 누구도 예전 같지 않다. "미안. 그런 뜻은 아니었어. 그냥…… 잠을 못 자겠어. 내 꼴 좀 봐. 끔찍하지." 앤지가 말한다.

앤지의 말이 맞다. 눈 밑의 짙은 보라색 다크서클 때문에 누구한테 얻어맞은 것 같다. 아마라면 "오헤로사*"라고 말할 것이다.

"아니야, 괜찮아." 내가 거짓말을 한다. "평소랑 다름없이 예쁜데, 뭐." 나는 미소를 지으려 애쓰지만 억지로 하려니 얼굴이 아프다.

앤지가 나를 노려보고, 우리 주변에서 침묵이 거미줄처럼 점점 커진다. 부엌에서 뭔가를 기름에 튀기는 소리가 들린다. 빗소리 같다. 시계가 째깍째깍 소리를 낸다. 이런 순간에는 시간 개념이 흐려진다. 1분이 한 시간 같다.

"언니 방으로 가면 안 돼?" 결국 내가 속삭인다. "언니한테만 물어볼 게 있어."

앤지는 혼란스러운 표정이지만 알았다고 하고 복도를 앞장서서 걸어간다.

---

* 눈 밑이 거뭇하다*ojerosa.*

64

앤지는 브래지어를 입지 않은 티가 난다. 나는 빤히 보지 않으려고 애쓰지만 로브 밑의 젖꼭지가 두드러졌다. 앤지가 올가의 가슴을 만지는 장면을 목격했던 일곱 살 때 기억이 떠오른다. 내가 문을 열자 올가가 얼른 셔츠를 내리고 바닥으로 시선을 떨구었다. 올가가 창피해 하던 모습과 가슴이 작고 뾰족했던 것만 기억난다.

나는 앤지의 헝클어진 침대에 앉는다. 몇 주 동안 시트를 안 빤 것 같은 냄새가 나고 바닥에는 옷들이 널브러져 있다. 사방 벽과 화장대에 올가와 같이 찍은 사진이 잔뜩 있다. 공원, 포토부스, 초등학교, 연말 댄스파티, 졸업식, 저녁 식사. 침대 옆 탁자에는 경야와 장례식 프로그램 안내장도 있다. 안내장에는 천사가 그려져 있고, 천국에 대한 한심한 기도문이 실려 있다. 나는 차마 볼 수가 없어서 쓰레기통에 던져 넣었는데.

"언니가 보고 싶지?" 내가 묻는다.

"응, 당연하지." 앤지가 올가와 함께 졸업식 가운을 입고 찍은 사진을 빤히 본다. "뭘 물어보고 싶은데?"

"전화 여러 번 했었는데 왜 연락 안 했어?"

앤지가 한숨을 쉰다. "요즘은 누구와도 얘기하고 싶지가 않아."

"음, 나도 딱히 사람들이랑 어울리고 싶은 기분은 아니지만 난 올가 동생이잖아, 적어도 내가 전화를 하면 다시 걸어 줄 순 있잖아."

앤지는 사진만 보며 아무 말도 하지 않는다.

"올가가 사고를 당했을 때 언니한테 문자를 보내고 있었어?"

"뭐?"

"언니야?"

"훌리아, 나도 몰라." 앤지가 눈을 비비며 하품한다. "그게 뭐가 중요해? 올가는 죽었어."

"언니야, 아니야? 어려운 질문도 아니잖아. 올가는 다섯 시 반쯤 사고를 당했어. 전화기를 확인해 보면 되잖아. 우리 언니한테 친구가 많은 것도 아니고."

"정확히 뭘 찾고 있는 거니, 훌리아?"

"그냥 내가 모르는 게 있는 것 같아서."

"예를 들어서?"

"모르겠어. 그걸 찾아내려는 거야." 부아가 치민다. 여기 온 게 실수였지도 모른다. 앤지에게 무슨 말을 할 수 있을까? 올가의 방을 뒤지다가 야한 속옷과 호텔 키를 찾았다고? 나는 끔찍하고 이기적인 인간이라서 죽기 전까지는 언니한테 관심도 없었다고?

앤지가 울음을 참으려고 애쓰는 듯 천장을 올려다본다. 나도 백만 번은 해 봤다. 눈물을 도관에 가두는 데는 도가 텄다.

"괴상야릇한 속옷이랑 호텔 키를 발견했어." 내가 말한다. "콘티넨탈 호텔."

앤지가 로브를 여미고 칠이 벗겨진 분홍색 발톱을 내려다본다. "그래서?"

"**그래서**라니, 무슨 뜻이야? 나보고 미쳤다고 해도 돼, 하지만 좀 이상하잖아."

"훌리아, 넌 늘 과장하잖아. '괴상야릇한' 속옷이라니, 무슨 뜻인지 모르겠다."

"괴상야릇하다는 건 '창녀 같다'는 거야." 인내심이 점점 바닥난다. "게다가 호텔 키라고. 올가가 어딜 왜 갔을까? 왜 그런 걸 가지고 있지?"

"내가 어떻게 알아?" 앤지가 눈을 굴리자 나는 화가 난다.

"언니가 제일 친한 친구였잖아, 아냐?"

"훌리아, 넌 맨날 말썽만 부리면서 가족들을 힘들게 하잖아. 그래놓고 올가가 죽으니까 갑자기 올가에 대해서 모조리 알고 싶어졌니? 넌 올가랑 대화도 거의 안 했잖아. 살아 있을 때 물어보지 그랬니? 그랬으면 여기 와서 나한테 올가의 연애사를 캐물을 필요도 없었을 텐데 말이야."

"연애사라고? 올가한테 사귀는 사람이 있었다는 거야?"

"아니, 그런 뜻 아니야. 마음대로 넘겨짚지 마."

"하지만 방금—"

"훌리아, 이제 그만 가줘. 할 일이 있어." 앤지가 일어나서 문을 연다.

내 얼굴이 이렇게 거무스름하지 않다면 분명 새빨갛게 달아올랐을 것이다. 누가 내 머리 위에 팔팔 끓는 물을 한 양동이 부은 것 같다. 우리 가족과 이야기를 나누는 것이 나에게 얼마나 어려운 일이었는지 앤지는 전혀 모른다. 침묵과 긴장이 몇 년 동안이나 우리를 숨 막히게 했다는 것도 모른다. 집에 있으면 내가 머리 셋 달린 외계인 같은 기분이 든다는 것도 모른다. 게다가 왜 이렇게 방어적으로 나올까? 나는 목구멍으로 칠리 맛을 느끼면서 앤지의 지저분한 방에 가만히 앉아 있고, 내 안에서 죄책감과 분노가 용암처럼 퍼진다.

"알았어. 이래서야 아무것도 안 되겠다." 내가 말한다. "정말 고마워, 앤지. 친절하게 대해 주고 응원해 주니까 진짜 너무 고맙네."

"훌리아, 그만해. 내가 잘못했어. 하지만 그동안 너무 힘들었단 말이야. 몸이 산산조각 나는 것 같아." 앤지가 양손에 얼굴을 묻는다.

"언니는 제일 친한 친구를 잃었지만 난 친언니를 잃었어. 날 이기적인 나르시시스트 꼬맹이라고 생각하겠지만 내 인생은 지금 거지 같아. 밤마다 올가가 돌아오기를 기다리지만 언니는 오지 않아. 나는 바보처럼 문만 쳐다보고 있어."

앤지는 아무 대답도 하지 않는다. 방에서 나가자 도냐 라모나가 얼른 다가온다, 슬리퍼가 리놀륨 바닥에 부딪쳐 탁탁탁 소리가 난다. 지금까지 들어 본 중 제일 짜증 나는 소리다.

"아무것도 안 먹고 그냥 가니, 미하? 이리 와, 앉아. 수프 만들고 있어." 도냐 라모나가 끈질기게 권한다.

"노 그라시아스, *세뇨라**. 배 안 고파요."

아주머니의 지친 갈색 얼굴이 걱정으로 일그러진다. "무슨

* 고맙지만 괜찮아요, 아주머니 *No gracias, señora*.

일이니, *크리아투라**? 우는 거니?"

"아뇨, 칠리 때문에 눈이 따가워서요." 내가 거짓말을 한다.

.

* 아기*criatura*.

다섯

학교가 끝난 뒤 로레나와 나는 인터넷으로 뭘 좀 알아보려고 로레나의 집으로 간다. 그래서 나는 아마에게 전화를 걸어 프로젝트 때문에 늦게 들어가게 됐다고 말한다. 아마는 내가 학교에서 뛰쳐나온 것 때문에 아직까지 화가 나서 처음에는 안 된다고 하지만 내가 (상상 속의) 그룹 과제를 내일까지 내야 한다고 설명하자 마지못해 허락한다. 아마는 구체적인 이유를 대지 않으면 아무 데도 못 가게 한다. 친구랑 같이 놀고 싶다고 하면 같이 놀아서 뭐 하냐면서 내가 다른 집 코치나*에 가는 건 싫다고 한다, 정말 어이없다. 첫째, 다른 집 부엌에 가는 것이 왜 문제라고 생각하는지 모르겠다. 둘째, 우리는 거의 부엌에 들어가지도 않는다. 거실에서 논다.

아마는 친구가 없고, 친구가 왜 필요한지도 모른다. 여자한테는 가족만 있으면 된다고 한다. 아마의 말에 따르면 혼자서 돌

* 부엌*cochina*.

아다니는 사람은 고아와 창녀밖에 없다. 아마는 일을 하거나 장을 보거나 집에서 요리와 청소를 할 때를 빼면 보통 티아들이나 코마드레*이자 엄마의 사촌인 후아니타와 시간을 보낸다. 아, 그리고 토요일과 일요일에는 성당에 간다. 우리 동네 밖으로는 거의 안 나간다. 내 눈에는 엄마의 세상이 너무 작아 보이지만, 본인이 그것을 원한다. 우리 가족의 내력일지도 모른다. 올가도 그랬고, 아파가 제일 좋아하는 장소는 우리 집 소파다.

나는 밖으로 나가서 혈연관계가 아닌 이들과도 이야기를 해야 하는 사람이라고 아마를 설득하는 대신 있지도 않은 숙제를 종종 만들어낸다. 통할 때도 있고, 안 통할 때도 있다.

로레나는 우리가 길모퉁이 가게에서 사온 매콤한 칩을 커다란 그릇에 넣고 칩이 축축해질 정도로 라임 즙을 잔뜩 짠다. 우리는 경주라도 하듯이 재빨리 먹는다. 다 먹을 때쯤 되니 손가락이 빨갛게 물들고 콧물이 줄줄 흐른다. 로레나에게 먹을 게 더 있냐고 묻자 없다고 한다. 배가 꾸르륵거린다.

우리 집에서는 정크 푸드가 금지기 때문에 나는 몰래 먹을 수밖에 없다. 참 아이러니하게도 아파는 캔디 공장에서 일한다. 아마는 미국인들이 쓰레기만 먹는다고, 그래서 전부 뚱뚱하고 못생겼다고 한다. 완벽한 몸매를 가진 아마는 누구나 자기처럼 운이 좋은 줄 안다. 아마는 우리를 한 번도, 정말 단 한 번도 맥도날드에 데리고 가지 않았다. 아무도 내 말을 믿지 않는다. 나

* 대모 *comadre*.

는 가끔 학교에서 집으로 걸어갈 때 1달러짜리 치즈버거를 사서 집에 도착하기 전까지 세 입 만에 다 먹는다. 그래서 좀 뚱뚱해졌나 보다. 가슴이 점점 더 무거워지고 가끔 등이 아프다. 아마는 집에 콩이랑 토르티야가 잔뜩 있으니 버거와 감자튀김은 필요 없다고 말한다. 내가 피자나 중국음식을 배달시키면 안 되냐고 물을 때마다 아마는 애를 망쳤다며 케사디야를 만들어 먹으라고 한다. 또 어떨 때는 아무 말도 없이 내 배를 꼬집고 간다.

"그래서, 뭘 찾고 싶은데?" 로레나가 냉장고에서 물 한 병을 꺼낸다.

"잘 모르겠어, 솔직히. 너한테 말 안 했는데 저번에 내가 언니 물건을 뒤졌거든."

"그래서?"

"속옷을 찾았어. 그러니까, **창녀** 속옷 말이야."

"도대체 무슨 소리야?" 짜증이 난 것 같다. 로레나는 내가 뭐든지 과장한다고 말한다.

"아주 충격적이었어. 티팬티랑 란제리 같은 거."

"여보세요? 티팬티는 나도 입는데요." 로레나가 눈을 굴린다.

"지금 우리가 얘기하는 건 올가잖아. 언니는 욕도 한 마디 안 하는 사람이었어. 아마가 그걸 보면 불같이 화냈을 거야. 그런 거 싫어하거든. 여자가 짧은 반바지 입는 것도 싫어해."

"올가가 섹시한 기분을 느끼고 싶었다면 그게 뭐 어때서? 다 큰 여자였잖아."

"좋아, 그럼 내가 발견한 호텔 키는 어떻게 설명할래?" 내가 배낭에서 카드 키를 꺼낸다. "이거야." 내가 이렇게 말하고 카드를 테이블에 던진다.

"모르겠네. 책갈피나 뭐 그런 걸로 썼겠지. 앤지가 호텔에서 일하지 않아?"

"응, 하지만 이 호텔은 아니야. 뭔가 안 맞는다니까."

"시간 낭비일지도 몰라." 로레나가 자기 방으로 가서 노트북을 가지고 나온다. 무게가 50킬로그램은 나갈 것 같다. 사촌한테 물려받은 건데 진짜 낡았다.

"뭘 찾고 싶어?"

"모르겠어. 페이스북 같은 거? 사실은 올가가 페이스북을 했는지 안 했는지도 몰라. 올가는 스물두 살 몸에 갇힌 할머니였으니까."

"너도 안 하잖아."

"너무 시시하잖아. 사람들은 현실에서도 충분히 따분해, 온라인에서 얼마나 따분한지 볼 필요도 없어. 게다가 우리 집엔 인터넷도 없는데 그런 걸 하면 뭐해? 페이스북 하러 도서관에 갈 것도 아니고."

로레나가 고개를 젓고 암호를 입력한다.

올가의 이름을 검색해 보지만 올가 레예스가 열두 명이나 된다. 일일이 다 클릭해 봐도 언니랑 닮은 사람은 없다.

"다른 이름을 썼나?"

"무슨 이름을 썼는지 내가 어떻게 알아?"

"나도 몰라. 앤지 페이스북에 가서 올가를 찾아보거나 사진을 보면 어때?"

우리는 앤지를 찾아내지만 프로필을 클릭해 보니 전부 비공개다. 볼 수 있는 것은 프로필 사진 — 앤지와 올가의 어렸을 때 사진 — 뿐이다. 그 밑에는 '보고 싶다, 친구야'라고 적혀 있다.

"젠장, 앤지는 아무 도움도 안 되겠어."

"다른 친구는 몰라? 직장 동료라거나."

"몰라. 어떤 여자랑 가끔 점심을 같이 먹었는데. 드니즈라고 했던 것 같아. 하지만 성을 몰라." 패배한 나는 노트북을 덮는다.

로레나가 핸드폰으로 끔찍하게 성차별적인 랩 음악을 틀자 나는 거실 한쪽 구석에 로레나의 엄마가 만들어 놓은 제단으로 걸어간다. 여기 올 때마다 어떻게 바뀌었는지 보는 게 좋다. 로레나의 엄마는 무시무시한 해골 성녀 산타 무에르테를 섬기는데, 아마가 그 사실을 알면 로레나를 두 번 다시 못 만나게 할 것이다. 아마는 로레나의 엄마가 화장을 너무 진하게 하고 십대 애들처럼 입고 다닌다며 안 그래도 싫어한다. 엄마 말이 틀린 건 아니다. 로레나의 엄마는 아이섀도를 엄청 짙게 칠하고 아이라이너로 눈 끝을 한껏 올려 그린다. 말하자면 못생긴 클레오파트라 같다. 로레나의 엄마는 보통 딱 달라붙는 스판덱스 원피스를 입기 때문에 몸매가 소프트아이스크림 콘 같다. 전혀 돋보이지 않는다.

로레나도 자기 엄마와 비슷하게 화장을 한다. 게다가 머리 카락을 염색하고 하이라이트까지 넣어서 노란색, 주황색, 빨간색이 섞여 있다. 불꽃이 떠오르는 색의 머리를 포니테일로 묶으면 횃불 같다. 검은 머리가 더 예쁘지만 로레나는 내 말을 들으려

하지 않는다. 로레나는 내가 무슨 말을 하는지 나 자신도 모른다고, 노숙자 레즈비언처럼 입고 다니는 내 말을 왜 들어야 하냐고 말한다. 적갈색 콘택트렌즈에 대해서도 내 말을 무시한다. 아무튼 로레나와 걔의 엄마는 패션에 있어서 항상 고개가 갸웃거려지는 선택을 하고, 아마는 항상 그 부분을 지적한다. 내가 모르는 것도 아닌데. "저렇게 나이 많은 여자가 킨세녜라처럼 하고 돌아다니면 안 되지. 부끄러운 줄도 모르고." 아마가 나에게 속삭인다. 물론 로레나의 엄마가 최고의 부모는 아니고 외모도 땅딸막하고 정신없지만, 나에게는 항상 친절했고 만날 때마다 쿠키나케이크를 주었다. 올가가 죽고 며칠 뒤에는 나와 로레나를 데리고 나가서 아이스크림을 사 주었다.

오늘 산타 무에르테는 빨간색 새틴 드레스를 입고 있다. 저번에는 검정색 망토를 걸치고 있었는데, 전혀 무섭지 않았다. 해골이 망토가 아니면 뭘 입겠는가? 인형 앞에는 새로 산 초 세 개, 싸구려 담배 한 갑, 따 놓은 테카테 맥주 캔, 사과 한 접시, 갈변이 시작된 흰 장미가 놓여 있다. 갈색 말에 탄 로레나 아빠의 사진 액자도 새로 생겼다. 로레나가 웃을 때면 자기 아빠랑 똑같다. 로레나의 엄마는 몇 년 전부터 새로운 남자친구 호세 루이스와 같이 살지만 아직도 죽은 남편의 사진을 사방에 걸어 놓는다. 올가가 죽었을 때 로레나 엄마가 올가의 영혼을 위해서 기도하겠다며 사진을 한 장 달라고 했지만, 그건 너무 이상한 것 같아서 자꾸 깜빡 잊은 척했다.

로레나는 아빠 이야기를 절대 하지 않고, 내가 상관할 일이 아니기 때문에 나도 묻지 않는다. 아빠에 대해서 얘기할지 말지는 로레나 마음이다. 꼬치꼬치 캐묻고 싶지 않다. 로레나의 아빠에게 벌어진 일을 알게 된 것은, 몇 달 전 학교가 끝난 다음 둘이서 코가 비뚤어지도록 술을 마셨을 때 넘어뜨린 자루에서 콩이 쏟아지듯 이야기가 쏟아져 나왔기 때문이다.

로레나의 사촌이 사 준 알리제*를 네 잔째 마셨을 때 로레나가 갑자기 울음을 터뜨렸다. 라디오에서 흘러나오는 마리아치** 노래의 트럼펫 소리가 슬퍼서였을지도 모른다. 나도 모르겠다. 무슨 일이냐고 묻자 로레나는 아빠가 보고 싶다고 했다. 어찌나 심하게 우는지 말을 알아듣기도 힘들었다. 마스카라가 뺨을 타고 흘러내려 기괴한 광대 같았다. 다른 상황이었다면 웃겼을 거다. 비를 맞고 화장이 휘발유에 생긴 무지개처럼 번지는 바람에 로레나의 집으로 돌아와서 화장을 고쳐야 했던 때처럼 말이다.

나는 무슨 말을 해야 할지 몰라서 로레나의 등을 계속 문지르면서 머리를 쓰다듬었다. 로레나는 마음을 약간 가라앉힌 다음 이야기를 해 주었지만, 울먹이는 소리 때문에 몇몇 부분은 잘 못 들었다. 로레나는 자기가 일곱 살 때 아빠가 모두의 만류를 무릅쓰고 할머니의 장례식에 참석하러 멕시코로 돌아갔다고 말했다. 로레나의 아빠는 시카고에서 10년을 살았지만 그때껏 서류가 없었다. 미국으로 들어오려면 처음 왔을 때처럼 코요테***와 함

---

* 보드카가 들어간 프랑스산 리큐어.
** 멕시코 전통 음악. 그런 음악을 연주하는 악사를 가리키기도 한다.
*** 돈을 받고 불법으로 미국 국경을 건너게 해 주는 브로커.

께 국경을 넘어야 했다. 심지어 로레나의 엄마는 아빠가 떠나기 하루 전에 이상한 꿈을 꾸었고, 그래서 나쁜 일이 일어날 것을 알았다. 꿈속에서 독수리가 로레나 아빠의 심장을 쪼았는데 아빠는 가만히 보고만 있었다고 한다. 로레나의 엄마는 가지 말라고 애원하면서 지금 가면 죽을 거라고 했지만 아빠는 듣지 않았다. 로레나의 아빠는 *마드레시타**를 너무 사랑한다고 말했다.

할머니의 장례식이 끝난 후 로레나의 아빠는 게레로에서 애리조나 국경까지 버스를 타고 와서 모두가 추천한 고향 사람을 만났다. 사막을 걸어서 건널 때 코요테가 *모하도***의 돈을 전부 빼앗은 다음 그들을 버리고 도망갔다. 사람들은 길을 잃고 이틀 동안 헤맸고, 아기 한 명을 포함해서 총 일곱 명이 탈수증으로 죽었다. 국경 너머에 도착하기로 한 날로부터 2주 뒤에 국경 수비대가 일행 전체를 발견했고, 부패한 시신을 멕시코의 고향으로 돌려보내 그곳에 매장되었다. 로레나와 엄마는 아빠를 두 번 다시 보지 못했다. 나는 로레나가 왜 이렇게 엉망인지 그제야 이해할 수 있었다. 우리 부모님도 똑같은 방법으로 국경을 넘었고 돈도 빼앗겼지만, 적어도 살아서 들어왔다.

내가 거실에서 로레나 아빠의 사진을 자세히 살펴보고 있는데 로레나가 부엌 식탁 앞에 앉아서 마리화나를 말기 시작했다. 로레나는 나보다 훨씬 더 잘 만다. 거의 전문가다.

---

* 어머니*madre*의 애칭.
** 원래는 '젖은*mojado*'이라는 뜻이지만, 밀입국자를 뜻한다. 멕시코에서 강을 헤엄쳐 건너와 젖었다는 뜻에서 이런 표현이 생겼다.

"뭐 해?" 로레나가 고개를 들지도 않고 묻는다. "왜 우리 아빠 사진을 자꾸 봐?"

나도 이유를 잘 모르기 때문에 뭐라고 대답해야 할지 모르겠다. 호기심 때문인가. "아빠 사진이 아직도 걸려 있는 걸 호세 루이스가 이상하게 생각 안 해?" 내가 마침내 묻는다.

"그 미친놈이 뭐라고 생각하든 상관없어." 로레나가 담배 종이에 침을 바르며 말한다. "너도 피울 거야, 말 거야?" 로레나가 마리화나를 나에게 건넨다.

나는 지금까지 마리화나를 총 다섯 번 피웠는데, 그때마다 정말 말도 안 되는 걱정이 들었다. 우리가 마지막으로 마리화나를 피웠을 때 나는 경찰이 문을 두드리고 있다고 생각했다. 그전에는 로레나가 핸드폰으로 뭘 하고 있었는데, 나는 로레나가 문자메시지로 내 욕을 하고 있다고 굳게 믿었다. 하지만 언젠가는 기분이 좋아지기를, 다들 말하는 것처럼 차분하면서도 붕 뜬 기분이 들기를 바라면서 계속 피운다.

"올가도 마리화나를 피워 봤을까 궁금하다." 내가 말한다.

"올가가? 농담해? 그럴 리가 없지. 너희 언니는 수녀나 마찬가지였잖아."

"응, 하지만 이제는 그렇게까지 확신이 안 드네." 한 모금 빨아들이자 눈물이 고일 정도로 심하게 기침이 난다. 부엌으로 달려가서 물을 마신다. 거실로 돌아오자 로레나가 웃으면서 내 얼굴에 쿠션을 던지고, 그래서 손에 든 잔을 떨어뜨릴 뻔한다. 나도 웃음을 터뜨리며 남은 물을 로레나에게 쏟아 붓는다.

"나쁜 년!" 로레나가 비명을 지른다. "소파 다 젖었잖아!" 하지만 미소를 짓고 있는 걸 보니 진짜로 화가 난 건 아니다.

"네가 먼저 시작했잖아!"

로레나가 방으로 들어가서 셔츠를 갈아입고 나온다. 그런 다음 나르코코리도─다이아몬드가 박힌 총을 사고 서로의 목을 자르는 마약상들을 노래하는 끔찍한 멕시코 음악─를 튼다.

첫 번째 노래가 끝나가자 갑자기 감정이 울컥한다. 모든 것이 슬로모션처럼 느려지고, 몸이 가벼우면서도 무겁다. 예전과 다르다. 예전처럼 피해망상에 시달리지는 않지만 약간 혼란스럽고 정신이 없다. 콘택트렌즈가 너무 건조해서 눈을 뜨고 있기가 힘들다.

로레나가 마리화나를 몇 모금 빨고 넘기자 나는 이제 됐다고 고개를 젓는다.

"끝이야?"

"못 피우겠어."

"벌써 효과가 있을 리는 없는데."

"맞아, 그러니까 내버려 둬. 게다가 이 상태로 집에 가면 엄마가 멕시코로 돌려보내서 평생 못 돌아오게 할 거야……. 제기랄, 그 놈의 킨세녜라. 진짜 골치 아파."

"아이 참, 그만 좀 해. 나도 킨세녜라를 했으면 좋았을 텐데, 우리 엄마는 맨날 돈이 없어서."

"돈이 어디서 났는지도 모르겠어. 맨날 돈이 하나도 없다고 불평하면서 말이야. 아무 문제도 없는 척하고 싶은가 봐. 친척들 앞에서 쇼를 하고 싶은 거야."

"네가 드레스 입은 모습은 상상이 안 가." 로레나가 웃는다. "너희 엄마가 무슨 생각이신지 모르겠다. 널 나보다 더 모르시나 봐. 아니면 신경을 안 쓰든지."

"그러니까. 이건 날 위한 파티가 아니야, 언니를 위한 거지. 빌어먹을 생일도 아닌데. 믿어지니?"

"왜 그래, 드레스나 찾아보자. 마음에 드는 게 있을지도 몰라." 로레나가 이렇게 말하고 노트북으로 손을 뻗는다.

"과연 그럴까."

로레나가 웹사이트를 몇 개 띄우더니 화면을 밑으로 내리면서 드레스를 살펴본다. 전부 끔찍하다. 심지어 무지개색도 몇 벌 있다. 혐오스러운 무당벌레 무늬까지 나오자 나는 질려 버렸다. 못 하겠다. 이런 드레스는 인간에 대한 범죄로 분류되어야 한다. 법정에서 심판을 받아야 한다. "그만해. 칩 다 토하겠어."

로레나가 한숨을 쉬더니 작은 손거울을 들고 눈썹을 뽑기 시작한다. 나는 몇 분 정도 눈을 감고 있었던 것 같은데, 다시 눈을 뜨니 로레나의 치타 무늬 레깅스 때문에 최면에 걸린 것 같다. 지금까지는 치타 무늬인지도 몰랐는데 말이다. 기분이 너어어어어어어무 좋다. 보면 볼수록 더 많은 모양—얼굴, 자동차, 꽃, 나무, 아기, 어릿광대—이 보이고, 왠지 모르지만 나는 로레나가 숲속을 달리는 치타라고 상상한다. 머리는 그대로지만 몸이 치타다. 이 마리화나 진짜 좋은 건가 보다. 나는 말도 못할 정도로 심하게 웃는다. 너무 웃어서 아플 정도지만 마침내 웃을 수 있어서 기분이 좋다.

"왜 그래? 왜 웃어?" 로레나는 영문을 모른다. 나는 설명하려 하지만 숨을 쉴 수가 없다. 눈물이 뺨을 타고 흘러내린다. "무슨 일이야?"

나는 이야기를 하려고 애쓰지만 말이 안 나온다. 얼굴이 뜨겁고 복근이 아프다. "너 치타야." 내가 마침내 숨을 헐떡이며 말한다.

"뭐라고?"

"치타!"

"무슨 말인지 모르겠어!"

"치타!" 내가 말한다.

웃음에 전염성이 있는 건지 로레나도 기분이 좋아진 건지 모르겠지만 로레나가 나보다 더 심하게 웃기 시작한다. 나는 바지에 오줌을 싸버리기 전에 뭐든 안 웃긴 것 —양말, 암, 스포츠, 집단 학살, 죽은 언니 —을, 마음을 가라앉힐 만한 것을 떠올리려고 애쓴다. 로레나는 쿠션으로 얼굴을 덮고 정신을 차리려고, 소리를 죽이려고 노력하지만 소용없다. 잠시 아무 소리도 안 나다가 다시 커다란 웃음소리가 새어나오고, 이윽고 나도 다시 웃음을 터뜨린다. 내가 다리를 힘껏 꼰다. 화장실에 갈 때까지 참을 수 있어야 하는데.

바로 그때 문 열리는 소리가 들린다.

로레나의 엄마는 일하러 갔고 호세 루이스는 추가 교대 근무를 하기로 했기 때문에 몇 시간은 지나야 온다고 했는데, 우리가 마리화나에 완전히 취해서 소파에 널브러져 있는 바로 지금 호세 루이스가 들어온다. 로레나는 사람이라도 죽일 듯한 표정이다.

"왜 벌써 와요? 일하는 줄 알았는데." 마리화나 때문에 걱정하는 것 같지는 않고, 로레나는 그냥 호세 루이스가 집에 와서 화가 난 것 같다.

"경기가 안 좋아, 사장님이 집에 가래." 호세 루이스가 노래하는 듯한 말투로 설명한다. 그는 칠랑고다. 멕시코시티 출신이라는 뜻인데, 억양이 정말 짜증 난다는 뜻이기도 하다.

"둘이서 뭐 하니?" 그가 우리와 비밀을 공유하는 사이라도 되는 것처럼 묻는다. 역겹다.

우리 둘 다 대답하지 않는다.

호세 루이스가 로레나의 새 아빠—엄마의 새로운 남자친구—가 된 지 이제 4년 정도 지났다. 로레나의 말에 따르면 호세 루이스는 국경을 넘어 온 직후에, 갓 들어온 모하도였을 때 로레나의 엄마를 만났다. 호세 루이스는 테일러 스트리트의 식당 몇 군데에서 식기 치우는 일을 하는데, 그래서 항상 이탈리아인들에 대해 말도 안 되는 소리를 하면서 정말 천박하다는 얘기를 끝도 없이 늘어놓는다. 그와 로레나의 엄마는 세상에서 제일 안 어울리는 한 쌍이다. 호세 루이스가 열다섯 살이나 어리고, 로레나보다 겨우 열 살 많기 때문이다. 진짜 이상하다. 저렇게 천박하게 굴지만 않으면 잘생겼다고 할 만한 얼굴이다. 나는 로레나의 집에 오기 전에 호세 루이스가 있다는 걸 미리 알면 가슴을 빤히 보지 못하도록 반드시 제일 헐렁한 티셔츠와 스웨터를 입는다. 가끔은 호세 루이스가 눈빛만으로 우리의 옷을 벗기는 듯한 기분이 든다.

호세 루이스는 집 안에서 항상 러닝셔츠 차림으로 어슬렁거리면서 노르테냐*를 틀어 놓고 뾰족한 악어가죽 부츠를 닦는다. 평범한 아빠처럼 우리를 가만히 내버려두는 것이 아니라 항상 음악, 학교, 남자애들에 대해서 멍청한 질문을 던진다. 그냥 입 닥치고 우리끼리 놀게 내버려 두면 좋겠다. 호세 루이스는 진짜 음흉한 놈이다. 작년에 로레나가 한밤중에 일어나서 화장실에 가려고 나왔더니 호세 루이스가 로레나를 벽으로 밀치고 키스했다고 한다. 아주 더럽게 혀를 밀어 넣었고 허벅지에 성기가 닿았다고 했다.

"나라면 불알을 떼 버렸을 거야." 내가 이렇게 말했지만 로레나는 화가 나기보다 우울해 보였고, 아무 대답도 하지 않았다. 다음 날 로레나가 무슨 일이 있었는지 엄마에게 말했지만 로레나의 엄마는 꿈을 꾼 거 아니냐고 말할 뿐 저녁 준비를 계속했다.

호세 루이스가 샌드위치를 만들어서 방으로 들어간다. 로레나와 나는 뉴욕에 사는 돈 많은 아이들에 대한 리얼리티쇼를 본다. 멍청하기 그지없는 프로그램이지만 나는 로레나한테 맞춰 주려고 같이 본다. 게다가 뉴욕에 있는 대학교에 가고 싶기 때문에 궁금하기도 하다. 나는 어렸을 때부터 맨해튼 한복판의 아파

---

* '북부norteña'. 멕시코 북부 지방의 카우보이 민요를 가리킨다.

트에 살면서 밤늦게까지 글을 쓰는 내 모습을 상상했다.

나는 티브이를 계속 본다. 하지만 어느 금발 여자애가 내가 평생 쓴 돈보다 비싼 신발을 엄마가 안 사 준다며 울음을 터뜨리자 도저히 더 이상은 못 보겠다. 정신적 토악질이 난다.

"쓰레기네." 내가 로레나에게 말한다. "좀 더 내용이 있는 프로그램은 없어? PBS에서 뭐 안 해? 다큐멘터리는?" 하지만 로레나는 내 말을 계속 무시한다.

프로그램이 끝나자 로레나가 화장실에 가서 한참 동안 돌아오지 않는다. 나는 도저히 깨어 있을 수가 없어서 눈을 감는다. 잠시 후, 뭔가 가까이 있다는 느낌이 든다. 로레나의 고양이 치무엘라가 침대 밑에서 드디어 나왔을지도 모른다. 하지만 눈을 뜨자 내 앞에 웅크리고 있는 호세 루이스가 보인다. 핸드폰으로 뭔가를 하고 있는 것 같지만, 확실하지 않다. 상상인가? 그 정도로 마리화나에 쩔었나? 무슨 일인지 모르겠다. 다리를 꼬고 치마를 내린 다음 다시 눈을 뜨자 아무도 없다.

토요일 밤마다 아마와 올가는 성당 지하실에서 열리는 기도 모임에 참석했다. 간략히 설명하면, 멕시코 여자들이 둥글게 둘러앉아서 자기 문제에 대해서 불평한 다음 하느님이 견뎌낼 힘을 주실 것이라고 이야기하는 모임이다. 나도 몇 번 갔지만 머리카락을 다 뽑아 버리고 싶을 만큼 지루했다. 세 시간이 지나자 더 이상 견딜 수가 없었다. 가방에 넣어 온 책을 읽어도 되냐고 물었지만 아마는 무례한 행동이라고 했다. 아마는 자기 차례가 되자 멕시코가, 엄마가, 죽은 아버지가 그립다고 말했다. 엄마는 무척 많이 울었고, 그래서 나는 불평한 것이 미안해졌다. 올가는 엄마의 손을 잡고 다 좋아질 거라고 말했지만 나는 어떻게 해야 할지 몰라서 민달팽이처럼 가만히 앉아만 있었다.

아마는 항상 나와 아파도 기도 모임에 데려가려 했지만 우리가 거부했다. 하느님에 대해서 이야기하면서 토요일 밤을 보내고 싶은 사람이 세상에 어디 있을까? 일요일 아침마다 미사에 끌려가는 것만 해도 충분히 힘들다. 아마는 우리를 몇 년 동안 괴롭히다가 결국 포기했다. 어느 토요일 밤에 아파의 허락을 받고 중국 음식을 배달시켜 먹었는데, 정말 기름지고 맛있었다. 아마한테 들키지 않게 상자를 뒷골목에 갖다 버려야 했다. 엄마에게는 저녁으로 달걀을 먹었다고 거짓말을 했다.

아마는 올가가 죽은 뒤로 기도 모임에 한 번도 안 갔다. 나는 절대 갈 생각이 없지만, 오늘 밤 아마가 기도 모임에 가겠다고, 드디어 외출을 하겠다고 해서 정말 마음이 놓였다. 아마가 쉬는 날이면 몇 시간이고 침대에만 누워 있어서 두 번 다시 일어나지 않을까 봐 걱정하던 참이었다.

나는 아마가 나가자마자 아파에게 좀 나갔다 와도 되냐고 묻는다. 보통 아파는 어깨를 으쓱하면서 아마가 알면 화낼 거라고 말하지만, 나는 그걸 된다는 뜻으로 받아들인다. 아빠가 뭐라 항변하기도 전에 나는 벌써 문밖으로 나선다.

로레나가 새로 사귄 남자친구 카를로스와 함께 일곱 시 반에 나를 태우러 오기로 했다. 로레나는 카를로스가 자기 사촌 집으로 데려가 줄 거라고, 사촌이 시카고 경찰인데 올가 일에 대해서 도와줄 수 있을 거라고 장담했다. 어떻게 하면 콘티넨탈 호텔에서 올가에 대한 정보를 얻을 수 있는지 물어볼 생각이다.

열일곱 살인 카를로스는 완전 낡아빠진 빨간색 차를 몰고 다니는데, 타이어의 거대한 휠만 은색으로 반짝여서 내 눈에는 너무 우습다. 자동차가 내려앉기 직전인데 왜 휠에다가 그렇게 큰 돈을 쓸까? 불평하는 건 아니다. 적어도 얻어 탈 수는 있으니까.

자동차로 다가가 보니 뒷좌석에 누가 앉아 있다. 남자다. 로레나한테 다른 사람이 온다는 말은 못 들었는데. 나는 긴장해서 포니테일을 잡아당긴다. 화장도 안 했고 후드 티셔츠는 색이 바래고 낡았다. 매력적으로 꾸밀 생각을 전혀 못했다.

로레나가 나를 보며 미안하다는 듯이 웃는다. "계획이 바뀌었어. 레오가 일을 해야 된대. 도와줄 수 없다더라. 진짜로 부탁은 했어, 하느님께 맹세해. 훌리아, 이쪽은 멕시코에서 온 카를로스의 사촌 라미로야. 귀엽지?"

"진심이야, 로레나? 젠장. 넌 정말 가끔 믿을 수가 없다니까." 나는 로레나한테 이렇게 말하고 나서 라미로에게 인사한다. 어쨌든 애 잘못은 아니니까.

"만나서 반가워." 라미로가 스페인어로 말한 다음 멕시코식 인사로 내 양쪽 뺨에 입을 맞춘다.

라미로는 머리가 길고 곱슬곱슬한데, 내가 좋아하는 머리 모양은 아니지만 얼굴은 괜찮아 보인다. 하지만 나는 인조가죽 바지를 최선을 다해서 못 본 척한다. 저렇게까지 멋을 부리다니 내가 다 부끄럽다.

라미로가 스페인어로만 말해서 긴장된다. 물론 나는 스페인어도 괜찮게 하지만 영어로 말할 때 열 배는 더 똑똑해 보인다. 스페인어는 영어만큼 단어를 많이 알지 못하고, 가끔 말이 막힐 때도 있다. 나를 바보라고 생각하지 않았으면 좋겠다. 바보가 아니니까 말이다.

로레나와 카를로스는 호수에 가자고 한다. 원래 계획은 이게 아니었고, 바깥은 얼어붙을 듯이 춥다. 좋은 생각이 아닌 것 같지만 나는 로레나의 화를 돋우고 싶지 않아서 반대하지 않는다.

노스 애비뉴 비치에 도착하자 로레나와 카를로스는 어디론가 가 버리고 라미로와 나만 어색하게 남는다. 라미로가 손을 호호 분다. 나는 재킷 안으로 팔을 넣어서 내 몸을 끌어안는다. 잠시 후, 라미로는 핸드폰으로 뭔가를 하고 있고 나는 수면에 반사된 아름다운 불빛을 바라본다. 여기에 나 혼자였으면 좋겠다.

침묵을 견디기 힘들어질 때쯤 라미로가 나에게 무슨 음악을 좋아하냐고 묻는다. 나는 주로 인디 음악과 뉴웨이브를 좋아한다고 말하지만 라미로는 그게 뭔지 모르고, 스페인어로 설명하기도 힘들다.

"조이 디비전 들어봤어?"

라미로가 고개를 젓는다.

"뉴 오더는?"

"몰라."

"뉴트럴 밀크 호텔? 대스 캡 포 큐티? 시규어 로스?"

라미로가 고개를 젓고 미소를 짓는다.

"넌 뭐 좋아해?"

"스페인 록. 제일 좋아하는 밴드는 엘 트리야." 그가 재킷 지퍼를 내려 티셔츠를 보여주며 말한다.

"윽. 진심이야? 엘 트리를 5분 듣느니 개 짖는 소리를 열 시간 듣겠다. 제일 좋아하는 밴드가 엘 트리라니 믿을 수가 없네." 이런, 나 진짜 깼다.

"와. 음, 그렇구나." 라미로가 이렇게 말하고 고개를 돌려 스카이라인을 바라본다.

로레나는 내가 항상 말이 지나쳐서 남자애들이랑 잘 안되는 거라고 말한다. 사람들에게 기회를 줘야 한다고, 좀 덜 재수 없게 굴어야 한다는 거다. 로레나의 말이 맞는 것 같다, 내가 라미로의 기분을 망쳤다.

"미안해. 너무 무례했지." 내가 말한다. "엘 트리는 널리 존중받는 밴드야. 내 스타일은 아니지만 확실히 재능은 있다고 생각해. 가끔 난 입을 다물어야 할 때를 잘 몰라. 병이야. 불치병이래, 에이즈처럼."

라미로가 웃음을 터뜨리고 말한다. "사람들이 치료법을 계속 찾으면 좋겠다."

"응, 나도."

라미로와 나는 몇 분 동안 말없이 호수를 바라본다. 파도 소리가 마음을 달래 주자 나는 잠시 모든 것 — 누구랑 함께인지, 내가 누구인지, 어디에 사는지 — 을 잊는다. 생각할 수 있는 것은 파도 소리밖에 없다. 명상이 원래 이런 것 같다. 책에서 읽은 기억이 난다. 내가 이렇게 최면 비슷한 상태에 빠져 있을 때 저 뒤편 레이크 쇼어 드라이브에서 구급차가 질주한다. 로레나와 카를로스를 찾아보지만 어디에도 보이지 않는다. 이렇게 춥지만 아마 어딘가에서 분명히 콘돔도 없이 섹스를 하고 있을 거다. 로레나에게 제정신이 아니라고 백만 번은 말했는데도 말이다.

"로레나가 그러던데 언니가 죽었다면서?" 라미로가 불쑥 말한다. "정말 힘들었겠다."

"괜찮아." 나는 괜찮지 않지만 이렇게 말한다. 원래 이렇게 말해야 한다. 난 괜찮아! 괜찮아! 괜찮아!

"어쩌다 죽었어? 물어봐도 괜찮아?"

역시 안 괜찮지만 그래도 대답해 준다. "화물차에 치였어, 정면으로. 언니가 한눈을 팔고 있었어."

"제길, 정말 안 됐다." 라미로는 괜히 물어봤다고 후회하는 표정이다.

나는 언니를 생각할 때마다 가슴이 꽉 죄는 것 같고 숨을 쉴 수가 없다. 왜 언니 이야기를 꺼냈지? 로레나는 왜 애한테 말한 거야?

건물들 쪽으로 돌아서서 보니 저 멀리서 어떤 남자가 걸어간다.

"저 사람 때문에 좀 무섭다." 내가 라미로에게 말한다.

"누구? 저 남자?" 라미로가 남자 쪽을 가리키며 말한다. "아무 짓도 안 할 거야."

"네가 어떻게 알아?"

"으음…… 모르는 것 같다." 라미로가 웃는다. 고개를 다시 돌려 보니 남자가 멀어지고 있다. "내가 널 지켜 주면 어떨까?"

얼간이 같지만 다정한 면도 있는 것 같다. 나는 뭐라고 해야 할지 몰라서 "좋아"라고 중얼거리고 어깨를 으쓱한다. 그러자 라미로가 한 손으로 내 뒷머리를 잡고 몸을 숙인다. 나는 첫 키스가 이런 식일 줄은 상상도 못했지만, 더 나쁠 수도 있을 거다. 언제쯤 정말로 좋아하는 사람을 만날까? 아마 절대로 못 찾겠지. 대학에 갈 때까지 처녀일 게 분명하다.

라미로의 숨결에서는 민트 향이 약간 나고, 키스도 처음에는 부드럽고 나쁘지 않지만 잠시 후 그의 혀가 내 혀를 감자 역겨워 죽을 것 같다. 다들 정말 이런 식으로 키스하는 거야? 꼭 내 입을 위협하는 것 같다. 내가 키스를 끝내려는 순간 로레나와 카를로스가 휘파람을 불고 야유를 하며 다가온다. 너무 창피해서 타조처럼 모래에 머리를 파묻고 싶다.

"아, 기집애. 그럴 때도 됐지." 로레나가 미소를 지으며 말한다. 나는 굳이 대답하지 않는다.

카를로스가 라미로와 주먹을 부딪치며 말한다. "잘했어, 에르마노*." 그걸 보니 짜증이 난다. 라미로가 빌어먹을 무슨 상을 탄 것도 아닌데 말이다.

---

* 형제*hermano*.

여섯

오늘은 사촌동생 빅토르의 일곱 번째 생일이어서 티오 비고테스(맞다, '콧수염 삼촌'이다)가 성대한 파티를 열기로 했는데, 내생각에는 술을 퍼마실 핑계인 것 같다. 나는 욕실에서 머리를 빗는 아마에게 가서 오늘 참 예쁘다고, 나 혼자 집에 남아도 되냐고묻는다. 올가 방에 다시 들어갈 방법을 찾고 싶다. 열쇠는 분명집 어딘가에 있다. 하지만 아마는 돌아보지도 않고 안 된다고 한다. 나 혼자 남겨 두면 엄청난 난교 파티를 벌이거나 헤로인이라도 과다 복용할 줄 아나 보다. 왜 나를 못 믿는지 모르겠다. 나는절대 사촌 바네사처럼 임신하지 않을 거라고 계속 말하지만 엄마는 끄떡도 하지 않는다.

열쇠를 못 찾아도 적어도 혼자 시간을 보낼 순 있을 텐데. 아마가 늘 모든 일에 참견을 하며 가만 내버려 두지 않기 때문에 나혼자 집에 있는 시간이 전혀 없다. 나는 가끔 부모님이 잠들고 나면 창문을 다 열고 — 아마가 정말 싫어한다 — , 커튼이 바람에펄럭이게 놔둔다. 그런 다음 커피 한 잔, 일기장, 책, 독서등을 가지고 거실로 나가 앉는다. 나는 늦은 밤의 차 소리가 좋다. 총소리가 거슬리긴 하지만.

　나는 계속 졸라 보기로 한다. "아마, 제발요. 집에 남아서 책 읽고 싶어요. 파티는 싫어요. 가도 어디 구석에 혼자 앉아 있을 거예요. 아무하고도 얘기하고 싶지 않아요."

　"도대체 파티를 싫어하는 여자애가 어디 있니?"

　"여기 있잖아요." 내가 나를 가리키며 말한다. "알면서."

　티오의 집에서는 항상 오래된 과일과 축축한 개 냄새가 나는데, 촘피라스라는 개는 3년 전에 죽었기 때문에 이해가 안 간다. 스테레오에서 멕시코 밴드 로스 부키스의 노래가 요란하게 흘러나오고, 아이들이 소리를 지르면서 집 안팎을 뛰어다닌다. 나는 애들이 정말 싫지만 파티에서 제일 싫은 부분은 손님들이 도착하거나 떠날 때 인사를 나누는 것이다. 어서 오라거나 잘 가라는 뜻으로 잘 알지도 못하는 친척들의 뺨에 일일이 입맞춤을 하지 않으면 아마는 말크리아다, 버릇없는 딸이라고 한다. "구에로스 말 에두카도스*처럼 되고 싶니?" 아마는 항상 이렇게 묻는다. 굳이 묻는다면 맞다, 나는 진짜 무례한 백인이 되고 싶다. 하지만 말대꾸를 할 가치도 없기 때문에 입을 다문다.

　나는 집 안에 있는 모든 사람들의 뺨에 입을 맞추며 인사를 나눈다. 견딜 수 없을 만큼 싫은 티오 카예타노랑도 마찬가지다.

* 못 배운 백인들 güeros mal educados.

티오 카예타노는 내가 어렸을 때 아무도 안 보는 사이 자기 손가락을 내 입에 집어넣곤 했다. 마지막은 바네사의 첫영성체 파티 때였고, 그때 나는 열두 살이었다. 다른 사람들이 전부 뒷마당에 나가 있을 때, 화장실에서 나오자 티오 카예타노가 예전보다 훨씬 깊이 손가락을 억지로 밀어 넣었고, 그래서 나는 티오의 손가락을 물었다. 입을 꽉 다물고 놓아 주지 않았다. 뼈에 닿고 싶었나 보다.

"이하 데 투 핀체 마드레*." 삼촌이 소리쳤다. 결국 내가 손가락을 놔 주자 삼촌은 손을 흔들고 바닥에 피를 뚝뚝 흘리면서 밖으로 나갔다. 그런 다음 사람들한테는 개한테 물렸다고 말하고 페이퍼타올을 손가락에 감고서 파티를 떠났다. 나는 그날 밤 내내 한 구석에 앉아서 짭짤하고 금속 같은 피 맛을 지우려고 탄산수만 계속 마셨다. 삼촌이 올가에게도 그런 짓을 했을까 궁금하다.

인사를 다 끝내자 티오 비고테스의 부인 티아 팔로마가 음식을 내 온다. 티아는 몸이 어찌나 거대한지 배가 축 처지고 걸을 때마다 모든 것이 출렁거린다. 티아 팔로마를 볼 때마다 티오와 어떻게 섹스를 할까 궁금하다. 아니면, 이제 아예 안 할지도 모른다. 티오한테 새 애인이 생겼다는 소문이 있으니까. 아마한테서 티아 팔로마에게 갑상선 질환이 있다고 들었기 때문에 안 됐다고 생각하지만, 앉은 자리에서 토르타 세 개를 먹어 치우는 것도

---

* 빌어먹을 어미의 딸*hija de tu pinche madre*. 일반적인 욕으로도 쓰인다.

본 적 있다. 갑상선 질환은 무슨.

음식을 다 먹고 나니 어쩌나 배가 부른지 바지가 꽉 끼어 피가 안 통할 지경이다. 앉은 자세를 어떻게 바꾸어도 불편하다. 음식이 골고루 퍼지도록 누워 있고 싶을 정도다. 내가 왜 이러는지 모르겠다. 나는 가끔 속에서 구슬프게 울부짖는 무언가를 익사시키려고 배도 안 고프면서 마구 퍼먹는 것 같다. 티아 팔로마처럼 거대해지지는 않았으면 좋겠다.

"부에나 파라 코메르*." 티아 밀라그로스가 깨끗한 내 접시를 보고 눈을 굴리며 말한다. 보통 나는 이런 말에 상처 받지 않는다. 멕시코인은 애들에게 항상 그렇게 말한다. 칭찬이다. '잘 먹는다'는 것은 앞에 놓인 음식이 뭐든 불평 없이, 열심히 먹는다는 뜻이다. 거만하고 까다롭게 굴지 않는다는 뜻이다. 하지만 지금 이 말은 칭찬이 아니라는 것도 안다. 티아 밀라그로스는 늘 못된 말만 하기 때문이다. 어렸을 때는 티아 밀라그로스를 좋아했지만 세월이 흐르면서 티아는 적대적이고 분노로 가득한 여자가 되었다. 남편이 아주 오래전에 나이가 티아의 반밖에 안 되는 여자랑 도망쳤고, 티아 밀라그로스는 그 뒤로 신랄해졌다. 빨간 파마머리에 80년대처럼 앞머리를 일자로 자른 티아의 말을 진지하게 받아들이지는 않지만, 티아 특유의 수동공격적 조롱이 나를 향하자 화가 난다. 나의 어떤 부분이 티아를 화나게 만드나 보다. 티아는 항상 내 옷차림을 보고 못마땅하다는 듯 혀를 차거나 내

---

* 잘 먹네*buena para comer*.

몸무게에 대해서 뭐라고 한다. 자기는 빨래 자루보다 축 늘어지고 보기 흉하면서. 하지만 티아도 올가는 정말 좋아했다. 다들 그랬다.

나는 바네사가 딸 올리비아에게 으깬 콩을 먹이는 모습을 바라본다. 열여섯 살밖에 안 됐는데 벌써 애가 있다. 나였다면 최악의 사태였겠지만 바네사는 어쨌든 행복해 보인다. 올리비아에게 계속 뽀뽀를 하면서 얼마나 사랑하는지 말해 준다. 고등학교는 마쳤을까 궁금하다. 부모님이랑 같이 살면서 아기까지 키워야 한다니, 그건 어떤 삶일까? 올리비아는 귀엽고 다 좋지만 나는 아기를 어떻게 키워야 할지 절대 모를 거다.

밖으로 나가 보니 피냐타를 준비 중이고, 마침 사촌의 사촌인 프레디와 아내 알리시아가 도착한다. 나는 이들 부부에게 항상 매료되었다. 일리노이 대학교를 졸업한 프레디는 시내에서 엔지니어로 일하고, 드폴에서 연극을 전공한 알리시아는 스테픈울프 극장에서 일한다. 두 사람은 항상 런웨이에서 방금 막 내려온 듯한 차림이다. 알리시아의 옷은 정말 흥미롭다. 화려하고 요란한 천으로 만든 원피스들, 박물관에 있어야 할 듯한 귀걸이들. 오늘은 손 모양의 은 귀걸이를 했다. 프레디는 검정 청바지에 검정 블레이저 차림이다. 친척들 중에 이런 사람은 아무도 없다. 제대로 된 대학에 간 사람이 하나도 없다. 나는 늘 두 사람에게 물어보고 싶은 게 백만 가지쯤 된다.

"안녕하세요. 잘 지내셨어요? 뭐 새로운 일은 없어요?" 둘 다 너무 세련돼 보여서 나는 두 사람에게 말을 걸 때마다 너절한 시골뜨기가 된 기분이 든다. 수줍어진다.

"우린 잘 지내." 프레디가 진지하게 말한다. "언니 일은 정말 안 됐다. 그때 둘 다 태국에 있어서 장례식에 맞춰 올 수가 없었어."

집 안에 있던 사람들이 피냐타를 깨뜨리러 우르르 몰려나오지만, 아직 준비가 안 끝난 것을 보고 빅토르가 울음을 터뜨린다. 세상에, 완전 애기잖아.

"맞아, 미안해. 정말 마음이 아프다." 알리시아가 내 손을 잡으며 말한다.

다들 올가에 대해서 이렇게 말한다. '마음이 아파, 마음이 아파, 마음이 아파.' 나는 뭐라고 대답해야 할지 정말 모르겠다. '고마워요'라는 대답이 맞는 걸까?

"태국이라고요? 정말 멋지다. 태국은 어땠어요?" 나는 언니 이야기를 하고 싶지 않다.

"아름다웠어." 프레디가 미소를 짓는다.

티아 팔로마가 블라우스 자락으로 빅토르의 얼굴을 닦아준다. 빅토르가 생떼를 부린다.

"응, 코끼리도 탔어." 알리시아가 덧붙인다. "진짜 **대단했지.**"

"그래, 대학교는 어디로 갈 생각이니?" 프레디는 불편해 보인다. 올가 이야기를 하면 안 된다는 것을 이제야 느꼈을지도 모른다. 누가 올가의 이름을 꺼낼 때마다 내가 너무 눈에 띄게 움츠러드는지도 모른다.

"잘 모르겠어요. 뉴욕으로 가고 싶어요. 영문학과가 괜찮은

데로요. 그런데 요즘 성적이 별로 안 좋아서 좀 걱정이에요. GPA를 진짜 올려야 되는데, 안 그러면 망할 거예요." 지난 번 대수 시험에서 C를 받았던 것이 떠오르자 뱃속에서 뱀이 부화해서 주르륵 기어가는 느낌이 든다.

"음, 입학 원서 쓸 때 도움이 필요하거나 질문이 있으면 우리한테 연락해. 너 같은 애들이 대학에 더 많이 가야 되는데." 프레디가 말한다.

"정말 그래." 알리시아가 고개를 끄덕이자 은으로 만든 손이 흔들린다. "적당한 나이가 되면 우리 회사에 여름 인턴 자리를 알아봐 줄 수도 있어. 원서에 쓰면 아주 좋을 거야."

"고마워요." 내가 말한다. 프레디가 말한 '너 같은 애들'이 무슨 뜻인지 모르겠다……. 내가 어떤 애지? 내가 대학을 가든 말든 누가, 왜 신경을 쓸까?

나는 딱히 대화하고 싶은 사람이 없어서 가방에 몰래 넣어 온 『호밀밭의 파수꾼』을 읽으려고 거실로 들어간다. 파티에서 책을 읽으면 아마가 항상 뭐라고 하기 때문에 몰래 가져왔다. 아마는 왜 그렇게 예의 없게 구냐고, 왜 친척들이랑 잘 지내지 못하냐고 묻는다. 하지만 나는 다른 사람과 이야기를 나누고 싶을 때가 거의 없고, 오늘은 다들 킨세녜라에 대해서 물어볼 게 뻔하다. 게다가 어린 사촌들이 아직도 피냐타를 깨뜨리고 있기 때문에 내가 사라져도 아무도 눈치채지 못할 것이다. 혼자 있을 때 티오 카예타노가 들어오지 않기만을 바랄 뿐이다.

30분 정도 책을 읽었을 때 누가 나를 방해한다. 홀든이 여동생의 레코드를 떨어뜨려서 산산조각 내는 부분을 읽고 있는데 아빠와 티오들이 술 장식장에 들어 있는 비싼 테킬라를 바닥내려고 식당으로 우글우글 들어온다. 이럴 줄 알았어야 하는 건데. 파티 때마다 늘 이런 식이다.

오늘 티오 비고테스는 밝은 초록색의 총 모양 병을 꺼낸다. 늘 그렇듯 남자들은 식탁에 둘러앉아서 테킬라를 주거니 받거니 하며 고향 로스 오호스에서 살 때가 얼마나 좋았는지 이야기한다.

"우리 마을이 정말 그리워, 칭가오*." 티오 옥타비오가 눈을 감고 잃어버린 사랑을 되새기듯이 고개를 젓는다.

"학교를 빼먹고 강에 수영하러 갔던 거 기억나?" 티오 카예타노가 한 잔 더 따르며 묻는다.

"떠나지 말걸 그랬어." 아파가 조용히 말한다.

그 마을을 그렇게나 사랑하면 왜 돌아가서 살지 않을까? 궁금하다. 세계에서 제일 좋은 곳이라도 되는 것처럼 항상 멕시코를 부르짖는다.

다시 책을 읽으려는데 티오 비고테스가 나를 손짓해 부른다. "이리 오렴, 미하."

내가 식탁으로 다가가서 조금 떨어져 서자 티오가 더 가까이 오라고 한다. 그런 다음 나를 끌어당기더니 목에 한 팔을 두른다. 티오의 숨결에서 테킬라, 담배, 그리고 뭔지 모르겠지만 훨씬

* 제길*chingao*. 멕시코에서 쓰는 스페인어다.

더 진하고 역겨운 냄새가 난다. 내가 살짝 물러서려 하지만 소용 없다. 티오의 팔이 목에 단단히 감겨 있다. 아빠가 구해 주면 좋 겠는데 술잔만 보고 있다.

"거실에서 혼자 뭐 하고 있었니?"

"책을 마저 읽는 중이었어요." 내가 설명한다.

"파티에서 왜 책을 읽어?" 발음이 뭉개진다. "인생에서 제일 중요한 건 가족이야, 미하. 밖으로 나가서 사촌들이랑 얘기라도 좀 해라."

"하지만 전 책을 읽고 싶어요."

"뭐 때문에?"

"작가가 되고 싶어요. 책을 쓰고 싶어요."

티오 비고테스가 술을 한 모금 더 마신다. "킨세녜라 파티를 열어서 신나냐?"

"그런 것 같아요."

"그런 것 같다니 무슨 뜻이냐? 신나야지. 부모님이 널 위해 서 큰 희생을 하시는 거야."

맞는 말이다. 내가 원하지 않는 희생이지만.

"훌리아, 가족이 없으면 살면서 아무것도 이룰 수 없어. 너 도 이제 나이가 들었으니까 언니처럼 착한 세뇨리타가 돼야지. 올가가 천국에서 편히 쉬어야 할 텐데." 티오가 연극을 하듯이 고개를 끄덕이더니 내 눈을 똑바로 보며 자기 말을 알아들었는 지 살핀다.

"하지만 전 책을 마저 읽고 싶어요, 티오." 스페인어를 더듬

거리는 바람에 얼굴이 뜨거워진다.

티오 비고테스가 테킬라를 한 잔 더 따르고 나서 내 목을 놓아 줄 때 아마가 거실로 들어온다. 아마는 양파를 한 입 깨문 사람처럼 입술을 꽉 다물고 남자들을 보며 한심한 술꾼이라고 말한다.

"애 좀 봐." 티오 비고테스가 아마의 말을 무시하고 술잔을 들어 나를 가리킨다. "이마에 선인장이 난 주제에* 스페인어도 제대로 못 하잖아. 이 나라가 누나 자식들을 망치고 있어." 티오가 자리에서 일어나면서 아마를 비난한다.

아무도 무슨 말을 해야 할지 모르는 것 같다. 아파는 어떤 해답을 찾는 것처럼 아직도 술잔을 빤히 보고 있다. 아마가 팔짱을 끼고 식당에서 나가는 티오 비고테스를 노려본다. 티오 카예타노가 술을 더 따른다. 네 잔째다. 내가 세고 있었다.

다들 아무 말이 없고, 저 멀리 화장실에서 격렬하게 토하는 소리가 들린다. 나는 이마를 문지르며 여기 가냘픈 선인장을 대고 꽉 누르는 상상을, 예수님처럼 얼굴이 피투성이가 되는 상상을 한다.

그날 밤 꿈속에서 나는 마마 하신타의 집에 있었다. 아마가 예전에 쓰던 방에서 자고 있는데 불이 난다. 밝은 파란색 잠옷 차림의 나는 집이 다 타서 무너져 내리기 전에 맨발로 뛰쳐나간다.

* 멕시코인처럼 생겼다는 뜻이다.

그런 다음 그 앞에 서서 탁탁 소리를 내며 타오르는 집을 바라본다, 발밑의 흙이 서늘하다. 갑자기 돌아가신 외할아버지 파파 펠리시아노가 죽은 염소를 안고 내 뒤에 서 있다. 길고 가느다란 신경으로 목에 매달린 염소 머리가 덜렁거린다. 할아버지의 얼굴과 옷은 피투성이다.

꿈속에서 늘 그렇듯 모든 것이 이상하다. 마마 하신타의 집은 내 기억보다 훨씬 크고 사방에 거대한 오크 나무가 둘러 서 있다. 텅 빈 자동차가 뒤로 굴러가기도 하고, 어떤 것들은 거꾸로 뒤집혀 있다. 내가 로스 오호스에 있다는 것은 알지만 너무 다르다, 사람이 아무도 없다. 앞집은 해바라기 꽃밭으로 바뀌었다.

"마마 하신타는 어디 있어요?" 내가 할아버지에게 소리치지만 대답이 없다. 할아버지가 축 늘어진 염소를 나에게 내민다. 나는 비명을 지르지만 할아버지는 가만히 서서 눈을 깜빡이며 나를 바라볼 뿐이다. 마마 하신타가 죽었는지 살았는지도 모르겠다.

불이 점점 커지자 나는 강으로 달려간다. 등에서 열기가 느껴지고 머리카락 끝이 탄다. 돌에 발이 베인다. 밤이지만 왜인지 하늘이 아직도 밝다. 귀뚜라미 소리에 귀가 멀 것만 같다. 축축한 땅 냄새가 난다.

결국 버려진 기차역 근처에서 불길에 따라잡힌 나는 강으로 뛰어든다. 눈을 떠 보니 물은 탁하고 더럽고, 인어들이 쓰레기와 해초를 몸에 휘감고 얼굴에 긴 머리카락을 드리운 채 나를 향해 헤엄쳐 온다. 꼬리는 무지개 빛깔로 반짝이는 초록색이고, 드러

낸 맨가슴은 작다. 가운데 있던 인어가 나를 향해 몸을 돌리고 손
짓한다. 올가다. 죽었을 때와 똑같은 미소를 띠고 있고, 몸속에서
불이 켜진 것처럼 피부가 번득인다.

　"올가!" 내가 소리치자 폐에 뿌연 물이 차오른다. "올가, 돌
아와!" 다른 인어들이 올가를 가볍게 잡고 데려간다. 나는 인어
들 쪽으로 헤엄쳐 가려 하지만 다리가 말을 듣지 않는다. 인어들
이 나를 강바닥에 사슬로 묶어 놓은 것 같다. 나는 울면서, 숨을
헐떡이며 잠에서 깬다.

일곱

로레나는 학교에서 무지갯빛 유니콘만큼이나 게이 티가 나는 새 친구를 사귀었다. 점심시간에 줄을 서다가 만났는데, 로레나의 어처구니없는 초록색 하이힐을 보고 칭찬했다고 한다. 두 사람은 옷, 화장, 돈 많은 유명인들의 패션 실수에 대해서 수다를 떨기 시작했고, 그걸로 끝이었다. 둘도 없는 영원한 친구가 되었다! 그 애가 로레나에게 드랙퀸 친구들이랑 자주 다니는 정신 나간 파티 이야기를 했고, 그러자 로레나가 완전 흥분했다. 로레나가 원하는 것은 파티밖에 없다. 요즘 두 사람은 항상 수다를 떨고, 복도에서 걸어 다닐 때는 손까지 잡는다.

로레나가 그 애의 이름을 말하자 나는 너무 어이가 없어서 믿지 못한다. 본명은 후안 가르시아지만 보통 후앙가로 통한다는데, 멕시코에서 가장 사랑받는 가수 후안 가브리엘의 별명이랑 똑같다. 후안 가브리엘은 사방에 **게이 티**를 내고 다니지만 공식적으로는 커밍아웃하지 않았다. 어떻게 자신을 후안 가브리엘에 비교할 수 있을까? 내 말은, 그건 스스로를 예수 그리스도나

잔 다르크라고 부르는 것과 똑같다. 그래서 나는 후앙가 이야기를 듣자마자 그 애가 싫어진다. 질투가 아니라고는 못하겠다. 로레나와 나는 만난 날부터 샴쌍둥이나 마찬가지였다. 후앙가는 조심하는 게 좋을 거다.

오늘 억사 선생님이 병가를 냈다. 즉 자유 시간이라는 뜻이다. 대체 교사 블랭큰십 선생님은 숨소리가 요란하고 두 사이즈는 작은 보풀투성이 녹색 스웨터를 입고 다닌다. 팔을 들면 털이 부숭부숭한 배가 보인다. 이런 사람들을 도대체 어디서 찾아오는지 모르겠다. 지난번 대체 교사는 지퍼 달린 주머니를 허리에 차고 다니면서 혀짤배기소리를 했다.

블랭큰십 선생님은 우리가 하던 프로젝트를 계속하는 대신 갑자기 제2차 세계 대전 다큐멘터리를 틀어 주는데, 이미 배운 부분이다. 영화가 시작한 지 10분도 안 돼 선생님은 끈적하게 코를 골며 잔다. 반 전체가 서서히 혼돈의 싹을 틔운다. 어떤 애들은 핸드폰으로 음악을 튼다. 호르헤와 다비드는 교실에서 작은 축구공을 발로 차며 주고받고, 다리오는 책상에 올라가서 머리를 획획 젖히며 입술을 비죽 내밀고 춤을 춘다. 선생님이 교실을 비울 때마다 꼭 저런다. 왠지 흥학이 떠오르는 몸짓이다.

"후앙가한테 초대받은 가면무도회에 너도 꼭 같이 가야 돼." 로레나가 눈을 크게 뜨고 나를 보며 말한다. "다들, 진짜 **다들** 올 거야. 웨스트 루프의 근사한 로프트에서 열린대."

그 애 이름만 들어도 신경질이 난다. "네가 말하는 '다들'이

도대체 누군데? 내가 사람들 안 좋아하는 거 알잖아. 게다가 우리 엄마가 알면 심장마비를 일으킬 거야. 절대 안 돼." 파티가 궁금한 마음도 조금은 있지만 후앙가와 같이 어울리고 싶지 않은 마음도 있다. 후앙가를 아직 숙적이라고까지는 못하겠지만 확실히 친해지고 싶지는 않다.

"세상에. 그냥 대충 둘러대면 되잖아, 멍청아. 넌 정말 배우질 못하는구나? 대학교에 1박 2일 현장 학습 간다고 해."

"전혀 말이 안 되잖아. 우린 2학년이야, 까먹은 건 아니지? 엄마가 그 말을 어떻게 믿겠어?"

영상에서 갑자기 폭탄이 터지자 블랭큰십 선생님이 0.5초 정도 깬다.

"자. 유난 떠는 엄마한테 이걸 갖다 드려." 로레나가 종이를 한 장 주며 말한다. "내가 미리 생각해놨지. 우린 이 파티에 꼭 가야 돼."

로레나가 준 서류에 따르면 우리는 대학 생활을 탐방하러 미시건 대학교에 간다. 기숙사에서 자고, 학교 식당에서 먹고, 연극을 한 편 보고, 학교 투어를 한다. 로레나가 뒷면에 스페인어로 번역까지 해 놓았다. 심지어는 어떻게 했는지 종이 상단에 학교 레터헤드까지 있었다.

감탄이 절로 나온다. "이거 어디서 났어?"

"문제없어." 로레나가 미소를 지으며 말한다.

"진짜, 이건 정말 장난 아니다. 네가 이렇게까지 똑똑한 줄 몰랐어."

"나쁜 년!"

"그래서, 어디서 났는데?"

"알았어, 말할게. 레터헤드는 주니가 선생님 책상에서 훔쳤고 나머지는 만들었어."

"너 멍청한 척하는 거구나, 응?" 내가 머리를 톡톡 두드리려고 하자 로레나가 얼른 몸을 숙이고 내 손을 탁 때린다.

"너 이 파티 놓치면 후회할 거야."

학교가 끝나고 돌아와 현장학습 신청서를 내밀자 아마는 읽어 보지도 않고 안 된다고 말한다. 항상 이런 식이다. 나한테는 눈을 맞춰 줄 가치도 없다는 듯이 말이다. 하지만 나는 놀라지 않는다, 당연하다. 이미 대비해 놓았다. 심지어는 내 주장을 매끄럽게 말하려고 메모로 미리 써 봤다. 나는 애원하고 간청하면서 대학에 정말 가고 싶다고, 이건 정말 좋은 기회라고, 정서와 지식의 발달을 위해서 이번 현장 학습이 꼭 필요하다고 말한다. 하지만 10분 정도 비굴하게 애원해도 엄마는 꿈쩍도 않는다.

"내 딸이 길거리에서 자고 다니는 건 절대 안 돼."

"길거리라니? 말도 안 돼요. **기숙사**에서 잘 거예요."

"넌 네가 다 큰 줄 알지. 하지만 겨우 열다섯 살이야. 토르티야도 만들 줄 모르면서."

나는 화가 나서 거품을 뿜기 시작한다. 정말 너무하다. 나는 가끔 소리를 지르면서 집을 뛰쳐나가서 두 번 다시 안 돌아오고 싶다. 토르티야가 도대체 무슨 상관인지 모르겠다. "말도 안 돼요. 난 대학에 가고 싶어. 세상을 보고 싶어. 이러다가는 이 멍청한 동네에서 절대 못 벗어날 거예요." 아랫입술이 떨린다. 내 거짓말에 내가 속을 지경이다.

"집에서 다니면 되잖니? 올가도 그렇게 했어."

"절대 안 돼요. 절대로. 여기 남아서 커뮤니티칼리지에 가느니 차라리 나무통 속에서 살고 말지." 올가는 커뮤니티칼리지를 4년이나 다녔지만 졸업도 못했다. 언니가 무슨 공부를 했는지 잘 알지도 못한다. 경영 어쩌고였다.

"올가는 집시처럼 돌아다니려고 한 적이 한 번도 없잖니? 네 언니는 늘 집에서 가족이랑 너무나 편안한 시간을 보냈지. *비엔 아구스토, 마 니냐*.*" 아마가 천국에 있는 언니에게 말하듯이 천장을 올려다본다.

"언니는 애가 아니었어요. 다 큰 성인 여자였다고요!" 왜 이렇게 화가 나는지 모르겠다. 내가 방으로 달려 들어가서 문을 쾅 닫는다. 아마한테 우는 모습을 보이기는 싫다.

가면무도회날 밤, 나는 거실에서 책을 읽으려고 애쓰지만 초조해서 집중이 안 된다. 집에서 몰래 빠져나가려고 부모님이 자러 가기만을 기다리고 있다. 보통 금요일이면 부모님은 아홉 시쯤 자러 간다, 정말 울적한 일이다. 늙고, 아프고, 주말에도 재미있는 일 하나 없는 사람은 절대로 되기 싫다. 그러므로 결혼을

---

* 정말 착했지, 내 딸*bien agusto, ma miña.*

하거나 아이를 낳지 않을 생각이다. 그런 건 정말 골칫덩이일뿐 니까.

부모님이 자러 들어가고 30분이 지나자 나는 발뒤꿈치를 들고 안방 문 앞으로 살금살금 걸어가서 귀를 기울여 본다. 부모 님이 섹스하는 소리를 듣는 일은 절대, 절대 없기만을 하느님께 빈다. 만약 그런 소리를 늘으면 귀에다가 독약을 흘려 넣어야 할 테니까. 어쩌면 엄마 아빠는 더 이상 섹스를 안 할지도 모른다. 누가 알까? 다행히도 두 사람 다 코 고는 소리가 들린다. 아마는 아파의 끔찍한 코골이를 들으면서 어떻게 자는지 모르겠다.

나는 몰래 방으로 돌아와서 이불 속에 베개랑 여분의 담요 를 넣는다. 그런 다음 낡은 인형을 가져다가 머리 부분에 두고, 이불을 덮어 인형을 거의 다 가리지만 진짜처럼 보이도록 검은 머리 몇 가닥은 드러낸다. 내가 똑똑해서 다행이다. 아마가 문을 열어도 불을 켜지만 않으면 확실히 통할 거다. 밤에 엄마가 내 방 을 몰래 들여다보다가 나한테 들킨 적이 몇 번 있다. 아마는 진짜 과대망상이다. 혹시나 이불을 들출 경우에 대비해서 나는 로레 나에게 힘든 일이 생겨서 만나러 간다고, 금방 올 테니 걱정하지 말라는 쪽지를 남긴다. 과연 큰 도움이 될까 싶지만, 없는 것보다 는 낫겠지.

내가 유일하게 봐줄 만한 검정 원피스를 입은 다음 로레나 에게 데리러 오라고 문자를 보내자 후앙가와 함께 5분 안에 도착 한다고 답장이 온다. 나는 최대한 조용히 현관문으로 걸어간다. 눈을 깜빡이기도 무섭다. 아무 소리도 내지 않으려고 한참이나 걸려서 문손잡이를 돌린다. 그런 다음 문을 닫으면서 부모님이 깨지 않았기만을 기도한다.

이제 두 사람이 올 때까지 추위 속에서 계단에 앉아 기다려야 한다. 우리 건물 앞 보도는 벌써 몇 년째 조금씩 부서지고 있지만 아무도 고치지 않는다. 몇 그루 있는 가로수는 말라빠졌고 벌써 잎이 거의 다 떨어졌다. 지금은 아무도 지나가지 않았으면 좋겠다. 이제 이 근처에서 변태들한테 괴롭힘을 당하는 게 지겨워 죽겠다. 그런 사람들은 가슴 비슷한 것만 달려 있으면 사람이든 아니든 상관없이 괴롭힐 거다. 나는 시간을 계속 확인하면서 거짓말한 로레나를 속으로 욕한다. 아마가 잠에서 깨서 밖에 있는 나를 보면 어떻게 하지? 누가 나를 보고 아마한테 이르면 어쩌지? 우리 옆집에 사는 도냐 호세파는 항상 창밖을 내다보는데, 내가 만난 사람들 중에서 제일 심한 치스모사*다. 나는 최악의 시나리오들만 생각하고 또 생각하다가 결국 토네이도 같은 걱정에 휩쓸려서 도로 들어갈까 고민한다. 이렇게 된 이상 이 파티는 지금까지 나한테 생긴 일들 중에서 가장 좋은 일이어야 한다.

드디어 차를 세우는 두 사람이 보인다.

알고 보니 후앙가는 면허가 없지만 아빠의 차를 '빌려' 왔단다.

"걱정 마, 기집애야. 죽이진 않을게." 후앙가가 걱정스러운

* 남 말하기 좋아하는 사람 *chismosa.*

109

내 얼굴을 보고 이렇게 말하더니 미친놈처럼 깔깔 웃는다.

우리는 시내 서쪽의 거대한 창고 앞에 차를 세운다. 거리는 어둡고, 건물은 낡고 버려진 것처럼 보인다. 나는 우리가 강간 그리고/또는 살해당할 것이라고 확신하지만 분위기를 망치고 싶지 않아서 아무 말도 하지 않는다. 딱 한 가지 위안은 바깥에 차가 엄청 많이 세워져 있고, 좋은 차들도 있다는 것이다. 안으로 들어가기 전에 후앙가가 우리 둘에게 가면을 준다. 내 가면에는 타조 깃털과 라인석이 붙어 있는데, 딱히 내 스타일은 아니지만 그럭저럭 괜찮다.

아파트에 대해서는 내 짐작이 완전히 틀렸다. 범죄 현장처럼 보이지는 않는다. 사실 내가 지금까지 본 어떤 집과도 다르다. 이런 사람들은 무슨 일을 하는지 궁금하다, 잡지에나 나오는 집 같다. 중국식 램프, 진품처럼 보이는 예술 작품, 복잡한 디자인의 러그. 세상에, 이런 집에서 혼자 살면 정말 좋겠다. 언젠가 낡아빠진 우리 아파트에서 나갈 때까지 기다릴 수가 없다.

다들 고개를 돌려 우리를 본다. 확실히 우리가 제일 어리다. 가면을 쓰고 있지만 아마도 티가 다 날 거다. 몇 분 동안 어색하게 꾸물거리고 있으니 딱 달라붙는 가죽 원피스에 빨간 가면을 쓴 커다란 여자가 우리를 향해 달려온다.

"왔구나, 기집애!" 그 여자가 후앙가에게 이렇게 말하고 뺨에 입을 맞춘다.

"왔어!" 후앙가가 소리를 빽 지르더니 우리를 본다. "이쪽은 마리벨이야, 오늘 밤 파티를 주최한 아름다운 주인공이지."

"반가워." 마리벨이 연극을 하듯이 고개를 숙여 인사한다. 드레스가 너무 많이 파여서 한쪽 가슴이 튀어나오지 않을까 걱정된다. "편하게 즐겨. 부끄러워하지 말고. 마실 건 식당에 있어."

우리 세 사람은 술이 있는 곳으로 간다. 후앙가와 로레나가 뭔지 모를 술을 따른다. 나는 거절한다. 저번에 로레나와 보드카를 마셨다가 콧물이 나올 정도로 심하게 토했기 때문이다. 나는 그 대신 맥주를 따지만, 바로 후회한다. 오줌과 담즙을 섞으면 이런 맛일 거다. 맥주를 마셔본 경험은 열두 살 때 아빠가 화장실에 간 사이 올드스타일을 몰래 한 모금 마신 것밖에 없다. 그때도 맛없었는데 지금도 맛없다. 나는 코로 숨을 쉬지 않고 얼른 마신다.

안경 위에 가면을 썼더니 불편하고 땀이 나서 가렵다. 콘택트렌즈를 끼려고 했지만 다 떨어지고 없었다. 나는 여드름이 날까 봐 걱정 돼서 가면을 벗어 버린다. 멍하니 스카이라인을 보고 있는데, 〈오페라의 유령〉 가면을 쓴 남자가 나를 댄스플로어로 이끈다. 누군지 전혀 모르지만 여기 있는 사람들은 전부 게이 아니면 트랜스젠더라서 걱정할 필요가 없다. 지금만큼은 음흉한 놈들을 상대할 필요가 없어서 너무 좋다.

디제이가 제임스 브라운을 틀자 다들 정신이 나가서 팔을 흔들며 목청껏 따라 부른다. 나는 춤을 못 추지만 비트가 좋다. 게다가 내 옆에서 티라노사우르스 렉스처럼 춤추는 남자보다 더 이상해 보이는 것은 불가능하다. 내가 드랙퀸처럼 어깨를 흔들자 사람들이 웃으며 박수를 친다. 나는 여기 여자들에게 매료된다. 뚱뚱한 사람들도 자기가 정말 멋지다고 생각하는 것처럼 움직인다. 나도 그러고 싶다.

전신에 딱 달라붙는 캣수트를 입은 여자와 함께 빙글빙글 돌고 있을 때 누가 내 어깨를 톡톡 친다. 은색 가면을 쓴 작은 여자가 나를 어디서 봤는지 생각해 내려고 애쓰는 것처럼 고개를 갸웃거린다.

"네?"

"잠깐, 너 올가 동생 아니니? 훌리아?" 그 여자가 음악 소리보다 목소리를 높여 외친다.

"네? 누구세요?" 내가 여자를 한껏 쩨려보며 같이 외친다. 누군지 전혀 모르겠다.

"나 기억 안 나?" 여자가 가면을 벗는다.

"전혀 안 나는데요."

"재스민이야, 기억나니? 올가 고등학교 친구잖아. 애 좀 봐! 다 컸네."

그러자 기억이 떠오른다. 아랫니가 튀어나오고 눈이 처진 재스민. 이름 철자도 이상했던 ─Jazmyn─ 기억이 난다. 당시 나는 어렸지만 재스민이 정말 참기 힘든 상대라고 생각했다. "그렇지, 뭐." 내가 무심하게 말한다. 재스민과 이야기하고 싶지 않다. 설명하기 싫다.

"이런 파티에 참석하기에는 너무 어리지 않니? 몇 살이라 그랬더라?" 내가 가는 곳엔 언제나 참견하기 좋아하는 사람들이 튀어나오는 것 같다.

나는 안 들리는 척한다.

"아, 세상에. 너희 집에서 진짜 많이 놀았는데. 2학년 때 올가랑 앤지랑 나, 우리 세 사람은 떼놓을 수 없는 사이였잖아. 네가 엄청 예민했던 거 기억난다. 항상 무슨 일로 울고 있었는데."

내가 눈을 굴린다. 왜 다들 내가 어렸을 때 얼마나 별로였는지 계속 상기시켜 주는 걸까?

"있잖아, 올가 못 본 지 진짜 오래됐다. 몇 년 전에 쇼핑하다가 우연히 마주쳤었는데. 올가가 사랑에 빠진 남자 얘기를 끝도 없이 했었어. 아주 신났던데? 그렇게 행복한 모습은 처음 봤어."

음악 소리가 더 커지고, 저음이 내 몸속에서 울린다. "잠깐, 뭐라고? 땅돼지 페드로 말이야? 아니면 다른 사람이었어?"

"뭐라고?" 재스민이 손을 모아서 귀에 댄다.

"땅돼지같이 생긴 남자! 페드로!" 재스민이 못 알아듣자 내가 손으로 주둥이를 표현하지만, 여전히 잘 모르겠다는 표정이다. 재스민이 가까이 다가온다. 얼굴에 그녀의 숨결이 느껴진다. "올가는 어떻게 지내? 내가 텍사스로 이사 간 뒤부터 연락이 끊겼어. 난 시카고에 가끔 와. 이 파티를 연 사람이 내 사촌이야." 재스민이 마리벨을 가리키자 그녀가 우리에게 키스를 날린다.

"죽었어." 나는 다른 사람들처럼 '세상을 떠났다'고 말하기를 거부한다. 왜 사람들은 하고 싶은 말을 있는 그대로 말하지 않을까?

"뭐라고?" 재스민은 혼란스러운 표정이다.

"죽었다고!" 뱃속에서 맥주가 출렁거린다. 이제 방이 빙빙 돌기 시작한다.

"믿을 수 없어······. 우리는······ 우리는······ 친구였는데." 재스민은 울 것 같은 표정이다. 말하지 말았어야 했는지도 모른다. "어떻게 된 거야? 너무 젊었는데. 아, 세상에."

"화물차에 치였어. 9월에."

어딜 가든 죽은 언니 이야기를 해야 하는데, 그때마다 기절하거나 토할 것 같은 기분이다. 재스민의 눈에 눈물이 차오른다.

나는 재스민을 세워둔 채 화장실로 달려간다. 변기 위로 몸을 숙이지만 아무것도 나오지 않는다. 얼굴에 차가운 물을 뿌리자 아이라이너와 마스카라가 번진다. 휴지로 화장을 지워 보지만 그래도 조커 같다. 그냥 가면을 다시 써야겠다. 나는 심호흡을 몇 번 한 다음 밖으로 나간다. 재스민이 말한 사람은 페드로가 아닐지도 모른다. 나는 얼른 달려 나가 로프트를 샅샅이 뒤지며 재스민을 찾는다. 밖에도 나가 보지만 벌써 갔나 보다. 어디에도 보이지 않는다. 주방에 가 보니 후앙가와 로레나가 술을 마시고 있다.

"자, 이거 마셔. 넌 이게 필요해." 로레나가 잔을 하나 준다.

냄새만 맡아도 속이 뒤집히지만 그래도 마신다. 목이 타는 듯하고 온몸이 기분 좋게 따뜻해진다. 근육이 풀리기 시작한다. 알코올중독자가 그렇게 많은 것도 놀랄 일은 아니다.

후앙가와 로레나가 집에 갈 준비가 되었을 때 나는 이미 취했다. 후앙가가 정확히 몇 잔이나 마셨는지 모르겠지만 운전을 하면 안 된다는 건 백 퍼센트 확실하다. 하지만 내게 무슨 선택지가 있을까? 이 차를 안 타면 집에 어떻게 가지?

눈도 잘 안 떠지지만 후앙가가 고속도로에서 계속 비틀거리는 것은 느낄 수 있다. 고속도로 출구를 빠져나올 때 후앙가가 브레이크를 너무 세게 밟는 바람에 나는 로레나의 좌석 뒤쪽에 머리를 부딪칠 뻔한다.

"미안, 미안, 미안." 후앙가가 뭉개진 발음으로 말한다.

나는 후앙가가 날 죽이지 않게 해 달라고 하느님께 기도한다. 그렇게 되면 아마는 정말로 미쳐 버릴 테니 말이다. 이제 일어나서 하루를 시작할 시간이 거의 다 됐다. 하늘은 아직 어둡지만 슬슬 밝아오기 시작한다. 호수 위로 아름다운 주황색 선이 생긴다. 하늘이 깨져서 열리는 것 같다.

올가 이야기를 했을 때 재스민의 얼굴에 떠오른 표정을 생각한다. 내가 어딜 가든 언니의 유령이 근처를 맴돈다.

여덟

아마가 청소 일을 하러 같이 가자고 한다. 아니, 취소. 아마가 오늘 청소 일을 하러 같이 가자고 **강요한다**. 평소에 같이 일하는 아줌마는 등 근육을 다쳐서 일어날 수가 없단다. 뿐만 아니라 엄마는 내가 킨세녜라 비용을 벌어야 한다고 말한다. 나는 킨세녜라를 하느니 아메바를 한 사발 들이켜는 게 낫지만. 아마는 나도 이제 성인 여자가 다 되었으니 책임지는 법을 배워야 한단다. 일요일에 청소나 하고 싶지는 않지만, 선택지가 없다. 아니면 아마한테 뭐라고 말할 수 있을까? "빌어먹을, 그 저택들은 혼자 가서 청소해요. 난 글이나 쓰고 낮잠이나 자고 싶으니까!" 그건 절대 안 될 일이다. 특히 천사 같은 언니 올가는 엄마를 돕는 믿음직한 딸이었으니 더욱 그렇다.

우리가 청소할 집들은 시카고에서 가장 부유한 동네 링컨파크에 있다. 첫 번째 집은 어떤 남자의 소유인데, 주인은 집을 비우고 없다. 이미 티 없이 깨끗하기 때문에 한 시간 정도밖에 안 걸린다. 아주 쉽다. 사람들은 정말 말도 안 되는 일에 돈을 쓴다.

두 번째 집은 몇 블록 떨어져 있는데, 집주인은 신경질적인 변호사다. 그 여자는 계속 우리 어깨 너머를 흘끔거리면서 고등학교에서 배우는 수준의 끔찍한 스페인어로 자꾸 말을 건다. 내가 그 여자보다 영어를 훨씬 더 잘한다고 장담할 수 있는데 말이다. 나는 그 여자도 베이지색 가구도 처음부터 싫었지만 적당히 맞춰 주면서 메 노 에스피크 잉글리시*인 척한다. 아마는 피할 수만 있으면 집주인과 말을 섞지 않는 게 제일 좋다고 한다. 빨래까지 해야 하므로 세 시간이 지나서야 끝난다. 왜 직접 못하는지 모르겠다. 내 말은, 그 여자는 세 시간 내내 거기 있었다. 어떤 사람들은 너무 게으르다.

마지막 집은 드폴 캠퍼스 근처 2층짜리 브라운스톤 주택이다. 주인은 자신을 인류학 교수라고 소개한다. 우리가 관심이라도 있다는 듯이 말이다. 게다가 잘난 척이 장난 아니다. 자기 입으로 셰인버그 박사라고 소개하더니 '명당'이라는 단어까지 쓴다. 나는 물론 무슨 뜻인지 알지만―나도 책 읽거든요, 쳇―, 멕시코인 청소부한테 도대체 왜 그런 단어를 쓸까? 잉맨 선생님 말씀처럼, "청자를 파악해라."

셰인버그 박사는 세 시간 반 뒤에 돌아오겠다고 한다. 그가 "그럼 이만 가 보죠"가 아니라 "그럼 이만 작별을 고하죠"라고 말하자 목을 한 대 치고 싶지만 얌전히 미소를 지으며 같이 손을 흔들어 준다.

* 저는 잉글리시를 못해요*me no espeak English*. 스페인어와 영어를 섞었다.

이 집은 박물관 같다. 색색의 러그, 갈색과 검정색 아프리카 가면, 요상한 체위의 남녀 조각상이 가득하다. 전부 수천 달러는 할 것 같고 유리 진열관에 넣어야 할 것만 같다. 얼핏 보면 깨끗해 보이지만 자세히 보면 사방에 부스러기와 쓰레기가 흩어져 있다. 먼지 뭉치가 토끼만 하다.

"아베 마리아 푸리시마*." 아마가 이렇게 중얼거리고 성호를 긋는다. 셰인버그 박사가 사탄숭배자라고 생각하나 보다. 엄마는 늘 온갖 사람들을 사탄숭배자라고 생각한다.

아마는 집에서 제일 역겨운 부분—화장실—부터 시작해야 한다고, 그곳부터 해치우는 게 낫다고 한다. 거실 화장실에는 축축한 옷과 수건이 잔뜩 쌓여 있다. 세면대는 치약 덩어리와 짧고 검은 털 때문에 지저분하다. 역겨워. 나는 옷가지를 발로 치우면서 변기에 다가간다. 최악 중의 최악부터 시작하는 게 합리적이겠지. 나는 아마가 준 장갑을 끼고, 거치대의 솔을 집어 들고, 숨을 참는다.

"계속해." 아마가 말한다.

내가 제일 두려워하던 순간이다. 쓰레기는 어떻게든 치울 수 있지만 변기는…… 다른 집 변기는 항상 내 속을 뒤집어 놓는다. 괜찮은 화장실을 못 찾아서 몇 시간 동안 오줌을 참다가 요로감염증에 걸린 적도 있다. 우리가 오늘 문질러 닦은 다른 두 집의 변기는 비교적 깨끗했지만, 과연 여기도 그럴까 의심스

* 순결하신 성모님 *Ave maria purisima.*

118

럽다.

뚜껑을 열었더니 예상보다 더 심하다. 훨씬 더 심하다. 거대한 검정색 똥. 이거 진짜야? 무슨 장난인가? 어디 몰래카메라가 숨어 있나? 내가 성큼 물러서서 구역질을 한다. 눈에 눈물이 고인다. 이 사람은 도대체 뭘 먹는 거지? 석탄이라도 먹나?

"예민하게 굴지 마! 물 내리고 닦아." 아마가 이런 생물학적 전투를 매일 치르는 사람처럼 눈을 굴리며 말한다. 음, 실제로 그럴지도 모른다.

나는 입으로 숨을 쉬면서 최대한 빨리 청소한다. 우리는 거실 화장실을 끝낸 다음 손님용 화장실로 가는데, 전에 비하면 여기는 아름다운 정원을 산책하는 수준이다. 하느님 감사합니다. 왜 한 사람에게 화장실이 두 개 이상 필요할까? 나는 모르겠다.

나는 침실에 섹스와 관련된 물건이 잔뜩 있을까 봐 걱정하지만 우리가 발견한 것 중에 가장 역겨운 건 침대 옆 바닥에 떨어진 구겨진 티슈와 화장대에 깎아 놓은 손톱이다. 게다가 사방에 옷과 신발이 흩어져 있다. 나는 **내가** 지저분하다고 생각해 왔지만, 이 남자는 완전 야만인이다.

다음은 부엌이다. 가스레인지를 문질러 닦자 세제 냄새 때문에 콧속이 따갑다. 나는 아마가 매일 얼마나 많은 화학물질에 노출될까 생각한다. 음악이라도 있으면 좋겠다, 침묵이 흐르면 불안하다. 들리는 것이라고는 끽끽대는 소리, 스프레이를 뿌리는 소리, 닦는 소리밖에 없다. 아마는 어떻게 이런 일을 매일 할까?

"그래서……. 언니는 엄마랑 같이 청소하는 거 좋아했어요?" 달리 무슨 말을 해야 할지 모르겠지만 너무 조용해서 견딜수가 없다.

"좋아했냐고? 그런 사람이 어디 있니? 청소를 **좋아하는** 사람은 없어. 그냥 하는 거지."

"알았어요. 물어봐서 미안해요."

아마는 너무 차갑게 말해서 조금 부끄러운 표정이다. "괜찮아, 미하." 엄마도 할 말을 정말 열심히 생각하는 것 같다. "학교는 어떠니?"

"괜찮아요." 내가 거짓말을 한다. 사실 학교는 너무 괴롭다. 책을 읽는 것도 배우는 것도 좋지만 나머지는 전부 견딜 수가 없다. 친구도 별로 없고 항상 외롭다. 올가가 죽은 이후 더 심해졌다. 나는 사람들과 대화하는 방법을 잘 모르는 것 같다. 그래서 항상 책을 읽으면서 나 자신을 잊으려고 애쓰는 것이다. "영어수업이 아주 좋아요. 잉맨 선생님이 나보고 글을 잘 쓴대요."

"으흠, 잘 됐구나." 아마가 이렇게 말하지만 내 얘기에 집중하지 않는다. 내가 학교 이야기를 할 때마다 아마는 별말을 하지 않는다. 아마는 8학년 때 가족 일을 돕기 위해서 자퇴했기 때문에 학교에 대해서 할 말이 별로 없다. 아파는 7학년 때부터 학교를 그만두고 밭에서 일했다. 이렇게 중요한 이야기를 부모님에게 할 수 없다는 것은 참 이상하다.

식당에 걸려 있는 엉덩이가 커다란 여자 그림을 보니 역시 엉덩이가 큰 올가의 친구 재스민이 생각난다.

"아마, 올가 친구 재스민 기억나요?"

"에사 우에르카?* 어떻게 잊겠니? 맨날 우리 집에 와서 절대 안 가려고 했는데. 걔 때문에 미칠 것 같았지. 왜? 걔가 뭐?"

"그냥 기억이 나서요, 그뿐이에요. 재스민 성 기억나요?"

"왜? 만나기라도 했어?"

나는 당황한다. 아마가 내 머릿속을 들여다보고 내가 파티에 다녀온 것을 알아내기라도 한 것 같다.

"아뇨, 당연히 아니죠. 재스민 텍사스로 이사 가지 않았나? 내가 어디서 재스민을 만나겠어요?" 너무 방어적으로 들리는 것 같다. 나는 잠시 침묵을 지킨다. 아마는 역겹다는 표정으로 동상의 먼지를 떤다.

"올가한테 남자친구 있었어요?" 내가 마침내 말한다.

"남자친구는 페드로밖에 없었지, 참 착한 청년이었는데."

'착하다'는 말이 우둔하고 못생겼다는 뜻이라면 맞는 말이다.

"그럼 페드로 다음에는 남자친구 없었어요?"

"당연히 없었지. 무슨 질문이 그러니? 올가가 남자들이랑 돌아다니는 거 본 적 있어?" 아마는 짜증 난 표정이지만 나는 질문을 멈출 수가 없다.

"알았어요, 알았어. 미안해요. 난 그냥…… 언니는 스물두 살이었는데 어떻게 그렇게 오랫동안 남자친구가 없었을까? 그건 좀 이상해요."

---

* 그 여자애?;*Esa huerca?*.

121

"젊은 여자가 아무 데서나 자고 돌아다니는 대신 집에서 가족이랑 지내기를 좋아하는 게 뭐가 그렇게 이상하니? 여기 여자애들은 행실이 나쁘다니까. 이상한 건 너야, 알고 있니?" 아마의 얼굴이 얼룩덜룩해지고 커다란 눈에 불이 붙자 나는 입을 다물고 청소를 계속한다.

셰인버그 박사는 우리가 청소를 마쳤을 때 딱 맞춰서 돌아온다. 그는 "그라시아스"라고 말하면서 돈을 준 다음 양손을 합장한 채 고개를 숙여 인사한다. 세상에, 심지어 장난도 아니다. 나는 셰인버그 박사가 작별 인사를 하면서 아마를 보는 눈길이 마음에 들지 않는다. 이 사람을 보면 왠지 뜨뜻하고 찐득하고 기분 나쁜 것이 온몸에 묻은 기분이 든다. 미혼인 것도 무리는 아니다.

바깥은 어둡고 눈이 쌓여 있다. 모든 것이 고요하고 아름다워 보인다, 진짜 현실이 아니라 사진 같다. 나는 보통 겨울이면 침울해지지만 가끔 이런 순간은 평화롭고 기분 좋다. 고드름, 반짝이는 눈, 정적.

버스에 타니 허리가 아프고, 손이 다 갈라지고, 세제 때문에 눈이 따갑다. 나한테서 표백제와 땀 냄새가 난다. 내 평생 이렇게 피곤한 건 처음이다. 돈 많은 사람들이 이렇게 역겨울 수 있는지 누가 알았을까? 왜 다들 일을 라 칭가*라고 부르는지, 아마가 왜

* 어마어마하게 많은 것 *la chinga*.

122

항상 기분이 나쁜지 이제야 알겠다. 나는 아마가 다른 사람들의 집에서 또 뭘 볼까, 다른 남자들도 셰인버그 박사처럼 아마를 쳐다볼까 궁금하다.

아홉

나는 학교 댄스파티에 참석하기로 했다. 애프터파티가 알렉스 타포야의 집에서 열리기 때문이다. 알렉스의 부모님이 몇 주 일 정으로 멕시코에 갔는데, 로레나의 말에 따르면 알렉스의 누나 이자 올가의 동창인 제시카도 집에 있을 거라고 한다. 아무 소용 없을지도 모르지만—두 사람이 서로 아는 사이였는지도 잘 모른다— 달리 뭘 해야 할지 모르겠다.

아마가 댄스파티에 가도 된다고 허락했다. 기적이나 마찬가지다. 하지만 엄마는 '볼라다'하지 말라고 한다, 시시덕기린다는 뜻이다. 나는 아마가 이런 말을 할 때마다 이상하게 부끄러워진다. 아무 짓도 안 했는데 왜 그런지 모르겠다.

원피스를 새로 사야 해서 아마가 쇼핑몰에 데려가 준다고 한다. 나는 쇼핑을 싫어하지만 입을 옷이 하나도 없으니 어쩔 수 없다. 원피스가 딱 세 벌 있는데 말 그대로 다 찢어졌다. 하나는 겨드랑이에 커다란 구멍이 났다. 아마는 그 옷을 입으면 고아 같다고, 버리라고 하지만 나는 그 원피스가 몸에 맞는 느낌이 좋다.

아마는 또 밴드 티셔츠나 청바지를 정말 싫어해서 절대 댄스파티에 입고 가면 안 된다고 한다. 컨버스 운동화도 안 된단다. 나는 '어엿한 여자'처럼 보여야 한다.

다가오는 킨세녜라 덕분에 원피스를 살 돈은 45달러밖에 안 된다, 없는 거나 마찬가지다.

댄스파티 전 일요일에 아마와 나는 차를 타고 교외의 아울렛 쇼핑몰로 간다. 눈보라 속에서 서쪽으로 한 시간 정도 달리자 드디어 도착한다. 나는 우리 동네가 별로라고 생각했지만 교외에 사느니 차라리 그 자리에 쓰러져 죽는 게 낫겠다. 집이 아무리 크고 비싸도 상관없다. 하나같이 똑같이 생겼고, 식당이라고는 칠리스와 올리브가든밖에 안 보인다.

처음 고른 상점은 백인 여자들로 가득하고, 안으로 들어가자 다들 우리를 이상하게 쳐다본다. 벌써부터 징조가 안 좋다. 우스꽝스러운 분홍색 스웨터의 가격표를 보니 할인가가 99달러다. 이런 게 할인이면 우리는 여기서 양말 한 짝도 못 살 거다. 고맙지만 됐다. "나가요." 내가 말한다.

적당한 가게를 찾아서 30분 동안 헤맸더니 전부 다 포기하고 시나본에 얼굴을 파묻고 먹고 싶다. 먹고 나면 늘 속이 안 좋지만. 나는 벤치에 앉아서 아마에게 아무것도 못 찾을 거라고, 나는 놔두고 혼자 가라고 말한다.

"왜 이러니." 아마가 내 팔을 잡아당기며 말한다. "네가 입을 만한 걸 찾을 수 있을 거야. 과장하지 마. 못 찾으면 딴 데 가면 돼."

"딴 쇼핑몰에 가느니 차라리 여기서 최악의 원피스를 살래요. 빨리 끝내요." 내가 새로이 결의를 다지며 일어난다.

결국 상점 다섯 곳에서 원피스를 스무 벌 정도 입어본 끝에 마음에 드는 원피스를 찾아낸다. 검정색과 빨간색 체크무늬에 무릎 바로 위까지 내려오는 옷인데, 그보다 길면 땅딸막해 보이기 때문에 나한테 딱 맞다. 커리어우먼이 일을 끝내고 한 잔 마시러 갈 때 입을 법한 원피스다. 우리 학교에 이런 옷을 가진 애는 아무도 없을 거다. 게다가 운 좋게도 사이즈가 10인데다가 재고 정리 중이다. 75퍼센트 할인해서 39.99달러다.

내가 탈의실에서 나오자 아마가 고개를 젓는다.

"왜요?"

"너무 딱 달라붙어."

"아니에요. 딱 맞아요!"

"가슴이 너무 많이 보여." 아마가 역겨운 냄새라도 맡은 것처럼 얼굴을 구기며 말한다.

아마는 노출이 심한 옷을 싫어하지만, 이 원피스는 전혀 섹시하지 않다. 많이 파이지도 않았고 가슴골이고 뭐고 아무것도 안 보인다. 엄마 아빠가 티브이를 켤 때마다 스트리퍼처럼 입은 여자들이 나오고 뉴스 앵커들도 다를 게 없는데, 나는 내 가슴을 부끄럽게 생각해야 한다고? 이해가 안 간다. 심지어 엄마는 내가 다리털을 깎았다는 사실을 알고 신경질을 부렸다. 망토를 두르고 칙칙한 털옷으로 몸을 가리고 다니라는 건가?

"나한테 잘 어울리는 것 같아요." 내가 아마에게 말한다. "마음에 들고 가격도 딱이에요.”

“넌 왜 항상 검은 옷만 입니? 다른 색을 좀 입어 봐. 노란색
이나 초록색은 어떠니?”

어떤 여자가 검정 바지를 잔뜩 안고 탈의실로 들어가다가
얼마나 고문 같은 일인지 잘 안다는 듯 나를 보며 어색한 미소를
짓는다.

“노란색이나 초록색이라고요? 진심이에요? 아마, 그건 너
무 싫어요.”

“이 옷은 적당하지 않아, 홀리아. 왜 모르니? 그건 못 사 준
다.”

“내 마음이랑 상관없이 엄마 마음에 드는 것만 사 줄 거예
요?” 아마와 쇼핑을 하다니, 잘못된 생각임을 알았어야 했는데.

“그래, 맞아.”

“믿을 수가 없네. 항상 왜 이래요? 왜 내가 원하는 옷을 입
으면 안 돼요? 핫팬츠에다가 시스루 튜브톱을 입겠다는 것도 아
닌데.”

“잊지 마라, 여기서 결정하는 사람은 네가 아니야. 왜 항상
모든 일을 어렵게 만드니? 왜 만족하지 못하니? 난 잘해 주려고
하는데 넌 왜 매번 이렇게 나오니? 디오스 미오*, 내 딸이 이렇게
배은망덕할 줄 누가 알았겠어?” 아마는 죄책감을 심어 주는 기
술이 아주 뛰어나다. 금메달감이다.

* 세상에 *dios mío*.

"세상에, 그럼 아무것도 사 주지 마세요."

내가 탈의실로 다시 들어간다, 벌써부터 눈물이 차오른다. 눈물을 닦으려고 하지만 계속 나온다. 흐느낌이 몸을 타고 올라와서 목구멍을 지난 다음 딱 멈추는 것이 느껴진다. 너무 괴롭다, 나 자신을 어떻게 해야 할지 모르겠다. 가끔 이런 기분이 들 때면 물건을 부수고 싶다. 뭔가 산산조각 나는 소리를 듣고 싶다. 심장이 너무 빠르고 힘차게 뛰어서 숨 쉬기가 힘들고, 그 무엇도 나아지지 않을 것만 같다. 내 삶은 앞으로도 계속 이런 식일까?

마지막으로 거울 속의 나를 본다. 가슴이 큰 건 내가 어떻게 할 수 없다. 어쩌라는 거지? 붕대로 꽁꽁 동여매기라도 해야 하나? 이렇게 행동해라 저렇게 보여라 야단맞는 것도 이제 지긋지긋하다. 1년 반만 지나면 집을 떠날 수 있다. 그때부터는 아무도 나한테 뭘 입으라거나 뭘 하라는 말을 못 할 거다. 절대로.

나는 결국 로레나의 원피스를 빌리기로 하지만 로레나의 옷장에는 정신없는 무늬에 반짝거리는 옷만 가득해서 쉽지 않다. 그리고 대부분 너무 작다. 로레나는 나랑 키가 같지만 가끔 아동복 매장에서 옷을 사도 될 정도로 삐삐 말랐다. 나는 늘어나는 재질의 검정 원피스를 고른다. 겨우겨우 맞지만 이걸로 버텨야 한다. 옆구리 위쪽의 절개된 부분 때문에 우아해 보이는 것 같다. 나는 하이힐이란 멍청한 애들이나 신는 것이라고 생각하기 때문에 검정색 플랫도 한 켤레 빌린다.

로레나와 나는 여자애들과 함께 댄스파티에 가기로 했다.

데이트 상대를 데려오는 것은 금지다. 로레나는 카를로스도 못 오고 후앙가는 일주일째 행방불명이라고, 나이 많은 인디애나 남자랑 도망쳤다고 말한다. 후앙가가 퇴학당할지 궁금하다. 나는 후앙가가 같이 못 가게 되었다는 말을 듣고 실망한 척하려고 애쓰지만 로레나는 못 속인다.

우리는 체육 수업을 같이 듣는 파티마, 매기, 샌드라를 파티장 입구에서 만난다. 셋 다 문법 실력이 끔찍하지만 아주 친절하다. 게다가 '너희들' 대신 '니네들'이라고 말하거나 '내 것' 대신 '내 꺼'라고 말하는 걸로 사람을 평가하면 안 된다. 그렇게 말하는 애들이 아주 많기 때문에 내가 극복해야 한다. 로레나는 내가 너무 뻣뻣하다고, 그래서 친구가 없다고 한다.

깜빡이는 조명과 스모크 기계 때문에 앞이 잘 안 보인다. 눈이 겨우 적응되고 나서 주변을 둘러보니 다들 옷을 입은 채 서로 문지르는 것처럼 착 달라붙어서 춤을 추고 있다. 저러다가 누군가는 임신해서 나오겠네.

무슨 노래가 나오자 로레나와 여자애들이 미친 듯이 좋아하며 댄스플로어로 달려가는데, 나는 모르는 곡이다. 그래서 혼자 뒤에 남지만, 몇 분이 지나자 어디를 봐야 하나, 손을 어디에 두어야 하나 자꾸 초조하다. 내가 어떤 애를 너무 오래 쳐다보면 어쩌지? 양팔을 옆으로 뻣뻣하게 내리고 있어서 프랑켄슈타인처럼 보이면 어쩌지? 혼자 서 있는 걸 보고 한심하다고 생각하면 어쩌지? 이렇게 바보 같은 생각들이 머릿속을 스치고 있는데 크리스가 다가온다. 선글라스를 쓰고 영화 〈스카페이스〉 티셔츠를 입은 크리스는 자기가 얼마나 멍청해 보이는지 전혀 모른다. 초등학교 때부터 크리스를 알았지만, 그는 줄곧 참아 주기 힘든 멍청한 꼬맹이였다.

"오늘은 예쁘네." 크리스가 내 원피스를, 하지만 거의 내 가슴 쪽을 흘끔거리며 말한다.

"그거 칭찬이니?"

"응."

"넌 여자한테 말하는 법을 좀 배워야겠다." 내가 고개를 돌리지만 크리스는 계속 말한다.

"네가 여자냐? 하." 크리스가 가까이 다가오더니 나를 더 자세히 보려는 것처럼 선글라스를 치켜올린다. 내가 재고 정리 중인 소고기 덩어리라도 되는 줄 아나. "왜 맨날 바보같이 입고 다니냐?"

"장난해? 넌 진짜 개자식이야, 크리스. 두 번 다시 나한테 말 걸지 마. 내 쪽으로 쳐다보지도 마, 세상에."

"넌 잘난 척이 너무 심해. 그게 문제야. 네가 다른 애들보다 훨씬 잘났다고 생각하잖아. 혼자 다 알고, 백인 여자애처럼 말한다고, 뭐 그런 구린 생각을 하잖아."

"네가 뭔데 감히 그런 말을 해?" 너무 화가 나서 손이 덜덜 떨린다. 선글라스가 날아갈 정도로 세게 뺨을 때리고 싶지만 그럴 가치도 없다. 크리스는 아마 마흔 살까지 자기 엄마 집 지하실에서 살 거다. 벌은 그걸로 충분하다.

같이 온 여자애들이 손을 높이 들어 팔랑거리고 엉덩이를 앞뒤로 흔들면서 내일이면 세상이 끝날 것처럼 춤을 춘다. 그러다가 자기들끼리 원을 만들더니 나를 향해 엉덩이를 흔드는 바람에 내가 웃음을 터뜨린다.

마침내 불이 켜지자 로레나는 애프터파티에 걸어서 갈 수 있다고, 두 블록밖에 안 된다고 말한다.

"걔네 누나도 있는 거 정말 확실해? 늦게 들어가면 혼나는 거 너도 알잖아, 응? 엄마가 허락 안 할 게 뻔해서 말도 안 하고 왔단 말이야."

"알렉스가 그렇다고 했어. 누나가 집에 있을 거래."

나는 아마에게 조금 늦을 것 같다고 문자메시지를 보낸다. 3초도 안 돼서 전화기 진동이 느껴지지만, 나는 엄마가 뭐라고 할지 이미 알기 때문에 받지 않는다.

애들은 알렉스가 키 크고 농구를 잘하기 때문에 멋지다고 생각하고, 여자애들은 죄다 알렉스가 섹시하다고 생각한다. 하지만 나라면 많이 봐 줘야 C+를 주겠다. 치열은 고르지만 뭐가 그렇게 대단하다는 건지 모르겠다.

알렉스의 집은 벌써 사람들로 터져나갈 것 같아서 여기 온 것이 실수라는 생각이 든다. 나는 사람 많은 곳이 불편하다. 어렸을 때 퍼레이드를 보고 완전히 겁에 질려서 발로 차고 소리를 지르는 바람에 부모님이 나를 집까지 안고 가야 했던 적이 있다. 그리고 가끔 사람들이 꽉 찬 엘리베이터에 타면 숨을 잘 못 쉬겠다.

애들이 내뿜는 열기 때문에 창문에 김이 서리고, 다들 문 앞이나 복도에 모여서 있어서 지나갈 수가 없다. 순간적으로 공황 발작을 일으킬 것 같다는 생각이 들지만 나는 마음을 가라앉힌다. 천천히 숨을 쉬면서 괜찮을 거라고 나 자신에게 말한다. 우리는 거실에 모인 사람들을 지나 술이 있는 부엌으로 간다. 식탁에 온갖 술병이 가득하고 싱크대 옆에는 맥주통이 놓여 있다. 알렉스는 농구팀과 함께 창가에서 대마초를 피우는 중이다. 알렉스가 우리에게 대마초를 피우겠냐고, 아니면 술이라도 만들어 줄까 묻는다. 내가 누구인지 전혀 모를 텐데, 정말 착하다.

여자애들은 전부 말리부 럼을 마시겠다고 하지만 나는 헤네시 앤 콕을 택한다. 두 가지를 섞어도 되는지 잘 모르겠지만 술맛은 괜찮다. 나는 세 모금 만에 잔을 비운다. 한 잔 더 만들려고 하자 로레나가 내 손목을 잡고 속도 좀 낮추라고 한다.

나는 곧장 본론으로 들어간다. "알렉스 누나는 어디 있어?"

"나도 몰라. 아직 못 봤어. 우선 좀 즐겨. 여기 어디 있겠지." 로레나는 내가 따라잡기도 전에 사람들 틈으로 사라져 버린다.

나는 내내 제시카를 찾아다닌다. 어떻게 생겼었는지 기억이 안 난다. 아마 알렉스랑 어느 정도 닮았겠지. 로레나의 말에 따르면 제시카가 머리카락을 짙은 빨간색으로 염색했다는데 빨강 머리 여자는 어디에도 안 보인다.

술을 세 잔 더 마시니 긴장이 약간 풀리기 시작한다. 나는 가끔 말이 너무 많지만 모르는 사람한테는 말을 잘 못 건다. 올가와 나의 유일한 공통점인가 보다. 화장실 앞에 줄을 서서 기다리다가 앞에 서 있던 귀여운 남자애한테 셔츠에 그려진 웃기게 생긴 사람이 누구냐고 묻자 뭐라고 중얼거리다가 가버린다. 아마는 여자가 남자한테 먼저 접근하면 절대 안 된다고, 남자가 쫓아다니는 여자가 되어야 한다고 항상 말하는데, 정말로 창피한 것을 보니 엄마 말이 맞을지도.

소변을 보고 나왔더니 매기가 거실에 혼자 앉아 있다. 로레나가 어디 있는지 아냐고 물어본다. 매기는 어깨를 으쓱하더니 못 본 지 한참 됐다고 말한다. 매기는 착하고 귀엽지만 머리에 든 게 별로 없다. 무슨 이야기 — 뭘 물어본 게 아닐 때도 — 를 하든 혼란스러운 표정을 짓고, 설명할 수 없지만 눈이 어딘가 멍하다. 로레나랑은 다르다, 로레나는 멍청한 척할 뿐이다. 매기의 멍청함은 진짜다.

"재미있어?"

"응, 괜찮아. 아마도." 매기가 포니테일을 고쳐 묶으며 말한다. "근데 귀여운 남자애는 없네."

"응. 하나도 없어. 저기 쟤는 꼭 불알처럼 생겼다." 소파에 앉아 있는 턱살이 늘어진 대머리 남자를 가리키며 내가 말한다.

매기가 웃는다. "너 진짜 미쳤구나."

내가 고개를 끄덕인다. "불행히도."

로레나를 찾아서 주변을 둘러보니 침실에 뒤엉켜 있는 커플이 문틈으로 보인다. 키스만 하는 게 아니라 **정말** 본격적이라는 뜻이다.

"우와. 저것 좀 봐." 내가 매기에게 속삭이고 그쪽으로 고갯

짓을 한다.

여자애가 남자애 무릎에 앉아서 허리에 다리를 두르고 있다. 만취해서 그런지도 모르지만 창피함이나 부끄러움은 한 톨도 찾아볼 수 없고, 그래서 묘하게 감탄이 나온다. 두 사람의 키스는 축축하고 질척거린다, 입속을 들락날락하는 혀가 다 보인다. 남자애가 목과 가슴에 키스하자 여자애가 남자애한테 몸을 문지른다. 우리 옆자리 여자애들이 아연실색해서 창녀니 매춘부니 영어와 스페인어로 온갖 동의어를 갖다 붙인다. 이중언어 동의어 사전이라도 찾아본 것 같다. 남자애들이 사진을 찍는다. 커플은 알아차리지 못했는지 전혀 신경 쓰지 않는다.

"역겨워." 매기가 말한다. "쟤 너무 추잡하다."

"응, 너무 더러워." 내가 이렇게 말하지만, 누가 나를 저런 식으로 만질 일이 생기긴 할까 생각하는 중이다.

나는 화장실을 10억 번쯤 다녀온 다음 드디어 뒤뜰에서 로레나를 찾아낸다. 고등학생 파티에 참석하기에는 나이가 너무 많은 멍청이들한테 둘러싸여 있다. 어쩌면 저 남자들도 언니랑 같이 학교를 다녔을지도 모른다. 로레나는 아무리 나이가 많거나 못생긴 남자라도 관심을 보여 주면 아주 좋아하기 때문에 놀랍지도 않다. 이미 졸업(또는 자퇴)해 놓고 이런 파티에 오다니, 얼마나 한심한 놈들일까?

"제시카는 어디 있어? 밤새 찾아다녔잖아. 그거 하나 때문에 여기 온 건데."

"나도 몰라. 제시카도 있을 거라고 알렉스가 그랬단 말이야." 로레나가 어깨를 으쓱한다. "좀 진정해, 응?"

"싫어, 집에 가고 싶어. 지금 당장."

"그래, 베이비. 진정해." 야구 모자를 뒤로 돌려 쓴 남자가 말한다.

"참견하지 마. 그리고 내 이름은 베이비가 아니거든?" 내가 남자에게 말한 다음 로레나를 본다. "야, 나 문제 생기면 다 네 잘못이다."

"5분만 줘. 왜 그래, 이러지 마." 로레나는 완전히 취했다. 갑자기 입술이 너무 무겁다는 듯이 움직이는 것을 보면 안다.

사람들이 조금 줄어들기 시작했기 때문에 나는 다 포기하고 소파에 자리를 잡는다.

정신을 차려 보니 로레나가 나를 흔들면서 일어나라고, 누가 경찰에 신고를 했다고, 이제 가야 한다고 말한다. 몇 시냐고 물으니 새벽 세 시라고 한다. 나는 완전 망했다는 뜻이다.

계산을 해 보니 나는 열세 살부터 열다섯 살까지 3년 중에 45퍼센트는 외출 금지였다. 정말이지, 이게 무슨 삶일까? 내가 가끔 말썽을 부린다는 것도 알고, 재수 없게 비꼰다는 것도 알고, 부모님이 바라는 딸이 아니라는 것도 안다. 하지만 아마는 나를 타락한 사람 취급한다.

가끔 이렇게 벌을 받을 때 아마는 도서관에도 보내 주지 않는데, 정말 세상에서 제일 잔인한 고문이다. 몇 시간이고 방에 가만히 앉아서 도대체 뭘 해야 하지? 도서관에서 임신할 가능성은 없다고 말해 봐도 아마는 콧방귀도 안 뀐다. 청소랑 숙제나 하란다. 그러다가 기분이 좀 풀어지면 엄마 아빠랑 같이 텔레노벨라를 봐도 된다고 한다. 나는 티브이 앞에 앉아 그 쓰레기 같은 프로그램을 보느니 차라리 오이디푸스처럼 눈알을 뽑아 버리겠다. 연기가 뻣뻣하고 억지스럽고, 등장인물들은 항상 오버하면서 서로의 뺨을 때린다. 플롯도 전부 똑같다. 가난한 여자가 역경을 극복하고 돈 많은 개새끼랑 결혼해서 둘이 행복하게 산다. 상류층은 전부 백인이고, 하층민은 나처럼 피부색이 어둡다.

나는 늘 행복을 느끼기 힘들었지만 이제는 행복이 아예 불가능한 것 같다. 친척들은 모두 내가 올가에 비해 얼마나 까다로운 아기였는지 이야기한다. 어렸을 때 나는 무슨 일—누가 기분 나쁜 표정을 짓거나, 쿠키를 떨어뜨리거나, 외출이 취소되면—에든 폭발했다. 다리가 세 개밖에 없는 개를 보고 울었던 기억도 난다. 내가 왜 항상 이러는지, 왜 제일 사소한 것들이 내마음을 아프게 하는지 모르겠다. 예전에 「우리에게 세상은 너무과하다」라는 시를 읽은 적이 있는데, 내 감정을 가장 잘 설명하는 말 같다. 나에게 세상은 너무 과하다.

그렇다고 우리 부모님이 행복한 것도 아니다. 두 사람은 일만 한다. 외출도 절대 안 하고, 집에 있을 때는 서로 말도 거의 안한다. 왜 다들 나보고 뭐라 하는지 이해가 안 간다. 내가 어떻게해야 하지? 미안하다고 말해야 하나? 정상이 아니라서 미안하다고? 이렇게 못된 딸이라서 미안하다고? 내 삶을 싫어해서 미안하다고?

내가 철저히 혼자고 세상 누구도 나를 이해할 수 없는 것처럼 느껴질 때도 있다. 가끔 아마는 내가 자기 몸에서 기어 나온 돌연변이라도 되는 것처럼 바라본다. 로레나는 고맙게도 내 이야기를 잘 들어주지만, 사실 나를 이해하지는 못한다. 과학 쪽으로는 완전 천재지만 문학이나 예술에는 관심이 없다. 나랑 같은 것을 좋아하는 사람이 아무도 없다. 가끔 너무 외롭고 절망적이어서 뭘 어떻게 해야 할지 모르겠다. 보통은 감정을 꾹꾹 눌러 담고 부모님이 잠자리에 들 때까지 기다렸다가 엉엉 운다. 정말 한심하다는 건 나도 안다. 엄마 아빠가 잘 때까지 못 기다리면 샤워를 한다. 감정이 온종일 점점 쌓이면서 목과 가슴을 죄어 오고, 가끔은 얼굴에서도 느껴진다. 그러다가 밖으로 꺼내면 폭포수처럼 쏟아진다.

무엇보다도 요즘 잠을 못 이룬다. 녹초가 되도록 지쳐도, 몸이 비명을 지르면서 좀 쉬고 싶다고 애원해도, 밤이 되면 몇 시간이고 천장만 멍하니 볼 때도 있다. 그러다가 시계를 보면 이제 곧 학교 갈 준비를 할 시간이다. 세상이 잠에 들거나 깨어나는 소리가 들린다. 점점 많아지는 자동차, 지저귀는 새, 시동을 거는 차, 커피를 내리는 부모님. 나는 모든 방법 —양을 세고, 새끼 고양이를 세고, 따뜻한 우유를 마시고, 긴장이 풀리는 음악을 들었다—을 총동원해 봤지만 하나도 도움이 안 된다. 그러다가 잠이 들면 거꾸로 뒤집힌 집에서 사람들이 나를 죽이려고 쫓아오는 식의 이상한 악몽을 꾼다. 그래도 올가에 대한 꿈은 이제 안 꾼다.

아침이 되면 나는 한 사람의 파편 같다. 끈 하나가 나라는 사람을 겨우 지탱한다는 느낌이 들 때도 있다. 또 어떨 때는 끈이 완전히 풀리거나 경첩이 빠진 느낌이다. 여기에서 벗어나 대학에 가기 위해 좋은 성적을 받기는커녕 고개를 들고 있기도 힘들다. 이제 1년 반밖에 안 남았지만 영원처럼 느껴진다. **지옥** 같다.

내가 유일하게 좋아하는 고급 영어 수업도 오늘은 끝이 없는 짐처럼 느껴진다. 잉맨 선생님이 『허클베리 핀』에 대해서 설명하는 중인데, 내가 세 번이나 읽은 책이지만 집중이 전혀 안 된다. 창밖의 나무 위에서 다람쥐 두 마리가 서로 쫓아다니는 것을 보면서 다가올 워렌 사구 주립공원 현장학습에 대해서 생각한다. 가끔 자연을 보면 기분이 나아지고 더 인간적인 느낌이 든다, 내가 모든 사물이나 모든 사람과 연결된 것처럼 말이다. 또 어떨 때는 나무 밑에 누워서 땅속으로 영원히 녹아들고 싶다.

잉맨 선생님이 아이들에게 미시시피강이 무엇을 상징하는지 묻는다. 아무도 대답을 못 하지만 나는 속속들이 알고 있다. 하지만 입을 열면 한심하게도 울음이 터져서 멈추지 않을까 봐 손도 못 들겠다.

수업이 끝난 다음 잉맨 선생님이 나를 앞으로 부른다.

"괜찮니, 홀리아?"

내가 고개를 끄덕인다.

"정말이야?" 선생님이 팔짱을 낀다. 언니가 죽었다고 말한 이후로 선생님은 내 영혼을 들여다보거나 뭐 그러려는 것 같다.

"괜찮아요." 내가 중얼거린다. '제발 울지 마. 제발 울지 마. 제발 울지 마.'

"괜찮은 게 아닌 것 같은데. 아주 불안해 보이는구나. 네가 『허클베리 핀』을 얼마나 좋아하는지 다 알아, 여러 번 얘기했었잖니." 선생님이 말한다. 나는 가끔 학교가 끝나고 남아서 잉맨 선생님에게 책이나 대학에 대해서 이야기한다. 선생님은 자기 책을 빌려주거나 내가 원서를 넣으면 좋을 듯한 학교 목록을 준다. 그래서 나는 잉맨 선생님을 제일 좋아한다. "몇 주 동안 네 비꼬는 말을 한 마디도 못 들었는데, 아주 솔직히 말하자면 그게 제일 걱정이다." 잉맨 선생님의 미소는 정말 멋지다. 20년 전에는 분명 섹시했을 거다. 아저씨 스웨터를 너무 자주 입지만 않으면 좋겠다.

"그런 것 같아요." 나는 예의 바르게 웃으려고 하지만 웃음이 나오지 않는다. "그냥 요즘 생리 중이라서 그래요. 누가 자궁을 칼로 찌르는 것 같아요." 내가 얼굴을 찡그리면서 손으로 배를 찌르는 시늉을 한다. 나는 남선생님에게 생리라고 말하면 무슨 일에서든 빠져나갈 수 있다는 사실을 몇 년 전에 배웠다.

잉맨 선생님은 불편한 표정이지만 나를 그냥 보내지 않으려는 것이 분명하다. "집에 무슨 일 있니? 가족들은 어떻게 지내셔? 그…… 언니 일이랑 뭐 그런 것들 이후로 말이야."

"괜찮은 것 같아요. 파도가 치는 느낌이에요. 수많은 파도. 아주아주 큰 파도요. 그런 느낌이 들어요. 뭔가 빠뜨린 듯하고, 내가 알아야 할 것을 모른다는 느낌이요. 하지만 알아낼 수가 없어요." 내 목소리가 갈라진다.

"예를 들면?"

잉맨 선생님에게 속옷과 호텔 키 이야기를 할 생각은 없기 때문에 나는 어깨를 으쓱하고 이렇게만 말한다. "잘 모르겠어요. 그냥 뭔가가 빠졌어요."

"마음이 아프구나. 정말 힘들겠지." 선생님이 팔짱을 끼고 밑을 내려다본다.

"견딜 수가 없어요…… 가끔은 내 잘못인 것 같아요. 그러니까, 그날 내가 뭔가를 다르게 했다면 어땠을까, 그랬으면 언니가 아직 살아 있을까, 그런 생각이 들어요."

"그런 식으로 생각하면 안 돼."

"왜요?"

"네 잘못이 아니니까. 언니가 죽기를 바라진 않았잖아. 살다 보면 이런 일이 그냥 생기는 거야. 가끔 정말 거지 같은 일이 벌어지지." 잉맨 선생님은 비속어가 튀어나와서 당황한 것 같지만 사과하지 않는다. "내가 열 살 때 어머니가 돌아가셨어. 심장마비였지. 어느 날 직장에서 그냥 쓰러지셨어. 그런데 그날 아침에 내가 엄마한테 정말 못되게 굴었거든. 점심 도시락 때문에 짜증을 내면서 엄마한테 밉다고 말했는데, 바로 그날 엄마가 돌아가신 거야. 그냥 그렇게."

"아아. 죄송해요." 나는 깜짝 놀란다. 이유는 잘 모르겠지만 잉맨 선생님이 지금까지 편하게만 살았을 거라고 늘 생각했다. 어렸을 때는 나무 위의 집도 있고 뭐 그랬을 거라고 상상했다. "사라지나요, 그런 감정이?"

"조금 더 쉬워지지. 하지만 매일 엄마가 생각난단다." 잉맨 선생님이 한숨을 쉬고 창밖을 바라본다. 애프터셰이브 로션 냄새가 난다. 왠지 모르지만 그 냄새 — 남자의 냄새 — 가 위안을 준다.

집으로 돌아오니 아파가 소파에 앉아서 족욕기에 발을 담그고 있다. 아파는 온종일 캔디를 포장하기 때문에 몸이 늘 안 좋다. 몇 가지만 꼽아 보자면 칼에 베이고, 허리가 아프고, 접착제에 데고, 다리가 붓는다. 열두 시간 동안 근무를 하고 야구 방망이로 두들겨 맞은 사람 같은 몰골로 돌아오는 날도 있다. 일주일에 며칠은 야간 근무도 해야 한다. 아파는 말이 별로 없지만 나한테 늘 "아빠처럼 당나귀같이 일하지는 마라. 비서가 돼서 에어컨이 나오는 좋은 사무실에서 일해라"라고 말한다. 나는 어떤 남자의 조수가 되느니 차라리 화장실 청소를 하는 게 낫다고 생각하지만, 아파에게는 말하지 않는다. 양복 입은 얼간이한테 커피를 내려 주고 이래라 저래라 소리나 들으라고? 고맙지만 사양하고 싶다. 아파에게 작가가 되고 싶다고 말한 적도 있지만 바퀴벌레가 득시글거리지 않는 집에 살 만큼은 벌어야 하지 않겠냐는 대꾸만 들었다. 나는 두 번 다시 그 말을 꺼내지 않는다.

나는 숙제를 하러 방으로 가기 전에 소파에 털썩 앉는다. 아파는 정말 기괴한 이야기 — 샴쌍둥이, 구마 의식, 아동학대, 유령 출몰, 기형 인간 — 만 다루는 끔찍한 타블로이드 뉴스 프로그램 〈프리메르 임팍토〉를 보는 중이다. 사람들이 이런 프로그램을 왜 보는지 모르겠다. 바퀴벌레를 먹는 아기 이야기가 시작되자 나는 물을 마시러 부엌으로 간다. 아마는 싱크대에 몸을 숙이고 팬을 문질러 닦고 있다. 온종일 다른 집을 청소하고 집으로 돌아와서 또 청소를 하면 어떤 기분일까 궁금하다. 이런 엄마를 보는 게 싫다. 죄책감이 너무 커지기 때문이다. 내 존재에 대한 죄책감, 엄마가 우리를 위해서 이런 일을 해야 한다는 사실에 대한 죄책김 밀이나.

"학교에서는 어땠니?" 아마가 이렇게 묻고 내 양쪽 뺨에 입을 맞춘다. 내가 벌을 받을 때, 엄마가 이제 나를 사랑하지 않는다고 굳게 믿을 때에도 엄마는 내 뺨에 입을 맞춘다.

"괜찮았어요."

"아파 보이는구나. 학교에서 정크 푸드 먹었니?"

"아뇨."

"엄마한테 거짓말하는 거야?" 아마는 항상 질문이 너무 많다. 끝도 없이 심문 당하는 기분이다.

"하느님께 맹세코 샌드위치밖에 안 먹었어요."

"얼굴색이 마음에 안 들어." 아마가 더 가까이 온다. 엄마한테서 주방 세제 냄새가 난다.

"무슨 색인데요?"

"노란색."

"내 얼굴은 갈색이에요, 노란색은 절대 아니에요." 내가 팔을 내려다보며 말한다.

"음, 아무튼 낯빛이 이상해. 병원에 데려가야겠다. 이런 몰골로 킨세녜라를 할 수는 없잖니, 응? 가족들을 위해서 예뻐 보여야지. 언니가 하늘에서 널 내려다보며 뭐라고 생각하겠니?"
올가가 하늘 위 구름에 앉아서 나를 내려다본다는 생각이 너무
바보 같아서 웃음이 나오려고 한다. 아마는 언니가 우리를 볼 수
있다고 진심으로 믿는 걸까?

"엄마한테 말 안 한 거 없어?" 아마가 내 이마를 짚으면서
묻는다.

"아니라고 했잖아요! 세상에, 나 좀 내버려 둬요." 내가 이렇
게 쏘아붙이는 바람에 우리 두 사람 다 깜짝 놀란다.

"내가 없어지고 나면 후회할 거다, 두고 봐라." 아마가 싱크
대를 향해 돌아선다. 엄마는 항상 언젠가 자기가 죽는다는 이야
기를 하고 또 한다. 엄마들은 다 그런가? 예전에는 그런 말을 들
으면 기분이 안 좋았지만 이제는 짜증만 난다.

갑자기 속에서 뭔가 뜨뜻하고 팽팽한 통증이 부글거리는 것
이 느껴지지만 뱃속은 아니다. 화장실에 가 보니 속옷에 적갈색
얼룩이 묻어 있다. 일주일이나 일찍 생리가 시작됐다, 거짓말을
한 벌인가 보다.

열

드디어 겨울이 끝났다. 크리스마스와 새해가 한없이 느리고 고통스럽게 왔다가 물러가고 몽롱한 기억만 남았다. 우리는 티오 비고테스의 집에서 친척들과 함께 연휴를 보냈다. 티아와 티오 들은 시끄러운 음악을 틀고 타말리*와 염소 구이를 넉넉하게 차려서 최대한 흥겨운 분위기를 내려고 애썼지만 올가의 부재가 우리 주변을 조용히 맴돌았다. 아마가 울음을 터뜨리지 않도록—결국 집으로 돌아와 울긴 했다— 배려해서인지 아무도 올가의 이름을 꺼내지 않았지만, 우리 모두 올가의 부재를 절실히 느꼈다.

봄마다 선생님들은 각 반의 현장학습 계획을 짠다. 올가가 고등학교에 다닐 때부터, 어쩌면 그전부터 쭉 그래 왔다. 도시에서 사는 아이들이 아무 데도 못 가는 것이 불쌍해서 그러는 것이 분명하다. 동물이라고는 비둘기와 쥐밖에 못 보는데, 둘은 본질

---

* 칠리로 양념한 고기를 옥수수 반죽에 말고, 옥수수 껍질로 감싸 쪄낸 멕시코 전통 요리.

적으로 똑같다. 화학 수업을 같이 듣는 낸시는 2년 전 위스콘신에 가기 전까지 시카고 바깥으로 나가 본 적이 없다고 한다. 어떻게 그럴 수 있는지 짐작도 못 하겠다.

현장학습은 우리 불쌍한 아이들에게 자연을 맛보게 해 주는 방식인 것 같다. 작년에는 스타브드 록 주립공원에 갔는데 정말 아름다웠다. 나는 폭포 옆에 혼자 앉아서 노트에 글을 쓰면서 시간을 보냈다. 어떤 애들은 동굴에 들어가서 서로 얽혀 뒹굴었고, 어떤 애들은 가만히 앉아서 핸드폰만 들여다봤다. 아까워라. 어떻게 그런 식으로 아름다움을 무시할 수 있는지 이해가 안 간다. 나는 토끼, 비버, 두꺼비, 색깔이 화려한 온갖 새들을 보았다. 무시무시한 독수리도 봤는데, 사실 그때까지는 독수리가 정말 존재하는지도 몰랐다. 헨리 데이비드 소로처럼 오두막에서 혼자 살면 좋겠다고 생각했지만, 아마 며칠만 지나도 안절부절못할 것이다.

올해에는 버스를 타고 끝도 없이 달려서 마침내 모래언덕에 도착한다. 해가 빛나고 있고, 아직 쌀쌀하지만 봄이 보이고 느껴진다. 나뭇잎이 새로 돋아나고 움트기 시작한 꽃도 있다. 4월 치고는 나쁘지 않다.

로페스 선생님과 잉맨 선생님이 우리에게 오후 두 시까지 버스 앞으로 돌아오라고 한다.

"무슨 일이 있어도 공원을 벗어나면 안 돼. 알겠지?" 로페스 선생님이 허리에 손을 얹고 근엄한 표정을 지으려고 애쓰지만, 실패다. 키가 150센티미터 정도밖에 안 되기 때문일 거다.

다들 네, 라고 중얼거리자마자 로페스 선생님은 잉맨 선생님과 다시 시시덕거리기 시작한다. 버스를 타고 오는 내내 잉맨 선생님이 바보 같은 농담을 할 때마다 로페스 선생님이 웃어 주는 소리가 들렸다. 내가 알기로는 두 사람 다 이혼했고, 잉맨 선생님을 바라보는 로페스 선생님의 눈빛을 보니 둘이 섹스하는 사이가 아닐까 싶다.

나와 로레나, 후앙가는 점심시간까지 숲속을 돌아다닌다. 나는 아직 후앙가를 떨쳐내지 못했다. 후앙가와 로레나는 떼어 놓을 수 없는 사이다. 이쯤 되면 후앙가에게 질릴 줄 알았지만 아니었다. 후앙가는 전화가 안 터진다며 계속 불평한다. 나는 후앙가를 무시하고 나무의 새순에, 나뭇잎 냄새에, 새들의 노랫소리에 집중하려고 애쓰지만 너무 짜증 나게 굴어서 불가능하다. 하지만 후앙가의 친구 마리벨을 통해서 재스민과 연락할 수 있게 도와 달라고 부탁해야 하니까 참는다. 나는 올가가 몇 년 전 쇼핑몰에서 마리벨을 우연히 마주쳤을 때 누구 이야기를 했던 걸까 계속 생각하는 중이다. 그러니까 내 말은, 올가가 페드로 이야기를 했다고 믿기는 힘들다. 누가 **페드로**에 대해서 그렇게 흥분할 수 있을까?

"윽, 난 자연이 싫어." 후앙가가 말한다.

"어떻게 자연이 '싫을' 수가 있니?" 후앙가 때문에 점점 더 화가 난다.

"난 그래. 따분해."

"그럼 뭐가 재미있는데? 네가 생각하는 아름다움은 뭐야?"

146

"쇼핑, 파티, 그리고…… 섹스." 후앙가가 깔깔 웃는다.

"좋아하는 게 그거밖에 없어? 내면의 삶이라는 게 있긴 하니? 그게 뭔지 알기는 해?"

로레나가 나를 노려본다. "세상에, 훌리아. 입 좀 다물어, 응?"

"미안해, 하지만 어떻게 자연이 싫다고 말할 수 있는지 이해가 안 가서. 행복이나 웃음이 싫다는 말이랑 똑같잖아. 재미도 그렇고. 어떻게 그렇게까지 향상심이 없을 수 있는지 모르겠어."

"그 말이 무슨 뜻인지 모르겠지만, 그만 좀 해."

후앙가는 무슨 말을 하고 싶은 표정이지만 조금 떨어진 곳으로 가서 호수를 내려다볼 뿐이다.

"알았어, 알았어. 끝났어." 내가 항복이라는 뜻으로 손을 든다.

점심시간이 되어 우리는 제일 높은 사구 꼭대기까지 올라간다. 믿을 수 없을 만큼 경치가 좋다. 파도가 철썩이고, 파란 하늘과 대비된 하얀 사구가 비현실적으로 보인다. 이렇게 아름다운 곳이 시카고 근방에 있는지 전혀 몰랐다. 로레나가 바닥에 담요를 깐다. 아마는 전형적인 멕시코인답게 치즈와 콩을 넣은 차가운 부리토를 싸 주었다. 내가 평범한 샌드위치를 먹으면 큰일 나는 줄 안다.

한 입 먹기도 전에 남자 성기와 관련된 것이라면 무엇에든 집착하는 후앙가가 자기가 지금까지 봤던 다양한 모양에 대해서 이야기하기 시작한다. 후앙가의 말에 따르면 가장 말도 안 되는

147

모양은 길고 끝이 뾰족했는데, 공포 영화에서 튀어나온 것 같았다고 한다.

"진짜 무섭다." 내가 말한다. "나 같으면 목숨이 아까워서 비명을 지르며 도망쳤을 텐데."

"물론 생긴 건 흉했어." 후앙가가 눈을 감고 이렇게 말하더니 냄새가 지독한 참치 샌드위치를 작게 한 입 물어뜯는다. "하지만 느낌은 완전 천국이었지."

내가 몸서리를 친다.

"여기 애는 페니스에 털이 난다고 생각했대요. 불알만이 아니라 진짜 성기에 말이야." 로레나가 나를 가리키며 깔깔 웃는다.

"뭐?" 후앙가는 목에 샌드위치가 걸려서 퀙퀙거린다. "어떻게 그럴 수가 있어?"

"실물은 한 번도 못 봤으니까 그런가 보다 했지." 내가 차가운 부리토를 내려다보며 말한다. "그러니까, 여자는 밑에 털이 있잖아. 그래서 말이 된다고 생각했어." 후앙가에게 아직도 실물을 본 적 없다는 말은 하지 않는다.

"그래, 그래서 내가 가르쳐 줬다니까." 로레나가 이렇게 말하자 후앙가가 너무 격렬하게 웃다가 콜라를 뱉을 뻔한다. "애 아직 처녀다?"

후앙가가 깜짝 놀란다. 열다섯 살에 처녀인 것이 그렇게 이상한 일인지 몰랐다. 후앙가는 내 발에 발가락이 하나 더 달려 있다는 말이라도 들은 것처럼 군다. 로레나는 열네 살에 첫 경험을 했는데, 이제는 자기가 섹스 전문가쯤 되는 줄 안다.

"그래서 뭐?" 내가 로레나를 노려본다. 이 바보 앞에서 로레나가 나한테 창피를 주다니 믿을 수가 없다. 뱃속에서 부리토가 시멘트처럼 딱딱하게 굳는 것이 느껴진다.

"내 말은, 넌 너희 언니가 성녀 같다느니 뭐라느니 하지만 사실은 너도 썩 다르지 않다는 거야. 넌 항상 엄마를 너무 무서워하잖아."

"진심이야? 지금 여기서 우리 언니 얘기를 꺼내겠다고?"

"음, 아무튼 맞잖아. 아니야?" 로레나가 갑자기 방어적으로 나온다. 지금까지 우리는 시시한 문제로 말다툼을 백만 번쯤 했지만 이번에는 느낌이 다르다. 이런 식으로 다른 사람 앞에서 싸운 적은 없었다.

"내가 섹스할 상대가 어디 있는데? 말 좀 해봐. 한심한 놈 아무나 붙들고 해 버리면 되는 거야?"

"그런 말이 아니야." 로레나는 괴로워 보인다.

"그러면 무슨 말이 하고 싶은데?"

"넌 가끔 좀 거만할 때가 있어. 그러니까, 아마 네 탓은 아닐 거야. 너희 엄마도 그러시니까." 로레나는 이 말이 비열한 한 방이라는 것을 알기 때문에 내뱉은 직후부터 초조해 보인다. 나는 엄마랑 똑같다는 말을 듣자 주먹으로 로레나의 입을 쳐 버리고 싶지만 안간힘을 써서 참는다.

"누구하고도 섹스를 하고 싶어 하지 않으니까 거만하다고? 내가 제대로 들은 거 맞아?"

"아니, 그런 말이 전혀 아니야. 내 말은 그게 아냐. 가끔 보면 넌 아무것도 성에 안 차는 것 같아. 사람들한테 너무 가혹해." 로레나는 내 눈을 쳐다보지도 않는다.

"왜냐면 아무것도 성에 안 차니까! 나라고 이러고 싶은 줄 알아? 나도 힘들어. 너무 힘들어서 가끔은 견딜 수가 없어." 내가 팔을 휘두르면서 손짓을 하지만, 뭘 가리키는지 나도 모르겠다. 너무 화가 나서 귀에 불이 붙은 것 같다. "네가 페니스만 달려 있으면 누구하고든 섹스를 한다고 해서 나보다 나은 건 아니야."

로레나는 상처 받은 표정이다. 후앙가는 전화기를 들여다보는 척하지만 분명 이 순간을 즐기고 있다.

"됐어. 가끔 넌 말이 안 통해." 로레나가 말한다.

나는 남은 부리토를 배낭에 넣고 사구를 달려 내려가다가 미끄러져 넘어질 뻔한다. 내가 사람들 앞에서 넘어져 목이라도 부러지면 후앙가는 좋아 죽겠지.

모래언덕을 다 내려간 내가 분에 못 이겨 모래를 발로 차자 돌풍 때문에 눈에 모래알이 들어간다. 나는 로레나에게 너무 화가 나고 후앙가에 대한 인내심도 바닥났다. 이제 후앙가에게 마리벨의 전화번호를 물어볼 수도 없다. 둘 다 보고 싶지 않다. 나는 다른 애들과 최대한 멀리 떨어진 곳으로 걸어간 다음 모래에 누워서 팔다리를 휘저어 천사 모양을 만들면서 마음을 가라앉혀 본다. 그런 다음 눈을 감는다. 나는 피부에 모래가 닿는 느낌이 늘 좋았다. 호수가 아주 가까이 있었지만 어렸을 때 아주 가끔만 갔다. 즐거워하는 아빠를 본 것은 그때밖에 없다. 아빠는 우리랑 같이 모래성을 만들고, 날이 어두워질 때까지 헤엄을 쳤다. 어렸을 때 로스 오호스에서 헤엄치던 기억이 난다고 했다.

눈을 뜨자 파스콸이 나를 내려다보고 있다. 얽은 갈색 얼굴을 보고 나는 소스라치게 놀란다.

"야, 뭐야! 뭐 하는 거야?"

"널 보고 있잖아. 거참."

"그래, 그건 나도 알아. 진짜 이상한 애야." 내가 자리에서 일어나 옷에 묻은 모래를 털며 말한다.

"언니가 죽었다며?"

"빌어먹을. 어떻게 알았어?"

"모르는 애가 없을걸. 언니 보고 싶냐?"

파스콸은 범생이같이 생겼지만 참 실망스럽게도 똑똑하지 않다. 나는 수업 시간에 파스콸이 입을 열 때마다 깜짝 놀란다. 입고 다니는 옷은 너무 바보 같아서 보는 사람 기분이 나쁠락 말락 한다. 지하실 냄새를 풍기면서 비디오게임 티셔츠를 입고 다니는데, 가끔 양말과 샌들까지 맞춰 신을 때도 있다. 이름마저 촌스럽다. 파스콸이라고 하면 먼지투성이 포치에 앉아서 닭을 잃어버렸다고 중얼거리는 멕시코 노인이 떠오른다.

"당연히 보고 싶지. 우리 언닌데." 내가 왜 대답을 해 주고 있는지도 모르겠다. 그냥 꺼지라고 해야 하나.

"정말 힘들겠다."

내가 고개를 끄덕인다.

"언니도 너처럼 예뻤어?"

"우웩. 그런 말은 하지도 마. 세상에." 내가 재킷을 두른다.

머리 위에서 갈매기가 꽥꽥거린다. 나는 갈매기가 싫다. 갈매기는 항상 나쁜 짓을 하는 것처럼 보인다.

"넌 네가 예쁜 줄도 모르는구나. 슬프다."

"닥쳐. 나 좀 내버려 둬." 내가 호수를 향해 걸어간다.

"자기를 너무 미워하면 안 돼. 겉으로는 그렇게 안 보여도 누구나 엉망진창이야."

바람이 불어 물이 출렁거리기 시작하고, 크고 살집 좋은 구름이 우리를 향해 둥실둥실 다가온다. 호수 건너편으로 시카고의 스카이라인이 흐릿하고 희미하게 보인다. 곧 비가 올지도 모른다. 그러면 오늘 하루가 더 엉망이 될 거다. 파스칼이 이런 광경을 처음 보는 사람처럼 입을 벌리고 하늘을 올려다보면서 나를 향해 걸어온다.

"넌 지금 무슨 말을 하고 있는지도 몰라." 내가 말한다.

"알아. 내가 안다는 거 너도 알잖아." 파스칼은 주머니에 손을 넣고 가버린다.

나는 자리에 앉아서 알베르 카뮈의 『이방인』을 꺼낸다. 책을 읽어 보려 하지만 로레나와 했던 말다툼의 흥분이 아직 가라앉지 않아서 집중이 안 된다. 나는 멍하니 호수를 보면서 파도를 센다. 176까지 셌을 때 뒤에서 누가 나를 부른다.

잉맨 선생님이다. "어이!" 선생님이 이렇게 말하고 내 옆에 앉는다. "뭐 읽고 있니?"

내가 책을 들어 보여준다.

"음, 물가에서 가볍게 읽는 책이네?" 잉맨 선생님이 킥킥 웃는다.

내가 고개를 끄덕인다. "그렇죠."

"그 책 어떻게 생각해?"

"그 무엇도 아무 의미가 없는 것 같아요. 진정한 목적을 가진 게 아무것도 없어요. 저도 그런 느낌이 들 때가 많아요. 가끔은 정말 모든 게 왜 존재하는지 모르겠어요."

"실존주의적 절망이구나?"

"네, 바로 그거예요." 내가 미소를 짓는다.

"네가 정말 괜찮은지 알고 싶어. 넌 계속 괜찮다고 하지만 난 걱정이 되는구나." 잉맨 선생님이 양손으로 모래를 퍼서 피라미드를 만들려고 한다.

"이제는 괜찮은 게 뭔지 모르겠어요. 뭐가 정상인지도 모르겠어요." 하지만 아침마다 침대에서 빠져나오는 것도 너무 힘들고 하루를 견디는 것이 어마어마한 과업 같다는 말은 하지 않는다.

"누군가와 이야기를 해야 돼. 나한테 언제든지 얘기해도 좋지만 사실은 전문가가 필요한 것 같구나. 무료 프로그램을 좀 찾아볼게."

"친절한 말씀 감사하지만 괜찮아요. 저 괜찮아요. 진짜로요." 나는 거짓말이 정말 서툴지만 선생님이 눈치채지 못하기만을 바란다.

"알았어. 지금은 널 믿으마. 실망시키면 안 된다."

"실망 안 시킬게요." 내가 억지 미소를 짓는다. "약속해요."

열하나

2학년 2학기가 반도 안 지났는데 나는 빌어먹을 이곳에서 벗어나 대학에 가고 싶다는 생각밖에 없다. 늘 그렇듯 숨이 막히고 초조하다. 움직일 공간 하나 없는 태엽 감긴 장난감이 된 기분이다.

나는 집에 혼자 남을 때마다 올가의 방 열쇠를 찾으려 애쓰지만 요즘은 혼자 있을 때가 별로 없다. 아마나 아빠가 항상 집에 있다. 나를 못 믿어서 혼자 두지 않는 것 같다. 하지만 부모님이 잠깐 볼일을 보러 나가면 나는 열쇠를 찾아서 온 집을 샅샅이 뒤진다. 심지어는 부모님 방에서 섹스 용품을 발견할 위험을 무릅쓰고 서랍까지 다 뒤진다. 보석 상자에서 열쇠를 하나 발견했지만 안 맞았다. 공구로 자물쇠를 아예 떼어 버릴까 생각도 했지만, 한창 자물쇠를 떼는 도중에 딱 걸릴까 봐 무섭다.

그것 말고는 언니에 대해서 더 알아볼 방법을 모르겠다. 앤지는 아무 말도 안 할 거다, 그건 확실하다. 앤지가 날 싫어하는 것 같다는 생각이 들지만, 그 이유조차 모르겠다. 올가는 내가 아주 예전에 봤던 고등학교 동창 몇 명을 빼면 친구도 별로 없었다.

아마가 올가의 방에 들어가서 상자를 뒤지다가 속옷을 발견하고 기절할까 봐 걱정이다. 언니 방에 들어갔다가 들켰던 날에는 속옷을 빼낼 기회가 없었다.

내가 지금까지 생각한 것은 다음과 같다. 1)올가의 직장에 찾아간다. 2)커뮤니티칼리지에서 성적 증명서를 뗀다. 3)자존심을 버리고 후앙가에게 부탁해서 마리벨을 통해 재스민의 전화번호를 얻어낸다.

생각하면 할수록 올가가 학교를 몇 년이나 다녀 놓고 학위 근처에도 못 간 게 이상하다. 게다가 무슨 공부를 했을까? 내가 몇 번 물어봤을 때 언니는 경영 어쩌고라고 대답했는데, 전혀 모르고 관심도 없는 분야라서 더 이상 캐묻지 않았다. 나는 늘 그런 식이다.

학교가 끝난 뒤 나는 기차를 타고 도시 남쪽의 커뮤니티칼리지를 찾아간다. 건물이 너무 황량하고 빈약해서 꼭 감옥 같다. 외벽은 콘크리트고, 창문은 색깔이 들어간 작고 긴 틈새에 불과하다. 내가 이런 대학에 갈 거라고 생각한다면 아마는 제정신이 아니다. 학생들이 복도에서 소리를 꽥꽥 지르고 전화기로 음악을 크게 튼다. 이런 데서 누가 뭘 배울 수 있을까? 내가 상상하는 나의 미래는 아니다.

나는 기록 및 등록 데스크에 다가가기 전에 할 말을 머릿속으로 연습한다. 호텔과 마찬가지로 학교 측에서 언니의 기록을 보여 주지 않을지도 모르지만 최대한 불쌍하게 보이면 봐 줄 수도 있다. 올가가 죽었고 내가 무척 상심했다는 것을 강조해야 한다. 어쩌면 눈물을 짜내야 할지도 모른다.

"안녕하세요. 저는 훌리아 레예스라고 하는데, 우리 언니가 이 학교에 다녔어요." 내가 데스크에 앉아 있는 중년 여성에게 말한다. "언니의 성적 증명서를 발급받고 싶어요. 언니가 죽었거든요."

"비상 연락처가 어디로 되어 있있죠?" 네스그 식원은 내 부탁 때문에 몸이 아프기라도 한 것 같다. 너무 못마땅한 표정이다, 이 사람은 자기 엄마한테도 사랑받지 못했을 거다.

"모르겠어요. 아마 저희 엄마겠죠."

"이름이 뭐였죠? 몇 년도에 다녔나요? 언제 죽었어요?" 그녀가 컴퓨터에 뭔가를 입력한다.

"올가 레예스. 2009년부터 2013년까지 다녔어요. 9월에 죽었고요."

여자가 짙은 눈썹을 찌푸린다. "몇 년도라고요?"

"2009년부터 2013년이요." 내가 다시 말한다.

"흐으음." 직원이 화면을 다시 보면서 입을 꽉 다문다. "확실해요?"

"네, 확실해요. 왜요? 다르게 나오나요?"

"그건 알려 줄 수 없어요."

"왜요? 그런 말을 해 놓고 어떻게 이유를 안 알려 줄 수가 있어요?" 귀가 뜨거워진다.

"학생 사망 후 1년이 지날 때까지 어떤 기록도 제공할 수 없습니다. 1년이 지난 뒤에는 학생의 정보를 유족이나 제3자에게 제공할 것인지, 또 어떤 조건으로 제공할 것인지 학교의 자유재량에 따라 결정합니다." 꼭 안내문을 반복해서 읊는 기계 같다. 언니가 죽었다고 방금 말했는데도 이 여자는 빌어먹을 로봇처럼 군다.

"예외를 두면 안 될까요? 그러니까 제 말은, 언니는 이미 죽었어요. 제발요. 정보를 알려 주셔도 언니의 사생활을 침해하는 건 아니잖아요. 언니가 무덤에서 돌아와 항의할 것도 아니고요. 저는 이 정보가 정말, 정말로 필요해요. 이 일이 얼마나 중요한지 모르시는 것 같아요. 저는 언니의 죽음 때문에 상심이 너무 커요, 도와주시면 정말 감사하겠습니다. 조금만 더 가르쳐 주세요." 나는 이 여자가 싫지만 최대한 참을성 있고 예의 바르게 굴려고 노력한다.

"학교 정책입니다. 예외는 없어요. 9월에 와서 정보를 제공받을 수 있는지 다시 문의하세요. 그전까지는 아무 도움도 드릴 수 없습니다. 이제 비켜요. 뒤에 사람들이 기다리잖아요." 여자가 가느다란 입술을 꾹 다문 채 그만 가 보라고 손짓한다.

온몸에서 분노가 넘실거린다. 내 성질이 고약해서 가끔 통제가 안 되는 건 나도 알지만, 이 여자는 뭔가 특별하다. '진정해'. 내가 자신을 타이른다. '정신 똑바로 차려, 훌리아'. 로레나가 옆에 있으면 좋겠다. 로레나라면 어떻게 할지 알았을지도 모른다.

"영혼이 있긴 하세요? 그러니까, 일말의 동정심도 없는 비참한 인간이세요? 당신같이 생기면 나라도 기분 나쁘겠네요."

"아가씨, 당장 나가지 않으면 보안요원을 부를 거예요. 농담

아니에요." 여자의 얼굴이 새빨갛게 물든다.

"아, 지옥에나 떨어지든가." 나는 이렇게 말한 다음 돌아선다. 뒤에서 데스크 직원이 이렇게 모욕적인 말은 평생 처음 들어본 것처럼 숨을 거칠게 몰아쉰다.

열둘

킨세녜라가 기요틴 칼날처럼 내 머리 위에 매달려 있다. 그래, 이 말은 좀 지나친 과장일지도 모르지만 아무튼 난 킨세녜라가 두렵다. 아마가 시키는 대로 참벨라네스* 모두와 함께 왈츠를 배우고 있지만 자꾸 스텝을 틀린다. 처음에는 수업을 듣지 않겠다고 거부했지만, 왈츠를 안 배우면 외출은 금지라고 했다. 춤도 안 추는 킨세녜라가 어디 있니? 이런 전통을 거부하는 딸이 어디 있어? 나는 엄마의 위협과 불평에 녹초가 되어서 모든 것을 체념하고 받아들였다.

여태껏 여러 번 킨세녜라에 참석했는데 하나같이 다 똑같았다. 역겨운 드레스, 밍숭맹숭한 음식, 끔찍한 음악. 사촌 이베트는 킨세녜라 때 레게톤**만 줄창 틀더니 스팽글이 달린 끔찍한 옷을 입고 안무가 짜인 춤을 췄다. 보는 내가 창피해서 죽을 뻔했다.

* 파티의 주인공인 킨세녜라를 도와주는 남자 들러리들.
** 힙합의 영향을 받아서 레게 리듬에 스페인어 랩이 섞인 대중음악.

나는 보통 파티에 갈 때 책 한 권을 몰래 들고 간다. 그리고 테이블 밑에 책을 숨겨 놓고 읽는 내 모습이 아무한테도 보이지 않는 듯 행동하지만, 이번에는 내가 이 재앙의 스타이기 때문에 그럴 수가 없다. 나는 파티를 취소할 방법이 없을까 계속 궁리—머리카락이랑 눈썹을 밀어 버릴까, 얼굴에 문신을 할까, 다리를 부러뜨릴까, 버스 기둥을 핥아서 감기에 걸릴까—하지만 사실 아마는 내가 죽어 가는 환자라 해도 휠체어에 태워서 밀고 들어갈 거다. 달아날 방법이 없다. 나한테 벌을 주려고 파티를 여는 게 아닌 건 안다. 아마가 나를 전혀 이해하지 못하긴 해도 나를 괴롭히려고 이러는 건 아니다. 내가 그것도 모를 만큼 천진난만하지는 않다. 아마는 돈이 없어서 올가에게 파티를 열어 주지 못한 것 때문에 죄책감을 느끼는 것이다. 하지만 하필 왜 내가 고통을 겪어야 하는 걸까?

돈은 어디서 구할 거냐고 계속 물었지만 아마는 내가 상관할 일이 아니라고 대답할 뿐이었다. 하지만 몇 주 전에 아마와 아파가 이야기하는 것을 들었는데, 알고 보니 올가가 병원에서 일하면서 생명보험에 몇 천 달러를 넣어 놓았다고 한다. 그리고 예금계좌에도 돈이 좀 있었다. 올가가 죽고 몇 달 뒤에 아마가 우편으로 수표를 받았다. 왜 그 돈을 내 학자금에 보태주지 않을까? 아니면 우리가 여름에 녹아내리지 않도록 에어컨이라도 사지 않는 걸까? 왜 바퀴벌레가 득시글거리는 이 쓰레기장 같은 아파트보다 나은 집을 구하지 않는 걸까?

일요일 아침에 나는 아마를 도와서 파티 답례품을 준비한다. 우리는 망사 천, 장식 인형, 리본, 아몬드 설탕 절임으로 뒤덮인 부엌 식탁 앞에 앉는다. 누가 이렇게 현란한 기념품을 갖고 싶어 하는지 나는 모르겠다. 아몬드는 먹는 거라고 하기도 힘들다. 얼마나 어마어마한 돈과 시간, 자원의 낭비인지.

도자기로 만든 장식 인형을 자세히 보니 전부 금발에다가 피부가 말 그대로 새하얗다. 거의 좀비에 가깝다.

"갈색은 없었어요?" 내가 불빛을 향해 인형을 들고 묻는다. "이건 나랑 하나도 안 비슷한데."

"그거밖에 없었어." 아마가 말한다.

"어디서 샀어요?"

"라 가라*에서. 그만 좀 물어보고 일이나 해."

눈치챘어야 하는 건데. 내 파티에 쓸 물건은 전부 벼룩시장에서 사온 것 같다.

몇 시간 동안 풀칠을 하고, 봉투에 물건을 넣고, 리본으로 묶고 나자 초인종 소리가 들린다.

"여호와의증인인가 보다." 아마가 말한다. "우리 좀 그만 괴롭히라고 해. 우린 가톨릭이라고 말이야. 수백 번은 말했는데."

하지만 초인종을 누른 사람은 밝은 분홍색 레깅스에 북실북실한 흰색 후디를 입은 로레나다.

---

* 시카고의 벼룩시장.

"왜?"

"못되게 굴어서 미안해." 로레나가 내 토끼 슬리퍼를 내려다보면서 말한다. "더 이상 못 견디겠어. 너랑 말 안 하는 거 너무 싫어."

내가 팔짱을 낀다. "뭐래."

"야, 미안하다고 했잖아. 뭘 더 바라?"

"왜 나에 대해서 그런 식으로 말했어? 학교 남자애들이랑 섹스하기 싫어한다고 거만하다니, 진심으로 그렇게 생각해?"

"아니야, 당연히 아니지. 그냥 내가 좀 멍청했어. 하지만 가끔 다른 사람을 마음대로 평가하는 건 맞잖아. 너 때문에 힘들 때도 있어." 내가 이 말에 반박할 수 있을지 모르겠다. 내가 대부분의 사람들과 대부분의 사물을 싫어하는 건 사실이고, 로레나는 이런 나를 이해 못한다. "넌 안 미안하니? 너도 못되게 굴었잖아."

"응, 미안한 것 같아. 하지만 난 후앙가가 싫어, 이제 걔랑 어울리고 싶지 않아."

"너 호모포비아라도 있어?"

"진심이야? 우리가 프라이드 퍼레이드에 몇 번이나 참석했니? 너한테 〈록키 호러 픽쳐 쇼〉를 추천한 게 누군데? 〈엘 워드〉는? 그런 말은 하지도 마."

"알았어, 알았어. 가끔 후앙가가 좀 상그론하긴 하지."

상그론. 아주 정확한 표현이다. 이 단어는 보통 짜증 나게 만드는 사람, 바보, 얼간이라는 뜻으로 쓴다. 피가 너무 무겁다거나 피가 너무 많다는 뜻인 것 같다.

"좀?"

"알았어, 알았어. 무슨 말인지 알겠어. 그런데 후앙가는 네가 무섭대. 그냥 좀 잘해 줘, 응? 걔 지금 진짜 엉망진창이야."

"무슨 소리야?"

"걔네 아빠가…… 후앙가를 때려. 알잖아, 게이라서."

"뭐? 진짜야?"

"응, 후앙가를 호토*라고 부르면서 지옥에서 불탈 거라고 그런대. 좀 이상한 종교를 믿거든. 이름은 까먹었는데……." 로레나가 검지로 자기 턱을 톡톡 친다. "음, 어쨌든, 후앙가한테 구마의식까지 하려고 했다니까. 뭐 그 비슷한 거 말이야. 그래서 맨날 도망치는 거야."

"세상에, 진짜?" 이제 죄책감이 든다.

"괜찮아. 그냥 지금부터 잘해 주면 돼. 이제 그 바보 같은 슬리퍼는 벗고 피자나 먹으러 가자. 내가 살게."

조각 피자는 아무 데서나 살 수 있지만 우리는 항상 이 동네에서 벗어날 구실을 찾기 때문에 기차를 타고 노스 사이드까지 간다. 이렇게라도 하지 않으면 인생이 너무 지루하다.

내가 세 조각—두 조각은 나, 한 조각은 로레나—을 주문한다.

* 동성애자joto. 멕시코에서 쓰는 스페인어로, 멸칭이다.

"두 조각? 진심이야?" 로레나가 눈썹을 치켜올린다.

"세 조각도 먹을 수 있지만 네가 곤란할까 봐 참는 거야."

우리는 딱 하나 남은, 썩 마음에 들지 않는 가족 옆자리에 앉는다. 꼬마 애들 세 명이 소리를 지르면서 마구 꿈틀거리지만 너저분하고 울적해 보이는 부모는 못 본 척하고 있다.

"진짜 결혼하기 싫어." 내가 로레나에게 말한다. "저 남자 좀봐. 발목에 고무줄이 들어간 운동복 차림이잖아. 세상에. 식욕 떨어진다."

"나도 결혼하기 싫어. 엄마랑 호세 루이스는 진짜 바보야." 로레나가 피자를 내려놓으며 말한다. 로레나가 자기 엄마에 대해서 이런 식으로 말하는 건 처음 듣는다.

"주스 줘! 주스 줘!" 우리 옆자리에 앉은 아장아장 걸을 나이의 꼬맹이가 소리를 지른다. 작고 빨간 얼굴에 기름과 토마토 소스가 묻어 있다.

"세상에." 내가 소리 없이 입술만 움직여 로레나에게 말한다. 로레나는 고개를 저을 뿐이다.

나는 피자 두 쪽을 다 먹고 나서도 배가 고프지만 내 배한테 그만 좀 닥치라고 한다.

둘이서 말없이 앉아 있으니 마음속에 퍼지는 슬픔이 느껴진다. 이럴 때는 어떻게 해야 하는지 정말 모르겠다. 나는 아무 문제없다고 믿고 싶지만 그럴 수가 없다. 이런 감정이 표정에 다 드러났는지, 로레나가 무슨 일이냐고 묻는다.

"넌 네 인생이 싫었던 적 있어? 난 그렇거든. 그러니까, 항상 말이야. 말도 안 되는 건 알지만 가끔은 나도 죽었으면 좋겠어. 모든 게 왜 이렇게 힘들어야 하니? 왜 이렇게 아파야 해?" 울음이 터질 것처럼 목이 따가워서 나는 깜짝 놀란다. 잠시 눈을 감는다.

"세상에, 훌리아. 그게 무슨 소리야? 어떻게 그런 말을 할 수 있어?" 로레나가 내 팔을 찰싹 때린다. 화가 난 표정이다.

"몰라." 내가 눈을 문지른다. "가끔 대학에 갈 수는 있을까 싶어. 내 말은, 더 이상 못 견디겠어. 예전에도 내 인생이 대단히 훌륭하진 않았지만, 올가가 죽고 모든 게 완전 엉망이 됐어. 왜 그럴까? 이해가 안 가. 아무것도 말이 안 돼. 난 원하는 걸 절대 이루지 못할 거야."

"거의 다 끝났어, 훌리아. 넌 여기서 빠져나가기 직전이야. 네가 똑똑하다는 거 너도 잘 알잖아. 넌 영원히 이렇게 살진 않을 거야."

"응, 그렇겠지." 내가 이렇게 대답하지만 로레나의 말을 전적으로 믿는 것은 아니다.

"그런 바보 같은 소리 두 번 다시 하지 마, 알겠어? 약속하는 거다?"

"알았어, 난 괜찮아." 내가 물을 한 모금 마신다. 화제를 바꿔야 한다. "참, 며칠 전에 올가의 성적 증명서를 떼러 갔었어."

"어디에?"

"커뮤니티칼리지."

"성적 증명서는 뭐 하려고?"

"언니가 준학사 학위 근처에도 못 간 게 너무 이상해서. 뭔가 아귀가 안 맞아. 잘은 모르겠지만 어떤 느낌이 가시지를 않아. 미치겠어."

"넌 항상 과대망상이 너무 심해. 네가 찾은 속옷은 아무 의미도 없어. 내가 말했잖아, 여자라면 다들 티팬티를 입는다고. 음, 물론 너는 빼고."

"맞아, 티팬티는 너무 바보 같고 불편하잖아." 내가 잠시 말을 멈춘다. "그럼 호텔 키는?"

"직장에서 우연히 눈에 띄어서 책갈피나 뭐 그런 걸로 썼을지도 몰라."

"그럴 가능성은 낮아. 나는 몇 년 동안 올가가 책 읽는 걸 한 번도 못 봤어. 게다가 봉투에 들어 있었단 말이야."

"네 상상력이 장난을 치는 거야. 평범한 사람들도 있어. 너희 언니가 흥미로운 삶을 살았을 것 같진 않아. 올가는 상냥하고 뭐 그랬지만, 딱히 매혹적이라고 하긴 힘들었잖아. 외출도 안 하고. 올가 걱정은 이제 그만해. 마음 아프지만 올가는 이미 죽었고 네가 할 수 있는 일은 없어. 이제 네 인생에 집중해."

로레나의 말이 맞지만 내가 로레나의 말을 듣지 않으리라는 사실을 난 이미 알고 있다. "마리벨한테 재스민 전화번호 좀 물어 보라고 후앙가한테 전해 줄래? 재스민 알지? 가면무도회에서 만난 올가 친구 말이야. 재스민이 뭔가를 안다는 생각이 머릿속을 떠나지 않아."

로레나가 눈을 굴린다. "그 사람이 뭘 어떻게 도와준다는 거야?" 옆자리의 꼬맹이가 다시 소리를 지르기 시작하지만 부모는 조용히 시킬 생각이 전혀 없다.

"몰라. 어쩌면 올가가 재스민한테 무슨 말을 했을지도 몰라. 아무것도 모를 수도 있지만 그래도 시도는 해 봐야지. 꼭 물어보는 거다, 약속?"

"알았어." 로레나가 한숨을 쉰다. "하지만 진짜 무슨 소용인지 모르겠다."

로레나의 집에서 걸어오다가 블록 맨 끝 집에 울퉁불퉁 무성의하게 칠한 검정색과 빨간색 그라피티를 보자 화가 난다. 남의 집을 망치려면 적어도 아름답게 만들려는 노력은 해야지. 뭘로 색칠한 거야, 엉덩이로 칠했나?

다음 블록으로 길을 건너가자 자동차 한 대가 옆으로 다가와 선다. 운전자가 창문을 내린다.

"어이."

나는 남자들이 가끔 말을 걸면 소리를 지르지만, 지금 그러면 안 된다는 것 정도는 안다. 차에서 내려서 때리기라도 하면 어쩌려고?

"인사하잖아. 안 들려?" 운전자가 소리를 지른다. "너한테 보여 주고 싶은 게 있는데. 음, 네 가슴이 예뻐서 말이야."

재킷에다가 목도리까지 두르고 있는데 어떻게 그런 평가를 할 수 있는지 짐작도 안 간다.

"얘 말 안 들려, 이년아?" 조수석에 앉은 남자까지 끼어든다. 금상첨화다.

입김이 보일 만큼 날씨가 추운데도 땀이 난다. 엄밀히 말하면 봄이지만 겨울이 아직도 우리를 꼭 붙잡고 있다. 시카고답다. 겨드랑이가 차갑고 축축해지자 보건 시간에 스트레스 때문에 흘린 땀은 운동을 하면서 흘린 땀보다 냄새가 안 좋다고 배운 기억이 난다. 무슨 호르몬 때문이라고 한다. 만화에서처럼 내 머리 위로 악취를 나타내는 구불구불한 선이 그려지는 장면이 떠오른다. 근처에 사람이 없나 둘러보지만 저 앞에서 캐치볼을 하는 애들밖에 없다. 내가 걸어가자 자동차가 따라온다.

블록을 반쯤 갔을 때 어떤 집에서 노인이 나온다. 내가 그 앞에 멈춰 서지만 뭐라고 해야 좋을지 모르겠다, 입 안에서 말이 다 꼬인다. 비실비실한 *비에히토**가 어떻게 나를 도와줄 수 있을까?

"왜 그러니, 미하? 괜찮니? 엘 쿠쿠이**라도 본 듯한 표정이구나." 푹 꺼진 눈에 걱정이 어린다. 갑자기 그의 작고 시든 몸에 내 몸을 기대고 어깨에 얼굴을 묻고 싶은 충동이 치솟는다. 우리 할아버지들을 만난 적이 없어서 그럴지도 모른다.

나는 어렸을 때 엘 쿠쿠이가 사람의 모습이 아니라 끔찍한 괴물의 모습으로 계단 밑에 숨어 산다고 생각했다. 온몸이 떡 진 털로 뒤덮여 있고 얼굴은 기괴하게 뒤틀린 데다가 거대한 엄니에 붉게 충혈된 눈을 가지고 있는 줄 알았다. 내가 틀렸다. 공포가 그렇게 단순할 수 있다면 얼마나 좋을까.

내가 자동차를 가리킨다. 이제 완전히 멈춰 섰다. 남자들이

---

* 노인 *viejito*. 노인 *viejo*에 *-ito*를 붙여서 친근감을 표현했다.
** 스페인어 문화권에서 말을 안 듣는 아이들을 잡아간다고 전해지는 전설 속의 귀신.

나를 보는데, 이제 보니 운전자의 목에 문신이 새겨져 있다. 뭐라고 적혀 있는지는 모르겠다. 여자 이름인가 보다. 낭만적이기도 해라.

"이 아가씨한테 무슨 볼일이지?" 노인이 주먹을 흔들며 소리친다. 적어도 여든 살은 되었을 거다. 바람만 살짝 불어도 쓰러져서 뼈가 산산조각 날지도 모른다.

"저 늙은이한테 지켜 달라고 한 거야? 난 둘 다 죽일 수 있는데." 운전자가 웃는다. "걱정 마, 너를 꼭 다시 찾아 줄게."

차가 속도를 내며 멀어진다.

"괜찮니?" 노인이 묻는다.

내가 고개를 끄덕인다.

"부모님한테 전화해 줄까? 아니면 경찰서에?"

"아뇨, 괜찮아요. 몇 블록만 더 가면 돼요."

"혼자는 못 보낸다." 노인이 고개를 저으며 말한다.

이건 곤란하다. 혹시라도 아마가 보면 설명하기 힘들다. 하지만 내가 어떻게 안 된다고 할 수 있을까? 이 할아버지가 내 생명을 구했을지도 모른다. 적어도 저 남자의 페니스를 보는 일은 없도록 해 주었다.

우리는 아파트 앞까지 말없이 걸어간다. "여기예요." 내가 말한다. "주님께서 갚아 주시길 기도할게요." 나는 신을 믿지 않지만 나이든 사람들한테 말할 때는 신앙심이 깊어 보이는 게 중요하다는 것 정도는 안다. 나를 그 미친놈에게서 지켜 줬는데 신앙심 깊은 척도 안 하는 건 잘못이라는 느낌이 든다.

"주님께서 지켜 주시길." 노인이 이렇게 말하더니 우리가 멕시코를 떠날 때 할머니가 늘 하는 것처럼 성호를 긋는다. 할머니는 이것을 *라 벤디시온**이라고 부른다.

월요일에 나는 후앙가에게 받은 마리벨의 번호로 전화를 걸어서 재스민의 전화번호를 물어본다. 마리벨은 그게 왜 필요하냐고 굳이 묻지도 않아서 마음에 든다. 마리벨은 자기가 참견할일이 아니라는데, 나도 설명하고 싶지 않기 때문에 아주 완벽하다. 나는 참견하기 좋아하는 사람들을 견딜 수가 없다. 다들 나를 가만히 내버려 두면 좋겠다. 정작 나는 올가에 대해서 이리저리 캐묻고 다니고 있으니 모순적이지만, 올가는 죽었으니까 참견으로 안 쳐도 되겠지. 마리벨은 자신감과 독립성이 넘친다, 세상을 향해 손가락 욕을 끝없이 날리는 사람 같다. 이런 사람은 처음 본다.

"원하는 걸 찾으면 좋겠구나." 마리벨이 걸걸한 목소리로 말한 다음 전화를 끊는다.

나는 옷장 안으로 들어가서 재스민의 번호로 전화를 건다. 벨이 울리고 또 울리다가 음성 사서함으로 넘어간다. 귀찮게 굴고 싶지는 않지만 재스민과 꼭 이야기해야 할 것만 같은 기분이고, 이제 기다리기도 지쳤다. 내가 다시 전화를 건다. 판촉 전화로 착각했을지도 모른다. 이제 그만 끊으려는 순간 재스민이 전

---

* 축복*la bendición*.

화를 받는다.

"안녕, 재스민. 나는, 음, 훌리아야. 올가 동생 말이야." 왜 이렇게 긴장되는지 모르겠다.

"아, 안녕……. 내 번호는 어떻게 알았어?" 짜증 난 것 같지는 않고 그냥 깜짝 놀란 것 같다. 뒤에서 개 짖는 소리가 들린다. 재스민이 개에게 조용히 하라고 말한다.

"마리벨한테 받았어."

"흐음. 그래, 무슨 일인데? 뭘 도와줄까?"

가면무도회에서 만났을 때 조금 더 상냥하게 대했어야 했다는 생각이 든다. 나는 그저 언니 일을 설명하고 싶지 않았을 뿐이다. 열심히 퍼뜨리고 싶은 소식도 아니고, 특히 파티 중에는 더욱 그랬다. 게다가 나는 취했었다. 더군다나 재스민은 아주 짜증 나는 성격이다. 나는 재스민을 좋아한 적 없고, 아마도 마찬가지였던 것 같다. 재스민은 언제 입을 다물어야 하는지 모르고 의미도 없는 이야기를 끝도 없이 늘어놓는다. "응, 올가랑 우연히 만났을 때 무슨 얘기를 들었는지 궁금해서. 몇 년도였는지 기억나?"

"진짜 오래전이었어. 기억 안 나. 그게 왜 궁금한데?" 재스민이 의심스러운 듯 묻는다.

"왜냐면, 음……." 내가 발견한 물건에 대해서 말하지 않으면서 어떻게 설명할 수 있을까? 어쨌든 그건 재스민이 상관할 일이 아니다. "상황을 좀 맞춰 보려고 하는데, 올가가 했던 말이 도움이 될까 해서."

171

"무슨 말인지 모르겠어. 어떻게?"

"그냥 나 좀 도와주면 안 돼? 내 말은, 우리 언니가 죽었잖아." 재스민이 다시 한 번 내 인내심을 시험한다. 아마가 내 방 앞을 지나가는 소리가 들린다. 안으로 들어와서 왜 옷장 안에 들어가 앉아 있냐고 묻지 않기만 바랄 뿐이다.

"정확히 언제였는지 기억 안 나. 음, 4년쯤 전인 것 같은데." 재스민이 말한다.

"졸업하기 전이야, 후야?"

"진짜 기억 안 나."

"몇 월이었다든가 그런 것도 기억 안 나?"

재스민이 한숨을 쉰다. "모르겠어."

"추웠어, 더웠어?"

"봄이었던 것 같아……. 아니, 여름이었나? 흐음."

"올가는 뭘 입고 있었어?"

"기억 안 나."

세상에, 재스민은 아무짝에도 쓸모없다. "사랑에 빠졌다는 남자에 대해서 뭐라고 했어? 이름은 말했어?"

"그랬을지도 모르지만, 너무 오래전이잖아. 모르겠어." 다시 개가 짖고, 누가 문을 쾅 닫는다.

"페드로였어? 3학년 때 페드로랑 사귀었었는데."

"있잖아, 훌리아. 기억이 안 난다니까. 나도 널 돕고 싶지만 도울 수가 없어."

"다른 말은 안 했어? 예를 들면, 어디서 만났다든가…… 아니면…… 아무튼 뭐든지."

"올가가 말한 건 사랑에 빠졌고 그 남자가 정말 근사하다는 것밖에 없어, 정말 행복하다는 말만 계속했어. 기억나는 건 그게 다야."

재스민의 잘못이 아닌 건 알지만 그래도 괴롭다.

"그게 다야?"

"응, 그게 다야. 잠깐, 그 남자 직업이 대단하다든가 뭐 그런 말을 했는데. 그런 것 같아…… 기억이 잘못되지 않았다면 말이야."

"무슨 직업인데?" 페드로는 리틀시저스 식당에서 일했으니 그일 리는 없다. 그 메스꺼운 피자를 만들고 싶은 사람은 지구상에 단 한 명도 없을 거다.

"기억 안 나. 미안해. 이미 말했지만 너무 오래전이잖아."

"확실해?"

"꽤. 나도 좀 더 도와줄 수 있으면 좋겠다."

"알았어. 음, 아무튼 고마워. 뭐 생각나는 게 있으면 이 번호로 전화 좀 해 줄래? 진짜 중요한 일이야."

"당연하지. 그럼 잘 지내."

나는 옷들에 기대어 심호흡을 한다. 왜 인생은 늘 내가 풀 수 없는 퍼즐처럼 느껴질까?

열셋

저 장엄한 바이올린들을 보면 우리가 시카고의 음침한 성당 지하실이 아니라 영국 황무지의 어느 성에 있는 것 같다. 억지로 춤을 춰야 한다면 적어도 스미스나 수지 앤 더 밴시스의 음악에 맞춰서 추고 싶지만 아마는 당연히 허락하지 않는다. 친척들이 뭐라고 생각하겠냐고. 너는 왜 항상 사탄의 음악을 들으려 하냐고.

주름 장식과 스팽글이 잔뜩 달린, 몸에 꽉 끼고 달라붙는 드레스를 입고 있으니 뚱뚱한 소시지가 된 기분이다. 거들 때문에 숨 쉬기가 힘들다, 내장 기관이 재배치되고 있는 게 분명하다. 거들. 정말 흉측한 단어, 그것이 하는 일 만큼이나 역겨운 단어다. 심지어 아마는 내 피부색에 제일 안 어울리는 최악의 색 — 복숭아색 — 을 선택했다. 꼭 일부러 그러는 것 같다.

나는 킨세녜라 파티를 선물 받을 자격도 없는 못된 딸이지만 부모님은 죽은 언니를 위해서 파티를 열고 싶었다. 나는 머리카락에 뻣뻣한 컬을 잔뜩 넣고 역겨운 드레스를 입고서 열여섯살 생일 직전에 온 친척들 앞에서 행복한 척하는 것만은 절대 하고 싶지 않지만, 내 생각 따위는 아무도 신경 안 쓴다. 이게 무슨 장난인지.

수천 달러를 허비해서 하는 게 고작 남자 사촌들 모두와 끔찍한 왈츠 음악에 맞춰 춤을 추는 것이다. 몇 명은 알지도 못하고 대부분은 나를 좋아하지 않는다. 춤을 배우느라 몇 주나 걸렸지만 스텝을 벌써 까먹었다. 나는 우아하지도 매끄럽지도 않고, 참벨란 데 오노르*인 후니오르는 나를 빙글빙글 돌리다가 내가 박자를 놓치자 화난 표정을 짓는다. 파블로는 한숨을 쉬고 고개를 젓는다. 나는 긴장을 누그러뜨리려고 미소를 짓지만, 다들 당장 나를 죽이고 싶은 표정이다.

드디어 춤이 끝나고 모두가 박수를 친다. 내가 전부 다 망쳐서 불쌍하게 여기는 게 분명하다.

이제 나는 댄스플로어 한가운데 놓인 의자에 앉아야 한다. 그런 다음 사촌 여동생들에게 내 인형을 나눠 주고 하이힐로 갈아 신어야 하는데, 정말 웃긴다. 난 일곱 살 이후로 인형을 가지고 놀지도 않았고 하이힐은 평생 두 번 다시 신지 않을 건데 말이다.

엄마와 아빠가 새틴 방석에 놓인 반짝이는 흰색 구두를 들고 다가온다. 그런 다음 내가 신고 있는 굽 없는 메리 제인을 벗기고 새 하이힐을 신겨 준다. 나는 어디 구멍으로 기어 들어가서 죽고 싶은 생각뿐이지만 억지로 미소를 짓고, 모두가 박수를 쳐 준다.

* 킨세녜라에서 주인공을 에스코트하는 남자 들러리 대표.

이제 사촌 필라르가 나에게 인형을 갖다 주고, 나는 나와 똑같은 복숭아색 드레스 차림으로 댄스플로어에서 빙글빙글 돌고 있는 꼬맹이 사촌 가비를 향해 걸어간다. 가비가 어릴 때의 나라는 뜻인가 보다. 또 다시 박수!

디제이가 잠시 올가를 위한 묵념을 제안하자 아마가 양손을 꽉 맞잡고 울음을 터뜨린다. 아파는 바닥을 내려다본다. 나는 인간 그루터기처럼 가만히 서 있다.

가비가 자기 엄마한테 달려가고 나는 아빠와 딸의 춤을 추기 위해서 아파에게 비틀비틀 걸어간다. 왜 이래야 하는지 모르겠다. 지난 몇 년 동안 아파는 나에게 아무 관심도 없었는데 내가 왜 이제 와서 아빠의 귀여운 딸인 척해야 하는 걸까? 아파는 나에 대해 아무것도 모른다. 내가 제일 좋아하는 밴드나 음식이 뭐냐고 물으면 대답도 못할 거다. 아파의 옷과 살갗에서 맥주 냄새가 난다. 아파와 너무 가까이 붙어 서서 불편하다. 아파가 마지막으로 나를 쓰다듬은 것이 언제였는지 기억도 안 난다. 댄스플로어에서 아파가 나를 빙글 돌리자 모두가 평생 더없이 소중한 장면을 본 것처럼 미소를 짓는다. 티아 몇 명이 울고 있지만, 아마 나와는 상관이 별로 없고 올가와는 상관이 아주 많을 거다.

"파티 재미있니?" 아파가 묻는다.

"네." 내가 거짓말을 한다.

"잘됐구나."

드디어 음악이 점점 작아지고 쇼가 끝난다. 전통에 따르면 나는 이제 여자가 됐다. 남자를 만나도 된다. 화장을 하고 하이힐을 신어도 된다. 춤을 춰도 된다! 하지만 여자가 된다는 것이 그런 의미라면 나는 별로 되고 싶지 않다.

나는 자리에 앉아서 냅킨으로 얼굴의 땀을 닦는다. 땀이 어찌나 많이 흐르는지 겹겹의 천을 뚫고 가랑이 냄새가 올라오는 것 같다. 분명 화장도 다 번졌을 거다.

나는 조금이라도 덜 재수 없게 굴려는 노력의 일환으로 후앙가를 파티에 초대했다. 후앙가는 또 다시 집에서 쫓겨나 사촌네 소파에서 지내고 있다. 나는 인생이 아무리 거지 같아도 적어도 집은 있는데. 내가 동성애자라면 아마가 어떻게 나올지 궁금하다. 좀 이상한 말이지만 어쩌면 안심할지도 모른다. 아마는 남자를 너무 두려워하니까 말이다.

한 사이즈 큰 정장을 입고 얇은 보라색 타이를 맨 후앙가가 나에게 달려와서 양쪽 뺨에 입을 맞춘다. 유럽식 인사란다.

"세상에, 드레스는 진짜 괴물 같지만 그래도 넌 예쁘다." 후앙가가 말한다. "그렇지, 로레나? 저 얼굴 좀 봐. 그러니까, 와우. 화장 누가 해 줬냐?"

"사촌 바네사가. 엄마가 나는 못 믿겠다고 해서."

로레나가 웃는다. "그래, 화장은 끝내주지만 네 드레스는……."

"알아." 내가 말한다. "내 모습을 차마 못 보겠어."

나는 로레나에게 화장실에 가고 싶다고, 드레스를 좀 들어달라고 부탁한다. 로레나에게서 달콤한 향수 냄새와 땀 냄새가 난다. 눈 밑 화장은 번지고 오렌지 블론드의 거대한 컬이 풀리기 시작했다.

장애인용 칸의 축축하고 더러운 바닥에 드레스가 질질 끌린다. 나는 로레나에게 지퍼를 내려 달라고, 온종일 배랑 가슴이 짓눌려서 더 이상 못 참겠다고 말한다. 아마는 꼭 이렇게 입어야 한다고, 안 그러면 '점잖지 못하다'며 고집을 부렸다. 나는 거들을 풀려고 애를 써 보지만 수많은 후크와 단추 때문에 완전히 갇혀 버렸다. 이것도 아동학대에 들어가는 거 아닌가?

우리가 장애인 칸 밖으로 나가자 티아 밀가로스가 화장실로 들어온다. 어떻게 하면 차려 입었을 때 더 별로일 수 있는지 모르겠지만, 티아는 그걸 해낸다. 초록색 원피스가 너무 짧아서 다리를 가로지르는 하지정맥류가 드러나 보인다. 나는 눈을 굴리지 않으려고 애쓰지만, 티아 밀가로스를 볼 때마다 반사적으로 그렇게 된다.

"아이, 홀리아. 정말 멋진 파티구나. 올가도 지금 너를 보면서 기뻐하고 있을 거다." 티아가 한숨을 쉰다.

"올가는 죽었어요." 입을 닫아야 하는 건 알지만 다들 올가가 천사처럼 우리를 내려다본다는 듯이 말하는 게 지긋지긋하다.

티아 밀가로스가 거울 속의 자신을 보면서 고개를 젓는다. "케 말크리아다. 넌 도대체 왜 그러니? 예전에는 이렇게 늘 화가 나 있거나 이렇게…… 안 그랬는데…… 나도 모르겠다……."

"뭐요? 늘 이렇게 뭐 어떤데요, 티아?" 요란한 음악 소리가 내 뱃속에서 젤리처럼 진동한다.

로레나가 눈을 커다랗게 뜨더니 숨을 잔뜩 들이마신다. 내가 곧 폭발할 것을 알기 때문이다.

"모르겠다, 신경 쓰지 마." 티아 밀가로스가 고개를 젓고 거울을 보면서 연한 오렌지색 립스틱을 한 겹 덧바른다.

"그냥 말하세요." 내가 고집을 부린다. "저의 어떤 점이 그렇게 끔찍한데요? 왜 다들 실망스럽다는 듯이 날 대해요? 티아가 뭔데 날 마음대로 판단하세요, 네? 말 좀 해 보세요. 자기는 뭐가 그렇게 대단하다고. 벌써 예전에 남편한테 버림받아서 배배 꼬였으면서. 이제 좀 잊으세요."

티아 밀가로스가 눈을 번득이더니, 무슨 말을 하려다 참는 듯 입을 꾹 다문다.

"미쳤어, 훌리아." 티아 밀가로스가 뛰쳐나가자 로레나가 이렇게 속삭인다.

로레나가 나는 본 적도 없는 자기 사촌 대니와 춤을 추라고 억지로 권한다. 초대도 안 받고 어떻게 들어왔는지 모르겠다. 내가 뭐라고 항변하기도 전에 로레나가 댄스플로어에 서 있는 대니 쪽으로 나를 떠민다.

대니는 전혀 내 타입이 아니다. 빡빡 깎은 머리, 반짝이는 셔츠, 뱀가죽 부츠, 묵주처럼 생긴 금색 목걸이. 게다가 식초 냄새가 난다. 내가 좋아하는 유형의 정반대다, 로레나도 아주 잘 안다. 같이 본 영화에 나오는 어리숙한 백인 남자를 좋아한다고 항상 놀리면서 내가 백만 년이 지나도, 라텍스 장갑을 끼고도 절대 건드리지 않을 남자들만 소개해 주려고 한다. 대니는 말이 별로 없고, 나도 마찬가지다.

나는 박자가 빠른 쿰비아*를 전혀 못 따라간다. 대니가 나를 빙빙 돌리고 세게 당길 때 뒤통수에서 아마의 시선이 느껴진다. 이 파티에 따르면 나는 이제 남자와 춤을 춰도 되지만 아마는 그것이 별로 기쁘지 않은가 보다.

나는 저녁 내내 티아 밀가로스를 생각한다. 티아가 자초했지만 어쨌든 이제 나는 망했다는 것도 안다. 남의 말 하는 것이 티아가 제일 좋아하는 취미다. 티아가 데이트 프로필을 쓴다면 아마 이런 식일 거다. "취미는 뜨개질, 요리, 일자 앞머리 만지작거리기, 못된 말 하기, 내 몸매에 전혀 안 어울리는 폴리에스터 원피스 수집입니다."

파티가 끝날 때쯤 앤지가 크고 노란 선물 가방을 들고 온다. 지난번에 봤을 때보다 상태가 훨씬 좋아 보인다. 곱슬곱슬한 머리는 느슨하게 올렸고, 초록색 눈에 검정색 아이라인을 그렸다. 파란색 랩 원피스가 앤지의 몸을 완벽하게 감싼다.

나는 못 본 척하지만 앤지는 그래도 나를 향해 걸어온다.

"생일 축하해. 정말 축하한다." 앤지가 가방을 건네며 말한다.

"내 생일 아니야, 게다가 이제 곧 열여섯 살 돼."

"아, 그렇구나. 그러면 왜……." 앤지가 얼굴을 구긴다.

나는 설명하고 싶지 않다. "왜 왔어?" 무례하다는 건 알지만

* 라틴아메리카의 민속 음악과 춤의 한 종류.

아직 화가 안 풀렸다.

"너희 어머니가 초대하셨어."

"그래, 이 파티는 내가 아니라 올가를 위한 거니까."

"무슨 뜻이야?" 꼬맹이 사촌 가비가 끼어든다.

"됐어."

"음, 그냥 축하한다고 말해 주고 싶었어."

"어머, 너무 상냥하다! 정말 기분 좋네." 내가 비꼬는 것을 앤지가 알아차렸는지 잘 모르겠다.

"별 거 아냐." 앤지가 이제 그만 가고 싶은지 문 쪽을 흘끔거린다.

"올가한테 남자친구 있었어?" 앤지가 가기 전에 내가 얼른 말한다. "아니면 여자친구?"

"뭐?"

"내 말 들었잖아. 지난번에 만났을 때 올가의 연애사 얘기는 왜 꺼냈어? 사귀는 사람 있었지?"

"첫째, 나는 올가의 연애사에 대해서 아무 말도 안 했어. 네가 마음대로 넘겨짚었잖아. 둘째, 넌 올가 동생이야. 애인이 있었으면 너도 알았을 것 같지 않니? 올가가 가족한테 어떻게 숨길 수 있겠니? 너희 엄마도 모르게 누군가를 비밀리에 만날 수 있었을 거라고 진심으로 생각하는 거야? 너희 엄마한테는 아무것도 못 숨긴다는 거 네가 누구보다 잘 알잖아."

"그게 무슨 뜻이야? 왜 '비밀리에 만난다'고 해? 진짜 소름 끼치게 의심스럽다."

앤지가 한숨을 쉰다.

"나한테 숨기는 거 있잖아. 다 알아. 그래서 이렇게 이상하게 구는 거야."

"진정해, 홀리아."

살면서 제일 싫은 것 한 가지는 진정하라는 말을 듣는 것이다. 내가 통제 불능의 미친놈이라는 듯이, 그 어떤 감정도 가시련 안 되는 것처럼 말이다.

"나한테 그런 식으로 말하지 마. 내 앞에서 꺼져. 그냥⋯⋯ 그냥 가, 응?"

앤지가 걸어가자 나는 손등 뼈가 하얗게 드러날 정도로 가방을 꽉 쥔다. 억지로 호흡을 가다듬는다. 돌아보니 앤지가 아마와 포옹하고 있다. 선물을 주려고 잠시 들렀다고, 다른 일이 있다고 말하는 중일 거다.

음악이 멈추고 사람들이 남은 음식을 모으기 시작할 때 티아 밀가로스가 엄마 아빠와 이야기하는 모습이 보인다. 아파는 눈썹을 찌푸리며 고개를 젓고 아마는 손으로 입을 가린다. 나는 텅 빈 탁자 앞에 앉아서 남은 케이크를 먹는다. 내 드레스 색이랑 똑같은 복숭아 케이크다. 너무 달아서 속이 니글거리지만 나는 케이크를 계속 밀어 넣는다. 단 것을 많이 먹으면 죽을 수 있을지도 모른다.

우리는 짙은 안개 같은 침묵 속에 휩싸인 채 집으로 돌아간다. 나가기 전에 쓰레기 내놓는 것을 깜빡하는 바람에 집에서 고

약한 냄새가 난다. 아파가 불을 딸깍 켜자 바퀴벌레들이 어두운 구석을 찾아서 사방으로 빨빨 기어간다. 우리는 바퀴벌레 춤을 춘다, 부엌 바닥을 쿵쿵 짓밟는 것이다. 집이 빌 때마다 바퀴벌레들끼리 파티를 벌이기 때문이다. 나는 드레스 자락을 들고서 새 흰 구두로 바퀴벌레를 죽인다.

춤이 다 끝나자 아마가 바퀴벌레 시체를 빗자루로 쓸어 모은다. 새끼를 밴 놈들이 있을지 모르기 때문에 변기에 넣고 물을 내린다. 보통 아마는 표백제나 파인솔을 바닥에 뿌리고 걸레질을 하지만 오늘밤에는 안 하려나 보다.

아마가 화장실에서 나오자 둘이서 나를 본다.

"네가 화장실에서 뭐라고 했는지 티아한테 들었다." 아마가 가까이 다가온다. "너한테 파티를 열어 주느라 그렇게 큰돈을 썼는데 이런 식으로 우리한테 창피를 주는 거니?"

"티아 잘못이에요." 내가 시선을 피하며 말한다. "티아는 언제 입을 다물어야 하는지 모른다니까요."

"우리가 널 이렇게 키웠니, 카브로나*? 어른을 무시하라고? 네가 뭐라고 생각하는 거냐?" 아파가 갑자기 고함을 지른다. 몇 년 동안 나한테 한 말 중에 제일 긴 것 같다.

"훌리아, 나는 자식들을 버릇없게 키운 적 없다. 넌 도대체 왜 이러니? 내가 무슨 잘못을 했기에 이런 꼴을 당하는 거냐?" 남은 자식은 나밖에 없지만 아마는 계속 복수형으로 말한다. 아

* 못된 것 cabrona.

마가 아파를 본다. "라파엘, 당신 딸을 어떻게 해야 할지 난 이제 모르겠어." 나한테 화가 날 때마다 하는 말이다. 갑자기 나는 아마의 딸도 아니다.

아파는 너무 화가 나서 아무 말도 못하겠다는 듯이 입을 꾹 다물고 있다.

아마가 한숨을 쉬고 양손을 쥐어짠다. "비고테스 말이 맞을 지도 몰라. 이 나라가 너를 망치고 있을지도 몰라."

"멕시코에 가서 살면 고쳐지기라도 한대요?" 내가 말한다. "내 인생이 엉망인 건 맞지만, 멕시코에 가면 훨씬 더 엉망이 될 거예요, 잘 알잖아요."

나는 아마가 울거나 나를 때릴까, 아니면 둘 다 할까 생각한 다. 나한테 완전히 패배한 표정을 하고 있어서 나 역시 깜짝 놀 란다.

아마는 그저 고개를 저을 뿐이다. "훌리아, 네가 똑바로 행동할 줄 알았다면, 입을 다물 줄 알았다면 언니는 아직 살아 있을 지도 몰라. 그런 생각은 안 해 봤니?" 결국 아마가 그 말을 꺼낸 다. 아마는 그동안 내내 크고 슬픈 눈으로 나에게 해 왔던 말을 입 밖으로 내고야 만다.

여름방학이 끝나고

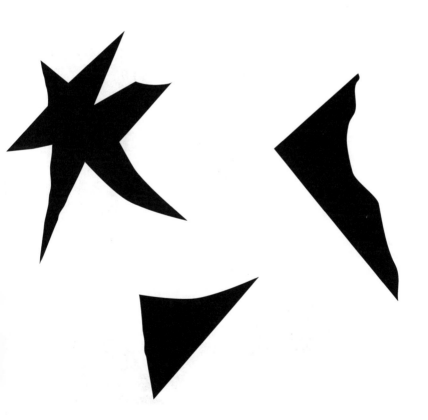

열넷

나는 목요일마다 수업이 끝난 뒤 잉맨 선생님을 만난다. 대학 입학 자격시험 준비와 원서 쓰는 것을 선생님이 도와준다. 나는 이제 3학년이라서 선생님한테 배우지도 않지만 잉맨 선생님이 도와주겠다고 고집을 부린다. 이미 상담 선생님의 도움을 받고 있다고 말했지만, 잉맨 선생님 말에 따르면 상담 교사는 자기 엉덩이랑 팔꿈치도 구분 못 하는 사람이다(선생님의 표현이다). 잉맨 선생님은 내가 만난 제일 똑똑한 사람이므로 거절하는 건 멍청한 짓이다. 게다가 여름 내내 아마와 청소를 하러 다니다가 학교로 돌아와 손 대신 머리를 쓰려니 행복할 지경이다.

작년 성적은 괜찮았다. 학기말에 점수를 끌어올려서 대부분 B를 받았지만 원하는 대학교에 갈 수 있을지 아직 걱정된다. 하지만 이번 학기에는 정말 열심히 하기로 굳게 마음먹었다. '내가 복수하러 왔다, 이것들아!' 나는 뉴욕 소재 대학교 세 군데, 보스턴 두 군데, 시카고 한 군데에 지원하기로 했다. 잉맨 선생님의 도움을 받아서 영문과가 괜찮은 대학교를 다양하게 골랐다. 나는 여기에 남고 싶지 않지만 선생님은 만약에 대비해서 같은 주에 있는 학교를 적어도 한 군데는 지원해야 한다고 말한다. 하지만 나는 안다, 난 멀리 떠나야 한다. 물론 나는 부모님을 사랑하고, 부모님 곁을 떠나고 싶은 마음에 죄책감을 느끼지만 여기에서 사는 건 너무 힘들다. 나는 성장하고 탐험해야 하지만, 그럴 수 있도록 부모님이 가만히 놔두지 않을 것이다. 돋보기 밑에서 기어 다니는 기분이다.

잉맨 선생님이 입학 원서를 어떻게 쓰는지 자세히 가르쳐 줘서 정말 고맙다. 나는 뭘 어떻게 해야 하는지 하나도 모른다. 전형료가 90달러나 되는 학교도 있지만 나는 소위 말하는 '저소득층'이기 때문에 잉맨 선생님이 전형료를 면제받고 지원하는 방법을 알려 준다.

나는 청소 일을 해서 번 돈을 아마에게 거의 다 줘야 했지만 274달러는 모을 수 있었다. 이스트코스트에 있는 학교를 선택할 경우 비행기 값 정도는 된다. 새 신발이 정말 필요하지만 그 돈은 절대 건드리지 않는다.

잉맨 선생님은 우리 부모님에게 아직 이민 허가증이 없다는 사실을 강조해야 한다고 말한다. "입학 허가 위원회는 그런 걸 아주 좋아하거든." 선생님의 주장이다.

"하지만 그건 비밀인데요." 내가 말한다. "엄마 아빠가 아무한테도 말하지 말랬어요. 입학 원서를 냈다가 학교에서 출입국 관리소에 연락해서 부모님이 추방 당하면 어떻게 해요? 그럼 어쩌죠?"

"아무도 추방 안 시켜. 그건 불가능해."

"하지만 불법체류인데요." 내가 속삭인다.

"허가증이 없을 뿐이야." 잉맨 선생님이 내 말을 정정한다.

"우리 친척들은 다들 자기를 일레갈레스*나 모하도스라고 불러요. 아무도 '허가증이 없다'고는 안 해요. 정치적인 올바름 같은 건 모른다고요."

"불법체류라는 건 낙인을 찍는 표현이야. 나는 싫어. '불법체류 외국인'도 마찬가지고. 그 말은 더 기분 나쁘지." 잉맨 선생님은 그 단어들이 몸속에서 독을 뿜는다는 듯이 몸서리를 친다.

"알았어요, '허가증이 없다'고 할게요." 내가 결국 양보한다.

나는 자라면서 *라 미그라*** 를 두려워하도록 배웠고, 엄마 아빠와 친척들이 *파펠레스*** 에 대해서 끝없이 나누는 이야기들을 들었다. 오랫동안 나는 서류가 왜 그렇게 중요한지 이해하지 못했지만 결국은 알게 되었다. 부모님은 언제든 멕시코로 돌려보내질 수 있고, 그러면 나와 올가만 여기에 남아 알아서 살아야 했다. 학교의 몇몇 애들처럼 허가증을 가진 티아와 같이 살거나 부모님과 함께 멕시코로 돌아가야 할 것이다. 내가 어렸을 때 아빠의 공장에서 불시 단속이 벌어졌던 기억이 난다. 라 미그라는 모하도스를 버스 하나 가득 실어서 돌려보냈고 가족들을 영원히 갈라놓았다. 아빠가 근무 중일 때 단속이 없었던 것은 기적이 틀

* 불법체류자들 *ilegales*.
** 출입국관리소 *la migra*.
*** 서류 *papeles*.

림없다. 대체로 아빠는 집 안의 가구처럼 물리적으로 존재할 뿐이지만, 아빠가 없으면 어떻게 살지 상상도 안 된다.

나는 엄마 아빠와 마찬가지로 항상 백인들을 의심했다. 출입국관리소에 신고하고, 가게나 식당에서 무례하게 대하고, 쇼핑하러 갔을 때 뒤에서 졸졸 따라다니는 사람은 항상 백인이기 때문이다. 그러나 잉맨 신생님은 다른 것 같다. 나에게 이렇게까지 관심을 가져 준 선생님은 처음이다.

"좋아요, 우리 부모님이 추방 당하지 않는다고 어떻게 확신하세요?" 내가 마지막으로 한 번 더 묻는다.

"왜 그러니, 훌리아. 날 믿어. 너 같은 학생 수십 명을 대학에 보냈어. 우리가 사는 곳은 시카고지 애리조나가 아니야. 여기서는 그런 일 절대 없어. 그런 식으론 아니지. 네 에세이를 읽고 너희 부모님을 쫓아올 사람은 아무도 없어. 내가 너한테 거짓말 한 적 있니?"

"제가 아는 바로는 없죠."

잉맨 선생님이 고개를 끄덕인다. "그러면 됐다. 난 너를 엉뚱한 곳으로 이끌지 않을 거야. 네가 대학에 가기를 진심으로 바라거든."

"하지만 왜요? 이해가 안 가요. 왜 이렇게 신경을 써 주세요?"

"넌 내가 지금까지 만난 중 최고의 학생이고, 네가 잘되는 모습을 보고 싶으니까. 넌 이 동네를 벗어나야 돼. 대학에 가야 해. 대단한 사람이 될 수 있어. 내 눈에는 그게 보여. 넌 진짜 멋진 작가야."

아무도 나에게 이런 말을 해 준 적이 없다.

"자, 어서 쓰자. 내가 저녁 내내 봐줄 수는 없으니까." 잉맨 선생님이 손목시계를 보며 말한다. "아이디어라도 몇 개 적어 봐."

나는 어디서부터 시작해야 할지 몰라서 거대한 세계지도를 멍하니 바라본다. 나를 흥미로운 사람으로 만드는 건 뭘까? 나를 나답게 만드는 건 뭘까? 세상이 반드시 알아야 할 이야기가 뭘까?

1991년에 우리 부모님─암파로 몬테네그로와 라파엘 레예스─은 결혼을 하고 더 나은 삶을 찾아서 고향인 치우아우아 로스 오호스를 떠났다. 그해 말에 언니 올가가 태어났다. 두 사람이 원한 것은 아메리칸드림뿐이었지만 일이 잘 풀리지 않았다. 아마는 남의 집 청소를 하고, 아파는 캔디 공장에서 일한다. 안 그래도 힘겹게 살고 있었는데, 작년에는 언니가 트럭에 치였다.

오전 수업밖에 없는 날이라서 나는 학교가 끝난 다음 기차를 타고 위커 파크의 헌책방으로 간다. 지난 몇 주 동안 점심 값을 아껴서 17달러나 모았으므로 책을 두 권 살 수 있다. 덩어리진 매시트포테이토 한 숟가락으로 점심을 때울 때는 내 위가 스스로를 파먹는 느낌이었지만 그럴 만한 가치가 있었다. 나는 부자가 되면 사다리가 필요할 정도로 커다란 서재를 갖고 싶다. 초판본도 갖고 싶다. 장갑을 끼고 집게로 다뤄야 하는 고서도 갖고 싶다.

제일 먼저 시집 코너로 가서 에이드리언 리치의 책이 있는지 찾아본다. 지난 주 영어 시간에 그녀의 시를 한 편 읽은 다음부터 머릿속에서 떠나질 않는다. 계속 반복되고 반복된다. 가끔은 손을 씻거나 양치질을 할 때도 갑자기 떠오른다. "나는 난파선을 탐험하러 왔다/ 말은 목적이다/ 말은 지도다" 6달러밖에 안 하는 에이드리언 리치의 책을 한 권 찾아서 무척 신이 난다.

나는 헌책방 냄새 — 종이, 지식, 그리고 아마도 곰팡이 냄새 — 가 좋다. 표지를 보고 책을 판단하면 안 된다는 뻔한 말은 싫어한다, 표지는 내용에 대해서 너무나 많은 것을 알려 주기 때문이다. 예를 들어 『위대한 개츠비』를 생각해 보자. 저 멀리 보이는 도시의 불빛 위에 그려진 여자의 우울한 얼굴은 그 시대의 차분한 불행을 완벽하게 보여준다. 표지는 중요하다. 그렇게 생각하지 않는다는 사람들의 말은 순 헛소리다. 그러니까 내 말은, 내가 밴드 티셔츠를 입는 데는 이유가 있다. 로레나가 레오파드 무늬의 스판덱스를 입는 데도 이유가 있다.

언젠가 내가 쓸 책이 어떤 모습일까 상상해 본다. 표지가 잭슨 폴락이나 장-미셸 바스키아의 작품처럼 다채로운 그림이면 좋겠다. 아니면 프란체스카 우드만의 잊기 힘든 사진을 써도 좋겠다. 우드만이 거울 앞에서 기어가는 사진이 있는데, 정말 완벽할 것 같다.

나는 낡은 『풀잎』을 발견하고 얼굴에 가까이 가져다 댄다. 냄새가 정말 좋은데 6달러밖에 안 한다.

3층으로 올라가자 비평 이론 코너 근처에 탁자가 하나 있다.

사람이 많지만 한 자리가 비어 있다. 몇 분 뒤, 옆자리 여자가 가고 어떤 남자가 다가오더니 앉아도 되냐고 묻는다. 키가 크고 갈색 머리가 텁수룩하고 플란넬 셔츠에 딱 붙는 검정색 청바지를 입고 있다. 귀엽다.

"그럼요." 내가 이렇게 말하고 책에 얼굴을 파묻는다.

"그 책 나도 좋아하는데." 그가 말한다.

내 입에서 "꽥"과 "끽"의 중간쯤 되는 소리가 나온다. 충격이다. "뭐?" 마침내 내가 겨우 말한다. "나한테 하는 말이야?"

"응. 『풀잎』. 하지만 할 필요도 없는 말이긴 하지. 월트 휘트먼을 좋아하지 않는 사람은 아마 내면이 죽어 있을 거야."

믿을 수가 없다. 이 남자가 지금 나한테 시에 대해서 이야기하는 거야? "사실은 내 생각도 그래. 휘트먼은 정말 대가야."

그가 고개를 끄덕인다. "음, 무슨 책 제일 좋아해?"

"모르겠어. 그러니까, 그걸 어떻게 정하지? 좋아하는 책이 너무 많아……. 『각성』? 『백년 동안의 고독』? 『위대한 개츠비』? 『호밀밭의 파수꾼』? 『마음은 외로운 사냥꾼』? 『가장 푸른 눈』? 시 아니면 산문? 시라면, 에밀리 디킨슨이…… 아니, 잠깐만…… 제길, 모르겠어." 그 질문이 왜 이렇게까지 당황스러운지 잘 모르겠다.

"『호밀밭의 파수꾼』이랑 『위대한 개츠비』는 나도 좋아해. 『백년 동안의 고독』은 아직 안 읽어 봤고. 영화 〈개츠비〉가 나온 다음 사람들이 1920년대식 파티를 열었다는 게 모순적인 것 같지 않아? 너무 바보 같아, 그 시대를 낭만화하다니."

내가 웃는다. "사람들이 진짜 파티를 열었어? 막 플래퍼*처럼 꾸미고?"

"응, 우리 엄마 친구들은 그랬어. 나는 우와, 책의 요점을 완전히 놓치셨군요, 싶었지."

"1920년대에 나 같은 사람은 파티에 참석이나 할 수 있었을지 모르겠다. 부엌일을 하거나 화장실을 청소하고 있었겠지." 내가 농담을 한다.

그가 웃는다. "바로 그거야. 그때가 무슨 황홀한 시대라도 되는 것처럼 말이야. 아마 그랬겠지, 한 열 명한테는."

"너는? 무슨 책 제일 좋아해?"

"『시계태엽 오렌지』."

"한번 읽어 보려고 했었는데 전혀 말이 안 되더라. 그리고 영화는 너무 폭력적이었어." 내가 몸서리를 친다.

"한 번 더 시도해 봐. 알겠지만 사회 비평이잖아."

"응, 그렇겠지. 다시 읽어 봐야겠다." 사실은 그 책은 신경에 거슬리기 때문에 다시 읽을 리 절대 없겠지만, 대화를 계속 나누고 싶다.

"참, 이름이 뭐야?"

"음. 훌리아?" 왜 대답이 질문처럼 나오는지 모르겠다, 자기 이름도 모르는 사람처럼 말이다.

"난 코너라고 해." 그가 이렇게 말한 다음 나와 악수를 나눈

---

* 1920년대 재즈시대의 자유분방한 젊은 여성을 가리키는 말.

다. 코너의 눈은 갈색이고 강렬하다, 뭔가를 알아내려는 것 같다.

"만나서 반가워." 내가 말한다. 너무 긴장돼서 코너를 제대로 볼 수도 없다. 나에게는 새롭고 흐릿한 영역이다. 남자들은 절대 나에게 말을 걸지 않는다. 길거리에서 휘파람을 불면서 내 몸에 대해서 역겨운 말을 하는 변태들을 빼면 말이다.

우리 둘은 잠시 어색한 침묵을 지킨다. 나는 탁자에 쌓인 책 무더기를 보면서 재치 있는 말을 생각해 내려 하지만 머리가 텅 비었다.

"너 책 냄새 맡는 거 좋아해?" 마침내 내가 말한다.

"무슨 뜻이야?"

"말 그대로야. 책 냄새 좋지 않아? 각각 무척 다르잖아. 시나몬 냄새가 나는 책을 발견한 적도 있어. 식료품실에 보관했었나 봐. 난 항상 그런 것들이 궁금해. 지하실에 보관했던 책은 티가 나, 축축한 냄새가 나거든. 알고 있어?" 젠장, 내 입에서 이런 말이 나왔다니 믿을 수가 없다. 이제 완전 이상한 애라고 생각할 거다.

"아, 네가 책 냄새를 상습 흡입한다는 말이구나. 지금 그 얘기야?" 코너는 내가 방금 필로폰에 중독됐다는 말이라도 한 것처럼 진지한 척한다. 그가 숨을 크게 내쉰다. "우와."

내가 꺅 소리를 지르다가 얼른 입을 막는다. 탁자에 둘러앉은 사람들이 우리를 노려본다. 나는 웃음을 멈출 수가 없다.

"너 그만 가야겠다. 자기 제어가 안 되는 것 같은데." 코너가 다른 사람들을 보며 고개를 젓는다. "죄송합니다, 여러분. 지금

발작이 오나 봐요."

그러자 나는 더 심하게 웃음을 터뜨린다. 내가 소지품을 챙기자 코너가 나를 따라 아래층으로 내려온다.

내가 책을 계산하고 나서 둘 다 밖으로 나간다. 햇살이 밝아서 내가 눈을 찌푸린다.

"이제 괜찮아?" 코너가 내 어깨에 손을 올린다.

"너 때문이야! 네가 시작했잖아." 내가 화난 척한다.

"그렇게 생각하고 싶으면 뭐." 코너가 어깨를 으쓱한다. "커피 마실래? 아니면 좀 진정하게 따뜻한 우유라도?"

"모르겠어……." 결국 좋다고 말할 것을 알지만 나는 망설인다.

"가자. 나 때문에 이렇게 됐으니까 최소한 그 정도는 하게 해줘."

"좋아." 내가 말한다. "네가 나한테 빚이 있는 것 같긴 하다."

코너가 나를 데리고 간 커피숍에는 비싼 컴퓨터와 장비를 가진 힙스터들이 가득하다. 나는 안으로 들어가면서 거대한 스포트라이트가 나를 비춰 낡은 청바지, 찢어진 스니커즈, 기름진 머리가 강조된다고 상상한다. 시간을 거슬러 샤워를 하고 더 괜찮은 옷을 입을 수만 있다면 정말 좋겠다. 하지만 이런 일이 일어날지 내가 어떻게 알았을까? 나는 오늘 투명 인간이 될 계획이었다.

우리는 구석의 작은 탁자에, 말도 안 되게 큰 콧수염을 가진 남자 근처에 자리를 잡는다. 어떻게 저런 꼴을 하고 다니면서 사람들이 진지하게 대해 주기를 바랄 수 있을까? 소름 끼치는 수염이 귀까지 닿는다.

　나는 이게 데이트일까 계속 생각한다. 엄밀히 말하자면 데이트를 한 번도 안 해 봤기 때문이다. 데이트랑 제일 비슷한 것은 카를로스의 사촌 라미로와 호수에 갔을 때인데, 라미로는 나를 무슨 싸구려 경품처럼 대했다. 만약 코너가 나한테 키스하려고 하면 데이트가 확실하다. 그렇지 않으면 로레나한테 물어봐야 한다. 이런 건 로레나가 잘 안다.

　"자, 너에 대해서 말해 봐, 훌리아."

　"뭘 알고 싶은데?"

　"어디서 왔는지, 뭘 좋아하는지, 좋아하는 색이 뭔지. 알잖아, 그런 따분한 것들."

　"시카고 출신이고, 책이랑 피자랑 데이비드 보위를 좋아해. 좋아하는 색은 빨강이고. 이제 네 차례야."

　"**진짜**로는 어디 출신인데?"

　"**진짜**로 시카고 출신이야. 방금 말했잖아."

　"아니, 내 말은……. 아무것도 아니야." 코너는 당황한 것 같다.

　"인종이 궁금하다는 뜻이구나. 어떤 갈색인지 말이야."

　"응, 그런가 봐." 코너가 미안하다는 듯 미소를 짓는다.

　"멕시코인이야. 그냥 물어봐도 돼." 나는 씩 웃지 않을 수가 없다. "난 직설적으로 묻는 게 더 좋아."

"그래, 무슨 말인지 알겠다. 미안."

"걱정 마. 괜찮아. 넌? 어디 출신이야? 뭐 좋아해."

"으음……. 에반스턴, 버거, 드럼."

"그런데 **진짜** 어디 출신이야?"

코너가 웃는다. "나는 전형적인 미국 잡종이야. 독일, 아일랜드, 이탈리아, 그리고―"

"잠깐, 잠깐! 맞춰 볼게. 증조할머니가 체로키 공주였구나."

"아니, 스페인이라고 말하려고 했어."

"아, 그래. 우리를 정복한 사람들 말이지. 좋아하는 색은?"

"노란색."

"노란색? 윽, 기분 나빠."

"후아. 솔직하게 어떤지 말해 봐." 코너가 웃는다. "태양 같은 노란색 말이야. 태양이 싫다고 하진 않겠지."

"물론 아니야, 내가 괴물도 아닌데." 얼굴 전체에 수염을 기른 남자가 콧수염 남자 옆에 앉는다. 정말 완벽한 한 쌍이다.

"그렇다면 넌 내가 본 제일 귀여운 괴물이야."

나는 무슨 말을 해야 할지 몰라서 커피를 크게 한 모금 마시다가 입과 목을 덴다. 침착해. "『노란 벽지』 읽어 봤니? '황열'이라고 들어봤어? '황달'은? 내가 하고 싶은 말은, 노란색이 나쁜 소식일 수도 있다는 거야."

코너가 미소를 짓자 눈에 주름이 생기는데, 내가 보기에는 좀 매력적이다. "더 말해 봐. 색깔에 대한 강력한 의견이 또 있어? 모양은? 무늬는? 네가 아주 흥미로운 사람이라는 느낌이 들어."

"나 말이야?"

"아니, 저기 콧수염 기른 사람." 코너가 그쪽을 가리키며 말한다.

남자가 우리를 보며 화를 내자 내가 더 격렬하게 웃다가 커피를 뿜을 뻔한다. "나는 페이즐리 무늬가 가증스럽다고, 세상이 끝날 때까지 금지해야 한다고 생각해. 파스텔색 옷도 마찬가지야. 아, 그리고 카키도 싫어." 내가 눈을 감고 역겹다는 뜻으로 혀를 내민다.

이 순간이 거의 초현실적으로 느껴진다. 내가 다른 테이블에 앉아서 우리를 바라본다고 상상해 본다. 나는 이런 커피숍에 와본 적이 없고, 아무도 나를 알고 싶어 하지 않는다. 로레나를 빼면 나한테 신경을 쓰는 사람은 잉맨 선생님밖에 없는데, 내 생각에 선생님은 관심을 기울이는 게 업인 사람이다. 가끔은 내가 입을 다물기를 세상이 바란다고, 나 스스로를 백만 번 접어 버리는 게 낫다고 굳게 믿을 때도 있다.

"너 재밌다." 코너가 이렇게 말하지만 웃지는 않는다.

"언니가 작년에 죽었어." 이 말을 할 생각은 아니었지만 그냥 튀어나와 버렸다.

"아, 정말 안됐다." 코너가 내 손을 잡자 나는 움찔할 뻔한다. 따뜻하고 축축하다. 마지막으로 누가 나를 이런 식으로 만진 것이 언제였는지 기억도 안 난다. "둘이 친했어?"

"음…… 아니. 별로 안 친했어. 모르겠어. 내가 언니를 알았던 것 같지가 않아. 우리는 정말 달랐는데, 언니가 죽고 나니까 이제야 언니를 알고 싶어지나 봐. 이상해. 그러기엔 좀 늦었겠지, 아마."

"너무 늦는 건 없어. 그런 말 하지 마."

내가 왜 코너에게 이런 말을 하고 있는지 모르겠다. 코너는 아마 관심도 없겠지만 멈출 수가 없다. 커피를 그렇게 많이 마시지 말았어야 하는지도 모르겠다. 커피를 너무 많이 마시면 항상 초조하고 말이 많아진다.

"언니 방을 살펴보다가 몇 가지 물건을 발견했어. 그 뒤에 엄마가 언니 방을 잠가 버려서 못 들어가고 있어. 이제 뭘 어떻게 해야 할지 모르겠어. 계속 찾아봐야 하지만, 어쩔 때는 아무 의미도 없다는 생각이 들어. 언니가 쓰던 노트북이 있는데 비밀번호를 모르겠어. 우선 언니 방에 다시 들어갈 방법을 찾아야 해."

"사실은 나 컴퓨터 진짜 잘해. 아무한테도 말하면 안 되지만, 친구들이랑 몇 군데 해킹한 적도 있어. 음, 사실은 몇 군데가 아니야. 노트북만 손에 넣으면 비밀번호는 내가 풀어 줄 수 있을 거야."

"정말이야?"

코너가 미소를 지으며 내 손을 꽉 쥔다. "아주, 진짜, 완전히 정말이야."

코너와 나는 몇 시간이나 걸어 다닌다. 존재조차 몰랐던 동네에도 가고 목적지도 없이 지그재그를 그리기도 하고 빙빙 돌기도 하면서 돌아다닌다. 그러다가 영문도 모른 채 아까 갔던 곳에 또 가기도 한다. 미소를 어찌나 많이 지었는지 뺨이 아프다. 둘 다 지치자 코너가 도넛을 사고, 우리는 아직 추운데도 커다란 공원의 그네에 앉는다. 나무 부스러기와 축축한 나뭇잎 냄새가 난다. 우리는 대학 진학 계획, 책, 좋아하는 밴드에 대해서 이야기를 나눈다. 드디어 데이비드 보위 좋아하는 사람을 찾았다. 게다가 책을 읽는 사람이다!

기차역에서 코너가 내 뺨에 키스하더니 빠른 시일 내에 다시 만나고 싶다고 말한다. 이건 확실히 데이트다. 너무나 아름다운 날이다. 새들도 모두 사랑을 나누고 있을 거다.

오늘 나는 데븐 애비뉴에서 코너를 만난다. 아마에게는 숙제 때문에 시내의 문화센터에 가야 한다고 거짓말을 했다. 아마는 늘 그렇듯 의심을 거두지 않지만 우는소리를 하면서 졸라댄 끝에 허락을 받아냈다. 버스를 두 번, 기차를 한 번 타야 하기 때문에 골치가 아픈 데다가 날이 춥고 눈이 오기 직전이라서 더욱 그렇지만, 도시의 다른 지역을 볼 수 있어서 기쁘다. 나는 가게 진열창에서 반짝이는 아름다운 사리*를 보며 감탄한다. 너무 멋져서 과연 얼마나 비쌀까 싶다. 날이 흐려서 반짝거리는 빛과 요란한 색깔이 더욱 반갑다.

식당 앞에서 주머니에 손을 넣고 기다리는 코너를 보자 다리가 후들거린다. 사랑이 이런 느낌일까? 잘 모르겠다.

* 인도의 여성이 입는 전통 의상.

"안녕하세요, 마담 레예스." 코너가 이렇게 말하고 손을 살짝 흔든다.

나는 긴장하면 가끔 뭘 어떻게 해야 할지 몰라서 광대 같은 짓을 한다. 내가 잘난 척하는 귀족처럼 허리를 숙여 인사한 다음 손을 내밀자 코너가 깔깔 웃는다.

"만나서 빈깁습니다." 그가 말한다.

"저도 만나서 반가워요." 갑자기 너무 부끄러워서 코너의 얼굴도 못 보겠다.

"여긴 시카고에서 제일 맛있는 인도 음식점이야. 내 생각에는 그래." 식당에 들어가서 자리에 앉을 때 코너가 이렇게 말한다. "게다가 엄청 싸."

코너가 사는 거면 좋겠다. 메뉴를 보니 "엄청 싸"지만 그래도 나는 돈이 없다.

"있잖아, 나 인도 음식 한 번도 안 먹어 봤어." 내가 런치스페셜 메뉴를 훑어보며 말한다.

코너가 식탁에 양손을 올리고 나를 정면으로 바라본다. "한 번도? 진짜? 어떻게 그게 가능하지?"

"난 이런 동네가 있는지도 몰랐어, 솔직히."

"음, 그거 정말 슬프다." 코너가 이렇게 말하더니 가슴 아픈 척한다.

향신료 냄새가 진하게 나지만 뭔지 전혀 모르겠다. 계산대 근처 티브이에서 뮤지컬이 나오고 있다. 키 큰 남자가 아름다운 여자를 쫓아 산을 내려가면서 구슬프게 노래한다. 낭만적인 의

도로 만든 것 같지만 내가 보기에는 강간범 같다.

요리는 믿을 수 없을 만큼 너무 맛있다. "내 평생 넌 어디 있었니?" 내가 접시를 내려다보며 이렇게 말하고 한 번 더 넉넉하게 덜어온다. 너무 많은 것들—치즈, 향신료, 콩, 뭔지 전혀 짐작도 안 가는 것들—이 한꺼번에 지나가면서 이국적인 낙원 같은 맛이 난다.

"나보다 요리를 더 좋아하는 것 같다." 코너가 놀린다. "질투가 나려고 하는데? 너랑 접시랑 단 둘이 있게 내가 자리를 비켜줘야 할까 봐."

나는 뭐라고 대꾸해야 좋을지 몰라서 미소를 지은 다음 배가 불러서 움직이지도 못할 때까지 계속 먹는다.

코너는 들어 본 적 없는 일본 작가의 소설책을 찾으러 우리가 처음 만났던 헌책방에 가고 싶다고 했다. 우리는 기차를 타고 남쪽으로 간다. 책을 찾은 다음에는 길 아래쪽 공원 벤치에 나란히 앉는다. 멍하니 생각에 잠겨서 나무를 보다가 다시 고개를 돌렸더니 코너의 얼굴이 내 얼굴 바로 앞까지 다가와 있다. 코너가 고개를 숙여 키스한다.

심장이 너무 세게 뛰어서 코너한테도 느껴질 것만 같다. 나와의 키스가 응급 사태라도 되는 것처럼 코너가 내 머리카락 사이로 손을 넣고 목을 붙잡는다. 라미로랑 키스했을 때와는 전혀 다르다. 코너는 혀를 부드럽게 움직이고, 나를 만지는 손길에서 나를 정말 원한다는 느낌이 든다.

잠시 후 마침내 키스를 끝내고 어색한 침묵 속에 가만히 앉아 있는데, 어떤 여자가 푹신한 외투를 입힌 털 없는 고양이를 데리고 지나간다. 우리는 마주보면서 웃음을 터뜨린다. 어찌나 격렬하게 웃었는지 배가 터질 것만 같다.

열다섯

정신을 차려 보면 나는 늘 멍청하게 문을 빤히 바라보면서 올가가 집에 오기를 기다리고 있다. 사람들은 시간이 지나면 나아진다고 말하지만 꼭 그렇지는 않다. 처음 죽었을 때만큼 언니가 그리워지는 순간들이 있다. 우리가 썩 친하지 않았다는 것은 알지만, 이제 언니가 죽고 나니 장기를 하나 잃은 것 같다. 그리고 아직도 언니 꿈을 꾼다. 때로는 둘이서 차를 타고 가거나 부엌 식탁에 앉아서 아침식사를 하는 무해한 꿈이지만, 가끔은 피투성이의 언니가 몸이 뒤틀리고 뭉개진 채 나와서 비명을 지르며 깰 때도 있다.

아마는 아직도 많이 운다. 가끔 화장실에서 우는 소리가 들린다. 울음소리를 죽이려고 수건으로 입을 막는 것 같다. 눈도 항상 빨갛다. 도울 방법을 알면 좋겠지만, 늘 그렇듯이 나는 아무 쓸모가 없다. 아빠는 늘 그렇듯 조용하다. 속에서는 죽어 가고 있을지도 모른다. 아무도 모를 것이다.

나는 올가의 학교에 세 번이나 더 갔지만 적대적인 표정의 여자가 보일 때마다 돌아 나온다. 내 얼굴을 기억하고 있다가 이 번에는 정말로 보안요원을 부를지도 모른다. 규칙을 어겨 줄 다른 직원이 받기를 바라며 콘티넨탈 호텔에도 다섯 번 더 전화했지만 고객의 정보는 알려줄 수 없다고, 고객이 죽었어도 마찬가지라는 말만 반복한다. 올가의 방에서 노트북을 꺼내서 코너가 비밀번호를 풀어 주면 얼마나 좋을까.

벽. 벽. 벽. 항상 막다른 벽이다. 내 인생이 그렇다.

이제는 정말 사소한 것들, 예전에는 생각지도 않았던 올가와 나 사이의 작은 일들까지 떠오른다. 저번에는 식료품 가게에서 줄을 서서 기다리다가 내가 네 살 때 『세서미 스트리트』 책장에 손이 베이는 바람에 겁을 먹고서 그 책을 두 번 다시 건드리지 않으려 했던 때가 떠올랐다. 올가는 내가 그 책을 얼마나 좋아하는지 알았기 때문에 읽고 또 읽어 주었다. 분명히 달달 외웠을 거다. 또 어제는 학교가 끝나고 집으로 돌아오는 길에 마마 하신타의 집에서 사촌 발레리아가 라 요로나에 대해서, 자기 아이들을 물에 빠뜨려 죽이고 거리를 돌아다니며 울부짖는 여자 유령에 대해서 이야기해 주었던 것이 떠올랐다. 나는 삐걱거리거나 부스럭거리는 소리가 날 때마다 라 요로나가 내 머리카락을 붙잡고 강으로 질질 끌고 가서 빠뜨려 죽일 거라고 굳게 믿었기 때문에 며칠 동안 잠을 이룰 수 없었다. 올가는 내가 수스토*를 극복할 때까지 매일 밤 곁에 있어 주었다. 오늘 아침에는 양치질을 하

* 걱정, 불안 *susto*.

다가 우리 둘이 초콜릿을 한 봉지 사서 언니 방에 숨겨놓았던 기억이 떠올랐다. 우리는 매일 학교가 끝난 다음 몰래 초콜릿을 하나씩 먹었다. 아주 중대한 밀수품이라도 되는 것 같았다. 아마 그것이 어린 시절 올가에게는 최대의 반항이었을 것이다.

이런 식으로 과거의 장면이 떠오를 때마다 누가 내 영혼을 퍼내서 더러운 바닥에 내동댕이치고 짓밟는 기분이다. 어렸을 때는 모든 것이 훨씬 더 쉬웠다. 그때 어렵다고 생각했던 것이 이제는 비교적 쉬워 보인다.

행복은 허공에 떠다니지만 잡을 수 없는 민들레 홀씨 같다. 아무리 노력해도, 아무리 빨리 달려도 닿을 수가 없다. 잡았다고 생각해도 손을 펴 보면 텅 비어 있다.

하지만 코너를 만날 때처럼 가끔 즐거울 때도 있다. 코너가 거의 매일 밤 전화를 걸어서 우리는 귀가 뜨거워질 때까지 이야기를 나눈다. 코너의 가장 좋은 점은 그 누구보다도 나를 깔깔 웃게 만든다는 것이다. 저번에는 제일 친한 친구랑 무슨 스포츠 팀 때문에 말다툼한 이야기로 나를 웃겼다. 두 사람은 너무 화가 나서 결국 서로에게 핫도그를 던졌는데, 배도 고프고 먹을 것을 버리고 싶지 않았기 때문에 갈매기 떼가 낚아채기 직전에 풀밭에 떨어진 핫도그를 주워서 먹었다고 했다. 나는 너무 격렬하게 웃다가 코까지 킁킁거렸고, 그 소리 때문에 우리는 한 번 더 깔깔대며 웃었다.

통화를 할 때마다 아마가 내 방 앞을 지나간다. 항상 주변에서 맴도는 사람이 있으면 이야기하기가 힘들다. 아마가 영어를 아주 잘하는 건 아니지만 그래도 무슨 얘기를 들을까 봐 무섭다. 내가 남자애랑 통화한다는 건 이미 알고 있을 것이다.

기분이 거지 같을 때면 대학을 생각해도 기운이 난다. 한 학년을 월반해서 정말 다행이다, 아니면 여기서 1년을 더 살아야 한다. 보고 싶을 사람은 로레나, 잉맨 선생님, 코너밖에 없다. 후앙가도 점점 마음에 든다. 후앙가와 로레나는 항상 술을 마시고 대마초를 피우는데, 이제 그만 좀 했으면 좋겠다. 가끔 좀 이상한 행동을 해서 약간 겁이 난다. 저번에는 초대도 받지 않은 파티에 쳐들어가자고 했는데, 알고 보니 전 남자친구 때문에 후앙가를 죽이겠다고 위협했던 사람이 연 파티였다. 칼이랑 뭐 그런 걸로 말이다. 그건 정말 안 좋은 생각이라고 겨우겨우 설득해서 그 대신 영화를 보러 갔다. 그런데 로레나가 가방에 잭대니얼스 한 병을 몰래 넣어 와서 후앙가와 둘이서 홀짝홀짝 다 마셔 버렸다. 두 사람이 사막에서 갈증으로 죽어가고 있고, 잭대니얼스가 물이라도 되는 것 같았다. 내가 몇 모금 마시고 폭력의 맛이 난다고 하자 두 사람은 나를 미친 사람처럼 봤다. 나는 대마초를 피우면 피해망상에 빠져서 금방이라도 끔찍한 일이 생길 것 같기 때문에 이제 안 피운다. 현실만으로도 충분히 무서우므로 사양하고 싶다.

로레나는 겨울이라 더럽게 따분하고 이 이상 집에 갇혀 있다가는 정신이 나갈 것 같다며 다 같이 썰매를 타러 가야 한다고 우긴다. 나도 집에 갇혀 있다 보니 미칠 것 같다. 매년 똑같다. 평생 시카고에서 살았지만 똑같다. 시카고의 겨울은 항상 너무 괴롭다.

나는 썰매를 한 번도 안 타 봤다. 들어는 봤고 티브이에서도 봤지만, 엄마 아빠가 썰매장에 데려간 적은 한 번도 없다. 디즈니월드에도 안 가 봤고 〈사운드 오브 뮤직〉도 못 봤다. 썰매는 백인들이나 타는 건 줄 알았다.

"썰매 살 돈은 어디서 구할 거야?" 내 화장대의 화장품을 만지작거리는 로레나에게 묻는다. "어쩌다가 그런 생각을 했어?"

로레나가 어깨를 으쓱한다. "몰라, 영화에서 봤어. 썰매 안 사도 돼, 바보야. 타고 내려갈 플라스틱 조각만 있으면 돼." 로레나가 손을 호호 불면서 문지른다. 아마는 돈을 아끼려고 겨울에 늘 난방을 낮춰 놓기 때문에 죽을 만큼 춥다. 평소에 나는 담요를 두르고 모자를 쓴 바보 같은 모습으로 집 안을 돌아다닌다.

"그걸 어디서 찾을 건데?" 나는 모험을 좋아하는 편이고 역시 심심하지만 온몸이 다 젖어 추위에 떨 생각을 하니 썩 끌리진 않는다.

"몰라, 하지만 그렇게 어렵진 않을 거야." 로레나가 내 립글로스를 바른다.

주말 내내 집에 틀어박혀 있을 생각을 하니 갑자기 썰매 타는 것이 썩 나쁘지 않겠다는 생각이 든다. "재밌을 거 같아."

로레나와 후앙가, 나는 철물점에 들른 다음 싸구려 플라스틱 매트를 들고 브리지포트 팔미사노 파크 언덕 꼭대기에 서 있다. 가게 직원은 우리가 플라스틱 매트를 찾자 당황한 것 같았지만 무슨 일인지 물어볼 만큼 궁금하지는 않았던 것 같다. 그는 얼굴을 찌푸리더니 우리를 계산대로 안내했다.

시카고에 진짜 산은 없지만 공원이 원래 채석장이었기 때문에 제법 괜찮은 경사가 있다. 둥그렇게 놓인 하얀 불상 머리들이 눈에 반쯤 파묻혀 있고 언덕 꼭대기에서 스카이라인이 아주 잘 보인다. 오늘에야 처음 와 보다니. 가끔 내가 컴컴한 구멍 속에서 살고 있나 싶을 때가 있다. 시카고에도 한 번도 못 가 본 곳이 아주 많을 것이다.

우리와는 다르게 제대로 된 썰매를 타는 몇몇 가족이 있고, 방한복을 입은 꼬마 아이 두 명이 소리를 지르며 언덕을 굴러 내려간다.

"봐, 백인들만 타는 거 아니잖아." 로레나가 잘난 척 미소를 지으며 말한다.

"어머, 창피해라!" 내가 연극을 하듯 과장되게 말하며 깜짝 놀란 척 양손을 뺨에 댄다.

로레나가 웃는다. "닥쳐."

"이걸로 되면 좋겠는데." 내가 로레나에게 말한다. "손잡이가 없어."

"아이고, 그냥 옆을 잡아. 너도 이제 사랑에 빠졌으니까 더 긍정적이어야 하는 거 아니야?"

나도 모르게 씩 웃음이 난다. "첫째, 나는 지금 기분이 좋아. 네가 꼭 알고 싶다면 말이야. 둘째, 난 사랑에 빠진 게 **아니야.**"

내가 말한다. 하지만 어쩌면 맞을지도 모른다. 코너와의 키스를 생각하면 숨이 가빠지고 내 안이 뜨거워진다.

로레나가 어깨를 으쓱한다. "그러시다면야, 뭐."

"나 진짜 처음이야. 지금까지 나한테 스포츠에 제일 가까운 건 버스를 쫓아 달리는 거였어." 후앙가가 신발 끈을 묶으려고 애쓰며 말한다.

"이게 스포츠에 들어갈 것 같지는 않은데." 내가 대답한다. "숨을 헐떡거릴 것 같지도 않고 말이야."

"그럼 뭔데?"

"솔직히 말하면 모르겠어. 활동인가?" 번쩍이는 눈[雪] 때문에 내가 눈을 찌푸린다. "아, 뭐든 무슨 상관이야."

"좋아, 하자." 후앙가가 미소를 짓더니 바닥에 매트를 놓고 그 위에 앉는다. 날씨에 안 맞는 옷차림—낡은 가죽 재킷, 얇은 검정색 장갑, 청바지, 낡아빠진 회색 운동화—이다. 모자도 목도리도 없어서 얼굴이 새빨갛다. 가끔 후앙가의 복장을 보면 애네 엄마가 궁금해진다.

우리 셋은 한 줄로 나란히 앉아서 셋까지 세고 출발한다. 비탈을 내려오는 내내 미친 사람처럼 소리를 지르며 웃는다. 언덕 밑에 도착하자 그대로 눈밭에 누워서 낄낄거린다. 나는 키 작은 나무를, 서리가 내린 나뭇가지들을 올려다보면서 너무 아름다워서 깜짝 놀란다.

"세상에, 로레나, 넌 천재야." 후앙가가 말한다. "8달러도 안 드는 오락이네. 추울 때 밖에서 노는 게 이렇게 재미있을 줄 진

짜 몰랐어. 처음에는 이년이 미쳤구나, 했는데 아니었어. 진짜 멋
지다."

"내가 뭐랬어?" 로레나가 나를 보며 눈썹을 치켜올린다.

"네 말이 맞았어. 의심해서 미안. 진짜 재밌다, 집 안에 앉아
서 엄마한테 게으르다는 소리나 듣는 것보다 훨씬 좋아."

후잉가와 로레나는 자리에서 일어나 옷에 묻은 눈을 털지만
나는 잠시 그대로 누워 멀리서 들려오는 교회 종소리에 귀를 기
울인다.

코너가 우리 동네로 찾아오겠다고 하자 나는 말도 안 되는
핑계를 대면서 코너가 두 번 다시 그런 말을 꺼내지 않기만을 바
란다. 코너는 시카고 남쪽이 어떤지 궁금하다고 하고, 나는 볼 게
없다고 말한다. 우리 동네가 부끄럽거나 뭐 그런 건 아니지만 우
리의 삶은 너무나 다르다. 내가 가난하다는 것을 다른 사람에게
어떻게 설명할까? 코너도 이미 알겠지만, 직접 보는 건 또 다르
다. 나는 중간 지점에서 만나자면서 회피한다.

학교가 끝난 뒤 코너와 나는 시내에서, 코너가 제일 좋아하
는 중고품 가게에서 만난다. 코너는 추워서 얼굴이 빨갛고, 크고
푹신한 재킷에 보라색 비니를 써서 귀엽다.

나는 낡은 중고품 구경을 정말 좋아하지만, 중고품 가게에
가면 왠지 가려운 느낌이 들고 내가 돈이 없다는 사실이 떠올라
서 좀 싫다. 코너는 중고품 가게에 가는 것을 재미있는 모험쯤으
로 생각하는데, 아마도 거기서 물건을 사야 할 일이 없기 때문일

거다. 아마와 올가, 나는 우리 동네 중고품 가게가 반값 할인을 하는 월요일에 가곤 했다. 빌어먹을 중고품 가게에서 할인을 찾다니, 정말 처량하다.

"세상에, 이것 좀 봐." 코너가 고양이 세 마리가 수놓인 할머니 스웨터를 집어 들며 말한다. "진짜 멋지다. 너무 추해서 사고 싶을 정도야."

내가 미소를 짓는다. "그래, 꽤 끔찍하다. 음, 감각에 대한 실례 같은 옷이야. 그런데 그걸 입고 어디 가게?"

"아무 데나. 학교, 식료품 가게, 바르미츠바*, 어디든 상관없어."

나는 전 재산이 6달러인데 코너는 장난으로 물건을 산다. 코너의 잘못이 아니라는 건 알지만, 짜증이 좀 나는 건 어쩔 수 없다. 하지만 코너의 감정을 상하게 하고 싶지는 않으므로 티를 내지 않으려고 애쓴다. "꼭 그렇게 해. 파티 최고의 미인이 되겠네." 내가 통로에서 공주처럼 뱅글 돈다.

나는 바지가 필요하지만 중고품 가게에서는 입어 볼 수 없으므로 여기서는 못 산다. 나는 다리가 두껍고 엉덩이가 볼록해서 맞는 바지를 찾기 힘들다. 그 대신 신축성 있고 봐줄 만한 원피스를 찾아보지만 하나도 없다.

이런 옷들은 여기로 오기 전에 누가 입었던 것일까, 왜, 어떻게 버려졌을까 항상 궁금하다. 가끔 얼룩이 보이면 어쩌다 생겼

* 유대교에서 남자아이가 13세가 되면 치르는 성인식.

을지 —커피, 머스터드, 피, 적포도주, 풀물 — 추측하면서 머릿속으로 이야기를 만들어낸다. 가장자리에 진흙 얼룩이 묻은 낡은 웨딩드레스를 발견했을 때처럼 말이다. 야외 결혼식 도중에 비가 내리기 시작하자 신부와 신랑이 운도 없다며 하늘을 원망하는 대신 손을 맞잡고 비를 피하러 나무 밑으로 달려가고, 옷이 젖고 머리 모양이 망가지고 화장이 번진 들러리와 하객들이 다 같이 웃는 장면을 상상했다.

이제 물건도 다 봤고 인내심이 바닥나기 시작한다. 눈이 가렵고 벼룩이 내 옷에 들러붙는 상상이 시작된다. 그만 나가고 싶지만 코너가 너무 즐거워 보인다. 그 애가 외바퀴 자전거를 타는 광대 그림 액자를 들고 미소를 지으며 다가온다.

"와, 여기 완전 멋진 거 있다. 이거 진짜 웃겨." 코너가 이렇게 말하고 웃는다.

"우리 그만 나갈래? 나 여기 별로야." 내가 목을 긁는다.

"무슨 뜻이야, 별로라니? 왜 그래? 같이 오고 싶다고 했잖아."

"응, 알아. 하지만 이제 가고 싶어. 나가도 돼? 미안." 갑자기 슬퍼지는 이유를 모르겠다. 나는 코너를 만나면 항상 신나지만 내 안에 나도 이해하지 못하는 묵직한 것이 있다.

"왜 그래?" 코너가 상처받은 표정으로 광대 그림을 빤히 본다.

"아무것도 아니야, 진짜야. 괜찮아. 그냥 피곤해서 그래, 정말이야." 지금까지는 만날 때마다 깔깔 웃고 키스를 나눌 뿐이었는데, 그걸 다 망치다니 정말 나답다.

"알았어, 그럼 가자." 코너가 물건들을 선반에 내려놓고 문쪽으로 걸어간다.

내가 쫓아가서 팔을 잡는다. "아니, 잠깐만. 고양이 스웨터랑 광대 그림은 사. 갖고 싶잖아. 이상하게 굴어서 미안해."

"뭐, 괜찮아. 넌 정말 괜찮아?"

나는 정확히 어떤 기분 — 한순간은 괜찮다가 갑자기 이렇다 할 이유도 없이 슬퍼진다고 — 인지 코너에게 말하기가 두렵다. 겁을 줘서 쫓아 버리고 싶지는 않다. "그냥 벼룩이 자꾸 떠올라서 좀 당황했어. 생리를 시작하려나 봐."

"아, 그렇구나. 그럼 초콜릿을 좀 사자, 그런 다음 해충이 없는지 내가 검사해 줄게." 코너가 이렇게 말하더니 내 머리카락에서 벌레를 떼어내는 척한다.

"으악, 징그러워." 내가 그의 손을 탁 쳐낸다. "초콜릿을 먹으면 기분이 나아질지 어떻게 알아?"

코너가 어깨를 으쓱한다. "우리 엄만 그렇던데."

"나도 그런 것 같아. 좋아, 제안을 받아들일게." 내가 코너의 손을 잡고 계산대로 이끈다. "서둘러, 나 진짜 험악해지기 전에."

빵집을 못 찾아서 우리는 근처 식료품점으로 간다. 유기농 사과 한 봉지가 우리 아파트 월세보다 비싼 고급 가게다. 코너와 나는 잠시 통로를 이리저리 기웃거린다. 우리 둘 다 같이 보내는 시간을 최대한 늘리려고 애쓰는 것 같다.

"어렸을 때, 아홉 살쯤이었던 것 같은데, 엄마랑 식료품 가게에 갔었는데 말이야." 청소용품 옆을 지나갈 때 내가 말한다. "너무 따분해서 모르는 사람들 카트에 황당한 물건을 몰래 넣었어."

"어떤 거?"

"변비약, 성인용 기저귀, 연고 같은 거. 지금 생각해 보니 전부 엉덩이랑 관련된 거네."

코너가 얼굴을 가리고 웃는다. "그래서 그 사람들은 어떻게 했어?"

"몇 명이 계산대에 가는 걸 지켜봤거든? 다들 당황하더라. 어떤 여자는 계산원한테 자기가 넣은 게 아니라고 계속 변명하고. 진짜 열 받은 것 같았어. 나는 완전 깔깔 웃었지. 내가 나쁜 사람인 걸까?"

코너가 고개를 돌려 나를 보더니 내 손을 잡는다. "너한테 이런 말은 하고 싶지 않았는데." 그런 다음 한숨을 쉰다. "넌 내가 평생 만난 사람들 중에서 제일 나빠, 두 손 들었어."

"우와, 아주 인상적인데. 자랑스럽기까지 하다."

코너가 진지하게 고개를 끄덕인다. "그래도 여전히 네가 좋아."

"너한테도 같은 말을 해 줄 수 있으면 좋을 텐데." 내가 장난을 친다.

코너가 웃는다.

과자류가 진열된 통로에 도착하자 코너가 내 양쪽 어깨에 손을 얹고 눈을 들여다본다. 나는 깜짝 놀란다. 키스하려는 걸까? 손이 떨린다.

"좋습니다, 레예스 씨. 마음에 드는 초콜릿을 골라 보시죠." 코너가 말한다.

"공정무역, 지속가능, 땅의 요정 공동체의 지역 생산 제품도 괜찮아?" 내가 장황하게 말한다. "난 그게 아니면 안 되거든. 기준이 아주 높아서 말이야."

"뭐든지." 코너가 미소를 짓는다. "네가 원한다면 명장이 만든 무농약 제품도 좋아."

"넌 여자 대하는 법을 아는구나." 내가 이렇게 말하고 코너의 뺨에 키스한다. "진짜 신사라니까."

코너가 부모님은 이번 주에 출장을 가고 퍼듀 대학교에 다니는 형은 주말에 안 온다면서 토요일 오후에 집으로 놀러 오라고 한다. 우리 동네 어른들은 전부 공장에서 일하기 때문에 나는 '출장'이라는 개념이 낯설지만, 멍청하다고 생각할까 봐 아무것도 묻지 않는다. 코너의 부모님이 아들을 믿고 집에 혼자 둔다는 사실이 충격적이다. 아마와 아파는 절대 우리만 집에 두지 않고 우리가 다른 집에서 자고 오는 것도 허락하지 않았다. 백만 년이 지나도 안 될 일이다, 사촌 집도 안 된다. 우리가 집이 아닌 곳에서 잔 것은 멕시코에 가서 마마 하신타의 집에서 지냈을 때뿐이다. 아마는 우리가 성추행을 당하거나 섹스를 할까 봐 늘 걱정했던 것 같다. 티브이에 키스하는 장면이 나오는 것도 싫어해서 등장인물 두 명이 분위기를 잡으면—절대 안 될 일이다— 티브이

217

를 끄고 코치나다스* 어쩌고 중얼거리면서 나가 버린다.

백인은 다른가 보다. 대수 수업을 같이 듣는 낸시가 오크 파크에 사는 백인 남자애와 사귄 적이 있는데, 그 애 부모님이 낸시를 집에 재워 줬다고 한다.

코너는 섹스를 기대하고 있을지 궁금하다. 나는 항상 그 생각을 하지만 이제 진짜 가능성이 생기니까 겁이 난다. 준비가 된다는 건 무슨 뜻일까? 어떻게 확신하지? 그러니까 내 말은, 난 코너가 좋고 키스를 할 때 보면 내 몸이 그것을 원하는 게 분명하지만, 어떤 의미가 될까? 원하는 것을 얻고 나면 코너는 나를 다르게 볼까? 하지만 또 생각해 보면 나 역시 원하는 것이다. 코너가 자신과 똑같은 행위를 했다는 이유로 나를 제멋대로 판단한다면 그건 진짜 말도 안 된다. 나는 침대에 누워서 더 이상 견딜 수 없을 때까지 생각하고 고민한다.

로레나의 조언이 필요하지만 아마 귀에 들어가면 절대 안 된다. 아마가 소파에 앉아서 담요를 뜨고 있기 때문에 나는 옷장으로 들어가서 문을 닫는다. 잡동사니와 낡은 옷이 든 상자들 때문에 비좁지만 여기가 이 집에서 제일 사적인 장소다.

로레나는 나보고 음부 털을 깎고 가라고 한다.

"어떻게 하는지 몰라. 왜 항상 여자들만 그런 귀찮은 걸 해야 돼? 하이힐, 티팬티, 면도, 제모, 탈색. 진짜 불공평해." 나는 화장하는 것도 원피스도 좋아하고 다리와 겨드랑이의 털은 밀

---

* 불결함, 더러움*cochinadas*.

218

수 있지만 나머지는 다 너무 큰 고역이다.

로레나가 한숨을 쉰다. "그래야 돼, 아니면 걔가 역겨워할 거야."

"필요가 없으면 왜 털이 나도록 진화했겠어? 거기에 털이 나는 이유가 있지 않을까?"

"세상에, 훌리아. 내 말 듣지도 않을 거면서 왜 굳이 전화까지 해서 물어보니?"

로레나의 말이 맞는 것 같다. "알았어, 어떻게 하는지 말해 봐."

"어떻게라니 무슨 뜻이야? 그냥 해."

"전부 다?"

"그래, 바보야."

"밀다가 베이면 어떻게 해?"

"안 베여. 천천히 해."

"아프겠지? 면도 말고 그…… **알잖아**. 윽. 무섭다."

로레나가 잠시 침묵을 지킨다. "처음엔 아프지만 나중엔 나아져."

나는 아마에게 시내의 아트갤러리에 간다고, 라틴아메리카 출신 여성 미술가들에 관한 새로운 전시회가 열린다고 둘러댄다. 가끔 나조차도 내 거짓말에 감탄하지만, 아마의 눈빛에 의심이 가득하다.

"아마, 너무 **심심해요**. 제발요."

"심심하면 청소나 하지 그러니? 집안일도 많은데." 아마가 말한다. "올가는 가고 싶은 데도 없었는데. 직장, 학교, 집. 그게 전부였지."

문화 체험이 필요하다고, 이 동네 때문에 (감성적으로도 지적으로도) 질식할 것 같다고 끝도 없이 애원하자 아마가 결국 허락한다. "거짓말은 아닌 세 좋을 거다. 결국 엄마가 다 알아내는 거 알지?" 아마가 주걱으로 나를 가리키며 이렇게 말하더니 가스레인지 쪽으로 돌아서서 플라우타스*를 튀긴다.

나는 먼저 약국으로 걸어가서 콘돔을 산다. 코너한테 있을지도 모르지만 모험을 하고 싶지는 않다. 하지만 이러면 헤퍼 보일까? 혹시 내가 콘돔 사는 걸 참견하기 좋아하는 이웃이 보면? 그러면 어쩌지? 하지만 어느 쪽이든 임신하거나 치명적인 성병에 걸리는 것보다는 낫겠지.

나는 기차를 두 번 갈아타고 에반스턴으로 간다. 집들은 거대하고 거리에 키 큰 나무가 줄지어 서 있다. 관목과 산울타리는 너무 꼼꼼하게 손질해 놔서 어이없을 정도다. 코너의 집이 부자일 거라고 짐작했지만 이 정도일 줄은 몰랐다.

역에 도착해 동쪽으로 (호수를 향해서) 걸어가면 되지만 나는 거의 20분 동안이나 길을 잃고 뱅뱅 돌다가 막다른 골목에 도착한다. 원래 방향치다.

* 밀가루 토르티야에 고기, 살사 등을 넣고 말아서 튀긴 멕시코 음식.

마침내 코너가 사는 블록에 도착해 손거울을 꺼내서 외모를 점검한다. 아이라이너도 안 번졌고 립글로스도 그대로다. 뺨에 났던 거대한 여드름이 사라져서 정말 다행이다. 며칠이나 얼음 찜질을 했지만 어찌나 고집 세고 뿌리가 깊은지, 두개골에 닿을 것만 같았다. 무덤까지 달고 가야 하나 생각하던 참이었다. 이름까지 지어 줄 뻔했다. 1, 2위 후보는 어슐라와 브룸힐다였다.

코너의 집은 거대한 포치로 둘러싸여 있고 창문도 엄청 크다. 집 한 채가 우리 아파트 건물만 하다. 그냥 돌아갈까 싶은 생각도 든다. 나는 긴장해서 머리카락을 잡아당기기 시작한다. 가랑이도 미친 듯이 간지럽다. 로레나가 시키는 대로 하는 게 아니었는데. 로레나가 섹스에 대해서 다 아는 건 아닐지도 모른다.

초인종을 누르고 코너가 나오자 갑자기 불안이 밀려온다. 코너는 푸 파이터스 티셔츠에 파자마 바지, 모카신 차림 — 교외에 사는 백인 남자애 그 자체다 — 이지만, 너무 멋있어서 아마 낡아 빠진 쓰레기 자루를 뒤집어쓰고 있었어도 나는 좋아했을 거다.

"너한테서 멕시코 음식 냄새난다." 코너가 나를 끌어안으며 말한다. "토르티야 튀김이나 뭐 그런 거 말이야. 배고파졌어."

굴욕적이지만 나는 웃음을 터뜨린다.

코너가 집을 구경시켜 준다. 코너가 쓰는 거대한 다락방 침실을 빼고도 2층짜리다. 나는 아무렇지도 않은 척, 별로 놀라지 않은 척하려 애쓰지만, 현실에서 근사한 집을 본 적은 아마와 함께 청소하러 갔을 때밖에 없다. 인테리어는 전부 전문가가 한 것 같고 티브이에나 나올 듯한 집이다. 부엌은 우리 집만 하고 가스 레인지 두 개(!) 위에 근사한 구리 냄비와 팬들이 걸려 있다. 거실에는 난로와 거대한 검정색 피아노까지 있다. 이 집은 진짜 부자다.

난로 선반에 사진이 잔뜩 놓여 있다. 코너의 엄마인 듯한 사람이 그네에 앉아서 웃고 있다. 밝은 갈색 머리카락과 주름진 눈이 똑같다.

"너 엄마랑 완전 똑같다." 내가 코너를 돌아보며 미소 짓는다.

"응, 다들 그렇게 말해. 하지만 내 생각에는 아빠를 더 많이 닮은 것 같아. 제러미야말로 우리 엄마의 남자 버전이지. 그냥 머리 짧은 엄마라니까."

"이 사람이 너희 아빠야?" 내가 야구장 앞에서 야구 모자를 쓰고 서 있는 키 큰 남자의 액자를 집어든다.

"아니, 그건 브루스야. 새아버지. 아빠는 못 본 지 5년 됐어. 지금은 독일에 사시거든."

"아, 몰랐어." 코너는 가족 이야기를 한 번도 안 했다. "거기서 뭐 하셔?"

"엔지니어야. 뮌헨에 사셔."

"언제 이혼하셨어?"

"내가 여섯 살 때. 아홉 살 때 브루스가 우리 엄마랑 결혼했고."

"새아버지는 어때?"

"엄청 보수적이야, 폭스 뉴스나 뭐 그런 거지 같은 것만 보고. 나랑은 생각이 많이 다르지만 친아빠보다 더 아빠 같아. 그건 확실해."

브루스가 소총을 들고 거대한 짐승 사체 앞에 서 있는 사진도 있다. 정확히 무슨 동물인지는 모르겠지만 장엄해 보인다. 배배 꼬인 기다란 뿔이 아름답다.

"이건 뭐야? 아, 이 동물 말이야."

"나선뿔 영양."

코너가 당황하는 것이 보여서 나는 더 이상 묻지 않는다.

코너가 주문한 태국 음식은 한 시간 내에 도착한다. 우리는 배달을 기다리면서 코너의 노트북으로 뮤직비디오를 본다.

"넌 정말 예뻐." 코너가 영상을 찾으면서 말한다.

"고마워." 얼굴이 빨개지는 것이 느껴진다.

"아니, 진심이야. 난 네가 정말 좋아."

나는 뭐라고 해야 할지 몰라서 메마른 손만 내려다본다. 손등 뼈가 튀어나온 부분이 추위 때문에 갈라져서 피가 난다.

"나도 너 좋아해, 그런 바지를 입고 있어도 말이야." 내가 놀린다.

"내 바지가 어때서?"

"어디서부터 시작해야 되니?" 내가 낄낄 웃는다.

"넌 진짜 너무해, 알고 있어?" 코너가 웃지 않으려고 애쓰면서 말한다.

"알아. 그건 이미 합의 봤잖아."

우리 둘 다 웃음을 터뜨리고, 그런 다음 조용해진다.

코너가 노트북을 내려놓고 나에게 키스한다. 전에도 키스는 많이 했지만 나는 손발이 떨려 온다. 코너가 알아차리지 못하면 좋겠다. 우리는 아주 오랫동안, 턱이 아플 정도로 키스를 계속한다. 코너가 내 위로 올라오더니 차가운 손을 셔츠 안으로 집어넣는다. 잠시 후에 코너가 내 바지를 벗기려 하지만, 신발부터 벗어야 한다. 내가 제일 두려워하던 부분이다. 다른 사람 집에서 신발을 벗을 때마다 유치원 시절 내 신발에서 바퀴벌레가 기어 나왔던 기억이 떠오른다. 그런 적은 한 번밖에 없지만 신발을 벗을 때마다 걱정이 된다. 바퀴벌레가 나를 망치려고 저기 어딘가에 숨어 있으면 어떻게 하지?

"잠깐만." 내가 말한다.

"왜 그래?" 코너가 고개를 갸웃한다. 걱정스러운 표정이다.

"음…… 그냥……." 내 시선이 방황한다. 너무 긴장돼서 코너를 볼 수가 없다.

"젠장, 너 아직 안 해 봤구나? 진짜 하고 싶어?" 코너가 양손으로 내 얼굴을 잡고 눈을 똑바로 바라본다.

"응, 진짜야." 내가 고개를 끄덕인다.

코너는 의심하는 표정이다.

"특별한 기분이 들지 않아? 네가 처음이 될 텐데? 왕관을 쓰고 뽐내면서 색종이 조각이라도 뿌리면 되겠다."

코너가 미소를 짓는다. "절대적으로 100퍼센트 확실해? 네가 준비 안 됐으면 난 하고 싶지 않아. 서두를 필요 없어, 알지?"

"응. 진짜야. 이제 입 다물고 키스나 해." 내가 웃으면서 코너를 더 가까이 끌어당긴다.

잠시 키스를 나눈 다음 코너가 소파 쿠션 밑에서 콘돔을 꺼 낸다. 준비했었나 보다. 코너가 콘돔을 끼우는 동안 나는 시선을 돌린다.

충격을 앞두고 몸이 경직된다. 상상했던 것보다 아프지만 안 그런 척한다.

"괜찮아?" 코너가 속삭인다.

"응."

뭘 해야 할지 잘 모르겠다. 무슨 말을 하거나 특정한 방식으 로 움직여야 하는 걸까? 나는 코너의 목에 입술을 댄 채 오랫동 안 숨을 참는다. 그런 다음 그에게 다리를 감고, 등을 끌어안고, 숨을 들이마신다. 코너의 냄새—깨끗한 동시에 땀 냄새가 난 다—를 정확히 어떻게 설명해야 할지 모르겠지만 좋다.

코너가 내 얼굴에 키스한 다음 입술을 깨물어서 나는 깜짝 놀란다. 나도 모르게 숨을 헉 들이마신다.

"미안." 코너가 말한다, 목소리가 가라앉았다.

아프긴 하지만 코너를 만지면서 키스하는 기분은 정말 좋 다. 그러면서도 내가 더러운 짓을 하고 있다는 생각이 자꾸 든다. 너무나 많은 감정이 하나로 뒤섞인다. 그리고 이 감각이, 소변이 라도 봐야 할 것 같은 느낌이 점점 쌓인다. 이런 감각은 처음이 다. 나쁘지는 않다, 강렬할 뿐이다.

다 끝나자 코너가 내 이마에 입을 맞추고 한숨을 쉰다. 나 는 얼른 옷을 입는다. 갑자기 너무 부끄러워서 코너를 볼 수가 없다. 섹스가 죄악이 아니라는 것을, 포유류의 정상적인 기능일 뿐이라는 것을 다 아는데 왜 잘못을 저지른 기분이 드는 걸까? 로레나는 절정에 다다르면 얼마나 좋은지 항상 장황하게 이야기를 늘어놓지만, 나는 못 간 것 같다. 그래도 피는 안 났다. 피가 날까 봐 무서웠었다.

코너가 나를 보며 씩 웃자 부끄러워진다.

"왜?" 내가 웃으며 고개를 돌린다.

"아무것도 아니야. 그냥 널 보고 있었어. 안 돼?"

"절대 안 돼." 내가 코너에게 농담을 한다.

"알았어." 코너가 이렇게 말하더니 손으로 눈을 가린다. "이제 뭐 할래? 영화 볼까?"

"그 바지 안 갈아입으면 집에 갈 거야." 내가 못마땅한 표정을 짓는다.

코너가 웃으며 나를 향해 손을 뻗고, 내가 가까이 다가가자 끌어당겨서 무릎에 앉힌다. 나는 코너를 끌어안고 그의 어깨에 얼굴을 묻는다.

집에 와 보니 부모님이 없다, 정말 다행이다. 아마는 분명히 내 표정을 보고 알아차렸을 것이다. 아마는 임신한 여자는 눈빛만 봐도 안다고 주장하는데, 어쩌면 내 처녀막이 없어진 것도 간파할지 모른다.

팟타이를 다 먹고 왔는데도 배가 너무 고픈데 먹을 게 하나도 없다. 어쩌면 섹스가 운동의 범주에 들어갈지도 모른다. 운동장을 뛴 것처럼 죽을 만큼 피곤하니 말이다. 식료품실과 냉장고를 다 뒤졌지만 토르티야도 한 장 없다. 양념, 달걀, 병 속에 동동 뜬 처량한 피클 한 쪽뿐이다. 냉동실도 실망스럽긴 마찬가지다. 옥수수 한 봉지와 올가가 죽기 전부터 있었을 법한 아주 오래된 와플 한 상자뿐이다. 당연히 너무 메말라 있어서 나는 시럽을 잔뜩 뿌린다. 상자를 버리려다 보니 뭔가 들어 있다. 매듭을 지어서 묶은 작은 비닐봉지에 금 목걸이 두 개, 반지 세 개, 열쇠 하나가 들어 있다. 올가의 방 열쇠. 올가의 방 열쇠가 분명하다.

갑자기 다섯 살 때 아마가 귀금속을 냉동실에 넣었던 기억이 떠오른다. 왜 거기다 넣느냐고 묻자 아마는 도둑이 들까 봐 대비하는 거라고 했다. 그때에도 나는 누가 왜 굳이 우리 아파트에 들어올까 생각했다. 우리는 훔칠 만한 것을 가졌던 적이 한 번도 없었다. 몇 달이나 집을 샅샅이 뒤졌지만 냉동실을 들여다 볼 생각은 전혀 못했다.

열쇠가 맞는지 확인해야 한다. 맞다.

그날 밤 나는 부모님이 잠들 때까지 기다렸다가 곧장 올가의 방으로 간다. 완전 먼지투성이인 것을 보니 아마는 안 들어왔나 보다. 나는 손가락으로 화장대에 내 이름을 썼다가 지운다. 시간을 거슬러 온 것처럼 이상한 기분이다. 나는 혹시 아마가 들어올 경우에 대비해서 노트북, 속옷, 란제리, 호텔 키를 가져 나와서 내 방에 숨긴다. 내일 학교가 끝난 뒤에 여벌 열쇠를 맞춰야겠다.

집에 와 보니 아마가 소파에 앉아서 판지 상자 세 개를 앞에 놓고 울고 있다. 처음에는 무슨 상황인지 이해가 안 가서 아마에 게 무슨 일이냐고 묻는다. 올가와 관련된 일인가 보다 생각하지 만 아마는 대답이 없다. 그제야 상자에서 비어져 나온 내 옛날 셔츠가 보인다. 중고 가게에서 산 색 바랜 빨간색과 파란색 셔츠인데, 너무 부끄러워서 입을 수가 없었다.

제길. 미친. 제길. 내 인생은 끝났다. 난 산송장이나 다름없다.

"뭐 해요? 상자가 왜 여기 나와 있어요?" 머리가 어지럽다.

아마가 고개를 젓는다.

"왜 내 물건을 뒤져요? 나한테 왜 그래요? 왜 가만히 내버려 두질 않아요?" 내가 양손으로 머리카락을 잡아당긴다. 숨이 막히는 기분이다.

"여긴 내 집이고, 뭐든 내 마음대로 할 거야. 멕시코 아이들한테 옷을 기부하려다가 내가 뭘 찾았는지 좀 봐라." 아마가 상자를 열고 올가의 속옷과 란제리, 호텔 키, 내가 산 콘돔 한 상자를 꺼낸다. "이게 뭐니?"

노트북은 내 배낭에 들어 있기 때문에 아마가 못 찾아냈다. 혹시 학교가 끝나고 코너를 만날 수 있을까 싶어서 종일 들고 다녔다.

속옷과 란제리, 열쇠가 언니 거라고 어떻게 설명할 수 있을까? 섹스를 했는데 임신할까 봐 걱정돼서 콘돔을 샀다고 어떻게 설명할 수 있을까? 아마한테 두 딸이 순수하지 않다고, 순수하지 않았을 거라고 어떻게 말할까?

"내 거 아니에요." 철심에 꿰뚫린 것처럼 몸이 꼿꼿하게 당겨진다.

"왜 엄마한테 늘 거짓말을 하니, 훌리아? 내가 뭘 잘못해서 이런 꼴을 당하는 거니? 네가 이럴 줄 벌써부터 알고 있었어. 어렸을 때부터, 태어나기도 전부터 나를 그렇게 힘들게 하더니." 말을 끝맺는 엄마의 목소리가 갈라진다. 눈물이 얼굴을 타고 흘러내리고, 손이 떨리고 있다. 나를 낳다가 합병증이 생겼던 일을 말하는 거다. 내가 거의 죽을 뻔한 것이, 엄마까지 같이 데려갈 뻔한 것이 내 잘못이라는 듯이 말이다.

나는 아무 말도 하지 않는다. 와이(Y) 자처럼 생긴 벽의 균열만 빤히 바라본다.

"지금 언니가 널 보면 뭐라고 생각하겠니? 이게 무슨 망신이니." 아마가 역겹다는 듯 시선을 돌린다.

"내 거 아니에요." 내가 계속, 계속 말한다. 몸이 덜덜 떨린다. "내 거 아니야. 내 거 아니야. 내 거 아니야."

아마에게 전화기를 압수당했다. 나는 매일 학교가 끝난 다음 공중전화 — 아마 시카고에 마지막 남은 공중전화일 거다 — 로 코너에게 전화를 건다. 등하굣길을 벗어나 다섯 블록을 걸어가서 25센트짜리 동전을 엄청 많이 써야 하지만 그럴 만한 가치가 있다. 가끔 로레나의 전화기로 통화할 때도 있다. 3주 동안 만나지 못했기 때문에 둘 다 힘들다. 대체로 나는 얼마나 불행한지 토로하고, 코너는 다 잘 될 거라고 말해 준다. 코너는 학

교가 끝난 다음 만나러 오겠다고, 20분밖에 못 봐도 괜찮다고 한
다. 정말 상냥한 말이지만 코너와 같이 있다가 아마한테 들키면
문제가 더 커진다. 너무 괴롭다. 전부 산산조각 나리란 걸 알았어
야 했는데. 나는 이 세상에 태어났을 때부터 행복해지면 안 된다
고 정해진 것 같다.

코너는 늘 이야기를 잘 들어 주지만 오늘은 왠지 거리감이
느껴진다. 코너가 세상 반대편에 있고 만화에서처럼 종이컵에
실을 이어 통화하는 것 같다.

내가 오늘 하루 얼마나 끔찍했는지 얘기한 다음에 코너가
너무 오랫동안 말이 없어서 전화가 끊긴 줄 알았다. 잠시 후 코너
의 한숨 소리가 들린다.

"훌리아, 내가 널 어떻게 도와야 할지 모르겠어."

심장이 무거워진다. "무슨 뜻이야?"

"나도 너한테 신경이 쓰이지만, 지금은 너무 힘들어. 안 그
래?"

"뭐가 너무 힘들어?"

"이제 널 만나지도 못하잖아. 전화 통화밖에 못하는데, 그때
마다 넌 울고. 어떻게 해야 할지 모르겠어. 매일 똑같잖아. 나한
테는 너무 힘들어. 네가 정말 좋지만…… 이런 식으로 어떻게 계
속하겠어? 너랑 사귀고 싶지만 실제로 **만날** 수가 없잖아. 무슨
말인지 알지?"

내가 울음을 터뜨린다. 지나가던 여자가 괜찮냐고 묻는다.
나는 고개를 끄덕이고 그냥 가시라고 손짓한다. "나도 널 만나고

싶지만 그럴 수가 없어. 어떻게 해야 할지 모르겠어. 질식할 것 같아. 이렇게 사는 건 더 이상 못 견디겠어. 제길, 왜 항상 아무것도 할 수가 없는 거야?" 내가 너무 세게 걷어차는 바람에 공중전화가 덜컹거린다.

"내가 널 어떻게 도울 수 있을지 모르겠어. 게다가 내가 그쪽으로 갈 수도 없잖아. 언제쯤 다시 만날 수 있을까? 알아? 평생 외출 금지는 아닐 거 아냐, 응?"

발밑에서 얼음 부서지는 소리가 들린다. 그 소리가 너무 싫다. 그럴 때마다 늘 이가 시린 느낌이다. "난…… 난……." 심호흡을 한 다음 무슨 말을 하려고 애쓰지만 아무 말도 나오지 않는다.

"넌 나한테 정말 중요해, 진짜야. 제발 믿어 줘."

"언제 상황이 좋아질지 나도 잘 모르겠어." 마침내 내가 말한다. "내가 아는 건 기분이 엿 같다는 거랑 이 세상 누구도 나를 이해하지 못한다는 것뿐이야."

"난 이해해. 적어도 그러려고 노력하고 있어."

"네가 어떻게 이해해? 내 인생이 어떤지 알기나 해? 나로 사는 게 어떤지 알아? 형제가 죽으면 어떤지 알아? 거지 같은 동네에 사는 게 어떤지 알아? 항상 감시 당하는 게 어떤지 알아?"

"모르겠지, 아마도." 코너가 조용히 말한다.

"아무도 몰라." 너무 크게 말하는 바람에 나 자신도 깜짝 놀란다. 평소와 같은 속도로 숨을 쉬기가 힘들다.

"내가 어떻게 하길 바라는지 모르겠어. 누구한테 얘기할 생각은 해 봤어? 치료 전문가나 상담 전문가한테? 네가 항상 말하던 그 선생님은 어때?"

　"난 다 망했어. 내가 진짜 어떤 사람인지 아무도 신경 안 써."

　"그만, 그만 좀 해, 응? 그렇지 않아—"

　"아무도 신경 안 써. 아무도. 아무도." 나는 이렇게 소리를
지르고 전화를 끊는다.

열여섯

아마가 수치스럽거나 부도덕한 물건이 또 없나 확인하려고 내 방을 뒤지는 바람에 나는 또 다시 외출 금지를 당한다. 처음에는 오래된 정향 담배와 엄마가 싫어하는 반바지밖에 못 찾았다. 하지만 그런 다음 아마가 영어도 잘 못하면서 내 일기를 읽어 본다. 불행히도 아마가 안 좋은 단어 몇 개를 알아보고, 그래서 '빌어먹을', '나쁜 년', '거지 같다', '섹스'라는 단어가 적힌 페이지를 모조리 찢는다. 전부 흔해 빠진 단어인데 말이다. 나는 소리를 지르면서 일기장은 제발 건드리지 말라고 애원하지만 아마는 결국 끝까지 다 읽고 열두 페이지 정도만 남긴다. 내가 히스테리를 부리면서 아마의 손에서 일기장을 뺏으려 하지만 아파가 나를 붙든다. 나는 바닥에 태아처럼 웅크리고 누워서 몇 시간 동안 엉엉 운다. 일어나고 싶은 생각이 들지 않는다, 머리 근처에서 바퀴벌레 한 마리가 기어가도 마찬가지다. 나에게 글을 쓰지 못하는 삶은 살 가치가 없다. 요즘은 빈껍데기가 된 느낌이라서 졸업할 때까지 어떻게 버틸지 모르겠다. 아마가 찢어 버린 시 중에는 몇 년이나 걸려서 쓴 것도 있는데, 이제 다 사라져 버렸다. 휙. 그냥 그렇게. 두 번 다시 못 보겠지. 내가 인생에서 제일 좋아하는 딱 한 가지를 빼앗겼다. 이제 난 어쩌지? 올가의 노트북은 배낭에 숨겨 놓았기 때문에 아마는 내가 가지고 있는 걸 모른다. 하지만 이제 그것도 별로 중요하지 않은 것 같다.

코너를 다시 만날 수 있을지 모르겠다. 마지막으로 통화한 지 3주가 지났지만 평생이 흐른 것 같다. 코너가 너무 보고 싶어서 참을 수가 없다. 여러 번 전화할 뻔했지만 막상 공중전화 앞에 가면 너무 긴장해서 돌아서 버린다. 뭐라고 말해야 할지 모르겠다. 이제 상황이 더욱 나빠졌으니 다시 울음을 터뜨리고 말 거다. 게다가 이제 코너는 분명 나와 함께하고 싶지 않을 거다. 내 모든 문제를 감당하고 싶은 사람이 어디 있을까?

크리스마스 연휴는 작년만큼이나 나빴다. 종일 방에 틀어박혀 있는 것과 힘겹게 수업을 들으면서 다른 사람과 억지로 말을 해야 하는 것 중에 뭐가 더 나쁜지 모르겠다. 가끔은 제정신으로 하루를 견딜 수 없어서 쉬는 시간에 화장실에서 우는데, 그러면 내가 더욱 한심하게 느껴진다. 로레나는 괜찮냐고, 뭐 도와줄 게 없냐고 계속 묻지만 나는 괜찮다고 말한다. **괜찮은** 것과 너무나 거리가 멀어서 이제 괜찮은 게 뭔지도 잘 모르겠지만 말이다. 심장이 가시로 뒤덮인 느낌이다.

잉맨 선생님은 왜 방과 후에 입학 준비를 하러 오지 않느냐고 묻는다. 선생님은 내가 대학 입학 자격시험에서 29점*을 받아서 흥분했다. 나도 완전 쓰레기가 된 기분만 아니었으면 아마 흥분했을 것이다. 나는 선생님을 계속 피하면서 어쩌다 우연히 마주치면 오후에 엄마랑 일을 하러 가야 한다고 말한다. 역사 담당인 응우옌 선생님은 나에게 기분이 어떠냐고 자주 묻는다. 걱정스러운 표정이지만, 내가 무슨 말을 할 수 있을까? 어떻게 설명할 수 있을까? 나는 계속 뻔한 생리 카드를 쓴다.

오늘 영어 시간에는 내가 제일 좋아하는 에밀리 디킨슨의 시에 대해서 토론했는데, 내 안에서 뭔가가 쪼개지는 기분이었다. 꿀벌이 나오는 부분에 대해서 이야기할 때는 눈물을 참느라 눈이 따가웠다.

오늘은 학교가 끝나고 집으로 걸어가는 대신 버스를 타고 시내로 나갔다. 어디로 갈지, 뭘 할지—돈도 목적지도 없다—, 전혀 모르겠지만 방에만 갇혀 있는 것은 하루도 더 견딜 수 없다. 이러다가 어떻게 될지는 신경 쓰지 않는다. 포기다.

나는 결국 밀레니엄 파크에 가기로 한다. 내가 갈 수 있는 자연에 가장 가까운 곳이면서 무료이기 때문이다. 아직 얼어붙을 듯이 추워서 물론 아무도 없다. 무슨 멍청한 이유 때문인지는 몰라도 한겨울에 시카고에 오는 게 좋겠다고 생각한 짜증 나는 관광객 몇 명뿐이다. 이곳의 추위는 야만적이고 비인간적이다. 왜 이런 곳에 오고 싶을까?

눈이 내릴 때는 예쁘지만 안 온 지 일주일 정도 됐다. 남아

* ACT는 36점이 만점이다

있는 눈은 곤죽이 되어서 회색이거나 개 오줌 때문에 노랗다. 겨울이 빨리 짐을 싸서 떠나 버리면 좋겠다.

원형극장은 아무도 없어서 평화로울 정도다. 은빛 건물은 우주선과 거미줄을 섞어 놓은 것 같아서 내 눈에는 좀 우스워 보이지만 다들 걸작이라도 되는 것처럼 항상 사진을 찍는다. 나는 로레나와 여름 콘서트를 보러 왔을 때가 떠올라 미소를 짓는다. 음악—세르비아에서 온 무슨 포크 밴드인가 그랬다—이 마음에 들지는 않았지만 달과 세 개의 처량한 도시 별 아래에 있으니 기분이 정말 좋았다. 언젠가 여름에 코너랑 같이 오면 좋겠다는 생각도 했었다.

하늘이 어둑어둑해지자 나는 스케이트 링크 쪽으로 걸어간다. 핫초콜릿을 사 먹게 몇 달러만 있으면 좋겠지만 집으로 돌아갈 버스비도 간당간당하다. 돈이 없는 게 지겹다. 내가 할 수 있는 것을 이 세상이 결정하는 듯한 느낌도 지겹다. 집으로 돌아가야 하는 건 알지만 움직일 수가 없다. 더 이상 이런 식으로 계속할 수는 없다. 내가 원하는 것을 갖지 못한다면 살아가는 게 무슨 의미가 있을까? 살아 있다는 느낌이 들지 않는다. 끝없는 형벌 같다. 몸이 덜덜 떨리고, 머릿속의 생각들이 뜨겁고 혼란스럽게 소용돌이친다. 숨을 제대로 못 쉬겠다.

"집에 가자, 집에 가자, 집에 가자." 나는 이렇게 혼잣말을 계속하면서도 그 자리에 가만히 서서 뺨이 새빨개진 금발 남자애가 작은 원을 그리며 스케이트 타는 모습을 지켜본다. 마침내 아이 엄마가 그만 갈 시간이라고 소리친다.

열일곱

병원 침대에서 눈을 뜨자 아마가 나를 보고 있다. 머리가 어찌나 아픈지, 누가 고기 두드리는 망치로 뇌를 쾅쾅 찧는 느낌이다. 잠시 내가 왜 여기 있을까 생각하지만 손목을 보자 어젯밤에 뭘 했는지 기억난다.

"미하." 아마가 내 이마를 짚으며 속삭인다. 손가락이 차갑고 축축하다. 겁에 질린 표정이다. 아빠는 문가에 서서 바닥을 내려다보고 있다. 부끄러워서인지 슬퍼서인지 둘 다인지 모르겠다.

무슨 말을 할지 모르겠다. 어떻게 설명할 수 있을까? 내가 울음을 터뜨리자 아마도 같이 운다. 나는 항상 삶에 서툴렀지만 이건 정말 멍청한 짓이었다.

땅딸막한 20대 남자와 옅은 갈색 머리와 초록색 눈을 가진 조금 더 나이 많은 여자가 들어와서 침대 발치에 선다. 흰 가운 차림에 클립보드를 들고 있지만 『보그』 같은 데 나와야 할 것 같은 여자다.

"안녕, 훌리아. 나는 쿡 선생님이고 이쪽은 우리 인턴 토마스야. 토마스가 우리의 대화를 부모님께 통역해 줄 거야. 어젯밤에 나 만난 거 기억나니?"

내가 고개를 끄덕인다.

"기분은 좀 어때?"

"괜찮아요. 머리가 좀 아픈 것만 빼고요." 내가 환자복으로 눈을 닦는다. "이제 가도 돼요? 부탁드릴게요."

"아니, 아직 안 돼. 미안. 네가 괜찮은지 조금 더 지켜봐야 하거든. 내일 아침에는 퇴원할 수 있을지도 몰라."

통역 때문에 약간 어수선하다. 머리가 계속 쿵쿵거린다. 너무 많은 사람들이 한꺼번에 말을 하고 있다. 나를 못 믿어서 통역을 안 맡기나 보다. 뭐라고는 못하겠다.

"난 괜찮아요, 진짜 맹세해요. 다시는 안 그럴 거예요. 얼마나 멍청한 짓인지 깨달았어요. 왜 그랬는지도 모르겠어요." 물론 왜 그랬는지 알지만, 그렇게 말하면 도움이 될 것 같지 않다.

쿡 선생님이 미안하다는 듯 미소를 짓는다. "이건 진짜 심각한 일이야, 홀리아. 우리가 널 도울 방법을 찾아야 해."

"〈뻐꾸기 둥지 위로 날아간 새〉 같지는 않겠죠? 만약 그러면 그 영화에 나오는 치프처럼 여길 박차고 나갈 거예요. 농담 아니에요. 맨손으로 음수대든 개수대든 뜯어서 창문을 깨고 들판으로 달려 나갈 거고, 아무도 날 두 번 다시 못 볼 거예요. 끝이에요." 내가 손가락으로 관자놀이를 문지른다. "머리가 왜 이렇게 아프죠? 전두엽 절제술이라도 했어요?"

토마스는 내 말을 어떻게 통역해야 할지 몰라서 어쩔 줄 모르겠다는 표정으로 우리만 보고 있다.

쿡 선생님이 다시 미소를 짓는다. "유머 감각은 잃지 않았구나. 좋은 신호야."

"있잖아요, 제가 미친 짓을 했어요. 다시는 안 할 거예요. 하느님께 맹세해요."

쿡 선생님이 부모님을 향해 돌아선다. "괜찮은지 확인하기 위해서 몇 가지 검사를 더 할 거예요. 그런 다음 거기서부터 계획을 세워야죠. 내일 퇴원시킬 수 있을지 알아보겠습니다."

아마가 고개를 끄덕이고 "감사합니다"라고 말한다. 아파는 크게 한숨을 쉬고 아무 말도 하지 않는다.

"진료실로 내려올 때가 되면 간호사 선생님이 알려줄 거야. 한 시간 안에는 부를게." 쿡 선생님이 이렇게 말하고 토마스와 함께 나간다.

진료실은 화분이 너무 많아서 꼭 작은 정글에 들어온 것 같다. 향수 냄새가 희미하게 나는데, 갓 세탁한 빨래, 배[梨], 봄비의 냄새가 섞인 향이다. 나는 진료실에 걸린 그림들을 보고 깜짝 놀란다. 쿡 선생님은 스타일이 우아해서 미술 취향이 이보다는 나을 줄 알았다. 그중 몇 점, 특히 연못에서 물을 마시는 기린 그림은 미친 사람들을 진정시키려고 그린 것 같다.

"기분이 어떠니?" 선생님이 미소를 짓지만, 동정하는 척하는 미소는 아니다. 진실하고 약간 상냥하다.

"괜찮아요."

"그래, 어쩌다 여기 오게 됐니? 무슨 일이 있었던 거야?"

"그냥 좀 휘말린 것뿐이에요." 나는 책상에 놓인 어린 여자애 사진을 바라본다. 쿡 선생님의 딸일까 궁금하다.

"언제부터 우울했니?" 쿡 선생님이 다리를 꼰다. 딱 달라붙는 빨간 원피스에 아름다운 고문 도구처럼 보이는 굽 높은 검정색 부츠를 신었다. 머리는 완벽한 모양으로 올렸고, 우아한 귀걸이가 반짝거린다. 나는 쿡 선생님이 시내에서 쇼핑을 하고, 퇴근후 포도주를 한잔 마시고, 규칙적으로 손톱 손질을 받는 부자라고 상상한다.

"음……. 모르겠어요. 꽤 오래됐어요. 언제라고 콕 집어 말하긴 힘들지만, 올가가 죽은 다음에 훨씬 심해졌어요. 그건 확실해요."

"언제부터 자해를 생각했니?"

"음, 미리 계획하거나 그런 건 아니에요. 그냥 어제 좀 터져버렸어요." 아파가 내 문을 쾅쾅 두드렸던 것이 떠올라서 부끄러워진다. "정말로 죽고 싶은 건 아니에요."

"확실하니?" 쿡 선생님이 눈썹을 치켜올린다.

내가 한숨을 쉰다. "대체로는요. 네, 그런 것 같아요." 낡은 초록색 이불보를 적시던 피가 떠오른다.

"뭐 때문인 것 같니? 우울한 느낌 말이야. 정확히 뭐 때문에 생겼을까? 무슨 일 있었니?"

"어떻게 설명해야 할지 모르겠어요. 그냥 어제 모든 게 한꺼번에 덮쳤어요. 더 이상 견딜 수가 없더라고요. 어젯밤에 집에

왔더니 몸이 덜덜 떨리고 배가 고프고 슬펐고, 빌어먹을 피넛버터 젤리 샌드위치를 먹고 싶다는 생각밖에 안 들었어요. 그래서 냉장고를 열었더니 콩 한 통이랑 우유 한 통밖에 없었죠. 그래서 '아, 진짜 거지 같아'라고 혼잣말을 했어요. 멍청하게 들리겠지만, 그냥 화가 났어요, 아시죠? 그랬더니 울음이 멈추지 않았어요."

"전혀 멍청하게 들리지 않아." 쿡 선생님이 걱정스러운 표정으로 뭐라 적는다. "어떤 점이 멍청한 것 같은데?"

"모르겠어요." 내가 말한다. "그러니까, 왜 모든 게 항상 고통스러울까요? 정말 별 거 아닌 것들까지도 말이에요. 이게 정상인가요?"

"가끔 사소한 일들이 우리 삶의 훨씬 더 큰 문제에 대한 상징이거나 계기일 수도 있어. 왜 그 특정한 순간 때문에 그렇게 힘들었는지 생각해 봐."

나는 가만히 앉아서 바닥만 본다. 뭐라고 말해야 할지 모르겠다. 깔개 한쪽 구석에 동물 발자국 같은 검정색 얼룩이 있다. 너무 조용해서 견딜 수가 없다. 내 뱃속에서 나는 꾸르륵거리는 소리가 선생님한테 들릴 것 같다.

"천천히 해." 마침내 쿡 선생님이 말한다. "서두를 필요 없어. 중요한 건 너한테 맞는 방식으로 곰곰이 생각하는 거야."

나는 고개를 끄덕이고 창밖을 한참 동안 바라본다. 풍경이 진짜 우울하다. 눈 내리는 주차장. 구름이 햇살의 흔적까지 모조리 지워 버렸다. 어떤 여자가 얼음 위에서 미끄러질 뻔한다.

내가 심호흡을 한다. "그건, 음, 어떻게 설명할 수 있을까요? 우선, 언니가 죽었어요, 그래서 완전 생지옥이었죠. 그리고…… 제가 너무 하고 싶은 게 있는데 할 수가 없어요. 내가 원하는 삶은 불가능한 것 같고, 그래서 너무…… 괴로워요."

"네가 원하는 게 뭔데?"

내가 한숨을 쉰다. "백만 가지는 돼요."

"나한테 말해 봐." 쿡 선생님이 빨간 원피스 밑단을 정리한다. 이렇게까지 완벽해 보이려면 피곤할까 궁금하다.

내가 생각을 정리하느라 다시 말을 멈춘다. 이유는 모르겠지만 나는 이 질문에 압도당한다.

"저는 작가가 되고 싶어요." 내가 마침내 말한다. "독립하고 싶어요. 내 삶을 갖고 싶어요. 심문받지 않고 친구들이랑 어울리고 싶어요. 사생활이 필요해요. 그냥 숨을 쉬고 싶어요, 아시겠어요?"

쿡 선생님이 고개를 끄덕인다. "알아. 어떻게 하면 그렇게 할 수 있을까? 널 가로막는 게 정확히 뭐지?" 선생님은 나를 평가하거나 뭐 그런 게 아니라 정말로 이해하려 애쓰는 것처럼 묻는다. 나에게 이런 식으로 말하는 사람은 거의 없다.

"저는 멀리 가고 싶어요, 대학에 가고 싶어요. 시카고에서 살기 싫어요. 여기서는 성장할 수 있을 것 같지가 않아요. 저는 부모님이 원하는 사람이 되고 싶지 않아요. 엄마를 사랑하지만, 엄마 때문에 미칠 것 같아요. 언니 때문에 속상한 건 알지만—우리 모두 그렇죠—, 정말 숨이 막혀요. 저는 올가와 전혀 다르고, 앞으로도 그럴 거예요. 내가 뭘 어떻게 해도 그걸 바꿀 순 없어요." 나는 천장을 바라보면서 집으로 돌아가면 어떻게 살게 될까 생각한다.

"다시 자해할 것 같니?"

"아뇨. 절대 아니에요." 나는 이렇게 말하지만, 반드시 사실이라고 할 수는 없다. 어떻게 확신할 수 있을까? 하지만 나는 상대방이 듣고 싶은 말을 한다. "엄마 얘기 다시 해도 돼요? 그 얘기로 돌아가도 될까요?"

쿡 선생님이 고개를 끄덕인다. "계속해 봐."

"엄마는 날 절대 안 믿는 것 같아요. 예를 들어서 엄마는 항상, 항상 먼저 물어보거나 노크도 하지 않고 제 방문을 열어요, 그래 놓고 내가 사생활이 필요하다고 말하면 웃죠. 제 얘기는, 그 말에 왜 웃을까요? 이건 하나의 예일 뿐이에요. 끝도 없이 계속할 수 있어요."

"아버지는? 아버지는 어떤 분이셔?"

내가 한숨을 쉰다. "아빠는…… 그냥 거기 계세요."

"무슨 뜻이지?" 쿡 선생님이 혼란스러운 표정을 짓는다.

"그러니까, 아빠는 **물리적으로** 거기 있지만 말을 거의 안 해요. 저한테도 거의 말을 안 걸고요. 내가 존재하지도 않는 것 같아요. 아니면, 가끔 아빠는 자기가 존재하지 않기를 바라는 것 같아요. 하지만 좀 이상해요. 항상 이렇게 나쁘지는 않았거든요. 어렸을 때는 저를 안고 다니면서 멕시코 이야기를 해 주셨어요. 아빠는 항상 좀 멀게 느껴졌지만, 열두 살인가 열세 살 때부터 저를 정말로 무시하기 시작했죠." 입 밖에 꺼내어 말하니 무척 신경이 쓰인다는 사실을 깨닫고 깜짝 놀란다.

"네 삶에서 그 시기가 어떻게 중요하지?"

내가 어깨를 으쓱한다. "전혀 모르겠어요."

쿡 선생님이 노트에 뭐라고 적는다. "뭔가 일이 있어서 아버지가 그렇게 되신 것 같니?"

"모르겠어요. 아빠는 무슨 일이든 아무 말도 안 해요."

"아버지는 어떻게 지내시는지 말해 볼래?"

"아빠는 종일 캔디 공장에서 일하신 다음 집에 와서 티브이를 보고 주무시러 가요. 제가 보기에는 좀 안 됐어요."

"왜 그렇지?" 쿡 선생님이 꼬았던 다리를 풀고 다시 나를 향해 몸을 숙인다. 무척 진지해 보인다.

"삶에는 그보다 더한 무언가가 있어야 하니까요. 삶이 아빠를 스쳐 지나고 있는데 아빠는 그걸 알지도 못해요. 아니면 신경을 안 쓰든지요. 어느 쪽이 더 나쁜지 모르겠어요." 내가 눈을 깜빡여 눈물을 삼킨다.

"아버지랑 어머니는 여기 이민 오신 거지, 맞니? 어느 나라에서 오셨어? 언제였지?"

"멕시코에서 1991년에요. 그해 말에 언니가 태어났어요."

"아버지가 가족을 떠나서 미국에 살러 오실 때 어떤 느낌이었을지 생각해 봤니? 아버지에게는 굉장한 트라우마였을 가능성도 있을 것 같은데. 음, 두 분 모두에게 말이야."

"그런 생각은 안 해 본 것 같아요." 내가 손등으로 눈물을 닦는다. 이제 눈물이 가차 없이 흐른다. "부끄럽네요."

"우는 게?"

내가 고개를 끄덕인다.

"감정을 드러내는 건 당연한 일이야. 그걸 부끄러워하면 안 돼." 쿡 선생님이 화장지를 건넨다. "여긴 그걸 쏟아내는 곳이고."

"바보가 된 기분이에요." 내가 말한다. "나약하고."

선생님이 고개를 젓는다. "하지만 넌 바보도 아니고 나약하지도 않아."

쿡 선생님은 나처럼 엉망인 아이들을 위한 외래환자 단기 프로그램에 참여하는 것에 부모님이 동의하면 내일 퇴원해도 된다고 말한다. 프로그램이 아침 9시부터 오후 4시까지이므로 학교를 일주일 빠져야 하지만, 거기서 보충 과제를 하면 된다. 그리고 병원에 갇혀 있는 것보다는 확실히 나을 것 같다. 주(州) 보험이 있기 때문에 비용은 최소라고 한다. 쿡 선생님의 말에 따르면 나처럼 가난한 사람들을 위한 것이다. 사실 선생님은 **가난**이 아니라 **저소득**이라는 단어를 썼지만 같은 뜻이다. 그게 더 예의 바르게 들리나 보다.

선생님은 또 치료를 위해서 일주일에 한 번 나를 만나고 싶다면서 약을 먹고 두뇌의 균형을 바로잡아야 한다고 했다. 나는 심한 우울증과 불안을 앓고 있다는데, 즉시 치료하지 않으면 다시 병원에 실려올 거란다. 병을 앓은 지 좀 되었고, 올가가 죽은 뒤에 훨씬 더 심해진 것이 분명하다. 내 머릿속에서 뭔가가 제대로 연결되지 않은 거다. 나는 놀라지도 않는다. 뭔가 잘못되었다는 것은 늘 알고 있었다. 그게 뭔지, 그리고 거기에 공식적인 이름이 있다는 사실을 몰랐을 뿐이다.

병실 창밖으로 도시의 불빛을 바라보고 있는데 간호사가 어깨를 톡톡 친다. 약 먹을 시간이다. 간호사 앞에서 약을 먹은 다음 입을 크게 벌려서 약을 정말로 삼켰는지 보여 줘야 한다. 쿡 선생님은 몇 주는 지나야 약효를 온전히 느낄 수 있을 거라고 한다. 지금은 감정이 완전 엉망이다. 토르타를 먹고 싶은가 하면 눈이 바싹 마를 때까지 울고 싶다.

내가 창문 반대쪽으로 돌아누워서 자려고 하는데 갑자기 길 건너 모퉁이에 서 있는 후앙가와 로레나가 보인다. 처음에는 두 사람이라고 믿지 못했지만 더 자세히 보니 로레나의 정신없는 머리와 삐삐 마른 다리를 보고 알았다. 둘이서 미친 듯이 손을 흔들면서 소리 지르지만 뭐라고 하는지 안 들린다. 내가 여기 있는 걸 어떻게 알았는지 모르겠다. 로레나는 통통한 분홍색 외투를 입고 손에 입김을 불고 있다. 후앙가는 엉덩이를 흔들고 닭처럼 팔을 퍼덕거리면서 우스꽝스러운 춤을 춘다.

내가 최선을 다해 춤을 따라 하자 둘 다 깔깔 웃는다. 나는 손을 흔들며 미소를 짓는다. 그렇게 몇 분이 지나자 추위가 두 사람을 쫓아낸다.

집 안 분위기는 고요하고 팽팽하다, 마치 모든 것들이 숨을 참고 있는 것 같다. 가끔 바퀴벌레가 재빨리 움직이는 소리가 분명히 들리는 것 같다. 부모님은 내가 무서운가 보다. 아빠는 평소처럼 침묵을 지키고, 아마는 내가 한때 자기 자궁에서 살았다는 사실을 이해할 수 없다는 듯 나를 본다. 엄마 아빠에게 이런 기분을 느끼게 해서 죄책감이 든다. 두 사람에게 상처를 줄 생각은 아니었는데.

그날 밤 나는 로레나와 거의 두 시간 동안 통화를 한 다음 올가의 방문을 열고 침대 안으로 기어 들어간다. 기분이 나아지려면 이 방법밖에 없다. 이제 음식도 위안을 주지 못하고, 그래서 조금 걱정된다. 머릿속에 아무것도 남아 있지 않아서 읽거나 쓸 수도 없다.

코너가 그립지만 전화하기가 무섭다. 몇 번 코너의 번호를 눌렀다가 벨이 울리기도 전에 끊는다. 지금 당장 만날 수도 없는데, 애초에 그게 문제였으니까. 나는 백만 년이 지나도 코너를 우리 집으로 초대하지 않을 것이고(그 이유는 **너무** 많다), 부모님에게 걱정을 끼치지 않으면서 에반스턴에 갈 방법도 없다. 하지만 위험을 무릅쓰고 올가의 노트북을 코너에게 가지고 가야 할지도 모른다. 노트북 비밀번호를 풀 희망이 코너밖에 없으면 어쩌지? 하지만 그럴 때가 아니다. 내가 집에서 나가면 부모님이 아마 경찰에 신고할 거다. 그리고 코너에게는 또 뭐라고 한단 말인가? 무슨 일이 있었는지 얘기하면 코너는 완전 당황할 거다. 비밀로 하려고 해도 내가 불쑥 말해 버리겠지. 난 무엇이든 혼자만 알고 있지를 못하는 것 같다. 코너가 나를 미쳤다고 생각하는 건 싫다. 그러면 정말로 겁을 먹고 도망칠 텐데, 그래도 코너를 탓할 수 없을 것이다.

얼핏 시트에서 올가의 냄새가 나는 것 같다고 생각하지만, 착각일 뿐이겠지.

열여덟

운동 치료 시간에 엄마들처럼 중성적인 머리 모양을 한 젊은 치료 전문가 애슐리가 각자 지금의 감정을 말한 다음 공을 마음대로 던지라고 한다. "공이 우리 감정을 나타내는 거야." 애슐리가 말한다.

내가 먼저 한다. "나는 과자가 먹고 싶다." 그런 다음 공을 가볍게 떨어뜨린다.

"고마워, 훌리아. 하지만 그건 감정이 아닌데." 애슐리가 최대한 부드럽게 말한다.

"저한테는 감정이에요. 저는 스낵을 향한 갈망에 완전히 압도당했어요."

"좋아, 그럼 그걸로 하자."

이제 에린의 차례다. 에린은 아빠한테 성희롱을 당했고 아주 느릿느릿 말한다. 발음을 길게 늘이기 때문에 무슨 말을 하든 전부 질문처럼 들린다.

"오늘은 기분이 어떠니, 에린?" 애슐리가 잘나가는 치료 전문가 같은 목소리로 묻는다. 가끔 그녀는 아기나 죽어 가는 강아지한테 쓸 법한 말투를 쓴다. 에린이 주변을 둘러보더니 공을 바라보는데, 그 시간이 영원처럼 느껴진다.

나는 빨리 하라고 소리를 지르고 싶지만 그 대신 창밖을 본다.

"나는…… 혼란스럽다?" 에린이 마침내 이렇게 말한 다음 공을 창문 쪽으로 던진다.

타샤가 바닥에서 공을 주워서 이렇게 말한다. "나는 정맥에 모래가 가득 찬 느낌이다."

나는 움찔한다. 타샤는 늘 저렇게 너무나 아름다운 말을 한다. 가끔 적어 두고 싶을 때도 있다. 타샤는 거식증이고 몸무게가 아마 40킬로그램도 안 나갈 거다. 연약한 손목은 금방이라도 부러질 것 같고, 땋은 머리는 길고 숱이 적지만 작은 체구에 비하면 너무 무거워 보인다. 야위긴 했지만 아름답다는 것을 알 수 있다. 속눈썹이 말도 안 되게 길고, 밝은 빨간색 립스틱을 발라 달라고 애원하는 듯한 입술을 가졌다.

그 다음은 루이스다. 루이스는 어렸을 때 새아버지한테 코드선이랑 옷걸이로 맞아서 여기 왔다. 새아버지가 루이스의 입에 총구를 물린 적도 있다고 한다. 이제 루이스는 자해를 하게 되었고, 팔부터 손까지 어지러운 분홍색 흉터들이 가득하다. 나는 이런 피부를 처음 봤다. 마치 루이스가 만들어낸 언어로 뒤덮인 것 같다. 루이스가 안 됐지만 무섭기도 하다. 그리고 운동복 위로 성기의 윤곽이 보이는 것도 불편하다. 누군가 그에게 말해 줘야만 한다. 이렇게 외설적인 모습에 노출돼서야 우리가 어떻게 나을 수 있을까?

루이스의 눈빛은 이상해서 무슨 말을 할까 두렵다. 잠시 후루이스가 '섹시한' 기분이라고 말하더니 미친놈처럼 웃는다. 그런 다음 공을 너무 세게 던져서 천장에 부딪칠 뻔한다.

다음은 조시다. 조시는 자살하려고 엄마의 약을 먹었지만 분홍 머리 여자친구(지금까지 여자친구 얘기를 세 번이나 했다)가 발견해서 911을 불렀다. 여드름 때문에 얼굴이 빨갛고 번들거린다. 피부가 너무 끔찍해서 보고 있으면 내 얼굴이 아플 지경이다. 분홍 머리 여자친구는 조시에게 어떻게 키스를 할까, 난 정말 모르겠다. 조시의 얼굴은 불이 붙은 것 같고, 물집이 잡힌 데다가 고름이 가득하다. 하지만 눈빛은 좋다. 가끔, 특히 햇빛을 받으면 아주 잠깐이지만 꿰뚫어 보는 듯한 느낌이 드는데, 그럴 때면 얼굴이 얼마나 울퉁불퉁하고 빨간지 다 잊게 된다. 어쩌면 여자친구 역시 그 눈빛을 봤는지도 모른다.

조시는 루이스의 말에 자극을 받았는지 '성적으로 흥분했다'고 말한다. 그런 다음 너무 격렬하게 웃어서 뺨의 여드름이 터져 피가 나지만 아무도 알려 주지 않는다. 애슐리가 쉬는 시간이라고 말할 때까지 조시와 루이스는 광대처럼 웃는다.

조시와 루이스와 나는 창가에 서서 밝은 녹색 원피스에 뾰족한 검정색 하이힐을 신은 금발 머리 여자가 서둘러 걸어가는 모습을 바라본다.

조시는 일하러 가는 창녀라고 말한다.

"왜 창녀라는 건데?" 내가 묻는다.

"걸음걸이를 봐. 하고 싶은 티가 나잖아." 루이스가 말한다.

"역겨워. 왜 여자에 대해서 그런 식으로 말해?"

루이스는 안 들리는 척한다.

뒤이어 가죽 재킷에 야구 모자를 쓰고 식당으로 들어가는 흑인이 보인다.

"저 사람은 마약을 팔아." 루이스가 말한다. "코카인이야, 틀림없어."

나는 타샤가 애들 이야기를 들었나 싶어서 돌아보지만 저 멀리 앉아서 무릎에 잡지를 올려놓은 채 허공을 보고 있다. 가끔 말을 걸어 보고 싶지만 타샤는 밀폐된 병 속의 공기처럼 조용하다.

"그러니까 너희는 성차별**에다가** 인종차별까지 한다는 거지? 너무 매력적이네." 내가 두 사람을 노려본다.

에린이 짙은 색의 짧은 머리를 매만지며 다가온다. "무슨 일이야? 무슨 얘기해?"

"훌리아가 우리 기분을 망치고 있어." 루이스가 엄지로 나를 가리킨다.

"닥쳐, 루이스. 추잡스럽게 좀 굴지 마."

"젠장, 뭐야. 딱딱하게 좀 굴지 마. 그냥 농담하는 거잖아. 세상에." 루이스가 내 어깨를 찌르더니 뭐라 대꾸를 하기도 전에 가 버린다.

음수대로 갔더니 숱이 적은 아프로 머리를 한 신입 앤트완이 다가와서 자기 여자친구가 되어 달라고 말한다. 여기 온 지 한 시간밖에 안 됐는데 벌써 파트타임 정신병원에서 여자를 꼬시려 하다니, 진짜 웃길 지경이다. "진심이야?" 내가 묻는다. "이게 진짜 지금 일어나고 있는 일이 맞니?" 내가 주변을 둘러보며 다른 사람들에게 말하는 척한다.

"왜 그래. 여기서 나가면 내가 영화 보여 줄게." 앤트완이 거대한 빗으로 머리를 쿡쿡 찌르며 말한다.

"첫째, 너 지금 열세 살은 됐니? 둘째, 난 남자친구 필요 없어. 자살 기도한 거 안 보여?" 내가 손목을 보여주며 말한다.

"내가 보살펴 줄게." 앤트완이 내 손을 탁 때리며 말한다. "할머니 차를 빌려서 데리러 갈 거야. 영화관까지 태워 줄게."

"앤트완, 넌 아직 어린애야. 즉 운전면허증이 없다는 뜻이고, 운전을 못한다는 뜻이지. 그리고 나는 보살핌 같은 거 필요 없어. 나는 내가 돌볼 수 있어."

앤트완이 고개를 젓는다. 나는 앤트완이 뭐라 더 말하기 전에 다음 치료 시간에 들어간다.

매일 똑같다. 운동 치료, 과제, 점심, 단체 치료, 미술 치료, 개별 치료, '마무리 모임'. 쉬는 시간에는 책을 읽거나 게임을 하거나 음악을 들을 수 있다. 우리는 무슨 음악을 틀지 정하면서 늘 싸운다. 저번에는 루이스와 조시가 헤비메탈을 듣자고 해서 내가 차라리 쥐를 넣은 샌드위치를 먹겠다고 말했다. 나는 공격적인 음악을 좋아하지만 헤비메탈을 들으면 사슬 감긴 상자에 갇힌 기분이 든다. 절대 싫다.

나는 가끔 창밖을 내다보면서 쉬는 시간이 끝날 때까지 멍하니 시간을 보낸다. 오늘은 타샤가 다가와서 내 옆에 선다.

"안녕." 타샤가 속삭인다. 나는 치료 시간이 아닐 때 타샤가 다른 사람에게 말하는 것을 본 적이 없다. 타샤의 모든 것이 너무나 조용하다, 마치 세상에서 자신을 지우려고 애쓰는 것 같다. 타샤는 꼭 해야 될 때만 말을 한다. 단체 치료 시간에는 일주일 내내 자몽만 먹었다고 말했다. 내가 그렇게 오랫동안 제대로 된 음식을 못 먹으면 아마 누군가를 칼로 찌르고 말 거다. 타샤는 너무작게 말해서 목을 길게 빼고 들어야 한다. 이렇게 섬세하면, 음식이 담긴 접시가 철천지원수처럼 보이면 어떤 기분일까 궁금하다.

"안녕." 내가 미소를 짓는다. "무슨 일이야?"

"벌써 여기가 지겨워 죽겠어."

"응, 나도 그래." 내가 손등 뼈로 유리창에 내 이름을 쓴다. "넌 여기 얼마나 다녀야 돼?"

"모르겠어. 말을 안 해줘. 상태가 얼마나 좋아지느냐에 달려있어." 타샤가 땋은 머리 타래를 손가락에 감는다. "너는?"

"5일. 잘하면 말이야. 또 다시 폭발하는 것만 피하면 될 것같아. 그 다음에는 상담을 받으러 다녀야 하는데, 그렇게 나쁘진않은 것 같아."

타샤가 잠시 말을 멈추고 내 손목을 본다. "정말 죽고 싶었어?"

뭐라고 말해야 할지 잘 모르겠다. 이런 질문에 뭐라고 대답하지? 죽지 않아서 다행이라고 생각하지만 사는 건…… 사는 건 끔찍하게 느껴진다.

"그때는 그랬을 거야. 하지만 지금은…… 아니, 별로 안 그래." 나는 이 말을 하면서 타샤를 보지 않는다. 창문에 떨어지기 시작하는 빗방울을 바라본다.

저녁 식사가 끝난 다음 아마가 아파에게 눈짓을 하더니 둘이서 고개를 돌려 나를 본다. "미하, 우리 생각에는 네가 멕시코에 가서 마마 하신타랑 지내는 게 좋을 것 같아."

"뭐요? 미쳤어요? 치료는 어쩌고요?"

"프로그램이 끝난 다음에 말이야."

"쿡 선생님은요? 그럼 선생님은 언제 만나요?"

"이번 주에 진료 받고, 멕시코에서 돌아와서 다시 가면 된다." 아파가 말한다.

내 생각에는 전혀 말이 안 된다. 어떤 사람들은 자식이 통제 불가일 때 고국으로 돌려보내면 모든 문제가 해결된다고 생각한다. 우리 학교에도 그런 애들이 몇 명 있는데, 대부분 깡패거나 임신 위험이 높은 여자애들이다. 보통은 갔다 와도 그대로다. 아니면 더 나빠지든가. 부모님들은 아이들이 가치 기준을 잃었다고, 지나치게 미국화되었다고 생각할지도 모른다. 그렇다고 해서 멕시코가 우리에게 섹스를 하지 말라고 가르칠까? 나한테 자살하지 말라고 가르쳐 준다는 걸까?

"학교를 너무 많이 빠져서 제때 졸업 못하면 어떻게 해요?"

아마가 한숨을 쉰다. "그렇게 오래 걸리진 않을 거야."

"안 갈래요." 내가 말한다. "절대 안 가요. 회복하려면 집에서 좀 더 쉬어야 해요." 내가 죄책감을 자극하려고 이렇게 덧붙인다.

아마와 아파가 눈짓을 주고받는다. 나를 어떻게 해야 할지 모르는 것이 분명하다. 둘 다 절박해 보인다.

"그래서 보내는 거야. 멕시코에 가면 좋아질 거야. 나을 거야." 아마가 냅킨을 접고 또 접는다.

"어떻게요?"

"할머니가 여러 가지를 가르쳐 주실 거야. 넌 좀 쉬어야 돼." 아마가 미소를 지으려 애쓴다.

"뭘 가르쳐 줘요? 요리? 그러면 제가 나을 거 같아요?"

"어렸을 때는 멕시코 가는 거 좋아했잖니. 늘 정말 행복해 보였어. 돌아오기 싫어했지. 기억 안 나니?"

그건 사실이지만, 인정하고 싶지 않다. 나는 사촌들과 밤늦게까지 노는 게 좋았다. 비 온 뒤 흙길의 냄새, 길모퉁이 가게에서 파는 자극적인 타라민드 캔디를 정말 좋아했다. 하지만 십대가 돼서 거길 간다고? 도대체 뭘 하지? 온종일 토르티야라도 만드나?

"신선한 공기도 마시고 말도 타면 되잖아. 마마가 그러던데 말 타는 거 좋아했다며. 괜찮을 거 같지 않니?" 아마가 나한테 이렇게 친절한 건 몇 년 만이다.

"관심 없어요." 아래층에서 고함치는 소리가 들린다.

아마가 한숨을 쉬고 천장을 본다. "아이, 디오스, 다메 파시엔시아*."

"대학은요? 수업을 너무 많이 빠져서 여름학기를 다녀야 하면요? 마지막 학기에 수업을 너무 많이 빠져서 지원한 학교에서 다 떨어지면요?"

"커뮤니티칼리지에 가면 되잖아, 언니처럼."

"언니는 졸업도 못했어요. 겨우 접수원이 될 거면 학교는 뭐 하러 다녀요?"

"접수원이 뭐 어때서? 등이 부서지도록 청소하는 것보다 훨씬 낫지. 적어도 앉아는 있잖아. 내가 그런 일을 할 수만 있다면 뭐든 하겠다." 아마가 열 받은 것 같다.

내가 가슴 앞으로 팔짱을 낀다. "알았어요. 접수원이 되다니, 완전 소원성취네요. 내가 세상에서 제일 하고 싶은 일이 전화 받는 거니까."

프로그램 마지막 날 아침, 나는 구석에서 혼자 카드 게임을 하고 있는 타샤에게 다가간다.

"여기 앉아도 돼?" 내가 의자를 꺼내며 묻는다.

타샤가 어깨를 으쓱한다. "그럼."

"그래서, 좀 나아졌니?"

---

* 오, 하느님, 저에게 인내심을 주세요 *Ay, Dios, dame paciencia.*

"가끔. 똑같은 질문에 계속 대답하는 게 힘들어. 사촌 얘기, 음식 얘기, 엄마 얘기 하는 것도 지겹고." 오늘 타샤의 목소리는 속삭임보다 조금 크다.

"그래, 무슨 말인지 알겠다. 나도 그래, 자해한 이유를 도대체 몇 번이나 물어보는 거야? 두 번 다시 안 한다고 아무리 말해도 안 믿어."

타샤가 고개를 끄덕인다.

"단체 치료가 무슨 도움이 된다는 건지 모르겠어. 다른 사람의 문제를 듣는다고 내 기분이 좋아지는 것도 아니고."

"가끔은 혼자가 아니라는 걸 알면 좋아." 타샤가 다이아몬드 퀸을 내려놓는다. "항상 아무짝에도 쓸모없는 인간이라고 생각하는 게 나 혼자만은 아닌 것 같아서."

"그 기분이 사라지기는 할까? 우리도 늘 행복한 정상인이 될 수 있을까?"

타샤는 한참 동안 말이 없다. "내가 정상인이 될 수 있을지 모르겠어. 그게 뭔지도 모르겠어. 가끔은 음, 한 1초 동안 행복하지만 금방 사라져 버려."

"나도 그런 것 같아. 기분이 좋아져도 된다는 확신이 안 생겨. 꼭 내 몸이 그걸 허락하지 않는 느낌이야. 그 대신 나한테 손가락 욕을 날리지."

"우리는 세로토닌이 부족한가 봐." 타샤가 팔의 딱지를 떼어 낸다. "뇌가 그걸 어떻게 만드는지 까먹었기 때문에 다시 가르쳐 줘야 해. 어디서 읽었어. 대충 그 비슷한 내용이야."

"이거 끝나면 부모님이 날 멕시코로 보낸대."

"멕시코? 젠장, 좋겠다. 나는 일리노이 밖으로 나가 본 적도 없는데."

"가기 싫어. 그런다고 무슨 도움이 된다는 건지 모르겠어. 부모님은 그냥 내가 무서운 것 같아."

"가 봐야 알겠지. 난 여기서 벗어날 수 있으면 정말 신날 텐데."

내가 출입문 근처에 서서 부모님이 데리러 오기를 기다리고 있을 때 에린이 나를 끌어안고 보고 싶을 거라고 말한다. 타샤는 입 모양으로 "잘 가"라고 말한 다음 멀리서 손을 흔든다. 조시는 하이파이브를 하더니 내가 언젠가 유명한 작가가 될 거라고 말한다. 루이스는 "행운을 빈다!"라고 소리를 지른 다음 낄낄 웃으면서 달려간다. 앤트완은 나를 쳐다보지 않으려 한다. 내가 이름을 불러도 바닥만 보고 있다.

밖으로 나와 보니 춥고 맑다. 얼굴에 닿는 바람이 기분 좋다. 종일 갑갑한 병원에 처박혀 있다가 나오니 질척질척한 회색 주차장조차 아름다워 보인다. 눈이 녹기 시작했고, 봄 냄새가 나는 것만 같다.

5일 동안 내 감정에 대해서 말하고, 내 감정에 대한 끔찍한 미술 작품을 만들고, 내 감정의 리듬에 따라 몸을 움직이고 나니 이제 학교에 갈 시간이다. 애들이 내가 사지 마비 환자라도 되는 것처럼 자꾸 빤히 본다. 누가 며칠 동안 어디 갔다 왔냐고 물어서 나는 "유럽"이라고 말한다. 소문은 빨리 퍼지는 법이고, 내가 소매와 팔찌로 손목을 집요하게 가리는 것을 다 알겠지만. 하지만 멍청한 애들 몇 명이 내 말을 믿자 나는 계속 거짓말을 하면서 아이디어가 떨어질 때까지 이야기를 꾸며낸다. 바르셀로나에 사는 돈 많은 친척 아주머니와 배낭여행으로 프랑스, 독일, 스페인을 돌아다닌 후에 페리를 타고 스칸디나비아로 가서 피오르드를 봤는데, 그때 누가 우리 물건을 훔치고 여권을 가져가는 바람에 우리는 국제 강도단에 들어갈 수밖에 없었고, 나는 경찰에 쫓기다가 죽을 뻔했지만 다행히 살아남아서 이렇게 이야기를 할 수 있게 되었다!

복도에서 마주친 후앙가가 나를 끌어안는다. "너무 마음이 아프다. 괜찮아?" 후앙가는 눈가에 흐릿한 멍이 남아 있고 대마초, 오드콜로뉴, 빨랫감 냄새가 난다. 무슨 일인지 묻고 싶지만 두렵다.

"난 괜찮아. 곧 신경안정제 약효가 나타날 거야."

"내 춤 마음에 들었어?" 후앙가가 씩 웃는다.

"사랑스럽더라. 감동해서 눈물 흘릴 뻔했잖아." 내가 양손을 가슴에 가져다 대고 얼굴을 찡그린다.

"그 표정 딴 데 가서는 짓지 마라. 무슨 일 있으면 언제든지 나랑 로레나한테 얘기해, 알지?"

"응, 알아. 고마워."

"이제 죽으려고 하지 마, 알았지?" 후앙가가 장난스럽게 나를 밀더니 자기 허리에 손을 얹는다.

후앙가가 이 말을 하는 태도 때문에 웃음이 터진다. "나 자살 너무 못하지 않냐?" 내가 깔깔 웃으면서 띄엄띄엄 말한다. "최악의 자살 기도 대회에 나가면 우승이라니까. 내가 바로 챔피언, 미국의 영웅이다! 미국! 미국! 미국!"

그러자 후앙가도 웃음을 터뜨린다. "기집애, 미쳤구나." 우리가 너무 깔깔대며 웃자 지나가던 아이들이 걸음을 멈추고 빤히 보지만 무시한다. 후앙가가 사물함에 몸을 기대고 손으로 사물함을 요란하게 마구 친다. 웃음이 잦아들려고 할 때마다 눈이 마주치는 바람에 다시 웃음이 터지고, 그러다가 종이 울린다.

점심시간에 만난 로레나는 눈물을 글썽거린다. 전화 통화는 했지만 로레나를 실제로 만나는 것은 몇 세기만인 것 같다.

"그만해. 하지 마. 난 괜찮아." 내가 속삭인다. "우리 이미 얘기했잖아."

로레나가 심호흡을 하고 색 바랜 자주색 스웨터 목 부분으로 눈을 닦는다. "왜 나한테 말 안 했어? 어떻게 이런 짓을 할 수가 있어?"

나는 눈을 감고 고개만 젓는다. 입을 열면 어떻게 될지 뻔히 아는데, 이제 지켜보는 사람들이 있어서 싫다.

쿡 선생님은 다홍색 스웨터 원피스에 두꺼운 오렌지색 목걸이, 갈색 카우보이 부츠 차림이다. 선생님이 몸에 걸친 것이 틀림

없이 우리 자동차보다 비싸겠지만, 선생님은 돈 자랑을 하거나 가난해서 유감스럽다는 기분이 들게 만드는 사람은 아닌 것 같다. 샘이 나지도 않는다. 내가 느끼는 것은 경탄에 더 가깝다.

나는 멕시코에 가는 것에 대해서 불평하고 싶지만 쿡 선생님은 데이트와 섹스에 대해서 다시 이야기하고 싶어 한다.

"할 말이 별로 없어요. 엄밀히 말해서 저는 남자친구를 사귄 적이 한 번도 없어요. 코너랑 사귈 줄 알았는데, 그렇게 안 됐죠."

"왜 안 됐어?"

"만날 수 없는 걸 못 견디겠대요. 나랑 사귀고 싶지만 그러려면 우리가 만날 수 있어야 한대요. 전 감옥에 사는 거나 다름없는데 어떻게 코너를 만날 수 있겠어요?" 우리는 이 이야기 — 전화 통화 — 를 이미 했지만 선생님은 다른 얘기를 캐내려는 것 같다.

"그게 정당하다고 생각하니?" 쿡 선생님이 묻는다. "그 애가 너한테서 더 많은 것을 원하는 게?"

내가 어깨를 으쓱한다. "그런 것 같아요."

"왜 코너의 말을 끝까지 듣지 않았니? 넌 코너가 감정을 표현할 기회도 주지 않고 헤어지려는 거라고 혼자 단정했잖아. 너의 괴로움을 걔한테 투사했을 수도 있지 않을까?"

"하지만 전 그렇게 될 줄 알고 있었어요. 코너가 왜 나랑 사귀고 싶겠어요? 난 너무 힘든 상대잖아요, 제 인생이 그렇죠 뭐."

쿡 선생님은 더 이상 파고들지 않지만 나는 선생님 스타일을 이미 안다. 이 이야기를 다시 꺼낼 거다. "좋아, 네가 자해한 날 이야기를 다시 해 보자. 어쩌다가 그렇게 됐지?"

"엄마가 콘돔이랑 속옷을 발견하자 제 삶 전체가 허물어지는 것 같았어요. 지금 생각해 보니까 원래부터도 우울했지만—확실히 그랬죠—, 엄마가 나한테 불같이 화를 내니까 너무 끔찍했어요. 엄마는 나한테 말도 거의 안 하고 몇 주 동안 집 밖에도 못 나가게 했어요. 안 그래도 엄마는 올가가 나 때문에 죽었다고 생각하고 있었는데, 그런 일까지 생기니까 엄마가 정말로, **정말로** 날 미워하는 것 같았어요. 난 절대 엄마가 원하는 사람이 못 될 거예요. 그리고 코너 때문에 슬펐어요, 개랑 같이 있으면 기분이 좋았거든요. 전 코너 덕분에 웃을 수 있었고, 평생 처음으로 누가 나를 정말로 **이해할** 수도 있다는 느낌이 들었어요. 아시겠죠?"

쿡 선생님이 고개를 끄덕이고 얼굴에 흘러내린 머리카락을 치운다. "정말 고통스러웠겠다. 그런데 왜 엄마한테 네 속옷이 아니라고, 언니 거라고 설명하지 않았니?"

"제 말을 안 믿을 것 같았고, 혹시 믿는다 해도 그러면 엄마가 망가질 것 같아서요. 사실 엄마한테 올가는 완벽한 딸이었거든요. 그런 엄마한테 올가가 완벽하지 않았다고 어떻게 말할 수 있겠어요?"

"섹스에 대해서 이야기한 적은 없니? 엄마랑?"

"없어요. 음, 직접적으로는요. 그냥 가끔 엄마가 이런저런 얘기를 하는 정도예요. 기본적으로 우리 엄마는 섹스가 결혼하지 않은 사람이 저지를 수 있는 최악의 잘못이라는 듯이 말해요."

"넌 어떻게 생각하는데?"

"뭐가 그렇게 대수인지 모르겠지만, 그래도 죄책감이 들어요. 두 가지 감정이 상충해요. 그러니까, 논리적으로는 괜찮다고 생각하지만 그래도 죄를 저지른 듯한 느낌이 들어요, 다들 그 사실을 알게 되면 나한테 돌을 던질 것처럼 말이에요."

"섹스는 인간의 정상적인 경험의 일부에 불과하지만, 불행히도 많은 사람들이 거기에 커다란 수치심을 덧붙이지." 쿡 선생님이 다리를 꼰다. 나도 카우보이 부츠를 사야 할까 보다. 저 끝내 주는 부츠로는 누군가를 다치게 할 수도 있을 것 같다.

"네, 엄마는 악마의 소행이라고 생각해요. 있잖아요, 저는 그냥…… 그냥 불공평한 느낌이 들어요. 삶 전체가 불공평하고 내가 엉뚱한 장소, 엉뚱한 집안에 잘못 태어난 것 같아요. 전 어디에도 속하지 못해요. 부모님은 저를 전혀 이해 못하세요. 언니는 죽었고요. 전 가끔 바보 같은 티브이 프로그램을 봐요, 그런 거 아세요? 엄마랑 딸이 감정을 솔직하게 털어놓고, 아빠는 아이들을 데리고 나가서 야구를 하거나 아이스크림을 사주거나 뭐 그러는 프로그램요. 그걸 보면서 저게 나라면 좋겠다고 생각해요. 인생이 시트콤이랑 똑같기를 바라다니 정말 바보 같죠, 저도 알아요." 내가 또 울음을 터뜨린다.

"전혀 바보 같지 않아. 넌 그걸 전부 누릴 자격이 있어."

부모님이 자러 들어가자 나는 또 다른 단서를 찾아서 올가의 방을 뒤진다. 내일 멕시코로 출발하기 때문에 지금 코너에게 전화를 건다 해도 노트북 비밀번호를 풀 수는 없다. 언니가 어떤

가에 비밀번호를 적어 놓았을지도 모른다. 나도 이메일 비밀번호를 자꾸 까먹어서 노트에 적어 놓았다. 어쩌면 올가도 기억력이 나빴을지 모른다. 나는 잡동사니 서랍의 자질구레한 물건과 노트를 전부 뒤진다. (아주 약간이라도 흥미로운 것은 하나도 없다.) 언니에 대한 내 생각이 틀렸으면 어떻게 하지? 내가 알던 대로 다정하고 따분한 올가면 어떻게 하지? 그냥 겉모습 밑에 다른 뭔가가 있었다고 내가 생각하고 싶은 거라면? 내가 늘 그렇듯이 마음이 너무 배배 꼬여서 언니가 완벽하지 않았기를, 그래서 나만 이렇게 엉망진창인 기분이 들지 않기를 바라는 거면 어쩌지? 결국 언니의 낡은 플래너를 또 한차례 팔락팔락 넘겨보다가 접힌 영수증을 발견한다. 숫자와 문자가 적혀 있고 동그라미가 쳐져 있다. 이유는 모르겠지만 이걸 보니 왠지 묘한 느낌이 든다. 그래서 노트북에 입력해 본다. 반응이 없다. 다시 입력한다. 반응이 없다. 세 번째로 입력하자 화면이 나타난다. 이게 통하다니, 믿을 수가 없다.

올가의 하드 드라이브에는 앤지랑 찍은 따분한 사진 몇 장과 예전에 쓴 경영학 개론 수업 과제 정도뿐, 특별한 것이 없다. 하지만 운 좋게도 옆집 와이파이가 연결되었고, 올가의 이메일 비밀번호는 노트북 비밀번호랑 똑같다. 수많은 회사에서 온 스팸 메일이 수백 통은 쌓여 있다. 스팸봇은 사람이 죽어도 모르겠지. 죽은 사람한테 광고를 하다니, 너무 무례하다. '전 품목 50% 할인!! 신발 원 플러스 원 판매!!! 완벽한 비키니 몸매를 위한 비타민.' 나는 광고가 아닌 메일을 찾아서 스크롤을 끝도 없이 내린다.

마침내 나왔다. 지금까지 내가 찾아 헤매던 것이다.

Chicago65870@bmail.com

오전 7:32 (2013년 9월 6일)

왜 이러는 거야? 난 당신한테 줄 수 있는 모든 것을 주고 있어. 모르겠어? 내가 사랑하는 거 알잖아, 왜 항상 죄책감을 느끼게 만드는 거야?

세상에, 언니가 도대체 무슨 짓을 하고 있었던 거지? 남자친구가 있었던 건 확실하다. 대체 누구일까? 나는 제일 오래된 메일을 찾아서 차례대로 읽는다. 수백 통은 되기 때문에 시간이 정말 오래 걸린다. 심장이 쿵쾅거린다.

Chicago65870@bmail.com

오전 1:03 (2009년 9월 21일)

당신이 계속 생각나.

---

losojos@bmail.com

오전 1:45 (2009년 9월 21일)

저도요. 언제 다시 만날 수 있어요? 매일 출근해서 당신을 보는 게 얼마나 힘든지 알아요? 아닌 척하기가 힘들어요. 당신이 근처에 올 때마다 심장이 미친 듯이 뛰어요.

Chicago65870@bmail.com

오후 10:00 (2009년 11월 14일)

내일 식당에서 만나서 점심 같이 먹자. 아무한테도 안 보이게 안쪽에 앉아. 내가 좋아하는 빨간 셔츠 입고.

---

losojos@bmail.com

오후 8:52 (2010년 1월 14일)

그 여자한테 언제 말할 거예요? 기다리기 지쳤어요. 약속했잖아요. 계속 이럴 순 없어요. 당신을 사랑하지만, 당신은 나를 산산조각 내고 있어요. 날 죽이고 있어요.

Chicago65870@bmail.com

오전 12:21 (2010년 1월 28일)

곧 할 거야. 이미 말했잖아. 얼마나 복잡한 일인지 당신은 몰라. 난 애들을 생각해야 돼. 애들한테 상처 주고 싶지 않아. 내가 당신을 얼마나 사랑하는지 알잖아. 모르겠어? 그게 이해가 안 돼? 제발 그렇게 이기적으로 굴지 마. 내일 C에서 만나자. 오후 여섯 시에.

---

losojos@bmail.com
오후 8:52 (2010년 1월 29일)

'이기적'이라니 무슨 뜻이에요? 난 당신을 기다리는 것 말고는 아무것도 안 하잖아요. 계속할 수 있을지 모르겠어요. 난 망가지고 있어요. 먹지도 못하고, 잠도 못 자요. 우리가 결국 함께할 날을 생각하는 것 말고는 아무것도 할 수가 없어요. 당신은 신경도 안 써요?

그러다가 인터넷이 끊겼다. 책을 거의 다 읽었는데 마지막 장이 반으로 찢어져 있는 느낌이다.

따분하고 성실한 올가가 유부남이랑 섹스를 하고 있었다니. 그러자 거의 모든 것이 설명된다. 먼 곳을 보는 듯한 눈빛, 호텔 키, 속옷, 커뮤니티칼리지를 졸업하지 못한 이유. 올가는 수업을 듣는 대신 이 남자를 만났다. 이 남자는 몇 년 동안이나 언니를 옭아맸다. 이 사람이 정말 자기 때문에 아내와 헤어질 거라고 믿다니, 어떻게 그렇게 바보 같을 수 있었을까? 나는 책도 많이 읽고 영화도 많이 봤기 때문에 그런 일은 절대, 절대로 일어나지 않는다는 것을 안다. 이 사람은 누구일까? 몇 살이었을까? 어떻게 하면 이 사람에 대해서 더 많이 알아낼 수 있을까? 이메일은 너무나도 비밀스럽다, 두 사람 다 들킬까 봐 조심하는 것 같다. 내가 파악한 바로는, 이 남자는 언니랑 같은 직장에서 일하고, 결혼했고, 애들이 있다. 하지만 아직 읽어 봐야 할 이메일이 수없이 많다.

아무런 눈치도 못 채다니, 어쩜 그렇게 멍청했을까? 하지만 또 생각해 보면, 누군들 눈치챌 수 있었을까? 올가는 이 모든 것을 고대의 무덤처럼 묻고 봉인했다. 평생 나쁜 딸 취급을 받은 것은 나였지만 언니는 비밀리에 다른 삶을, 아마를 작디작은 조각으로 산산이 부술 만한 삶을 살고 있었다. 이미 죽어 버린 올가에게 화를 내고 싶지 않지만 분노가 치민다.

"제기랄, 올가." 내가 숨죽여 중얼거린다.

마마 하신타의 집에서는 인터넷이 안 될 테니 노트북을 로스 오호스로 몰래 가져가 봐야 소용없다. 노트북을 가장 안전하게 둘 수 있는 곳은 올가의 방이다. 아마가 절대 안 들어오는 것이 거의 확실하다. 만약 아마가 노트북을 찾아낸다 해도 어떻게 해야 할지 모를 것이다. 사촌 필라르는 시내에 인터넷카페가 새로 생겼다고 했다. 컴퓨터는 엄청 낡았겠지만 거기서 나머지 이메일을 읽을 수 있을지도 모른다. 나는 영수증을 내 일기장에 끼운다.

열아홉

멕시코에 착륙하자 온몸이 땀투성이다, 기분 나쁠 정도다. 비행기를 타고 오는 내내 심한 폭풍우 때문에 나는 좌석을 꽉 붙잡고서 추락사를 걱정했다. 한순간은 죽고 싶다가 돌아서면 또 아니다. 삶이란 그렇게 이상하다. 겨드랑이가 땀으로 푹 젖었다. 멕시코에서 '산뜻한 새 출발'을 한다고 말하기는 어렵겠다. 가방 속에 넣어 둔 물병을 찾아보니 물이 새서 소지품이 다 젖었다. 뚜껑을 제대로 안 닫았나 보다. 이유는 모르겠지만 나는 **항상** 그런다. 이렇게나 조심성이 없다. 얼마나 젖었나 뒤적이다가 올가의 영수증이 생각난다. 일기장을 펼쳤더니 거기 있지만, 당연히 젖어서 다 번졌다. 알아볼 수 있는 것은 숫자와 문자 몇 개밖에 없고, 제일 두려운 것은 언니 노트북의 비밀번호를 해제했는지 기억이 안 난다는 사실이다. 정말 나답다, 항상 스스로 일을 어렵게 만든다. 코모 메 구스타 라 말라 비다*. 제길. 이제 어쩌지?

* 나는 힘들게 사는 걸 정말 좋아한다 *Como me gusta la mala vida.*

티오 추초는 내가 어렸을 때부터 가지고 있던 낡고 녹슨 픽업트럭을 타고 공항으로 마중을 나왔다. 머리카락은 희끗희끗하고 헝클어졌지만 콧수염은 아직 까맣고 깔끔하게 다듬어져 있다. 티오는 가난한 사람들이 그렇듯 은으로 이빨을 씌웠고, 마지막으로 봤을 때보다 훨씬 더 나이가 들었다. 포옹할 때 티오의 옷에서 땀과 먼지 냄새가 난다. 아마 말에 따르면 티오는 아내가 죽은 이후 예전 같지 않다. 나는 어렸기 때문에 그 일이 언제였는지 기억이 안 나지만, 티오에게서는 어딘가 망가진 느낌이 난다. 그리고 그 느낌은 절대, 절대로 사라질 것 같지가 않다. 그래서 재혼을 안 했나 보다. 티오에게는 자식이 하나—내 사촌 안드레스—밖에 없는데 지금 아마 스무 살쯤 됐을 것이다.

로스 오호스는 네 시간쯤 떨어진 깊은 산속에, 인적이 드문 곳에 있다. 도로를 달리기 시작하자 티오 추초가 학교는 어떠냐고 묻는다. 내가 힘든 시간을 보내고 있다고 들었기 때문이다. 나는 티오가 얼마나 알고 있을까 생각한다. 티오는 내가 성적이 나빠서 여기로 보내졌다고 생각하는 것 같다. 굳이 바로잡아 줄 생각은 없다.

"괜찮아요. 그냥 빨리 대학에 가고 싶어요."

"잘 됐네! 그런 말이 듣고 싶었다, 미하. 다른 가족들처럼 당나귀같이 일하지는 말아라." 티오가 자신의 옹이 진 손을 보여주더니 내 손을 본다. "이것 좀 봐! 돈 많은 여자의 손이구나."

"저는 작가가 되고 싶어요." 내가 티오 추초에게 말한다.

"작가? 뭐 하러? 작가는 돈 못 벌어, 알지? 평생 가난하게 살고 싶은 거냐?"

내가 눈을 굴린다. "저는 가난하게 살지 않을 거예요."

"꼭 좋은 사무실에서 일해라. 잊지 마, 당—"

"—나귀같이 일하지 마라." 티오가 말을 마치기도 전에 내가 말한다.

티오 추초가 웃는다. "그럼. 너도 알고 있겠지."

내가 고개를 끄덕인다. 다들 나에게 사무실에서 일하라고 늘 말하는데, 그 말은 나를 전혀 모른다는 뜻이다. 그래서 나는 어떻게 살고 싶은지 절대 말하지 않는다.

"올가 일은 참 가슴이 아프구나." 티오가 마침내 말한다. "너무 안타까워. 정말 착한 애였는데. 우리 모두 올가를 정말 사랑했지. 아이, 미 포브레 에르마나, 라 이노센테*."

내가 움찔한다. 티오는 올가를 잘 몰랐다. 아무도 몰랐다.

날은 맑고 하늘에는 통통한 구름만 몇 점 흩어져 있다. 시에라마드레산맥은 아주 황량하고 말도 안 되게 높기 때문에 나는 설명할 수 없는 두려움에 휩싸인다. 나는 잠시 시에라마드레를 자세히 살펴본 다음 억지로 시선을 돌린다.

"언니가 보고 싶지만 이젠 좀 나아졌어요." 내가 마침내 티오 추초에게 말한다. "시간이 약이라고 하잖아요." 이 말은 사실이 아니고, 티오는 그것을 누구보다도 잘 안다. 하지만 나는 사람

---

* 아, 불쌍한 내 조카, 순진한 것Ay, mi pobre hermana, la inocente.

272

들을 편하게 해 주려고 그냥 이렇게 말한다.

티오가 한숨을 쉰다. "알고 있겠지만 우리는 비자를 받을 수 없어서 장례식에 못 갔단다. 물론 돈도 없고. *케 라스티마**. 다들 무척 슬퍼했단다. 가족을 위해서 가고 싶었는데 말이다."

"이해해요." 내가 말한다. 나는 더 이상 언니 이야기를 하고 싶지 않아서 잠든 척하다가 진짜로 잠이 든다.

나는 턱 밑으로 침을 뚝뚝 흘리며 잠에서 깬다. 네 시간 가까이 잤는지, 차가 마마 하신타의 집으로 들어서고 있다. 땅이 건조해서 먼지가 일고, 목이 마르고 입에서 신맛이 난다.

마마 하신타가 두 팔을 활짝 벌리고 눈물을 글썽이며 트럭으로 달려온다. 나를 끌어안고 얼굴에 입맞춤을 퍼붓는다. 기억 속에서처럼 따뜻하고 부드럽지만, 짧게 자른 머리가 이제는 완전히 회색이다.

"미하, 미하, 너무 예쁘구나." 마마 하신타가 거듭해서 말한다. 나도 울음을 터뜨린다.

할머니 뒤에 사람들이 모여 있다. 친척 아주머니들, 아저씨들, 사촌들, 내가 모르거나 기억 못하는 사람들. 사촌 발레리아는 나보다 몇 살 위지만 이제 애가 셋인데, 전부 새끼 독수리 같다. 티아 페르미나와 티아 에스텔라는 여기서 마지막으로 봤을 때랑 거의 똑같다. 몬테네그로 여자들은 잘 안 늙나 보다. 두 사람의

---

* 정말 애석하지*Que lástima*.

남편인 티오 라울과 티오 레오넬이 카우보이모자를 쓰고 옆에 서 있다.

티아 페르미나와 티아 에스텔라가 미하, 니냐 에르모사, 치키타*, 라고 부르며 한참 동안 나를 끌어안는다. 두 살 난 어린애가 된 기분이지만 기분이 좋았다는 것은 인정해야겠다.

미마 하신타의 밀에 따르면 여기 모인 사람들은 다들 내 친척이다. 나는 그저 고개를 끄덕이고, 미소를 짓고, 당연히 모두의 뺨에 입을 맞춘다.

마마 하신타의 집은 내가 마지막으로 왔을 때보다 더 밝은 분홍색이고, 어도비 벽돌 일부는 금이 갔다. 콘크리트로 증축한 부분은 원래 집의 차분한 색깔과 대비되어 거칠어 보이지만, 로스 오호스의 집들은 대체로 오래된 부분과 새 부분이 서툴게 섞여 있다.

자갈이 깔려 있던 길이 포장되어서 실망스럽다. 나는 비가 올 때의 진흙 냄새를 늘 좋아했다. 길 건너 빵집은 불에 타 버려서 이제 빵 굽는 냄새를 맡으며 잠에서 깰 수 없다. 지난 몇 년 사이에 많은 것이 변했다.

모두와 인사를 나누자 저녁을 먹자며 부엌으로 서둘러 안내한다. 멕시코 여자들은 좋든 싫든 항상 뭔가를 먹이려고 한다. 평생 멕시코 음식을 먹어서 질린 것도 사실이지만 그래도 천국이 존재한다면 분명 튀긴 토르티야 냄새가 진동할 것이다. 마마 하

---

* 예쁜 소녀niña hermosa, 귀여운 것chiquita.

신타가 거대한 접시에 밥, 콩, 잘게 잘라서 사워크림을 끼얹은 소고기 토스타다스*, 양상추, 잘게 썬 토마토를 담아서 나에게 준다. "넌 너무 말랐어." 할머니가 나에게 말한다. "여길 떠날 때는 엄마도 널 못 알아보게 해 주마, 두고 봐라."

나보고 말랐다고 하는 사람은 아무도 없다. 최근에는 약 때문에 입맛이 이상해져서 (하루는 온 세상을 먹어 치우고 싶지만 다음 날이면 뭘 봐도 구역질이 난다) 살이 조금 빠지긴 했지만 날씬한 것과는 거리가 멀다.

내가 한 접시를 다 먹고 더 달라고 하자 마마 하신타가 기뻐한다. 나는 코카콜라도 한 병 다 마신다. 평소에는 좋아하지 않지만 여기에서는 훨씬 맛있다. 티아 페르미나와 티아 에스텔라가 맞은편에 앉아서 정말 보고 싶었다고 말하고, 다른 친척들도 내 주위로 모여들어서 질문을 쏟아낸다. '엄마는 어떻게 지내니?' '아빠는?' '시카고는 얼마나 추워?' '왜 이렇게 오랜만에 왔어?' '너희 가족은 언제 돌아올 거니?' '제일 좋아하는 색이 뭐야?' '나한테 영어 좀 가르쳐 줄래?' 유명 인사가 된 기분이다. 나는 공식적인 따돌림 대상이므로 시카고의 친척들은 절대로 나를 이렇게 대하지 않는다. 여기서는 사람들이 내 바보 같은 농담에 다 웃어 준다. 어쩌면 이번에는 아마의 말이 맞았을지도 모른다. 어쩌면 바로 이게 나한테 필요했을지도 모른다.

---

* 토르티야를 그릇처럼 둥글게 굽거나 튀긴 것과, 그것을 이용해서 만드는 멕시코 요리 전체를 가리킨다.

마마 하신타가 마을 광장 근처에서 파는 메누도* 만드는 법을 가르쳐 준다. 다른 지역의 포르케리아**와 다르게 할머니의 메누도는 고기, 다리뼈, 마이스***로 만든다. 그게 전부다. 지저분한 대창을 숨기려고 칠레 로호****를 넣지도 않는다. 우선 마마는 암소를 갓 도축한 정육업자를 수소문해서 티오 추초를 데리고 가 더러운 내장을 양동이에 담아 온 다음 어떤 여자에게 돈을 내고 씻어 달라고 맡긴다. 마마 하신타의 말에 따르면 이 가난한 여자는 할머니보다 더 호디다*****하다는데, 나는 할머니 말을 믿는다. 말 그대로 똥을 씻어내는 것이 직업이라면 난 어떻게 할지 모르겠다. 마마 하신타는 원래 강에서 씻었지만 물이 너무 더러워져서 이제 실외 싱크대에서 씻는다고 한다. 정말 다행이다. 어제 떠돌이 개들이 얼마 남지도 않은 얕은 물에서 물장구치는 것을 봤기 때문이다.

일단 내장을 다 씻으면 산화칼슘으로 문지른 다음 잠시 놔둔다. 연한 안쪽 피부가 산화칼슘 때문에 부드러워지면 천천히, 조심스럽게 벗겨낸다. 그런 다음 갓 내린 눈처럼 새하얗게 반짝일 때까지 씻고 또 씻는다.

두꺼운 위(胃)는 아름다운 벌집 모양이다. 이것을 라스 카시

---

* 소 내장과 붉은 고추로 만드는 멕시코 전통 수프.
** 더러운 것, 영양가 없는 음식 *porquería*.
*** 옥수수 *maíz*.
**** 붉은 고추 *chile rojo*.
***** 형편없다, 사정이 힘들다 *jodida*. 멕시코에서 쓰는 스페인어.

타스*라고 부른다. 더 얇고 가로로 홈이 팬 위(胃)에는 *카요***라고 부르는 두꺼운 심이 있다. 이것을 전부 길쭉하게 자른 다음 다시 정사각형으로 자른다. 신경은 질기고 미끄러워서 칼로 잘 안 잘린다. 익히기 전에는 누린내가 강하게 나고, 자르고 또 자르다 보면 어쩔 수 없이 세포가 손톱 밑으로 들어가서 몇 시간 동안이나 냄새가 난다.

다리 뼈, 내장, 흰 마이스를 거대한 솥에 넣고 약한 불로 밤새 끓인다. 평범한 미국인의 혀에는 고기의 질감이 충격적일 수도 있지만 나는 좋아한다. 고깃덩이는 부드럽고 씹는 맛이 좋고, 수프는 맛있고 노란 지방이 둥둥 떠서 번쩍거린다. 여기에 라임 즙, 흰 양파, 말린 오레가노를 뿌린다.

고기를 다 조각내자 마마 하신타가 어제 끓인 메누도 한 그릇과 테 데 만사니야***를 한 잔 준다. 신경이 예민할 때 좋다고 한다.

"왜 제가 신경이 예민하다고 생각하세요?"

"아니니?"

"그것보다 복잡해요."

"나한테 말해 보렴."

"고맙지만 정말 그럴 기분이 아니에요." 나는 텅 빈 그릇을 내려다본다. 파리 한 마리가 작은 고기 조각에 내려앉자 내가 손

---

* 작은 집들*las casitas*.

** 굳은 살*callo*.

*** 캐모마일 차*té de manzanilla*.

을 흔들어 쫓는다.

"내가 네 엄마한테 말할까 봐 걱정되니?"

"음…… 네."

"네가 무슨 말을 하든 여기 남을 거다. 네가 엄마랑 잘 못 지내는 건 알지만, 두 사람은 너희들 생각보다 비슷해." 할머니가 꿀을 저으며 말한다.

"정말로 안 믿기는데요."

"생각해 봐라, 네 엄마는 항상 반항적이었단다. 가족 중에서 처음으로 국경을 넘었지. 너도 그건 알고 있었지? 가지 말라고 했지만 네 엄마는 시카고에서 살고 싶다고, 거기서는 일도 하고 자기 집도 가질 수 있다고 했지."

"반항적이라고요? 아마가요?" 내 머리가 이 말을 처리하지 못한다. 엄마는 내가 아는 가장 융통성 없는 사람이다.

"절대로 말을 안 들었어, 늘 자기 하고 싶은 대로 했지. 엄마한테 너무 심하게 굴면 안 된다, 미하. 네 엄마는 너무 많은 일을 겪었어."

"무슨 일요?" 언니가 죽은 건 나도 알고, 모두에게 생생한 악몽이었다. 하지만 내가 모르는 일이 또 있는 걸까? 밖에서 무언가가 울부짖기 시작한다.

"세상에, 저게 뭐예요?"

"아. 고양이들이야. 아주…… 사랑이 넘친단다, 요즘. 낮에도 하지." 마마 하신타가 싱긋 웃는다.

"역겨워."

"수컷 두 마리야. 믿어지니?"

"고양이가 게이라고요?" 내가 숨을 들이마시고 식탁을 탁 친다. 그런 말은 들어 본 적도 없다.

마마 하신타가 킥킥 웃는다.

"자, 다시 하던 얘기로 돌아가요, 마마. 또 무슨 일이 있었는 데요? 다른 일이 또 있어요?"

할머니가 고개를 젓더니 갑자기 창백한 얼굴을 잔뜩 찌푸린 다. 뱃속에서 메누도가 부글거린다. 동물의 맛이 목구멍으로 올라온다.

"국경을 건널 때 강도를 당했지." 마마가 이렇게 말하면서 앞치마에 손을 닦고 문을 바라본다. "그래, 돈을 전부 뺏겼어. 엄마가 그 얘기는 안 하든?"

"했어요. 평생 최악의 날이었다고 했지만, 그건 올가가 죽기 전 얘기죠."

마마 하신타가 우리의 대화 때문에 머리가 아프다는 듯이 관자놀이를 문지른다. "아이, *미 포브레 이하**. 그 애는 이번 생에 운이 너무 나빴어. 이제부터는 하느님이 자비를 베풀어 주시길. 너무 많은 고통을 겪었어."

나는 무슨 말을 해야 할지 몰라서 미지근한 차를 마저 마시고 밖에서 서성이는 고양이를 바라본다.

---

* 아, 불쌍한 내 딸*ay, mi pobre hija*.

스물

마마 하신타의 집에서 가끔 뿌연 거울에 비친 내 모습을 볼 때면 언니랑 비슷하게 생겼다는 생각이 든다. 그것은 엄마랑도 닮았다는 뜻인데, 안경을 벗으면 특히 그렇다. 이제 살이 약간 빠져서 광대뼈가 희미하게 드러난다. 코도 닮은 것 같다(둥글고 끝이 조금 올라갔다). 지금껏 올가와 내가 자매처럼 보이지 않는다고 생각했지만 내 생각이 틀렸다.

증조할아버지와 증조할머니의 흑백 사진이 이 방 저 방에 걸려 있다. 사진마다 두 사람은 진지한 표정이다, 사진사를 칼로 찌르기라도 할 것 같다. 사진을 찍을 때 웃지 않는 관습이 있었나보다. 옛날에는 사진을 찍으면 영혼을 빼앗긴다고 믿었다는데, 내가 생각해도 그럴듯하다.

어렸을 때 나는 아마가 쓰던 방에 아무 관심도 없었다. 아마와 티아 에스텔라가 제일 안쪽의 좁고 먼지 많은 방을 같이 썼다. 심지어 울퉁불퉁한 침대에서 같이 잤는데, 그 침대가 아직 그대로 있다. 평생 언니랑 같이 자야 한다니, 상상도 안 간다. 우리도 항상 가난했고 나는 사생활이 별로 없지만 적어도 내 방은 있다. 할아버지는 생전에 아이가 생길 때마다 집을 증축했지만 절대 따라잡을 수 없었다. 자식은 총 여덟 명이었다.

나는 아마가 내 물건 뒤지는 것을 싫어하지만 지금 여기서는 내가 아마의 물건을 뒤지고 있다. 하지만 찾은 건 별로 없다. 색 바랜 꽃무늬 원피스 몇 벌과 변색된 팔찌 몇 개가 든 나무 상자뿐이다. 방 한구석에 예전엔 알아차리지 못했던 그림 액자가 보인다. 눈높이보다 훨씬 높이 걸려 있다. 액자를 내려서 자세히 본다. 긴 원피스를 입은 아마가 마을 광장 분수 앞에 서 있다. 올가랑 똑같이 생겼다. 아니, 올가가 엄마랑 똑같이 생겼다. 누가 그렸을까 궁금하다.

나는 부엌 식탁을 닦고 있는 마마 하신타에게 간다. "마마 하신타, 이 그림 누가 그렸어요?"

"네 아빠가."

"무슨 뜻이에요, 아빠라니? 아빠는 그림 안 그려요."

"아빠가 안 그린다고 누가 그러든?"

"이런 얘기는 들어 본 적도 없어요." 왜인지는 모르겠지만 화가 나려고 한다. 내가 어떻게 우리 아빠를 이렇게까지 모를 수 있지?

"라파엘이 그림 잘 그리는 거 몰랐니? 우리 동네 화가였는데. 누구든, 심지어 시장님까지 그렸지. 티아 페르미나가 자기 거실에 걸어 놓은 그림 못 봤어? 그것도 네 아빠가 그린 거야."

나는 아빠가 그림 그리는 모습을 지금까지 단 한 번도 못 봤다. 아파 하면 티브이 앞에 앉아서 족욕기에 발을 담근 모습만 떠오른다. "하지만 어떻게 그림 그리는 걸 그만둘 수가 있죠? 그러니까, 그림 그리는 걸 좋아했다면 왜 안 그려요?"

"남편이자 아버지로서 책임져야 할 일들 때문에 너무 바빴겠지. 너도 알잖니. 아빠가 얼마나 열심히 일하는지." 마마 하신타가 앞치마를 벗이시 냉장고 옆 녹슨 고리에 건다.

"그래도 시간을 낼 수 있었을 거 아니에요. 난 글을 못 쓰면 죽을 것 같은데. 어떻게 그렇게 그냥 그만둘 수가 있죠?"

"그건 나도 모르겠지만 아쉽구나, 여기선 유명했는데."

얼마나 지나야 엄마가 나를 다시 부를까 궁금하다. 가끔 나는 누워서 뒤척이며 집으로 돌아가면 뭘 할지 생각한다. 올가의 남자친구를 어떻게 찾을까? 아니, '연인'이라고 불러야 하나? 하지만 그 말은 너무 웃긴다. 언니 직장에 가 볼 수는 있지만, 그 사람이 누군지 전혀 모른다. 하지만 두 가지는 확실하다. 그는 아무에게도 들키고 싶지 않았고, 거의 매주 비싼 호텔 비를 낼 수 있는 사람이다. 의사일 거다.

밤이면 조용하다, 야옹거리는 고양이들이나 시간을 모르는 옆집 수탉 울음소리밖에 안 들린다. 비가 오면 양철 지붕을 부드럽게 두드리는 소리가 마음을 달래 주지만, 몇 분 만에 그쳐 버린다.

나는 따끔거리는 담요 밑에서 뒤척이며 올가를 생각하고, 결석을 너무 많이 하면 어떻게 될까 걱정한다. 그래서 돌아가면

할 일을 적어 본다. 1)올가의 이메일을 전부 다 읽을 것. 2)결석을 어떻게 보완할지 잉맨 선생님과 상의할 것. 3)여름방학 동안 대학교에 갈 비행기값을 마련하기 위해 아르바이트를 구할 것. 운이 좋으면 해가 뜨기 전에 잠든다.

티아 페르미나의 막내딸인 사촌 벨렌은 이 동네에서 인기가 제일 많다. 벨렌은 피부가 거무스름하고, 눈이 파랗고, 키가 나보다 30센티미터는 크다. 허리가 말도 안 되게 가늘어서 짧은 셔츠나 딱 달라붙는 원피스를 입고 뽐내기를 좋아한다. 우리가 외출할 때마다 모든 생명체가 벨렌을 위아래로 훑어본다. 떠돌이 개가 벨렌을 훑어본 적도 있다고 맹세할 수 있다. 벨렌은 나랑 거리를 돌아다닐 때마다 청혼을 받지만 웃으면서 머리카락을 넘길 뿐이다. 벨렌 옆에 있으면 못생겨진 기분이 든다.

벨렌은 나를 데리고 다니면서 만나는 사람마다 소개해 주려고 한다. 나는 마당에서 책이나 읽는 게 더 좋지만 벨렌은 학교가 끝나면 마마 하신타의 집으로 찾아와서 나를 끌고 나간다. 내가 모르는 사람과 이야기하는 것을 좋아하지 않으며, 아주 어색할 수도 있다는 사실을 내 사촌은 이해하지 못한다. 오늘은 슈퍼마켓에서 고르두라스와 만테카스라는 별명 ─ 말 그대로 '뚱보'와 '돼지비계'라는 뜻이다 ─ 을 가진 쌍둥이와 인사한다. 멕시코 별명은 웃긴 만큼 잔인하다.

우리는 보통 마을 광장에서 아이스크림이나 아구아스 프레스카스*를 먹은 다음, 처음 온 것도 아니지만 로스 오호스를

'구경'한다. 언덕길을 오르락내리락 걸을 때면 나는 색색의 집들을 자세히 관찰하고 안을 들여다본다. 여기서는 다들 낮 동안 문을 열어 둔다. 대체로는 흥미로운 것이 별로 없지만 어제는 몸에 수건을 두른 여자가 거실에서 후안 가브리엘의 노래에 맞춰 춤추는 것을 봤다. 집집마다 음식—구운 칠레스, 고기 스튜, 구운 콩—냄새가 솔솔 풍기기 때문에 나는 저녁 식사 시간에 이런 산책을 하는 게 좋다.

벨렌은 마을 사람들에 대한 소문을, 내가 모르는 사람의 소문까지 전부 다 알려 준다. 가장 최근에 퍼진 추문은 제일 인기 많은 버거 노점상 주인 여자가 자기 육촌과 섹스를 한다는 것이다. 벨렌은 오래전 로스앤젤레스에서 댄서가 되겠다는 꿈을 안고 로스 오호스를 떠난 산토스라는 남자 이야기도 해 준다. 그는 국경을 건너려고 여러 번 시도했지만 결국 포기하고 티후아나에 남았다. 소문에 따르면 산토스는 여장을 하고 다니면서 몸을 팔았다. 몇 년 뒤 로스 오호스로 돌아왔을 때 그는 산송장이나 다름없었다. 죽을 때가 되자 얼굴과 입을 뒤덮은 염증에 파리가 꼬였다. 그의 어머니가 옆에 앉아서 헝겊으로 파리를 쫓아 주곤 했다. 몇몇 마을 사람들은 게이가 된 산토스의 잘못이라고, 티후아나의 모든 남자에게 허리를 숙여 준 탓이라고 했다. 나는 계속 끼어들어 게이만 에이즈에 걸리는 게 아니라고, 누구나 걸릴 수 있다고 설명하지만 벨렌은 들은 척도 안 한다. 벨렌은 내 말을 하나도

---

* 물과 설탕, 과일, 시리얼 등을 섞은 멕시코 음료.

안 듣는 것 같다.

아빠가 어린 시절에 살던 폐가를 지나칠 때면 가슴에서 그리움이 샘솟는다. 마마 하신타는 내가 멕시코에 올 때마다 그 집을 가리켜 보여준다. 아주 오랫동안 아무도 살지 않았고, 이제는 무너지고 있다. 아빠의 형제자매들은 전부 미국으로 가서 텍사스, 로스앤젤레스, 노스캐롤라이나, 시카고로 뿔뿔이 흩어졌다. 할아버지와 할머니는 아빠와 아마가 로스 오호스를 떠난 직후에 죽었다. 할아버지는 폐를 먹어 치우는 암에 걸렸고, 할머니는 할아버지가 죽고 몇 달 후에 뒤따라갔다. 사람들은 할머니가 너무 슬퍼서 죽었다고 말한다. 만난 적 없는 사람을 그리워할 수도 있을까? 내가 그러고 있는 것 같다.

벨렌은 내가 자기 학교 남자애들과 이야기할 기회를 자꾸 만들지만 나는 아무에게도 관심이 없다. 어쩌면 약 때문일지도 모르지만 정말 섹스—섹스와 관련된 모든 것—에 대해서 아무 생각이 없다.

"저기서 나르코스*가 시장님 목을 벴어." 친구들과 헤어진 다음 벨렌이 그렇게 말하면서 금속과 콘크리트로 만든 음침한 공원을 고갯짓으로 가리킨다.

"뭐?" 내가 제대로 들은 건지 모르겠다.

"몰랐어? 나르코스가 길거리에서 총싸움을 하고 집들을 폭파했었어. 안 그런 지 한참 되긴 했지만. 저거 보여?" 벨렌이 멀

* 마약상들 *narcos*.

285

리 검게 탄 집을 가리키며 말한다. "화염병이야."

나는 시장의 목이 콘크리트를 굴러가 도로에 떨어지는 광경을 상상하며 몸서리를 친다. 아마는 왜 나를 여기 보냈을까?

"우린 안전해? 그 사람들이 우리도 죽일까?" 추우면서 동시에 덥다. 새가 꽤액 울자 내가 움찔한다.

벨렌이 낄낄 웃는다. "아니야, 톤타*. 그 사람들이 왜 너한테 신경을 쓰겠니? 네가 나 몰래 마약 밀매라도 하면 모를까."

내가 바보가 된 기분으로 어깨를 으쓱한다.

"아, 그래도 밤늦게 밖에 나가지 마. 특히 혼자서는 절대 안돼. 이제 아무도 밤에 안 돌아다녀."

* 바보tonta.

스물하나

사촌 파울리나가 세 살이 된다. 짐승을 도살해서 튀기는 것이 파울리나에게 엄청 신나는 일일 것 같지는 않지만, 파티는 원래 그런 식이다. 기념비적인 사건이나 성취는 전부 술과 어마어마한 양의 고기 튀김으로 연결된다.

　그날 오후 나는 벨렌과 마마 하신타와 함께 친척들이 오전 내내 준비하고 있던 파티장으로 걸어간다. 마을 광장을 가로지를 때 검은 머리카락을 밧줄처럼 땋아 내린 인디언 여자들이 우리에게 노팔레스*를 팔려고 한다. 굵은 머리카락을 보니 아마가 생각난다. 예전에는 길에서 모르는 사람들이 엄마한테 돈을 주겠다며 윤나는 머리카락을 팔라고 했다.

　인디언 여자들은 껍질을 벗겨서 잘게 썬 선인장을 작은 비닐봉지에 담아서 커다란 고리버들 바구니 가득 쌓아 놓고 바닥에 앉아 있다. 얼마나 가난하면 공짜인 물건까지 파는 걸까? 말

* 노팔선인장*nopales*. 각종 멕시코 요리에 쓰인다.

287

그대로 동네 어디서나 노팔을 잔뜩 꺾을 수 있다. 마마 하신타는 항상 노팔을 꺾어 온다. 제일 힘든 것은 껍질을 벗기는 것이 아니라 진흙을 씻어내는 거다.

이 동네 나무는 왜 줄기 아래쪽에 흰색 페인트가 칠해져 있는지 늘 궁금했지만 물어보지 않았다. 처량하게 녹슨 분수를 보자 언젠가 물을 나시 늘 날이 오기는 할까 싶다. 수놓인 오렌지색 포대기로 아기를 등에 업은 여자애가 일어서서 내 앞에 손을 내민다. "포르 파보르, 세뇨리타. 우나 리모스나.*" 아이가 간청한다. 열세 살쯤 되어 보이는데 너무 작고 말랐다. 이 몸에서 저 아기가 나왔다니 상상이 안 간다. 나는 이 소녀의 아기가 아니기를 기도한다.

"저 사람들 말 듣지 마." 벨렌이 말한다. "맨날 여기 와서 구걸해. 다른 사람들처럼 일을 해야지. 인디언들이란." 벨렌이 내뱉듯 말한다. 왜 자기가 이 사람들보다 낫다고 생각하는지 모르겠다. 벨렌은 인디언들과 마찬가지로 피부가 거무스름하고, 마찬가지로 가장자리가 해진 빨간 원피스를 이틀에 한 번은 입는다.

"네 얼굴 본 적 없니?" 내가 중얼거린다.

"뭐?"

"아무것도 아니야."

나는 다시 아기를 본다. 얼굴에 흙먼지를 뒤집어쓴 채 콧물을 흘리면서 울고 있다. 나는 주머니에 들어 있던 잔돈을 다 준

---

* 부탁드려요, 아가씨. 한 푼만 주세요Por favor, señorita. Una limosna.

다. 벨렌이 가슴에 팔짱을 끼고 고개를 젓는다.

파티장 주인은 로스 오호스 최고의 부자인 로스 가르사스 집안이다. 벨렌의 말에 따르면 그 사람들은 마약을 팔아서 부자가 되었다. 내가 어떤 약이냐고 묻자 벨렌은 "제일 나쁜 거"라고만 말한다.

파티장으로 다가갈 때 시끄럽게 꽥꽥거리는 소리가 들려서 나는 마마 하신타를 본다. 가슴이 철렁한다. "지금 잡는 거예요? 벌써 잡았을 줄 알았는데."

"미안하다, 미하. 우리는 잠깐 산책을 하고 와도 돼."

"어린애처럼 굴지 마." 벨렌이 말한다. "너도 고기 먹잖아, 안 먹어?"

"그래, 하지만 내가 먹을 타코가 죽는 걸 눈앞에서 본 적은 없거든."

"아이, 디오스 미오, 미국인들은 너무 예민하다니까." 벨렌이 말한다.

"자, 산책하러 가자." 마마 하신타가 따뜻한 손을 내 팔에 올리며 말한다.

"아뇨. 괜찮아요. 들어가요."

티오 추초와 사촌 안드레스가 몸부림치는 돼지를 길고 빨간 밧줄로 묶어서 끌고 간다. 돼지의 사납고 절박한 비명에 소름이 돋는다. 두 사람이 불쌍한 돼지를 콘크리트 슬래브에 매달고 나서 안드레스가 칼로 심장을 찌른다.

"잘 했다, 미호." 티오가 말한다.

땅에서 돼지가 마구 몸부림을 치고, 비명이 점점 더 낮고 고통스러워진다. 가슴에서 피가 쏟아진다. 나는 현기증이 난다.

"치차로네스* 먹을 생각하니까 신나니, 프리마**?" 안드레스가 나를 향해 외친다.

"아, 응. 맛있겠다. 빨리 먹고 싶어." 내가 소리쳐 대답한다.

마침내 돼지가 죽자 안드레스와 티오 추초가 뒷다리를 낚어서 매달고 양동이에 피를 받는다. 피가 다 빠지자 두 사람이 돼지를 조각낸다. 나는 보지 않으려고 하지만 어쩔 수가 없다. 시선이 자꾸 피 쪽을 향한다.

잠시 후 고기 튀기는 소리가 들린다. 속이 안 좋지만 입에서는 군침이 돈다. 인간의 몸은 가끔 너무나 이상하다. 요리가 끝나자 티아 에스텔라가 밥, 콩, 치차로네스가 담긴 접시를 나에게 갖다 준다.

"안달레***, 미하." 티아가 이렇게 말하고 내 어깨를 꽉 잡는다. "살 좀 쪄야겠다." 나를 보고 미국에서는 뚱뚱하다고 하는데 멕시코에서는 너무 말랐다고 하니 웃긴다. 티아가 나를 걱정한다는 사실은 안다. 몬테네그로 여자들은 잔걱정이 정말 많다.

내가 미소를 지으며 "고마워요"라고 말한다. 멕시코 여자에게 저지를 수 있는 가장 무례한 행동은 바로 음식을 거절하는 것이기 때문이다(과달루페의 성모에게 침을 뱉거나 〈사바도 히간

---

* 주로 돼지고기를 튀겨 만든 음식.
** 여자 사촌*prima*.
*** 좋아, 또는 어서*ándale*.

테)*를 하고 있을 때 티브이를 끄는 것과 마찬가지다).

나는 부드러운 토르티야에 치차로네스를 몇 개 올려서 새빨간 살사에 찍는다. 별로 먹기 힘들지 않지만 두 번째 타코를 만들 때는 고기에 붙은 털 몇 가닥이 보인다. 나는 버릇없는 미국 공주님처럼 보이기 싫어서 눈을 감고 타코를 최대한 빨리 삼킨다. 다 먹고 나자 내 얼굴이 탁한 녹색으로 아름답게 물들어 있을 것 같지만, 이 당당한 업적이 자랑스럽다.

모두가 돼지고기를 실컷 먹고 나자 댄스플로어에 사람이 점점 많아진다. 음악이 요란하고 듣기 거북하지만—싸구려 음향 시스템 때문이기도 하다—, 그래도 좋다. 전부 죽음에 대한 노래인데도 아코디언 소리가 우스울 만큼 흥겹다. 티아 페르미나와 티오 라울이 뺨을 맞대고 춤을 춘다. 벨렌은 마마 하신타의 옆집에 사는 빼빼 마른 이웃과 춤을 춘다. 나는 폴짝폴짝 춤추는 사람들을 보면서 햇볕을 쬐며 게으른 고치로 변하고 있다. 내가 의자에 앉아서 꾸벅꾸벅 졸기 시작하는데 안드레스가 어깨를 쿡쿡 찌르더니 말을 타러 가자고 한다.

"가자, 프리마." 안드레스가 나를 당기며 말한다.

"피곤해. 말 타고 싶은 기분이 아니야." 내가 다시 축 늘어지려고 한다.

"너한테 좋을 거야."

"어떤 점에서?"

---

* 〈엄청난 토요일*Sábado Gigante*〉. 1962년부터 2015년까지 미국, 칠레, 멕시코 등에서 방송된 버라이어티쇼 프로그램.

"날 믿어."

결국 안드레스를 이기지 못하고 파티장 옆의 들판으로 같이 나갔더니 검은 말 두 마리가 울타리에 묶여 있다.

"얘는 이사벨라야." 안드레스가 두 마리 중에서 작은 말을 가리키며 말한다. "얘는 세바스티앙이고." 그런 다음 말의 옆구리를 문지르며 미소를 짓는다.

"만나서 반가워." 내가 말발굽과 악수를 하는 척한다.

"둘이 결혼했어."

"결혼했다고? 무슨 소리야?" 웨딩드레스를 입은 이사벨라를 상상하자 너무 웃겨서 콧바람까지 나온다. "결혼식 올렸어? 왈츠도 추고? 부케도 던졌어?"

"물론 결혼식을 올리진 않았지, 톤타. 하지만 둘은 진짜 부부야." 안드레스는 내가 그의 말이 웃기다고 생각해서, 두 마리의 낭만적인 사랑을 안 믿어서 짜증이 난 것 같다.

"정말로?"

"둘이 떨어져 있으면 세바스티앙이 막 울어, 진짜야. 닭똥 같은 눈물을 흘린다니까!" 안드레스가 진지한 표정을 지어서 나는 웃음을 멈춘다. 안드레스는 성호까지 그으며 자기 말을 강조한다.

안드레스가 헛간에서 안장을 꺼내 오자 나는 이사벨라의 등을 두드리며 거친 검정 갈기를 손가락으로 빗는다. 털이 너무 새까매서 푸른빛이 도는 것처럼 보인다. 탄탄한 근육은 햇빛을 받아 빛난다. 이렇게 아름다운 존재는 평생 처음 보는 것 같다. 당혹스러울 정도다.

말에 올라탄 나는 내 밑에서 그 엄청난 힘을 느끼자 너무 좋아서 깜짝 놀란다. 안드레스와 나는 강을 향해 말을 달린다. 따각따각거리는 말발굽 소리와 누런 풀숲에서 윙윙거리는 벌레 소리를 빼면 사방이 고요하다. 한 무리의 회색 새들이 우리를 지나쳐 거대한 나무에 자리를 잡는다. "비둘기야." 안드레스가 말한다. 강은 가뭄 때문에 거의 말랐다. 그나마 남아 있는 물은 갈색이 도는 초록색이고 쓰레기─비닐봉지, 병, 포장지, 심지어는 신발도 한 짝 있다─로 가득하다. 나는 올가가 인어로 나온 꿈이 떠올라서 몸서리를 친다. 번득이던 올가의 얼굴이 지금도 또렷하게 보인다.

강가의 버려진 기차역은 널빤지로 막혀 있고 빨간 페인트가 큼직하게 벗겨지고 있다. 기찻길은 녹슬었고 목재는 낡았다. 안드레스는 기차가 안 다닌 지 몇 년이나 됐다고 말한다. 이용객은 북적거렸지만 회사가 부패해서 유지할 수 없었다. 어렸을 때 마마 하신타가 올가와 나를 기차역에 데려갔던 기억이 난다. 마마가 작은 나무 상자에 든 카헤타*를 사 주었는데, 너무 달고 끈적거려서 몇 시간 동안이나 이가 아팠다. 파파 펠리시아노가 기차를 타고 다른 마을로 다니며 냄비와 팬을 팔았다는 것도 안다. 파파는 노선이 폐쇄되기 전에 죽었다. 어떤 면에서는 폐쇄되는 것을 못 봐서 다행이다. 파파는 기차를 무척 좋아했다.

---

* 산양 젖으로 만든 과자.

공터로 다가가자 크고 뚱뚱한 벌레들이 이사벨라의 얼굴과 목을 물기 시작한다. 이사벨라가 고개를 흔들어서 쫓지만 소용 없다. 내가 손으로 때려서 쫓아도 금방 돌아온다. 이사벨라를 쓰다듬자 벌레가 앉았던 곳에서 피가 나서 내 손에 묻는다. 나는 안드레스가 안 볼 때 이사벨라의 등에 입을 맞춘다.

우리는 태양이 나무들 너머로 가라앉고 귀뚜라미들이 노래를 시작할 때까지 강을 따라 달린다. 메마르고 시든 옥수수 밭이 멀리 보이자 누가 저기에 성냥불을 붙이면 어떻게 될까 하는 생각이 든다. 이사벨라를 타고 끝도 없이 달릴 수 있을 것 같지만 안드레스가 파티장으로 돌아가야 한다고, 마마 하신타가 걱정할 거라고 말한다. 내가 이사벨라에게 작별 인사를 하면서 옆구리에 얼굴을 묻고 손으로 등을 쓰다듬는다. 이사벨라의 심장박동이 들리는 것 같다. 갑자기 올가와 내가 로스 오호스에 두 번째로 왔을 때 종조부의 말을 탔던 기억이 떠오른다. 처음에는 너무 무서웠지만 올가가 말은 마법의 동물이기 때문에 나를 해치지 않는다고 말했다. 나는 언니의 말을 믿었다.

안드레스가 웃는다. "뭐 하는 거야?"

내가 미소를 짓는다. "아무것도 안 해. 그냥 안아 주고 있었어."

티오 추초가 맥주를 들고 나에게 다가온다. "안달레, 미하. 춤추자." 약간 비틀거리는 것 같다.

"고맙지만 사양할게요, 티오. 춤은 잘 못 춰요."

"말도 안 되는 소리!" 티오가 나를 댄스플로어로 이끈다. "몬테네그로 사람들은 로스 오호스 최고의 춤꾼이라고!"

노래는 세 여자가 카니발에 가다가 트럭이 절벽 너머로 떨어져서 죽었다는 내용이다. 왜 이런 노래에 맞춰서 춤을 추는지 나는 잘 모르겠다. 티오 추초에게서 맥주가 땀으로 배출된 냄새가 난다. 셔츠가 축축하고 살갗이 끈적거리지만 나는 티오의 기분을 상하게 하고 싶지 않아서 계속 춤을 춘다. 티오는 나를 빙빙 돌리고 목청껏 노래를 따라 부르며 즐기고 있다.

세 번째 곡이 끝났을 때 검은 복면을 쓰고 소총을 든 남자들 한 무리가 파티장 입구로 걸어온다. 티오가 내 손을 놓는다. 얼굴이 축 늘어진다. "칭게 수 마드레*." 티오가 중얼거린다.

"케, 티오?** 무슨 일이에요?"

"아무것도 아니다, 미하. 내가 처리하마." 티오가 이렇게 말하고 그들을 향해 걸어간다.

다들 긴장되고 걱정하는 표정이지만 모두 말이 없다. 갑자기 동상들로 가득한 파티가 됐다. 안드레스는 눈만 계속 깜빡인다. 기절할 것 같은 표정이다.

군인일까? 나르코스일까? 전혀 모르겠다.

복면 쓴 남자 하나가 눈빛으로 내 몸에 구멍을 뚫으려는 것처럼 나를 빤히 본다.

티오 추초가 주머니에서 봉투를 꺼내서 어떤 사람에게 건네

---

* 제기랄 *chingue su madre*.
** 뭐예요, 삼촌? *¿Qué, tío?*.

자 그 사람이 안드레스를 보며 고개를 끄덕인다. 티오는 창백하고 겁에 질린 표정으로 돌아온다. 나를 보던 남자가 마침내 시선을 돌릴 때 위팔에 새긴 흐릿한 산타 무에르테 문신이 눈에 띈다.

"도대체 무슨 일이었어?" 내가 벨렌에게 속삭인다.

"넌 정말이지, 질문 좀 그만해." 벨렌이 이렇게 말하고 돌아선다.

스물둘

벨렌이 나를 억지로 축구 경기에 데려간다. 나는 마음 깊이 스포츠를 증오한다고 말하지만 소용없다. 벨렌은 상관없다고, 스포츠 때문에 가는 게 아니라고 한다. 축구 경기장은 젊은 사람들이 어울리면서 이성을 만나는 곳이다. 로스 오호스에서는 할 일이 별로 없다. 멀뚱히 산을 볼까, 닭을 쫓을까, 아니면 총으로 병을 쏠까?

우리는 화장이 짙고 그럭저럭 매력적인 벨렌의 여자 친구들과 함께 야외석 꼭대기에 앉는다. 그 애들이 옹졸하거나 가시 돋친 말을 한 것은 아니지만 내 사촌을 질투한다는 사실을 바로 알아차릴 수 있다. 나는 왜 그런 것들을 항상 알아차리는지 모르겠다. 벨렌의 몸을 훑고 올라가 얼굴에 머무는 그 아이들의 시선에 무언가가, 어떤 갈망 비슷한 것이 있다. 그 애들이 벨렌을 **원한다**는 게 아니다. 벨렌이 **되고** 싶은 것이다.

로스 티그레스 팀이 첫 골을 넣은 뒤 피부가 거무스름하고 카우보이모자를 쓴 남자가 코카콜라와 빨간 살사소스를 잔뜩 끼

없은 돼지 껍질을 들고 다가온다. 그가 음료수와 과자를 모두에게 나눠준 다음 나와 벨렌 사이에 끼어 앉는다. 여자애들이 이렇게 웃긴 광경은 처음 본다는 듯이 깔깔 웃는다. 윗입술에 땀방울이 송송 맺히는 것이 느껴진다.

"오늘 밤은 기분이 어때, 세뇨리타 레예스?"

처음에는 내 성이 뭔지, 내가 누군지 어떻게 알았을까 하는 생각이 들지만 로스 오호스에서는 서로 모르는 게 없다는 사실이 떠오른다. 티오 추초 말에 따르면 방귀만 뀌어도 온 마을 사람들이 다 안다.

"그럭저럭." 내가 경기장을 보면서, 평생 처음으로 스포츠를 이해하려고 애쓰며 말한다.

그가 웃는다. "왜 이쪽을 안 봐?"

내가 어깨를 으쓱한다. 나는 갑자기 말이 없어진다.

"에스테반은 신경 쓰지 마." 벨렌이 싱글싱글 웃으며 말한다. "가끔 좀 페사도*하거든."

나라면 에스테반이 페사도하다고 말하지 않겠지만, 확실히 존재감은 있다. 거무스름하고 핏줄이 튀어나온 팔에서 시선을 못 떼겠다. 저기에 손가락이 닿으면 어떤 느낌일까 상상한다. 그러면서 에스테반과 몸이 닿지 않도록 다리를 꼰다.

경기가 끝난 뒤 벨렌과 깔깔대는 친구들은 기다려 달라고 말할 틈도 없이 도망친다.

* 귀찮은pesado.

"내가 널 데려다 줘야겠네." 에스테반이 미소를 짓는다. 완벽한 치아가 반짝인다.

"응, 그러게." 밤에 혼자 돌아다니지 말라고 했던 벨런의 말을 떠올리며 내가 말한다. 하늘이 보라색으로 물들기 시작한다. 해와 달이 동시에 보인다.

에스테반과 같이 있으니 따뜻한 시럽이 가슴에 차오르고 온몸의 뼈가 서서히 녹는 느낌이 든다. 코너가 뭘 하고 있을까, 아직도 내 생각을 할까 잠시 생각하지만 우리 사이가 이미 끝났다는 사실을 상기한다. 이유는 잘 모르겠지만, 에스테반을 이제 막 만났고 사실상 그에 대해서 아는 것이 하나도 없는데도 몸속이 끈적끈적해지는 기분이 든다.

나르코코리도를 시끄럽게 틀어 놓은 트럭 한 대가 지나가면서 공상에 빠진 나를 깨운다.

마마 하신타의 집이 있는 블록 모퉁이에 도착하자 에스테반이 내 손을 잡는다. "네가 여기 왔을 때부터 계속 널 좋아했어."

"음, 난 너를 오늘 처음 봤는데 그것 참 이상하네." 너무 긴장돼서 에스테반을 볼 수가 없다. 나는 왜 그러고 싶지 않을 때도 이렇게 재수 없게 굴까?

"벨렌이랑 과일가게에 왔을 때 나 못 봤어? 거기서 일하거든."

그날 나를 보는 시선을 느끼긴 했지만 굳이 누구인지 찾아보지는 않았다. 내 몸이 나보다 먼저 알아차리다니, 참 신기하다.

내가 고개를 젓는다. "아니, 못 봤어."

가로등 밑에서 에스테반의 검은 피부가 번득인다. 커피가 생각난다. 나는 에스테반의 얼굴을 너무나 만져보고 싶지만 그렇게 하지 않는다.

우리는 티아 페르미나의 집 뒷마당에 앉아서 티아의 나무에서 딴 무화과를 먹는다. 티오 라울과 티오 레오넬이 집 안에서 뉴스를 보고 있다. 하늘에 별이 가득해서 내가 한참 동안 감탄하며 바라보자 다들 나를 보며 웃는다. 멕시코의 밤이 이랬던 것을 어떻게 잊을 수 있었을까?

"불쌍한 도시 소녀구나." 티오 추초가 미소를 지으며 말한다. "시카고에서는 별을 한 번도 못 봤겠지."

"그런 건 아니에요. 운이 좋으면 서너 개는 보여요." 내가 스웨터에 묻은 작은 나뭇잎을 떼어내며 말한다. 나는 다시 하늘을 올려다보며 저 별들 중에서 일부는 이제 존재하지 않는다는 사실을, 그것은 우리가 별들의 과거를 보고 있다는 뜻임을 생각한다. 무슨 말인지 도저히 모르겠다. 너무 혼란스럽다.

맨발에 닿는 땅의 감촉이 좋다. 티아 에스텔라가 뒤에 앉아서 내 머리를 땋아 주고 있는데, 뒷목에 닿는 티아의 손가락이 시원하다. 머리카락을 만지는 티아의 손길에 마음이 차분해진다. 내가 어렸을 때 아마는 머리를 땋아 주면서 세게 잡아당겼지만 티아는 부드럽게 땋아 준다.

"디오스 미오, 미하." 티아 에스텔라가 땋은 머리를 들어 모두에게 보여주며 말한다. "머리숱 정말 많네. 어떻게 이러고 다니니? 안 무거워?"

"가끔 무거워요, 젖으면요." 나는 이렇게 말한 다음 머리카락을 다 잘라 버리면 어떤 느낌일까 생각한다. 어떻게 보일까? 나는 평생 긴 머리였다. 내가 막 태어났을 때 까만 머리카락이 우스울 정도로 무성했다고 한다. 아마의 말에 따르면 의사와 간호사도 그런 아기는 본 적이 없다고 했었단다.

마당 저쪽에서 나를 보는 벨렌의 시선이 느껴진다. 벨렌은 예쁜 것에 너무 익숙해서 내가 관심을 받는 것이 못마땅한가 보다. 마음이 불편하지만 기분 좋다.

"아름다운 머리카락은 우리 집안 내력이야." 마마 하신타가 말한다. "지금 내 머리를 봐서는 모르겠지만 말이다." 할머니가 짧은 회색 머리를 손가락으로 빗으며 미소 짓는다.

티오 추초가 씩 웃더니 샴푸 광고에 나오는 사람처럼 머리카락을 흔든다. "진짜야. 나 영화배우 같잖아."

무화과를 너무 많이 먹어서 배가 아프지만 멈출 수가 없다. 달콤한 과육의 맛, 작은 씨가 씹히는 느낌이 정말 좋다.

이곳의 밤은 늘 완벽하다. 너무 춥지도 않고 공기에서 흙과 나뭇잎 냄새가 난다. 나는 강 냄새가 나는 것 같다고 생각하지만 거의 말랐다는 사실을 떠올린다. 환각의 냄새인가 보다. 귀뚜라미 소리와 무화과나무가 바스락거리는 소리만큼 마음을 차분하게 가라앉히는 것은 없다. 티아에게 해먹이 있으면 나는 매일 밤 여기서 자겠다고 할 텐데.

가뭄인데도 불구하고 양동이에 심은 흰 장미와 노란 장미가 흐드러지게 피었다. 티아 페르미나가 아이를 돌보듯 가꾸기 때문이다. 장미가 버티는 것을 보니 희망이 생긴다.

안드레스가 의자에서 일어나 마당 한구석의 선인장으로 다가간다. 뭘 하는 건지 궁금하지만 나는 묻지 않는다. 그가 손가락으로 꽃봉오리를 누르면서 뭐라고 속삭인다. 잠시 후 안드레스가 돌아와서 얼굴을 찌푸리며 말한다. "계절이 거의 끝났는데 꽃이 거의 안 폈네."

"저건 무슨 꽃이야?" 내가 묻는다.

"밤 꽃 선인장. 이름이 정확히 기억 안 나네. 쟤는 실패작인 것 같아."

"처음 들어 봐. 그건…… 그건…… 정말 대단하다." 할 말이 없다. 밤에만 피는 꽃이라니, 동화 속에 나올 것만 같다.

티아 페르미나가 부엌에서 아구아 데 하마이카* 병을 들고 나와서 한 잔씩 따라준다. "소화도 잘 되고 고혈압에 좋아. 오늘 저녁에 카르니타스**를 먹었으니까 다들 마셔야 돼." 티아 페르미나는 나이가 제일 많고 항상 모두를 보살핀다. 티아가 벨렌의 엄마라는 사실을 믿기 힘들 정도다. 벨렌은 좀 이기적이고 자기가 얼마나 예쁜지만 신경 쓰기 때문이다. 내가 도착한 날 밤에 티아 페르미나가 종이로 만든 걱정 인형이 가득 담긴 작은 천 가방을 주었다. 티아는 매일 밤 자기 전에 걱정 인형에게 걱정을 다 털어놓은 다음 베개 밑에 두고 자라고, 아침이면 사라진다고 했

* 히비스커스 차 agua de jamaica.
** 돼지고기를 기름이나 돼지기름에 뭉근하게 끓여서 만드는 멕시코 음식.

다. 티아에게 효과가 없었다는 말은 하지 않았다.

아구아 데 하마이카는 시큼하고 달콤하고 기운을 북돋워 준다. 나는 한 잔 더 따라 마신다. 밤을 음료수로 만들면 이런 맛이 날 것 같다.

티아 페르미나가 옆옆 마을인 델리시아스에 치즈를 사러 가면서 나를 데려간다. 이 주(州)에서 제일 맛있는 치즈라는데, 내 생각에도 그런 것 같다. 맛이 또렷하고 크림처럼 부드러우면서 완벽하게 녹는다. 엔칠라다에 넣으면 맛이 진짜 끝내준다. 멀리 사러 갈 만한 치즈다.

티아는 차를 타고 가는 내내 가뭄 때문에 불평한다. "농사를 다 망치고 있어. 암소들은 전부 야위었고 말이야. 이제 다들 뭘 어떻게 해야 할지 몰라." 확실히 내 기억보다 땅이 더 메말랐다. 나무는 노랗고 바삭하다.

사막의 모든 것들이 땅을 향해 웅크리고 있다. 산을 점점이 수놓은 우이사체*는 땅딸막하고, 나뭇가지들은 가시로 무장했다. 여기서는 모든 식물이 가시로 자신을 보호한다. 가끔 새끼를 밴 구름이 머리 위를 맴돌면서 드문드문 비를 뿌리며 땅을 놀린다.

티아 페르미나는 아마보다 몇 살 위이고, 생김새는 무척 닮았지만—검은 머리, 연한 피부색, 새빨간 입술이 똑같다—, 아

* 아카시아 관목.

마만큼 예쁘지는 않다. 티아가 매력적이지 않다는 뜻은 아니다. 몬테네그로 여자가 다들 그렇듯이 티아는 매혹적인 얼굴을 가지고 있다. 다만 누구든 아마만큼 아름답기 어려울 뿐이다. 나는 두 사람이 자랄 때 어땠을지 궁금하다. 티아는 항상 아마와 자신을 비교했을까? 질투했을까? 여동생처럼 국경을 넘어갈걸 그랬다고 생각했을까?

트럭이 지나가기에는 길이 너무 좁아서 우리는 언덕 밑에 차를 세운다. 갑자기 기시감이 든다. 아주 오래전에 마마 하신타와 여기 왔다는 것을 알겠는데 정확히 왜 왔었는지 기억이 안 난다. 염소랑 관련이 있었나? 아니면 내가 기억을 만들어내고 있는 걸까? 가끔 내 기억은 흐릿한 사진 같다.

"엄마는 어떠니?" 헉헉대며 언덕을 올라갈 때 티아 페르미나가 묻는다. "엄마랑 연락했어?"

"어제 전화하셨어요. 괜찮은 것 같아요."

"그전에는 어땠는데? 그, 올가를 잃었을 때 말이다."

"침대에서 못 일어났어요. 이제 좀 나아졌나 싶으면 또 며칠씩 자기도 하고요. 거의 먹지도 마시지도 않아서 무서웠어요. 다행히 안 그런지 한참 됐어요."

어떤 남자가 안대로 눈을 가린 황소를 끌고 길을 건넌다. "부에노스 디아스." 그가 이렇게 말하며 모자를 살짝 들어올린다. 멕시코의 특징이다. 알지도 못하는 사람한테 인사를 해야 한다.

"불쌍한 내 동생. 우리는 다 쓸모없어, 그 불쌍한 것을 돕지도 못하고. *아이, 디오시토**." 티아 페르미나가 한숨을 쉰다. "전화할 때마다 괜찮다고 했지만, 안 괜찮다는 건 알고 있었다. 괜찮을 리가 없지. 딸이 죽었는데 어떻게 괜찮을 수가 있겠니? 인간이 겪을 수 있는 최악의 일이야. 나는 상상도 안 된다. 그런 일은 절대 없어야 하는데." 티아가 성호를 긋는다.

"엄마는 괜찮지 않았고, 저도 마찬가지였어요."

"아이, 미하, 자매를 잃는다는 게 어떤 건지 난 상상도 못하겠다." 티아가 나를 보며 내 얼굴을 어루만진다. "*포브레 크리아투라***. 너랑 엄마 사이는 어떠니? 몇 년 동안 둘이 많이 싸웠다는 건 안다. 네 엄마는 네가 아주 *테르카****하다고 항상 말했지."

나는 평생 그런 말─테르카, 네시아, 카베소나─을 들었는데, 전부 '완고하다'거나 '까다롭다'는 뜻이다. 바람이 불자 쓰레기 태우는 냄새가 우리 쪽으로 실려 온다.

"네, 우린 서로를 이해 못해요."

"네가 더 노력해야 된다, 이제 언니도 없으니까 더욱 그래야지. 이제 엄마한테는 너밖에 없어, 훌리아. 엄마는 널 정말 사랑해. 너는 모를 수도 있지만 말이야. 엄마를 더 힘들게 하지만 말아 주렴. 이모로서, 네 엄마의 언니로서 부탁한다, 엄마 말 잘 들어." 티아 페르미나는 이제 숨을 헐떡이고 있다. 티아가 걸음을 멈추고 팔로 얼굴의 땀을 닦는다. 내가 자살 기도했다는 얘기를

---

* 아, 하느님*ay diosito*.

** 가여운 것*Probre criatura*.

*** 완고하다*terca*.

아마가 티아에게 한 것 같지는 않다.

"티아는 몰라요. 전 노력하고 있어요. 정말로요. 그냥 우린 너무 달라요. 엄마는 내가 거칠고 제정신이 아니라고 생각하지만, 내가 원하는 게 나한테는 말이 돼요. 저는 독립하고 싶어요. 내 힘으로 내 인생을 살고 싶어요. 스스로 선택하고 실수하고 싶다고요. 엄마는 단 한 순간도 빠짐없이 내가 뭘 하고 있는지 알려고 해요. 그래서 물에 빠진 것처럼 숨이 막혀요."

"아이, 미하. 네가 모르는 게 너무 많아."

"왜 다들 저한테 그렇게 말하죠? 내가 어린 건 알지만 그렇다고 바보는 아니에요."

"내 말은 그런 뜻이 아니야. 네 엄마는 정말 힘들게 살았어. 넌 상상도 못할 거다."

"알아요. 엄마가 항상 말하니까요. 자기가 얼마나 열심히 일하는지, 또 내가 얼마나 배은망덕한지 항상 얘기한단 말이에요."

티아 페르미나는 한참 동안 말이 없다.

"티아? 괜찮아요?"

"내가 너한테 이 얘길 하는 건 엄마를 이해하라고, 엄마에게 동정심을 좀 가지라고 그러는 거다." 티아가 하늘을 올려다본다. "주님, 저를 용서하소서."

근육이 긴장된다. 갑자기 못 견디게 목이 마르다. "뭐요? 뭔데요? 말해 주세요, 당장요. 지금 바로 알고 싶어요."

티아가 마침내 나를 본다. "네 부모님이 국경을 어떻게 건넜는지 알지?"

그 이야기는 여러 번 들었다. 아마는 할머니의 반대를 무릅쓰고 아파와 함께 떠났다. 두 사람은 코요테와 함께 국경을 건넜다. 텍사스에 도착하자 어떤 남자가 돈을 다 훔쳐 갔다. 두 사람은 엘파소에서 아파의 먼 사촌과 함께 살면서 시카고에 갈 버스비를 모을 때까지 식당에서 일했다. 한겨울이었는데 엄마 아빠는 재킷도 없었다. 아마는 그런 추위가 평생 처음이었다고 말했다. 머리통 안에서 눈[眼]이 얼어붙는 줄 알았다고 한다. 내가 아는 건 그게 전부다.

"네 엄마를, 엘 코요테가……." 티아는 해야 할 말을 풀어내려고 애쓰는 것 같다. 그러다가 울음을 터뜨린다. "코요테가 엄마를 데리고……."

"엄마를 어디로 데려갔는데요?" 내가 소리를 지른다. 그럴 생각은 아니지만, 목소리가 커진다. "어디로 데려갔는데요? 엄마를 어떻게 했는데요?" 내가 손을 너무 꽉 잡아서 티아의 손가락이 부러질 것 같다.

티아는 말을 꺼내지 못한다. 뇌가 두근거린다. 초라한 회색 고양이가 쏜살같이 우리 옆을 지나간다.

"말을 못하겠다. 너한테 이 얘기를 하는 게 아니었는데. 주님, 용서하세요." 티아 페르미나가 손으로 입을 가린다. 티아는 말을 끝맺을 필요가 없다.

"아파는요? 아파는 어디 가고요? 아파는 뭘 했어요?" 나는 소리 지르는 것을 멈출 수가 없다.

"그 사람들이 총을 겨누고 붙잡아 놨어. 아무것도 할 수가 없었지." 티아 페르미나가 고개를 젓는다.

"아니. 아니. 그럴 리가 없어요. 아니. 난……." 나는 땅에 주저앉는다, 붉은 개미 언덕 옆이지만 상관없다. 몸이 천근만근 무겁다. 나는 눈물과 흙으로 얼룩진 엄마의 얼굴을, 패배하여 고개를 숙인 아빠를 그려 본다. "올가는? 올가는요? 언니는……. 언니는……." 나는 밀을 써낼 수가 없다.

티아 페르미나가 가슴 앞에 손을 맞잡고 고개를 끄덕인다. "알겠니, 미하, 그래서 네가 사실을 알았으면 하는 거야. 엄마랑 싸울 때 엄마가 왜 그러는지, 무슨 일을 겪었는지 네가 이해할 수 있게 말이다. 엄마는 너에게 상처를 주려는 게 아니야."

그날 밤, 나는 아침이 올 때까지 잠을 이루지 못한다. 가만히 누워서 부모님에 대해, 내가 두 분을 얼마나 몰랐는지에 대해서 생각한다. 그러다가 정오가 되어서야 잠에서 깬다. 온몸이 아프다.

내게 가야 할 곳도 해야 할 일도 없기 때문에 하루하루가 뒤섞인다. 대부분은 하루하루가 구분되지 않는다. 일어나서 아침을 먹고, 마마 하신타를 도와서 요리와 청소를 하고, 누워서 책을 읽고 글을 쓴다. 벨렌이 학교를 마치고 돌아오면 같이 정처 없이 마을을 돌아다니면서 먹을 수 있는 온갖 정크 푸드를 먹는다. 음, 적어도 식욕은 사라지지 않았다. 가끔 우리는 일을 마친 에스테반을 만난다. 우리는 벤치에 앉아 있거나 광장을 돌아다니다가 집으로 간다. 벨렌은 항상 우리 두 사람만 잠시 남겨 둔다. 볼일이 있는 척하지만 벨렌이 왜 그러는지 나는 정확히 안다.

에스테반은 나에게 키스를 하지 않지만 나는 키스 생각밖에 안 난다. 그의 두꺼운 입술이 내 입술에 닿는 것을 상상한다. 그의 손이 내 머리카락을 쓸어 넘기고 내 등을 따라 내려오는 것을, 그의 몸이 내 몸을 누르는 장면을 그려 본다. 하지만 나는 아무것도 하지 않는다. 깃털 뽑힌 새처럼 두렵고 연약한 기분이다. 에스테반이 나를 좋아한다고 말은 했지만 진심이 아니면 어떻게 할까? 내가 이상하다고 생각하면? 내가 충분히 예쁘지 않으면? 게다가 온 마을이 지켜보고 있는데 내가 어떻게 다가갈 수 있을까? 나는 바보처럼 가만히 앉아서 잡담이나 하고 떠돌이 동물들에 대해서 지루한 얘기나 늘어놓으면서 스페인어 어휘력이 모자라 창피를 당하지 않기만을 바랄 뿐이다.

오늘 에스테반은 청바지와 낡은 비틀스 티셔츠를 입고 밀짚 카우보이모자를 썼다. 그 조합이 마음에 든다.

"그 셔츠는 어디서 났어?"

"사촌이 우리 집에 놓고 가서 내가 입고 있지." 에스테반이 미소를 지으며 말한다.

"비틀스 좋아해?"

"별로 그렇진 않아."

"이상하네." 털 빠진 떠돌이 개가 우리 쪽으로 슬금슬금 다가오더니 킁킁거리며 내 냄새를 맡는다.

에스테반은 그게 무척 재미있는 눈치다. "이상하다고?"

"응. 비틀스는 누구나 좋아하잖아."

"이 개도 널 좋아하나 봐." 에스테반이 턱짓으로 개를 가리킨다.

"내 타입은 아니야."

에스테반이 웃는다. "너 참 웃긴다, 알아? 그럼 네 타입은 정확히 뭔데?"

"나는 조금 더 깔끔한 쪽이 좋아. 벼룩도 별로 없고."

에스테반이 미소를 지으며 내 손을 톡톡 두드린다. 나는 깜짝 놀라서 눈이 휘둥그레지고 숨을 헉 들이마실 뻔한다. 너무 긴장돼서 움직이지도 못하겠다. 우리는 잠시 그대로 앉아 있다. 잠시 후 벨렌이 마마 하신타에게 가져다주어야 할 저녁 식사용 고기를 가지고 가게에서 나온다. 나는 벌떡 일어나 에스테반을 보지도 않고 간다. 입 안에서 심장이 두근거리는 것 같다.

해가 질 때쯤 나는 벨렌과 티아들, 마마 하신타와 같이 텔레노벨라를 본다. 이 시간이면 로스 오호스 여자들은 전부 텔레노벨라를 본다. 티브이 앞에 풀로 붙여 놓은 것 같다. 수치스러운 과거를 가진 부잣집 가족에 대한 끔찍한 드라마 〈라 카사 데 트라이시옹〉*이 시작하면서 크레디트가 올라갈 때 밖에서 고함 소리가 들린다.

"이호 데 투 핀체 마드레!**" 어떤 남자가 소리친다. "언젠가는 갚아야 할 거다!"

---

* 배신의 집 *la casa de traición*.
** 빌어먹을 놈 *hijo de tu pinche madre!*.

310

벨렌이 티브이 소리를 죽이고, 우리 모두 영문을 몰라 서로 바라본다.

나머지는 못 알아듣겠다. 알아들을 수 있는 단어는 푸토*와 피에드라스**밖에 없다. 누군가 자동차 경적을 울린다. 타이어가 끼익 소리를 낸다. 개가 짖는다.

잠시 후 소동이 멈추더니 다 끝났다고 생각했을 때 총소리가 시작된다. 불쌍한 마마 하신타까지 모두가 바닥에 엎드린다. "또야? 끝난 줄 알았는데." 마마가 말한다. "왜죠? 주님, 왜죠?" 마마 하신타가 흐느끼자 티아 페르미나가 등을 문지르면서 진정시키려 한다. 어찌나 심란해하는지 달랠 수도 없다. 티아 에스텔라가 성호를 긋고 또 긋는다.

우리 모두 집 안쪽으로 기어간다. 내가 맨 마지막이다. 나는 기어가기 전에 열린 문틈을 내다본다. 길 한가운데 시체가 두 구 쓰러져 있다.

티아 페르미나는 내 수스토를 없애기 위해서 림피아***를 해줘야겠다고 말한다. 그런 일을 겪은 채로 집에 보낼 수는 없다고, 엄마가 뭐라고 하겠냐고 말이다. 우리 집안 사람들은 '두려움'이 사람을 죽일 수도 있다고 주장한다. 나라면 그것을 '심장마비'라고 부르겠지만, 뭐 어쨌든. 이렇게 해서 모두의 기분이 나아

---

* 남창*puto*. 일반적인 욕으로 쓴다.
** 돌*piedras*.
*** 청소, 깨끗이 하기*limpia*.

진다면 맞춰 줄 생각이다.

티아는 마마 하신타가 여분의 건조식품을 넣어 두는 창고로 나를 데려간다. 밀가루, 콩, 말린 옥수수자루 들이 바닥에 널려 있다. 내가 작은 간이침대에 편하게 눕자 티아 페르미나가 달걀을 들고 내 머리에서부터 발 쪽으로 내려가면서 온몸에 작은 십자가를 그린다. 시원한 달걀 껍데기가 살갗에 닿아서 기분이 좋다. 어렸을 때 나는 이 영적 의식에 대해서 잘 몰랐다. 달걀을 이용한다는 것만 알았기 때문에 요리—구운—한 달걀을 써서 기름과 노른자가 온몸에 묻는 줄 알았다. 아, 난 정말 멍청했다. 하지만 사촌 바네사가 차에 치일 뻔한 다음에 어른들이 이 의식을 치러 주는 것을 보고 알게 되었다. 날달걀이 영혼에 들러붙은 더러운 것을 전부 빨아들여 가둔다고 한다.

티아 페르미나가 기도 드리는 목소리는 너무 작아서 알아들을 수가 없다. 티아는 내 온몸에 십자가를 수십 개 그리더니 이제 달걀을 깨뜨려서 내 속에서 무엇이 부글부글 끓고 있었는지 볼 차례라고 말한다. 티아가 물이 담긴 잔에 달걀을 깨 넣고 불빛을 향해 들어서 살펴본다. 물이 뿌옇고 끈적하게 변하고, 자세히 보니 노른자 중간에 검붉은 피가 한 방울 보인다.

"디오스 미오, 미하." 티아가 숨을 헉 들이마신다. "너한테 무슨 일이 일어나고 있는 거니?"

나르코스들이 계속 싸울지도 모른다고 마마 하신타가 걱정을 해서 나는 집에 돌아가기로 한다. 로스 오호스는 약 1년 반 동안 비교적 평화로웠지만 폭력 사태가 다시 시작되었다. 마마 하신타는 나르코스가 버스를 세울 가능성은 낮으니까 공항까지 버스를 타고 가라고 한다. 카르텔이 몇 년 동안이나 안드레스를 노리고 있기 때문에 티오 추초가 운전하는 것은 특히 위험하다.

"티오 추초가 그 남자한테 왜 봉투를 줬어요?" 내가 잠자리에 들기 전에 마마 하신타에게 묻는다. "파울리나 생일 파티 때 말이에요."

마마가 한숨을 쉰다. "뇌물이야. 안드레스를 내버려 두라고 말이다. 나르코스는 안드레스를 끌어들이고 싶어서 가끔 찾아와. 그 짐승들 밑에서 일하다니, 상상이나 할 수 있겠니? 니 디오스 로 만데*. 그 사람들은 영혼이 없어, 돈이 없는 사람한테는 그런 식으로 받아내려 하지. 네 티오는 보잘것없는 트럭 운전수지만 남은 가족을 돌보려고 최선을 다하고 있단다. 아이, 디오스 미오, 자그마한 우리 마을이 쓰레기장이 돼 버렸구나." 마마 하신타가 손바닥으로 눈을 꾹 누른다. "아까 일은 걱정하지 말고 좀 쉬어라. 금방 집에 갈 수 있을 거다. 이렇게 될 줄 몰랐구나, 미하. 미안하다. 우리는 싸움이 끝난 줄 알았어. 한참 동안 이런 일이 없었으니까." 마마가 성호를 긋고 잘 자라며 입맞춤을 해준다.

"괜찮아요. 마마 잘못이 아니잖아요." 내가 말한다. 마마에게 아마가 무슨 일을 겪었는지 다 안다고 말하고 싶은 생각이 든

---

* 절대 그래선 안 되지 Ni Dios lo mande.

313

다. 그 생각이 내 안에서 또 하나의 심장처럼 뛰고 있지만, 입 밖에 낼 수 있을지는 모르겠다.

에스테반은 내가 보고 싶을 거라고 말하고, 나는 그렇지 않을 거라고 한다. 어떻게 내가 보고 싶을 수 있을까? 그는 나를 잘 알지도 못한다. 하지만 에스테반은 웃기만 한다. 그는 내가 하는 거의 모든 말에, 심지어는 웃기려는 말이 아닐 때도 웃는다.

"국경 너머에서 만날 수 있을지도 몰라." 광장에서 에스테반이 나에게 말한다. "곧 건너갈 거야. 영원히 과일가게에서 일할 순 없잖아. 여기에는 내가 할 수 있는 일이 하나도 없어. 이곳이 지긋지긋해." 에스테반이 넌더리가 난다는 듯 주변을 둘러보고 텅 빈 분수에 돌멩이를 찬다.

"조심해. 부탁이야. 국경은……. 빌어먹을 국경." 내 마음 속에서 거친 생각이 퍼져 나간다. "국경은 거대한 상처, 두 나라 사이의 커다란 상처일 뿐이야. 왜 이래야 하지? 이해가 안 가. 그냥 아무렇게나 그어 놓은 바보 같은 선이잖아. 어떻게 사람들한테 넘어도 되니 안 되니 말할 수 있지?"

"나도 이해가 안 가." 에스테반이 카우보이모자를 벗고 산 쪽을 바라본다. "내가 아는 건 이런 인생은 이제 지겹다는 것밖에 없어."

"말도 안 돼. 정말 말이 안 돼." 내가 두 주먹을 쥐고 눈을 감는다.

에스테반이 양손으로 내 얼굴을 감싸더니 끌어당긴다. 한 시간 안에 온 마을 사람들이 다 알게 되겠지만 나는 신경 쓰지 않는다.

　나는 친척들에게 작별 인사를 한 다음 버스에 앉아서 조용히 운다. 나를 보며 서 있는(분명히 그러고 있을 것이다) 마마 하신타를 보면 울음이 터질 것 같아서 바깥은 내다보지 않는다. 마마는 나에게 라 벤디시온을 해 준 다음 아파의 그림을 주면서 엄마를 잘 돌봐 주리라 믿는다고 말했다. "넌 아름다운 아가씨야. 놀라운 일들을 할 거야. 내 딸을 잘 보살펴 주렴." 나는 엄마를 지키고 보살펴야 한다는 생각을 한 번도 안 해 봤지만—그것이 내 일인지 몰랐다—, "네, 당연하죠"라고 대답한다. 어떻게 싫다고 답할 수 있을까?

　마침내 버스가 출발하고, 나는 잠을 좀 자려 하지만 앞자리 남자가 본인도 몇 분마다 깰 정도로 너무 시끄럽게 코를 곤다. 자기 살에 파묻혀 질식하는 사람처럼 코 고는 소리가 아주 낮다. 나는 창밖으로 바스라질 듯한 갈색 땅을 자세히 살펴본다. 십 년 만에 찾아온 최악의 가뭄이라고 한다. 길가에 몇 킬로미터 간격으로 사막의 화려한 꽃이나 인조 장미로 장식된 흰 십자가가 보인다. 여기서 왜 이렇게 많은 사람이 죽었을까 궁금하다.

　도시에 거의 도착하자 해가 지기 시작한다. 그 색깔이 어찌나 아름다운지, 폭력적일 정도다. 나는 가슴에 통증을 느끼며 오래전에 읽었던, 공포는 아름다움의 시작이라는 시구를 떠올린다. 그 비슷한 말이었다. 정확히 기억나지는 않는다.

철조망 너머 들판에 당나귀 시체가 한 구 있다. 다리는 뻣뻣하게 굳었고, 죽을 때 미소를 짓고 있었는지 입이 벌어져 있다. 독수리 두 마리가 그 위를 맴돈다.

스물셋

공항에 마중 나온 아마가 나를 차이나타운의 식당으로 데려간다. 솔직히 우리가 마지막으로 외식한 게 언제였는지 기억도 안날 정도기 때문에 정말 믿을 수가 없다. 식탁이 끈적거리고 가게에서 낡은 카펫 냄새가 나지만 엄마랑 같이 와서 좋다. 게다가 엄마의 직장 동료가 맛있는 집이라고 했단다. 이번만큼은 겉모습으로 판단하지 말아야 할지도 모르겠다.

내가 바깥이 보고 싶다고 해서 우리는 창가 자리에 앉는다. 드디어 시카고의 날씨가 풀리기 시작—눈이 군데군데 지저분하게 남은 부분만 빼고 거의 다 녹았다—해서 모두들 더 밝고 생생해 보인다. 계산대 근처 수조에서 비열한 얼굴을 가진 빨간 물고기가 헤엄을 친다. 저 물고기가 기분 나쁜 얼굴로 우리를 보는 것 같다고 말하자 아마가 웃는다.

"할머니가 그러시던데, 네가 많이 도와 드렸다면서." 아마가 미소를 지으며 말한다.

"좋았어요. 할머니가 이렇게 보고 싶었는지 미처 몰랐어요."

"그렇지? 가면 기분 좋아질 거라고 했잖아."

"네, 그런 것 같아요. 하지만 총싸움은 무서웠어요." 내가 심호흡을 한다.

"그건 정말 미안하다, 미하. 내가 널 보낼 때는 잠잠하다고 했었어. 1년 넘게 그런 일이 없었다고 말이야. 그럴 줄 알았으면 안 보냈을 거야, 알지?"

"난 괜찮아요, 괜찮아. 엄마 잘못이 아니잖아요."

"지난주에 선생님한테서 전화가 왔어." 아마가 이렇게 말하고 차를 호로록 마신다.

"어느 선생님요?"

"잉맨 선생님."

"하지만 잉맨 선생님은 이제 제 담당도 아닌데요. 왜 전화하셨대요? 뭐라고 하셨어요?"

"네가 몇 주 동안 학교를 빠진다는 얘기를 들으셨대. 걱정하시더라. 집안 사정 때문에 멕시코에 갔다고 했더니 졸업을 하고 대학에 가려면 빨리 돌아와야 한다고 그러시더라. 또 선생님이 지금까지 가르친 학생들 중에서 네가 제일 뛰어나다고, 글을 정말 잘 쓴다고 계속 말씀하셨어. 난 전혀 몰랐는데. 왜 말 안 했니?"

나는 아마한테 이런 일들을 설명하는 것이 항상 어려웠다. "하려고 했어요." 내가 말한다. "정말로요."

"너도 알겠지만 난 학교에 거의 안 다녔단다. 열세 살부터 학교를 그만두고 일을 해서 가족을 도와야 했지. 난 무식해, 미

하. 모르겠니? 난 모르는 게 너무 많아. 나도 달랐으면 좋겠어. 네가 날 미워하는 건 알지만 엄마는 온 마음을 다해서 널 사랑해. 항상 그랬어, 널 가진 걸 알았을 때부터 계속. 그냥, 너한테 아무 일도 없기를 바라는 거야. 항상 걱정이란다. 그것 때문에 얼마나 미칠 것 같은지 넌 모를 거야. 난 항상 널 지킬 방법만 생각해." 아마가 눈물을 흘리며 냅킨 끄트머리로 눈가를 닦는다.

"아마, 난 엄마 안 미워해요. 전혀 안 미워요. 제발 그런 말 하지 마세요." 웨이트리스가 음식을 가져다준다. 나는 깐풍기를 정말 좋아하지만—평소에는 깐풍기를 보면 세인트버나드처럼 침을 흘린다—, 갑자기 배고픔이 사라졌다. 물론 아마는 찐 채소도 주문했다. 나는 천장을 바라보며 울지 않으려고 애를 쓰지만 소용없다. 다들 우리를 쳐다보지만 어쩔 수 없다.

"내가 최고의 엄마가 아닐 때도 있다는 건 알아. 넌 너무 달라, 훌리아. 난 너를 어떻게 해야 할지 항상 몰랐고, 네 언니가 죽은 뒤로는 내가 무슨 짓을 하고 있는지도 몰랐어. 네가 섹스했다는 사실을 알았을 때는 바네사처럼 혼자 애를 키우게 될까 봐 너무 무서웠다. 난 네가 그렇게 살지 않았으면 좋겠어. 좋은 직업을 갖고 결혼을 하면 좋겠어." 아마가 심호흡을 한다. "최근에 신부님이랑 여러 번 이야기를 나눴단다. 내가 모든 일을 이해하도록 신부님이 도와주고 계셔." 아마가 내 손에 자기 손을 올린다. "미안하다. 정말 미안해. 그리고…… 그리고…… 너 때문에 언니가 그렇게 된 게 아니라는 거 알아. 그런 말은 하지 말았어야 하는데. 정신을 차리려고 애쓰고 있는데 너무 어렵구나, 미하."

아마를 보면 자꾸 국경이 떠오른다. 나는 땅바닥에서 비명을 지르는 엄마를, 머리에 총이 겨눠진 아파를 계속 그려 본다. 아마한테 무슨 일이 있었는지 안다는 말은 절대 못할 것 같다. 하지만 이런 비밀을 속에 가둬 둔 채 어떻게 살 수 있을까? 어떻게 아무 문제도 없는 척 신발 끈을 묶고, 머리를 빗고, 커피를 마시고, 설거지를 하고, 잠자리에 들 수 있을까? 속에 묻어둔 것들이 점점 커지는데 어떻게 웃으면서 행복을 느낄 수 있을까? 어떻게 매일매일 그럴 수 있을까?

"저도 죄송해요." 내가 마침내 말한다. "엄마한테 상처를 줘서 미안해요. 죽고 싶어 해서 미안해요."

집에 오자 아마가 핸드폰을 돌려주었기 때문에 나는 코너에게 전화하기로 한다. 이제 코너와 에스테반 둘 다 그립다. '사랑'인지 뭔지—내 감정이 뭔지도 모르겠다—는 너무 혼란스럽다. 두 사람에게 동시에 이런 감정을 느끼는 것이 정상일까 궁금하다.

전화기를 켜니 문자메시지 열다섯 개와 음성 메시지 열한 개가 있는데, 전부 코너가 남긴 것이다. 대부분 똑같다. "네가 괜찮으면 좋겠다. 보고 싶어. 전화 좀 해줘."

코너가 전화 받기를 기다리는 동안 숨도 쉴 수 없다. 내가 끊으려고 할 때 그가 전화를 받는다.

"세상에, 너구나." 코너가 말한다.

나는 너무 긴장해서 목소리가 갈라진다. "잘 지내?"

"전화 진짜 많이 했었어. 왜 안 받았어? 네가 전화기를 돌려 받았기를 바라고 있었는데."

"멕시코에 갔었어."

"뭐? 멕시코? 거기서 뭐 했는데?"

"얘기가 좀 길어. 직접 만나서 설명할게. 전화로 얘기하기에는 너무 복잡하거든."

"내가 싫어진 줄 알았어."

"전혀 아니야."

"노트북 비밀번호 푸는 거 도와주고 싶은데."

"고마워. 진짜 고마운데, 음, 만나서 설명하고 싶은 건 다른 일이야."

"있잖아, 정말 보고 싶었어. 전에는 미안했어."

"괜찮아. 거의 다 내 잘못인데 뭐. 네 말을 끝까지 들었어야 하는 건데 말이야. 멋대로 전화를 끊는 게 아니었는데. 나도 너 보고 싶었어. 해 줄 이야기가 진짜 많아. 말 두 마리가 결혼한 얘기도 있어."

코너가 웃는다. "진짜 말도 안 되는 얘기 같다."

"아, 넌 아무것도 몰라. 내일 다섯 시 반에 서점에서 만날래? 같이 책 냄새 맡자." 아마가 보내 줄지 모르겠지만, 코너를 다시 만날 방법을 찾아야 한다.

나는 전화를 끊고 식탁 앞에 앉아 있는 아마에게 다가간다. 아마는 기다란 청구서를 빤히 보고 있다.

"아마." 내가 조용히 말한다. "내일 로레나랑 나갔다 와도 돼요?" 코너에 대해서는 절대 애기할 수 없으므로 거짓말을 할 수밖에 없다. 나는 숨을 참고 아마가 안 된다고 말하기를 기다린다.

아마가 관자놀이를 문지른다. "어디 가는데?"

"몰라요, 시내에 나가거나 뭐 그러겠죠. 공원에요. 여기가 아닌 어딘가에요. 로레나를 못 본 지 너무 오래됐어요."

아마는 잠시 말이 없다. 이마에 손가락을 대고 열심히 생각하는 것 같다.

"아이, 디오스." 마침내 엄마가 말한다.

"제발요."

"좋아, 하지만 어두워지기 전에 돌아와야 한다." 아마가 고통스러운 표정으로 말한다.

아마가 더 좋은 엄마가 되기 위해서 열심히 노력하고 있기 때문에 나는 더 좋은 딸이 되기로 결심했고, 그래서 그날 밤 성당에서 열리는 기도 모임에 같이 가자는 말에 승낙한다. 내 킨세녜라가 열렸던 지하실이 모임 장소다. 계단을 내려가다 보니 그 끔찍했던 밤이 떠오른다. 나는 아마가 그때를 떠올리지 않기 바라지만 분명 떠올리고 있을 거다. 어떻게 떠올리지 않을 수 있겠는가?

성당 모임의 제일 좋은 점은 공짜 커피와 쿠키가 있다는 것이므로 나는 당장 간식을 가지러 간다. 밀크커피에 적신 바닐라 웨이퍼보다 더 맛있는 건 거의 없다.

모임의 리더는 아델리타라는 이름의 중년 여성이다. 그녀는 유행에 완전 뒤떨어진 플리스 조끼 차림이고 여자들이 나이 들면 흔히 그러듯 머리를 짧게 잘랐다. (중년이 되면 왜 꼭 머리를 짧게 잘라야 하는지 정말 모르겠다.) 아델리타가 주님의 기도를 올린 다음 자기 기도를 덧붙인다. "여기 있는 모두가 각자 바라는 사랑과 이해를 찾게 하소서. 주님은 우리 모두의 안에 살아계시나이다."

아델리타는 백혈병과 오랫동안 힘들게 싸우다가 죽은 열 살짜리 아들에 대해서 이야기한다. 15년이나 지났지만 아들의 죽음에서 단 하루도 벗어날 수 없다고 한다. 아들이 다리를 절단하는 부분에 이르자 울지 않으려고 해도 눈물이 흘러내린다.

"괜찮니, 미하?" 아마가 내 무릎에 손을 얹으며 속삭인다.

내가 고개를 끄덕인다.

다음은 곤살로라는 남자인데, 파란색 작업복 바지와 90년대 산인 듯한 벅스버니 티셔츠를 입고 있다. 그 옷을 보니 더없이 기분이 가라앉는다. 그는 동성애자인 아들을 어떻게 용서해야 할지 모르겠다고 말한다.

"뭘 용서해요?" 곤살로가 말을 끝내자 내가 묻는다.

"훌리아, 조용히 해." 아마가 말한다. 나는 늘 그렇듯 벌써부터 아마를 부끄럽게 만들고 있다.

"질문해도 괜찮아요." 아델리타가 말한다.

"그냥 이해가 안 가서요." 내가 말을 계속한다. "동성애자가 되겠다고 선택하는 게 아니잖아요. 모르세요?"

"이해가 안 간다는 게 무슨 뜻이냐? 내 아들이 하는 짓은 죄야!" 그는 이제 완전히 화가 나서 얼굴이 새빨개지고 주먹을 꽉 쥐고 있다.

곤살로와 벅스버니 티셔츠에 대한 동정심이 순식간에 증발한다. "아드님은 아버지랑 부딪치기 싫어서 게이가 되지 않으려고 온갖 수를 다 써 봤을 거예요. 게다가 예수님은 모두를 사랑하라고 가르치시지 않았나요? 그게 그리스도교에서 제일 중요한 거 아니에요? 제가 잘못 알았나요?"

더 이상 말했다가는 곤살로 씨가 내 얼굴에 주먹을 날릴 것같아서 나는 말을 멈춘다. 옆에서 덜덜 떨리는 아마의 분노가 느껴지지만 엄마는 아무 말도 하지 않는다. 아마의 차례가 되었을 때 우리는 이미 불륜, 죽음, 학대받는 동성애자 자녀들, 파산, 추방에 대한 이야기를 전부 들었다. 내 영혼은 발치에 퍼진 웅덩이가 되었다.

"아시겠지만 저는 거의 2년 전에 올가를 잃었어요. 난 항상 올가를 생각한답니다. 올가의 빈자리를 느끼지 않을 때가 단 한 순간도 없어요. 저에게 올가는 동료이자 친구였죠. 얼마나 지나야 정신을 차릴 수 있을지 모르겠어요. 내가 반으로 쪼개진 기분이에요. 여기 이 아이는 내 예쁜 딸 훌리아인데, 나는 훌리아를 너무나 사랑하지만 앤 너무, 너무나 달라요. 훌리아가 특별한 아이라는 건 알아요. 똑똑하고 강한 것도 알지만, 우리가 항상 서로를 이해하는 건 아니에요. 예를 들어서 올가는 항상 집에서 가족과 함께 시간을 보내고 싶어 했고, 친척들과 친하게 지내는 걸 좋아했지만 훌리아는 집에 가만히 앉아 있질 못해요." 아마가 코를 푼다. "우리 고향에서 여자는 집을 지키면서 가족을 돌봐야 했어요. 이 나라 여자들이 사는 방식, 쿠알키에르 풀라노*나 만나서 관계를 가지고 혼자서 살아가는 건, 그냥 이해가 안 돼요. 내가 생각하는 도덕성이 여기랑은 너무 다른가 봐요. 모르겠어요." 아마가 손에 쥐고 있는 구겨진 화장지를 바라본다. 아마는 올가가 어떤 사람이었는지 전혀 모르지만, 내가 어떻게 사실을 말할 수 있을까? 나에게 그럴 권리가 있을까?

"난 그렇게 살고 싶지 않아요, 아마." 내가 말을 해도 되는지 잘 모르겠지만 참을 수가 없다. "미안하지만 난 올가가 아니고, 올가처럼 되지도 않을 거예요. 난 엄마를 사랑하지만 다르게 살고 싶어요. 집을 지키기는 싫어요. 결혼이 하고 싶은지, 아이를 갖고 싶은지도 잘 모르겠어요. 학교에 가고 싶고 세상을 보고 싶어요. 난 너무 많은 것을 원해서 가끔은 정말 견딜 수가 없어요. 폭발할 것 같아요."

아마는 아무 말도 하지 않는다. 모두 말없이 앉아 있다가 결국 아델리타가 손을 잡고 마지막 기도를 올리자고 말한다.

부모님이 잠든 후에 나는 올가의 이메일을 마저 읽으려고 여분의 열쇠를 이용해서 언니 방에 들어간다. 확인해 보니 내가 비밀번호를 해제해 놓았다, 정말 다행이다. 옆집 인터넷은 느리지만 되긴 된다. 이번에는 제일 최근 메일부터 읽는다. 조바심이 나서 순서대로 읽을 수가 없다. 이메일은 대부분 똑같다. 언제 만

* 아무 남자*cualquier fulano*.

날지 약속을 잡고, 올가가 그 남자의 아내에 대해서 불평을 하고, 언제 아내와 헤어질 거냐고 묻고, 남자는 헤어지겠다고 약속한다. 가끔 남자가 용서해 달라고 빌 때도 있고 그러지 않을 때도 있다. 두 사람은 거의 똑같은 말을 반복한다. 서로의 이름이나 구체적인 장소는 절대 쓰지 않는다. 두 사람이 계속 'C'라고 언급하는 것은 콘티넨탈 호텔인 깃 같다. 내가 파악한 바에 따르면 남자의 자녀들은 고등학생인 것 같은데, 올가와 나이 차이가 얼마 안난다는 뜻이다. 남자가 결혼 20년 차인 것은 확실하다. 그 사실로 뭐든지 정당화할 수 있다는 듯이 남자가 올가에게 계속 그렇게 말하고 있기 때문이다.

올가는 어떻게 이렇게 오랫동안 견딜 수 있었을까? 어떻게 잘 될 거라고 생각했을까? 내가 전혀 몰랐던 면이다. 절박하게 매달리면서 망상에 빠진 올가. 나는 언니가 청순하고, 수동적이고, 상냥하고, 흘러가는 세상을 가만히 보고만 있다고 생각했지만 사실 올가는 흘러가는 세상을 가만히 보면서 나이 많은 유부남과 섹스를 하고, 그가 언젠가 아내와 헤어지기를 바라고 있었다. 올가는 그 남자와 4년을 허비했다. 병원에서 일하기 시작했던 열여덟 살부터 죽는 날까지 말이다. 무슨 생각이었을까? 언니가 그렇게 정적이었던 것도 당연하다. 이곳을 떠나 대학에 가고 싶어 하지 않은 것도 당연하다. 올가는 기다리는 중이었고, 아마 영원히 기다렸을 것이다. 그때, 보낸 편지함을 봐야겠다는 생각이 들었다. 어쩌면 남자가 답장을 하지 않은 이메일이 있을지도 모른다.

losojos@bmail.com
오후 5:05 (2013년 9월 5일)

어제 초음파 검사일이었어요. 왜 안 왔어요? 혹시 보고 싶을
까 봐 당신 책상에 사진 올려놨어요.

죽은 언니의 뱃속에 아이가 있었다.

스물넷

나는 앤지가 일하는 호텔로 전화를 걸어서 앤지의 목소리가 들리자 그냥 끊는다. 그런 다음 기차를 한 번 갈아타고 앤지가 일하는 건물로 가서 그 앞에 선다. 호텔은 호화롭고 정장을 입은 남자들과 완벽하게 치장하고 하이힐을 신은 여자들로 가득하다. 모든 것이 억압적일 만큼 반짝거린다. 대리석 바닥에 내 모습이 비춰 보일 정도다. 내가 로비에 들어서자 비싼 트렌치코트 차림에 코끝이 뾰족한 중년 여성이 나는 이런 데 올 사람이 아니라는 듯이, 내 존재 때문에 기분이 상했다는 듯이 얼굴을 찌푸린다. 나는 그 여자를 향해 활짝 미소를 짓고 손을 흔든다. 내가 놀리고 있다는 것을 알아차리면 좋을 텐데.

여기서 하룻밤 자면 얼마일까 궁금하다. 몇백 달러, 어쩌면 몇천 달러쯤 하겠지.

앤지는 내가 바라던 대로 프런트 데스크에 있는데, 남색 바지 정장 차림이라서 열 살은 더 나이 들어 보인다. 야성적인 머리카락은 포니테일로 단정하게 묶었고, 화장은 연하다. 인간으로

서 최대한 무미건조해 보이는 것이 복장 규정인가 보다.

물론 앤지는 나를 보고 깜짝 놀란다.

"세상에, 여기서 뭐 하니?" 앤지가 전화기를 내려놓는다.

"나도 만나서 반가워, 앤지. 진짜 오랜만이지."

앤지가 한숨을 쉰다. "어떻게 지내?"

"아, 아주 잘 지내."

"지금은 얘기 못해. 너도 보면 알겠지만 일하는 중이라서."
앤지가 목을 문지르면서 초조하게 주위를 둘러본다.

"그러면 올가의 유부남 남자친구랑 뱃속의 아기에 대해서
나랑 얘기할 시간 없겠네?" 내가 미소를 짓는다.

"뭐라고?"

"들었잖아."

"커피 마시러 가자." 앤지가 가방을 들고 데스크 끝에 있던
금발 머리 동료를 본다. "멜리사, 곧 돌아올 거예요. 잠깐만 쉴
게요."

길 건너 커피숍 구석 자리에 앉자 앤지가 가방을 뒤적이더
니 거울 대신 전화기를 보면서 연한 립스틱을 한 겹 더 바른다.
하지만 아무 말도 하지 않는다. 내가 먼저 말을 꺼내기를 기다리
는 것이 분명하므로 나는 커피만 홀짝이면서 앤지가 초조해하도
록 잠시 내버려 둔다.

"왜 말 안 했어? 알고 있었잖아." 내가 마침내 말한다. "나한
테 왜 이래? 난 올가 동생이야, 앤지."

"그걸 말해서 누가 뭘 얻을 수 있는데? 올가는 죽었어. 살아나지 않아. 뭐가 달라지는데? 너희 가족이 그 사실을 알고 싶겠니? 다들 충격 받을 거야. 훌리아, 넌 아직 어려서 모르겠지만 가끔은 진실이 필요 없을 때도 있어."

"왜 다들 나한테 그렇게 말하지? 난 바보 천치가 아니야. 나도 머리가 있어, 그것도 꽤 좋은 머리가. 어차피 부모님도 결국에는 알았을 거잖아. 아기를 낳으면서 어떻게 숨겼겠어? '아, 여기 있는 애는 신경 쓰지 마세요. 원죄 없는 잉태의 결과물이랍니다.' 그러면 되는 거야? 상대방이 누구인지만 말해 줘. 올가랑 같은 병원에서 일하는 거 알아. 빨리 말해 줘. 의사지?"

앤지가 고개를 젓는다. "난 올가가 그 남자랑 헤어지게 하려고 몇 년 동안이나 정말 애썼지만 올가가 말을 안 들었어. 그 무엇으로도 올가를 막을 수 없었어. 완전히 푹 빠졌었거든. 넌 아무것도 몰라. 그 남자가 불행한 결혼생활 때문에 올가를 이용하는 게 빤히 보였지만 올가는 그걸 몰랐어. 내가 아무리 설명해도 소용없었어."

"난 올가가 언니랑 사귀었나 싶던 참이었어. 뭘 믿어야 할지 모르겠어서."

"우와. 진심이니? 나랑 네 언니가?"

"그렇게 이상한 일은 아니잖아. 언니가 나한테 뭔가 숨기는 게 분명한데, 두 사람은 항상 붙어 다녔으니까."

앤지가 역겹다는 표정을 짓는다.

"임신한 건 언제부터 알았어?"

"잠깐, 넌 도대체 어떻게 그걸 다 아니?" 앤지가 양손을 탁자에 올린다.

"올가 이메일을 읽었어."

"음, 아주 엉망이네."

"사실을 숨기는 것보다 더 엉망이야? 뭔가 이상하다고 생각하는 내가 제정신이 아닌가 보다고 착각하게 놔두는 것보다?"

"누군지는 왜 알고 싶어? 알면 뭐 어쩔 건데?"

"나는 알 자격이 있으니까. 올가가 어떤 사람이었는지 전혀 몰랐던 것 같으니까. 아무도 몰랐던 것 같네. 언니랑 올가가 몰래 만나던 그 늙은 남자만 빼고 말이야. 올가는 왜 그렇게 살았던 거야? 멀쩡한 남자를 사귀면서 학교나 다니지, 왜 그랬을까? 난 이해가 안 가."

"올가가 부모님 곁을 떠나기 싫어했던 거 너도 알잖아. 올가는 부모님을 위해서 무엇이든 했을 거야. 항상 착한 딸이 되고 싶어 했으니까."

나는 앤지가 또 무엇을 알고 있을까 궁금하다. 표정을 읽어보려고 하지만 어떻게 해석해야 할지 모르겠다.

"부모님도 알아야 해. 이건 나한테도 엄마 아빠한테도 불공평해. 빌어먹을 평생 동안 나 혼자 어떻게 끌어안고 살아?"

"미안해. 네가 힘든 건 알아, 정말이야. 하지만 중요한 건 네가 아니야. 남은 사람들을 지키는 게 중요한 거야. 왜 가족에게 더 큰 고통을 안겨 주려고 하니?"

"거짓을 살면 안 되니까." 내가 말한다. "엄마 아빠도 알 자격이 있으니까. 말을 안 하면 내가 폭발해 버릴 것 같으니까. 그 생각밖에 할 수가 없어. 모르는 척하면서 혼자 속으로 곪는 건 이 제 지쳤어. 나 혼자서 비밀을 지키느라 죽을 뻔했어. 이제 그렇게 살고 싶지 않아."

"무슨 소리야?"

"됐어." 앤지의 말이 맞을지도 모른다는 생각도 들지만 (내 가 뭐라고 가족에게 이런 짓을 할까?) 이런 기분이 싫다, 비밀의 무게 때문에 가슴이 무너져 내릴 것 같다.

앤지가 손바닥으로 눈물을 닦는다. "절대 입 밖에 내면 안 되는 얘기도 있는 거야, 홀리아. 모르겠니?"

나는 다시 기차를 타고 코너를 만나러 위커파크의 서점으 로 간다. 코너는 나를 보자마자 낡은 사진 책을 주면서 냄새를 맡 아 보라고 한다. 내가 책을 얼굴 가까이 가져다댄다. "흐음……. 비가 오는데 슬픈 남자가 바깥을 내다보고 있어…… 기차역에서 지난 시절을 한탄하면서. 응, 바로 그거야."

그러자 코너가 웃는다. "와, 구체적이네." 그가 말한다. "그 남자 모자 썼어?"

"응. 펠트 중절모."

"너 만나니까 정말 좋다." 코너가 이렇게 말하고 나를 끌어 안는다.

"저도 만나 뵈어서 정말 기쁘답니다. 머리 모양 바꿨네." 덥 수룩한 갈색 머리가 짧고 단정해졌다. 조금 더 나이 들어 보인다.

코너가 어깨를 으쓱한다. "응, 갑자기 지겨워져서."

"마음에 들어." 내가 말한다. "독특해 보인다."

우리는 서가를 돌아다니며 지난 몇 주 동안 어떻게 지냈는지 이야기를 나눈다. 우리가 아주 빠르게 말하면서 깔깔 웃자 사람들이 정신 나간 사람 보듯이 바라본다. 나는 코너에게 이사벨라와 세바스티앙, 게이 고양이들, 총격 사건, 아빠의 그림, 올가의 불륜에 대해서 이야기한다. 모든 이야기를 빠르게 쏟아내다 보니 숨이 찰 지경이다. 하지만 내가 입원했던 이야기는 하지 않는다. 아직 말할 준비가 안 됐다.

우리는 서점을 나와서 블루밍데일 산책로까지 걸어간다. 지금까지 시카고가 내린 최고의 결정은 낡은 고가선로를 산책로로 바꾼 것이다. 기찻길은 (위커파크에서 홈볼트파크까지) 약 4킬로미터인데, 스카이라인과 고가 아래 지역이 아주 잘 보인다. 오늘은 날이 춥지만 걷거나 달리는 사람들이 꽤 있고, 유아차와 개도 있다. 나무와 관목은 거의 헐벗었지만 녹색 잎사귀가 싹트는 것이 보인다. 코너와 나는 아무 말 없이 서쪽으로 한참을 걷는다. 내가 창문이 깨진 폐공장의 그라피티를 물끄러미 바라보자 코너가 내 손을 잡고 꽉 쥔다.

"그래서, 또 뭐 하고 지냈어?" 내가 묻는다. "새로운 숙녀가 나타나지는 않았고?" 왜 이런 말을 하는지 나도 모르겠다. 가끔 긴장하면 멍청한 말을 불쑥 내뱉고 만다.

코너가 고개를 젓고 웃음을 터뜨리지만, 아니라고 말하지는 않는다. 납득하려 애써 봐도 불쑥 질투가 치솟는다. 어쨌든 나도 에스테반을 만났고, 에스테반이 보고 싶지 않다고 하면 거짓말이다.

"대학교에서 연락은 왔어?" 코너가 묻는다.

"아니, 아직. 너는?"

"코넬에 합격했어." 코너가 미소를 짓는다.

"말도 안 돼. 축하해!" 내가 코너의 주먹에 주먹을 부딪친다.

"응, 제일 가고 싶은 학교야. 진짜 신나."

"나도 뉴욕에 있는 학교 몇 군데 지원했으니까 어쩌면 같은 주로 갈 수도 있겠다."

"내가 널 만나러 갈게. 같이 미술관이나 센트럴파크에도 가고, 아니면 맨해튼에서 맛있는 거 먹으러 다니자. 아,『호밀밭의 파수꾼』에 나오는 장소를 전부 찾아가도 되겠다. 진짜 멋지겠는데."

"우선 내가 합격할지 봐서."

"합격할 거야. 너도 알잖아." 코너가 이렇게 말할 때 머리를 묶은 남자가 우리를 지나쳐 달려간다.

"고마워."

해가 지기 시작한다. 거대한 구름 주변에 타는 듯한 주황색 윤곽선이 생긴다. 나는 석양이 정말 좋다. 이렇게 아름다운 일이 매일 일어난다니, 늘 놀랍다.

우리는 한동안 아무 말도 하지 않는다. "그래서, 이제 어쩌지?" 내가 마침내 말한다.

"무슨 뜻이야?"

"나도 모르겠어." 내가 초조하게 웃음을 터뜨린다.

"난 네가 정말 보고 싶었다는 것밖에 모르겠어." 코너가 미소를 짓고 나를 끌어안는다. "널 만나서 정말 좋다."

"나도 보고 싶었어. 하지만 이제 어떻게 되는 거야?"

"우리 둘 다 대학에 갈 거잖아, 그렇지? 그러니까 너무 깊이 생각하지 말고 그냥 현재를 즐기자. 그게 맞는 것 같아." 머리 위에서 비둘기 한 무리가 날아가고, 코너가 내 양손을 잡는다.

"네 말이 맞아." 나는 이렇게 말하지만, 내가 듣고 싶은 대답이 아니다.

스물다섯

로레나는 이번 달 생리가 늦어져서 혹시 임신했을까 봐 겁에 질려 있다. 집에서 임신테스트기로 검사를 했지만 너무 흐릿하게 떠서, 정확한 확인을 위해 진료를 예약했다.

나는 겨우 2주 동안 떠나 있었지만 그 사이에 너무나 많은 일들이 일어났다. 로레나는 임신했을지도 모르고, 후앙가는 섹시한 남자친구를 새로 사귀었고, 잉맨 선생님은 로페스 선생님과 약혼했다. 내가 없어도 세상이 멈추지 않는다는 사실이 왜 이렇게 놀라운지 모르겠다.

로레나와 내가 병원에 가려고 기차를 탔는데 사람이 너무 많아서 내 얼굴 바로 옆에 어떤 남자의 엉덩이가 있다. 로레나의 무릎이 자꾸 위아래로 후들거린다. 로레나는 전혀 긴장하지 않은 척하지만 나는 바로 알아차린다.

"임신이어도 정말 카를로스한테 말 안 할 거야?"

"내가 왜? 카를로스는 낳으라고 할 거야. 난 걔를 잘 알아.

감상에 푹 빠져서 눈물을 흘리거나 뭐 그럴걸? 하지만 난 절대 못 낳아. 그러니까 내 말은, 난 빌어먹을 집을 나와서 뭔가를 해 보고 싶어서 노력하는 중이야, 알지? 애를 좋아하지도 않고. 구역질 나."

"응, 나라도 안 낳을 거야. 임신해서 애를 낳은 사촌이 있는데, 정말 인생에서 일어날 수 있는 최악의 일 같아. 아마 고등학교도 졸업 못했을걸. 고등학교 졸업장도 없이 무슨 일을 할 수 있을까?"

"거지 같은 일이겠지." 로레나가 고개를 젓는다.

"좋아. 그럼 만약 **정말** 임신했으면 돈은 어디서 구할 거야? 그러니까, 그거 비싸잖아."

"호세 루이스가 옷장 안 부츠 속에 돈뭉치를 숨겨놨어. 내가 모르는 줄 알아. 바보 자식."

"하지만 들킬 텐데. 들키면 어쩌려고?"

"솔직히 말해 줘? 상관없어." 로레나가 칠이 벗겨진 빨간 손톱을 내려다본다.

우리 맞은편에 앉은 남자가 쓰레기봉투에서 포크를 꺼내서 마이크처럼 든다. 그가 갑자기 큰 소리로 마이클 잭슨의 '스릴러'를 부르자 옆자리에 앉아 있던 나이 많은 여자가 일어나서 자리를 옮긴다. 차량 안의 모든 사람들이 아주 짜증 난 표정이다. 로레나와 나는 마주보고 웃음을 터뜨린다. 기차는 구역질 나지만 적어도 재미는 있다.

우리가 진료소로 들어가려 하자 앞에서 시위하던 사람들이 소리를 지른다. 다들 '낙태는 살인이다', '엄마, 왜 나를 죽이려고 해요?' 같은 말이 적힌 멍청한 팻말을 들고 있다. 심지어 피투성이 태아의 사진을 든 애들도 있다. 저 사람들은 도대체 왜 저럴까?

"우리가 네 아기를 보살펴 줄게!" 버섯 같은 머리 모양에 치아가 비뚤어진 삐삐 마른 여자가 소리친다. "하지 마! 그러다가 불지옥에 떨어질 거야!"

"저리 꺼져요. 장난 아니에요, 아줌마. 우리 건드리지 마세요." 내가 말한다.

"예수님은 네 아이를 사랑하셔!" 다른 사람이 소리를 지른다.

"우리가 뭐 때문에 왔는지도 모르면서, 좀 닥치시죠?" 심장이 쿵쾅거리고 손에서 힘이 빠진다. 자기들이 뭐라고 남을 마음대로 판단하는 걸까?

"진정해, 홀리아. 저 사람들은 신경 쓰지 마."

20분 뒤, 로레나가 만면에 미소를 띠고 나온다. 내가 일어서자 무릎에 놓여 있던 책이 떨어진다.

"어떻게 됐어? 아니야? 음성이야?" 내가 속삭인다.

로레나가 고개를 끄덕인다. 얼굴이 반짝반짝 빛난다.

"아, 다행이다." 내가 안도의 한숨을 내쉰다.

밖으로 나오자 로레나가 폴짝폴짝 뛰면서 나와 하이파이브를 한다. 자기만큼 운이 좋지 않을지도 모르는 다른 여자들 앞에서는 애써 자제했나 보다. 시위대는 로레나가 거대한 도깨비라도 되는 것처럼 바라본다. 나는 그 사람들을 향해 엄지손가락을 번쩍 들고 미소를 짓는다.

"세상에, 진짜 무서웠어. 같이 축하라도 하자." 로레나가 보도에서 앞뒤로 왔다 갔다 하면서 양손을 문지른다.

"어떻게? 돈이 없잖아. 뭘 할 수 있니? 핫도그 하나 사서 나눠 먹어?"

"그게……." 로레나가 죄지은 듯한 표정을 짓는다.

"뭔데?"

"혹시나 해서 호세 루이스의 돈을 훔쳐 왔어."

"뭐라고? 진짜야?"

"모험을 하기는 싫었단 말이야. 막상 돈이 필요할 때 사라지고 없으면 어떻게 해? 내가 500달러를 어디서 구하겠어? 야, 진짜 딱 한 번이라도 좀 즐기고 싶어. 호세 루이스는 진짜 상관없어. 나가서 뒈지시든가. 너 예전부터 먹어 보고 싶었던 거 뭐야?"

"세상에, 로레나. 너 미쳤어. 진짜야?"

"괜찮다니까. 제발. 진짜 하고 싶단 말이야." 로레나가 내 어깨를 잡고 흔든다. "재밌을 거야. 우리한테 이런 기회가 또 언제 오겠냐?"

"젠장, 나도 모르겠다. 해산물은 어때? 꽤 비싸지 않나?"

"임신이 아닌 것을 축하하며." 내가 물 잔을 들고 말한다. "이제 제발 콘돔 좀 써. 약속이다?"

"알았어, 알았어. 나도 알아. 약속할게. 나도 교훈을 얻었어. 두 번 다시는 안 그럴 거야."

우리는 시카고 강을 따라 오가는 배들을 바라본다. 강가에서 근사한 음식에 돈을 흥청망청 쓰기 딱 좋은 날이다.

웨이트리스가 바구니에 담긴 빵을 내 오자 우리는 어떻게 해야 할지 몰라서 멍하니 마주보다가 빵을 올리브오일에 찍어 먹는 옆 테이블의 커플을 발견한다.

"진짜 저렇게 먹어야 돼? 원래 저렇게 기름을 찍어 먹는다고?" 내가 고갯짓으로 옆 테이블을 가리키며 속삭인다.

로레나가 당혹한 표정으로 어깨를 으쓱한다.

내가 접시에 올리브오일을 따른다.

"그래서, 너랑 코너는 다시 만나는 거야 뭐야? 어떻게 됐어?"

"음, 딱히 그런 건 아니야. 우리가 무슨 사이인지 나도 모르겠어. 난 코너가 정말 좋은데, 걘 아무 약속도 하고 싶지 않은 것 같아. 약간 기분이 나쁘긴 해. 하지만 생각해 보면 난 에스테반도 좋아했거든. 지금도 좋아하고. 같은 나라에 사는 것도 아니니까 잘 안 되겠지만. 제길, 데이트는 너무 어려워."

"정말 그렇다니까." 로레나가 콜라를 한 모금 마시고 잠시 강물을 바라본다. "만나보고 싶다. 걔한테 메시지 보내 봐."

"정말?"

"뭐 어때? 내가 네 남자친구 정도는 만나 봐도 될 것 같은데."

"남자친구 아니라고 방금 말했잖아. 그래도 물어는 볼게."

내가 코너에게 문자메시지를 보내며 말한다.

우리는 한참 동안 아무 말도 하지 않는다. "올가 말이야, 죽었을 때 임신 중이었어." 내가 불쑥 말한다. 다음에 말하려고 했지만 온종일 그 말이 내 안에서 풍선처럼 부풀어 올랐다.

"무슨 소리야?" 로레나가 내 쪽으로 몸을 숙인다.

"언니 컴퓨터를 뒤졌거든. 비밀번호를 찾아서 언니가 늙은 유부남이랑 주고받은 이메일을 전부 다 읽었어. 상대방이 누군지는 전혀 몰라. 이메일이 완전 조심스럽거든. 둘 다 들킬까 봐 무서웠나 봐. 심지어 서로 이름도 안 불러."

"아니, 올가가 그럴 리가. 불가능해." 로레나의 눈이 커진다. "거짓말이지!"

"내 말이." 너무 말도 안 돼서 웃음이 나려고 한다. 천사 같은 언니가 뜨거운 불륜을 저지르고 있었다.

"부모님은 모르셔?"

내가 고개를 끄덕인다. "상상이 되니?"

"아, 세상에." 로레나가 입을 막는다. "말할 거야? 어떻게 할 건데?"

'미스 비헤이빙'이라는 이름을 가진 작고 파란 배가 빠르게 지나간다.

"아직 결정 안 했어. 뭘 어떻게 해야 할지 모르겠어. 그러니까, 어떻게 생각해 보면, 이제 와서 그게 무슨 소용이야? 엄마 아빠 기분만 상할 거야. 언니는 죽었고, 무슨 일이 있어도 그 사실은 안 변해. 하지만 또 반대로 생각하면, 엄마 아빠도 언니가 어떤 사람이었는지 알 자격이 있는 것 같지 않아? **너라면** 알고 싶었을 것 같지 않아? 우리 집안에는 비밀이 너무 많아. 옳지 않은 것 같아. 사람들은 왜 스스로에게, 또 서로에게 항상 거짓말을 할까? 세상에, 나도 모르겠어. 계속 이랬다저랬다 하는 중이야. 나도 얼마 전에야 알게 됐는데, 그 생각이 내 머리를 갉아 먹는 것 같아서 미치겠어. 속에 가둬 놓으려고 아무리 애를 써도 언젠가는 불쑥 튀어나올 것 같아."

"올가는 아기 낳으려고 했었어?"

"잠깐, 기다려 봐. 웨이트리스가 자꾸 우릴 보고 있어." 내가 웨이트리스가 서 있는 곳을 가리킨다. "우리가 돈을 안 낼까 봐 걱정되나 봐."

로레나가 가방에서 돈뭉치를 꺼내 웨이트리스를 향해 흔들어 보인다. "문제 해결. 계속해 봐."

내가 웃는다. 정말 로레나답다. "초음파 검사까지 했으니까, 아마 그랬을 거야. 게다가 올가는 독실한 가톨릭 신자였어. 분명히 낳았을 거야. 내 마음에는 한 점의 의심도 없어."

웨이트리스가 우리에게 거대한 해산물 모둠을 가져다준다. 바다 냄새가 난다. 나는 거의 다 이름이 뭔지도 모르지만 배가 아플 때까지 먹을 거다.

"말해야 할 것 같아. 그러니까 내 말은, 너희 부모님한테는 손자였잖아, 안 그래?" 로레나는 아직도 충격에서 헤어 나오지 못했다. 로레나가 포크로 게를 찌른다. "여기서 살을 어떻게 발라내지?" 흰 식탁보에 버터가 튄다.

"하지만 넌 임신이었으면 카를로스랑 너희 엄마한테 말 안하려고 했잖아. 뭐가 다른데? 엄마 아빠한테 말해서 좋을 게 있을까? 네가 나한테 그랬잖아, 언니한테 그만 집착하고 내 인생이나 살라고."

로레나는 아무 대답도 못한다.

우리는 점심 식사를 마친 후 라살 스트리트와 왜커 드라이브의 모퉁이에서 코너를 만난다. 나는 코너가 백인이고 교외에 살기 때문에 로레나의 마음에 들지 않을 거라고 예상은 했지만, 아무리 그래도 로레나가 너무 쩨려봐서 깜짝 놀란다.

"그만 좀 해." 코너가 안 볼 때 내가 로레나에게 속삭인다. "코너는 왜 부르라고 한 거야?"

"뭐? 내가 뭘 어쨌는데?" 로레나가 기분 나쁜 척한다. "만나보고 싶었어."

"왜 이래, 네가 뭘 어쨌는지 잘 알잖아."

우리 세 사람은 말없이 강가를 걷다가 커피숍을 발견한다. 로레나가 메뉴 중에서 제일 달콤하고 복잡한 음료를 주문하고, 코너와 나는 크림이 든 평범한 커피를 마신다.

"그러니까, 음……." 야외 테이블에 자리를 잡자 코너가 말한다. "훌리아가 그러던데 과학을 정말 잘한다며?"

"그런가 봐." 로레나는 너무 따분하다는 표정이다. 빨대로 음료수를 젓다가 강물을 바라본다.

"물리 숙제를 늘 도와줘. 난 뭐가 뭔지 하나도 모르거든." 내가 이렇게 말하고 로레나를 향해 미소를 지으며 긴장된 분위기를 풀어 보려고 애쓴다. "난 로레나의 영어 숙제를 도와주고."

"어느 대학교에 갈 거야?" 코너가 커피를 한 모금 마신다.

"아직 결정 안 했어. 간호학과 중에서 학비를 감당할 수 있는 곳에 가려고. 대학 등록금이 비싸잖아, 세상에는 부모님한테 기댈 수 없는 애들도 있거든."

내가 로레나에게 최대한 험악한 표정을 지어 보인다.

코너가 고개를 끄덕이고 일어선다. "금방 올게. 화장실 좀 가야 되겠다."

"왜 그렇게 무례하게 굴어?" 코너가 안으로 들어가자 내가 로레나에게 묻는다.

"무슨 말인지 모르겠는데." 로레나가 어깨를 으쓱한다.

"네가 코너를 싫어하는 것 같아. 이해가 안 가. 코너가 뭐 어때서?"

"알지도 못하는데 어떻게 싫어해? 말도 안 되는 소리 하지 마. 내가 쟤에 대해서 아는 건 에반스턴 출신이고, 부모님이 부자고, 네 첫 경험 상대라는 것뿐이야. 그게 다잖아."

"난 쟤가 정말 좋아, 알지?"

"그래, 알았어. 하지만 쟤가 정말 우리를 깔보지 않는다고 믿어? 쟤가 우리를 보면서 수준 낮다는 생각 안 할 거 같아? 난 네가 상처 받는 게 싫을 뿐이야. 딱 봐도 돈 많은 티가 난다. 네 말이 맞았어. 부르지 말걸 그랬나 봐."

"하지만 코너는 그런 애가 아니야." 내가 커피를 내려다본다. "전혀 안 그래."

　　"아, 무슨 소리야. 바보같이 굴지 마." 로레나가 이렇게 말하고 남은 음료수를 후루룩 들이켠다. "다들 그래. 너도 잘 알잖아."

스물여섯

학교가 끝난 다음 나는 올가가 죽은 날 출근할 때 탔던 버스를 탄
다. 언니 직장에 가서 뭘 어떻게 할지 아직 정확히는 모르겠다.
계획은 없다. 무작정 가서 언니를 임신시킨 남자를 어떻게든 찾
을 수 있기를 바랄 뿐이다.

　　나는 대기실에 앉아서 의사 목록을 읽고 또 읽는다. 이런 식
으로는 절대 찾아낼 수 없다. 대기하는 척하는 나를 접수원이
20분 동안 지켜보다가 도움이 필요하냐고 묻는다. 언니 후임으
로 온 사람일까 궁금하다. 저 여자를 보니 주머니쥐—치아 때문
일지도 모르겠다—가 떠오르지만 그래도 어쨌든 예쁘다.

　　"음, 진료를 잡고 싶은데요…… 페르난데스 선생님이요."

　　"선생님한테 진료 보신 적 있으세요?"

　　"아니요."

　　"보험 카드 있나요?"

　　"아니요."

　　"어떤 보험을 가지고 계신가요?"

"잘 모르겠어요." 바보 같은 대답이다, 나도 안다.

"제가 도와드릴 수 없을 것 같네요. 죄송합니다. 부모님이랑 같이 다시 오시겠어요?" 그녀가 이렇게 말하고 미소를 짓는다.

이제 어떻게 할까 생각하고 있는데, 검은 정장을 입은 남자가 들어온다. 그 남자다. 올가의 장례식장에서, 맨 뒤에서 울던 남자. 회색 양복을 입고 비싼 시계를 찼던 남자. 친척이 아니었다.

"안녕하세요, 카스티요 선생님." 접수원이 말한다. "아드님께서 5분 전에 메시지를 남겼어요."

"고마워요, 브렌다."

나는 남자가 사라질 때까지 소파에 몸을 웅크리고 배낭에서 뭔가를 찾는 척한다.

"제가 실수한 것 같아요." 내가 접수원에게 이렇게 말하고 밖으로 달려 나간다.

병원은 다섯 시 반에 닫으므로 나는 그가 나올 때까지 밖에서 기다린다. 다섯 시 사십오 분이 되어서 그만 집으로 돌아갈까 생각하는데 그 사람이 걸어 나온다. 검은 정장에 가죽 서류 가방을 들고 있어서 무척 영향력 있어 보인다. 확실히 나이는 많지만 올가가 왜 끌렸는지 알겠다. 걸음걸이가 왠지 강인하면서 매력적이다.

뭐라고 말해야 할까? 이게 다 무슨 소용일까?

나는 심호흡을 몇 번 한 다음 남자가 까만 BMW에 올라타기 직전에 얼른 달려간다.

"저기요! 저기요!" 그가 차 문을 닫기 전에 내가 소리친다.

"무슨 일이죠?" 남자가 묻는다. 억양이 희미하게 남아 있지만 어디 억양인지는 모르겠다. 이 남자도 내가 누군지 분명히 알 거다. 불편한 기색을 보면, 탈출구를 찾는 것처럼 이리저리 시선을 옮기는 것을 보면 알 수 있다.

"난 올가의 여동생이에요."

"아." 그가 말한다. "아, 그렇군. 조의를 표합니다. 올가는 정말 좋은 직원이었어요. 다들 올가를 무척 그리워하고 있지."

"네, 당연히 그러시겠죠. 언니를 임신시키고 언니랑 결혼할 것처럼 굴었으니까……. 그리고…… 바로 그때 언니가 죽었죠."

카스티요가 한숨을 쉬고 땅을 내려다본다.

"도대체 왜 그랬어요?" 나의 분노에 나 자신도 깜짝 놀란다.

"제발 그만해. 설명할게. 일단 차에 타." 남자가 내 어깨에 손을 올리고 조수석으로 이끈다. 이 남자가 싫다고 생각하는데도 왠지 마음을 편안하게 해 주는 태도다. 잉맨 선생님처럼 남자의 향기가, 오드콜로뉴와 애프터셰이브 로션 냄새가 난다.

식당에는 거의 아무도 없다. 우리 둘 다 한참 동안 아무 말도 하지 않는다. 나는 어디서부터 시작해야 할지 모르겠다.

"내 말 좀 들어 봐." 마침내 그가 말한다. "화난 건 알겠지만, 내가 너희 언니를 사랑했다는 건 알아주면 좋겠어."

"하지만 당신은 유부남이고 올가는 겨우 스물두 살이었잖아요. 역겨워요. 도대체 몇 살이세요? 쉰?"

"너도 나이가 들면 모든 것이 네 상상보다 복잡하다는 사실을 알게 될 거야. 일생을 다 계획해도 네 예상대로 흘러가는 건 하나도 없지." 마치 혼잣말을 하는 것 같다.

"몇 살인지 말해 주세요."

"그건 중요하지 않아." 남자가 목을 긁고 뒤를 돌아본다.

"나한테는 중요해요."

"마흔여섯."

"우리 아빠보다 나이가 많잖아요. 진짜 이상해요. 세상에." 나는 이 남자를 똑바로 보지도 못하겠다.

"인생은 믿을 수 없을 만큼 복잡해. 언젠가 너도 알게 될 거야."

"뭐가 그렇게 복잡하기에 거짓말을 하면서 우리 언니를 이용했어요? 부인을 떠날 생각 전혀 없었잖아요, 맞죠?"

"난 올가랑 결혼하고 싶었어. 진짜 맹세해. 특히……." 그가 얼굴을 문지른다.

"올가가 임신했으니까."

내가 불알을 걷어차기라도 한 것처럼 상처받은 표정이다. "그래, 맞아."

웨이트리스가 드디어 주문을 받으러 온다.

"나는 커피 아무거나 줘요, 고마워요." 카스티요가 말한다.

"저는 그릴드치즈샌드위치랑 사과주스 주세요." 식사라도 얻어먹어야지.

카스티요가 뒷주머니에 손을 넣어 지갑을 꺼내더니 접힌 종이쪽지를 꺼내서 탁자에 펼쳐 놓는다.

거기에 그것이, 흐릿하고 작은 윤곽이 있다. 어떤 조짐, 가능성, 작은 점, 세포 덩어리. 형체도 알아보기 힘들지만 손에서 작은 심장박동이 느껴지는 것만 같다. "몇 주였어요?"

"12주."

"내가 이걸 어떻게 해야 되지?" 내가 큰 소리로 혼잣말을 한다. "어떻게 이것까지 묻어 버리지?"

"무슨 뜻이니?"

"내 말은, 이걸 어떻게 비밀로 하느냐는 거예요. 왜 나 혼자이 거지 같은 비밀을 안고 살아야 하죠?"

"제발 부모님께는 말씀드리지 말아 줘. 올가는 절대 부모님께 상처를 주고 싶지 않았을 거야."

"왜 말하면 안 돼요? 그리고 내가 왜 당신 말을 들어야 돼요?"

"때로는 진실을 말하지 않는 게 최선이야."

"당신은 물론 그렇게 말하겠죠. 당신은 우리 언니와 당신 아내에게 거짓말을 했어요. 두 사람을 완전히 갖고 놀았어요."

"난 올가한테 절대 거짓말하지 않았어." 그가 고개를 젓는다.

"마지막 문자에서 뭐라고 했어요? 언니가 그때 당신한테 문자 보내고 있었던 거 알아요." 내가 샌드위치를 한 입 베어 문다.

"아들이라고, 아버지 이름을 따서 '라파엘'이라 부르겠다고 했어."

뭐라고 대꾸해야 할지 모르겠다. 이 말을 들으니 왠지 뱃속이 전부 망가지는 기분이다.

"당신은 아내와 헤어질 생각이 전혀 없었어요, 그렇죠?"

"아니, 헤어질 거였어." 그가 고개를 젓는다.

"물론 그러시겠죠. 있잖아요, 내가 이메일 다 읽었거든요? 하나도 빠짐없이 전부 읽었어요. 다들 그렇게 생각하고 싶겠지만, 난 멍청하지도 순진하지도 않아요."

카스티요는 한숨을 쉬고 아무 말도 하지 않는다.

"당신은 언니를 질질 끌고 다녔고, 언니는 자기 인생을 방치한 채로 기다리고 또 기다리기만 했어요."

"올가가 임신했다고 말하면서 모든 게 바뀌었어." 카스티요가 창밖을 본다. 눈이 촉촉해졌다. 나는 아파를 포함해서 다 큰 남자가 우는 것을 본 적이 없다. "난 네 언니를 사랑했다. 그건 믿어 줘. 올가가 죽고 나는 망가졌어. 너는 상상도 할 수 없을 만큼 파멸했어." 그가 양손에 얼굴을 파묻는다.

"사실 상상할 수 **있거든요?** 나도 망가졌으니까."

"이혼했어. 더 이상 계속할 수가 없어서." 그가 실크 손수건으로 눈물을 닦는다.

"음, 우리 언니한테는 너무 늦었네요. 안 그래요?" 나는 냅킨을 구기고 주스를 한 모금 마신다. 웨이트리스가 접시를 치우고 탁자를 닦는다. 행주에서 지독한 냄새가 난다. 더 이상 할 말이 없어서 나는 자리에서 일어나 배낭을 멘다. 문밖으로 걸어 나갈 때 나를 지켜보는 그 남자의 시선이 느껴진다.

스물일곱

나는 아빠한테 어떻게 말을 걸어야 할지 아직도 모르겠다. 내가 알고 있다는 사실을 아빠에게 알리고 싶지 않다. 하고 싶은 말이 너무 많지만 할 수가 없다. 가끔 온갖 비밀이 덩굴처럼 내 목을 조른다. 무언가를 내 안에 가두어 놓는 것도 거짓말일까? 하지만 그 사실이 사람들에게 고통만 준다면? 올가의 불륜과 임신 사실을 알아서 좋을 사람이 어디 있을까? 이 모든 사실을 나 혼자만 알고 있는 것은 친절한 걸까, 이기적인 걸까? 나 혼자서 끌어안고 살기 싫어서 다른 사람에게 말한다면 나쁜 걸까? 정말 지친다. 날갯짓을 하는 새 떼처럼 말이 목구멍 밖으로 튀어나올 뻔할 때도 있다. 하지만 그 사실을 부모님에게 말하면 나는 어떤 사람이 될까? 부모님은 이미 충분히 고통받은 게 아닐까? 그래서 아마가 국경에서 있었던 일을 우리에게 말하지 않은 게 아닐까? 나는 안다, 아마는 수치심 때문이기도 하지만 우리를 지키려는 마음이 더 크기 때문에 그 이야기를 가슴속에 묻은 채 죽을 것이다. 올가가 자기 출생에 대해서 알아야 할 필요가 어디 있을까? 올가의 아버지는 무슨 일이 있어도 아빠였다.

아빠는 식탁에서 커피를 마시고 있고 아마는 샤워 중이다.

내가 커피를 한 잔 따라서 아빠 맞은편에 앉는다. 블라인드 틈으로 햇빛이 들어온다.

"부에노스 디아스." 아빠가 고개도 들지 않고 말한다.

"부에노스 디아스." 나는 의자에 앉아서 꼼지락거리며 어떻게 말을 꺼낼까 생각한다. "아빠." 내가 드디어 입을 연다.

아빠가 고개를 들지만 대답은 하지 않는다.

"왜 예전에 그림을 그렸었다고, 화가였다고 말 안 했어요?" 우리 아빠에게 말하는데 왜 이렇게 긴장이 되는 걸까.

아빠가 콧수염 밑을 긁는다. "누가 그러든?"

"마마 하신타가요. 아빠가 그린 아마를 보여줬어요. 정말 멋지던데요? 왜 그만두셨어요?" 내가 냅킨을 배배 꼰다.

"쓸모없으니까. 내가 뭘 어쩌겠니? 그림을 팔까? 시간 낭비야." 아빠가 식탁에 드리워진 햇살 조각들을 빤히 바라본다.

"아니에요. 전혀 그렇지 않아요. 어떻게 그런 말을 할 수 있어요? 예술이잖아요. 아름답잖아요. 그게 중요한 거예요." 의도하지는 않았지만 목소리가 커진다.

"훌리아, 살다 보면 하고 싶은 일을 못 할 수도 있는 거야. 주어진 상황에 대처하면서 입 다물고 계속 일해야 할 때도 있는 거야. 그것뿐이란다." 아빠가 자리에서 일어나 개수대에 컵을 내놓는다.

쿡 선생님을 만나고 나면 누가 내 가슴을 찢어서 연 듯한 기분일 때가 많지만, 나는 선생님과의 상담이 늘 기대된다.

평생 운동을 하고 싶다는 생각은 한 번도 안 해 봤지만 쿡 선생님이 운동을 하면 기분이 나아질 거라며 강력하게 권했다. 엔도르핀이 분비되고 스트레스가 풀린다나. 나는 거의 매일 YMCA에서 수영을 한다. 원래는 싫어했는데, 수영을 하면 마음이 가라앉는다는 사실을 이제야 깨닫는다. 이제 물속에 있을 온갖 박테리아와 분비물에 대한 걱정을 접어두고 즐기는 방법을 배웠다. 수영을 하면 왠지 자유로운 기분이 든다. 살은 별로 안 빠졌지만, 상관없다. 몸이 더 단단하고 건강해졌고, 지금 내 모습 그대로 좋으니까. 그리고 에너지도 더 많아졌다. 하고 나면 절대 후회하지 않기 때문에 게으름을 피우면서 밖에 나가고 싶지 않은 날에도 수영을 하러 간다.

오늘 쿡 선생님은 엄마와 나의 관계에 대해서 이야기하고 싶어 한다. 그게 아마 우리에게 가장 중요한 주제인 것 같다.

"이번 주에는 엄마랑 어떻게 지냈니?" 쿡 선생님이 물을 한 모금 마신다. 밝은 빨간색 리넨 바지, 검정 샌들, 흰색 랩 셔츠 차림이다. 머리카락은 단단한 포니테일로 묶었다. 쿡 선생님은 절대 나를 자기 마음대로 판단하지 않는 것 같아서 좋다. 내 본연의 모습을 걱정 없이 보여줄 수 있다. 내 생각에 부끄럽거나 수치스러운 것을 인정해도 선생님은 나를 나무라거나 나환자 보듯 바라보지 않는다. 모두가 그렇게 할 수 있으면 좋겠다. 왜 다른 사람을 있는 그대로 내버려두지 못하는지 이해가 안 된다.

"대체로 괜찮았어요. 같이 쇼핑을 가서도 안 싸웠는데, 그런 적은 처음이었어요. 엄마는 내가 멀리 떠나기를 바라지 않고 떠날까 봐 무서워하지만, 이제 직접적으로 말하지는 않아요. 저를 응원해 주려고 열심히 노력하는 것 같아요. 근데 자꾸 돌려 말해서 미칠 것 같기도 해요. 엄마가 무슨 생각을 하는지 바로 알게 돼요. 엄마는 내가 멀리 있는 대학교에 갈까 봐 걱정하고 있어요. 전 엄마를 알아요, 그냥 느껴져요."

"그러면 지금은 왜 참으시는 것 같니?"

"더 이상 저를 압박하고 싶지 않아서요. 겁이 나나 봐요. 내가 바뀌지 않을 거란 사실을 드디어 깨닫고 어떻게든 받아들이는 법을 배우는 중인 것 같아요. 어떤 면에서는 엄마가 열심히 노력하는 게 기뻐요. 저도 노력하고 있고요."

"때로는 새로운 생각에 적응하는 것이 무척 어려워. 특히 전혀 다른 문화권에서 왔다면 더욱 그렇지. 어머니도 널 그렇게 억압하려던 게 아니었을 거야. 어머니에게는 그게 너를 지키는 방법인 거지."

"그런가 봐요. 어쩌면요."

"게다가 국경을 건너면서 그런 트라우마를 겪으셨으니까. 엄마가 겪은 일에 대해서 엄마랑 얘기할 생각은 해 봤니?" 쿡 선생님이 수첩에 뭐라고 쓴다.

"아뇨, 절대 얘기 못해요. 절대 말하지 않겠다고 이모랑 약속했어요. 게다가 내가 엄마한테 말한다고 해서 나아질까요? 그게 무슨 의미가 있을지 모르겠어요."

"엄마랑 더 가까워지고, 엄마에게 아주 중요한 부분을 네가 이해한다는 것을 알려주고, 공감을 보여줄 한 가지 방법이 될지도 몰라."

"모르겠어요. 그러니까 제 말은, 엄마는 자기 잘못이 아니지만 수치스럽게 생각하는 것 같아요. 그러니까 비밀에 부치는 거죠. 그런데 어떻게 내가 그 얘기를 끼내시 엄마한테 또 나시 상처를 주겠어요?" 아마가 겪은 일을 생각하면 너무 화가 나서 어쩔 줄을 모르겠다. 사람들은 어떻게 서로에게 그렇게 끔찍한 일을 할 수 있을까? 살면서 무슨 일을 겪었기에 다른 사람을 욕보여도 된다고 생각할 수 있을까?

"한번 잘 생각해봐. 지금이 아니라 나중에라도 말이야. 올가가 임신했던 것도 그렇고. 언젠가 그 이야기를 할 수 있을지도 몰라. 물론 네가 준비가 되면 말이야. 너와 엄마의 치유에 도움이 될 수도 있어."

"저는 어떤 일이든 숨기고 묻어 버려야 한다고 생각하지 않아요. 제 몸에 독이 퍼지는 느낌이 들거든요. 언젠가 그 이야기를 할 수 있는 날이 올까 싶기도 해요. 모르겠어요." 내 입술이 떨린다.

쿡 선생님이 상자에 든 화장지를 건넨다.

"네 마음을 들여다보고 너한테 제일 좋은 결정을 내려야 돼. 내 역할은 선택지를 주고 네가 자신을 위해 옳은 선택을 할 수 있도록 도구를 제공하는 거야. 넌 똑똑한 아가씨니까. 네가 무엇이든 극복할 수 있다는 거, 본인도 잘 알 거야. 아직 가끔 힘들겠지만, 네가 아주 짧은 시간 내에 변하는 걸 난 봤으니까." 쿡 선생님이 미소를 짓는다. "그건 자랑스러워할 만한 일이야."

나 자신을 자랑스러워하는 게 뭔지 아직 잘 모르겠지만 배우려고 노력하는 중이다.

합격(또는 불합격) 통지서를 기다리는 시간이 끝나지 않을 것만 같다. 요즘은 대학 생각밖에 없지만, 아무 소식도 없다.

내 원서가 너무 엉망이라서 굳이 답장도 안 보내는 걸까 하는 생각이 들 즈음 부엌 식탁 위에서 보스턴 대학교의 봉투가 나를 기다리고 있다.

줄리아 레예스 귀하
유감스럽지만⋯⋯.

그 다음부터 편지가 계속 온다.
버나드 대학교.

줄리아 레예스 귀하
저희는 무척 유감스러운 마음으로⋯⋯.

컬럼비아 대학교.

줄리아 레예스 귀하

매우 유감스러운 일이지만…….

보스턴칼리지.

줄리아 레예스 귀하
아주 유감스럽게도…….

나는 집에서 부루퉁하게 있는 게 좋다고 말하지만 로레나와 후앙가가 기운을 내라면서 따뜻하고 맑은 일요일 오후에 링컨파크 동물원으로 끌고 간다. 내가 그런 대학교에 들어갈 수 있다고 생각했다니 믿을 수가 없다. 왜 그렇게 목표를 높이 잡았을까? 왜 내가 그렇게 특별하다고 생각했을까?

"슬퍼하지 마, 훌리아. 네가 저기 저 아름다운 암컷들만큼 맹렬하다는 건 우리 모두 알잖아." 후앙가가 사자들을 보면서 말한다.

제일 큰 사자가 최면에 걸린 것처럼 나를 빤히 본다.

"언제든지 우리랑 같이 살아도 돼, 알지?" 로레나가 얇은 분홍 원피스를 가다듬으며 말한다. "잘 안 되면 말이야."

"알아, 알아. 난 그냥, 뉴욕에 진짜 가고 싶어. 변화가 필요해. 새로운 시작이나 뭐 그런 거 말이야."

"그래, 알겠어." 로레나는 거의 짜증이 나는 듯한 말투다.

"윽, 이제 그만 슬퍼하고 곰 보러 가자." 후앙가가 이렇게 말하며 우리를 건물 쪽으로 떠민다.

북극곰이 쌍둥이 새끼를 낳았기 때문에 새끼를 제대로 보고 싶어서 온 사람들로 북적거린다. 우리는 앞쪽으로 뚫고 들어가서 어미젖을 먹는 새끼 한 마리를 본다.

"아유." 후앙가가 우리에게 팔을 두르며 말한다. "저 조그만 얼굴 좀 봐."

내가 후앙가의 어깨에 머리를 기댄다. "새 남자친구는 어때?" 후앙가는 한 달 전부터 하이드파크에 사는 섹시한 남자랑 데이트 중이다. 두 사람은 레드라인 지하철*에서 만나서 사랑에 빠졌다. 후앙가는 완전 미친 부모님과 살긴 하지만 요즘 행복하다. 부모님은 거의 매주 후앙가를 내쫓는 것 같다. 두 사람은 후앙가가 게이라는 사실을 받아들이지 못하고, 후앙가는 동성애자가 아닌 척하기를 거부한다. 아닌 척하려고 애를 써도 티가 나고 말 거다. 후앙가는 게이 그 자체다.

후앙가는 가끔 사촌네서 지내고 가끔 로레나의 집에서 지낸다. 나도 우리 집 소파를 내주고 싶지만 아마가 절대 허락하지 않을 거다. 아마가 보기에는 모든 것이 추문이다.

"정말 대단해. 아, 그 사람은 너무 아름다워." 후앙가가 아직도 믿을 수 없다는 듯이 부채질을 하며 말한다. "우리 집에서 빨리 나와야 진짜 커플이 될 텐데. 그 남자를 우리 아버지한테 소개하는 게 상상이나 되니? 게이에다가 흑인인데? 니 디오스로 만데. 아빠가 우리를 말뚝에 묶어 놓고 화형에 처할지도 몰라." 후

---

* 시카고의 지하철 노선은 블루라인, 옐로라인, 퍼플라인, 레드라인, 그린라인, 브라운라인, 핑크라인, 오렌지라인, 총 8개의 노선으로 이뤄져 있다.

앙가가 성호를 긋고 웃는다. 농담이면서도 농담이 아니다.

다음 날, 이제부터 버스킹을 하거나 폐지를 수집하면서 살아야 하나 생각하는데 두꺼운 봉투 두 개가 도착한다. 하나는 뉴욕 대학교, 하나는 드폴 대학교이다.

나는 거실에서 봉투를 열고 소리를 지르기 시작한다. 아마와 아파가 깜짝 놀라 부엌에서 달려 나온다.

"무슨 일이니?" 아마는 겁에 질린 표정이다. "괜찮아?"

"합격이에요! 합격했어요! 저 뉴욕 가요. 대학 들어가요! 드폴도 합격했어요! 세상에 이럴 수가!" 나는 소리를 지르고 팔짝팔짝 뛰는 것을 멈출 수가 없다. 두 곳 다 모든 것을 제공한다. 뉴욕 대학교는 이민 1세대 대학생을 위한 파일럿 프로그램과 특별 스터디에 참가하는 조건으로 장학금까지 준다.

"케 부에노*, 미하." 아마가 이렇게 말하지만 상심한 표정이다. "정말 잘됐어."

아파가 나를 끌어안고 정수리에 입을 맞춘다. "뉴욕에 있는 대학교에 가는 거냐? 시카고에 있는 대학교은 어쩌고, 미하? 거기도 좋은 학교잖아, 케 노?**"

"네, 하지만 뉴욕에 있는 대학교에 가고 싶어요. 아주 오래 전부터 바라던 거예요. 작가가 되려면 거기보다 더 좋은 곳은 없어요. 미안해요, 아파." 내가 이렇게 말하고 아파의 손을 꽉 쥔다.

* 정말 잘됐구나que bueno.
** 안 그러니¿que no?.

아빠는 고개만 끄덕일 뿐 아무 말도 하지 않는다. 그런 다음 침을 삼키고 먼 곳을 본다. 나는 아빠가 눈물을 흘리는 게 아닐까 잠시 생각했지만, 아니었다.

아마가 한숨을 쉬고 내 어깨를 끌어안는다. "아이, 코모 노스 아세스 수프리르. 노 세 시 말데시르테 오 포르 티 레사르.*"

"일부러 그런 건 아니에요, 알죠? 엄마 아빠한테 상처를 주려고 이러는 게 아니에요. 그것만은 알아주면 좋겠어요."

"그래, 안다. 하지만 언젠가 너도 알게 될 거다, 엄마 노릇을 하는 게 얼마나 가슴 아픈 일인지 말이다."

"난 애 낳기 싫어요. 그러니까 아뇨, 모를 거예요." 내가 짜증 난 티를 내지 않으려고 애쓰면서 말한다. 아이를 낳기 싫다고 말하자 아마는 우습다고 생각하는 것 같다. 내 말을 절대 안 믿는다. 여자는 아이를 낳지 않으면 아무 소용없다고 생각하나 보다.

"말은 그렇게 하지. 두고 봐라." 엄마가 이렇게 말하고 땋은 머리를 매만지며 부엌으로 걸어간다.

학년 말이 다가오자 나는 점점 더 안절부절못한다. 문밖으로 이미 한 발을 내디뎠기 때문에 수업에 집중하기가 힘들다. 밖으로 나가서 아이스크림을 먹고, 하늘을 올려다보고, 여름이 다가오는 소리를 듣고 싶은 생각밖에 없다.

나는 거의 주말마다 코너를 만난다. 오늘 우리는 올드타운

---

* 아, 넌 우리를 정말 괴롭게 만드는구나. 악담을 퍼부어야 할지 널 위해 기도해야 할지 모르겠다Ay, como nos haces sufrir, No se si maldecirte o por ti rezar.

의 길거리 축제에 간다. 동네가 썩 마음에 들지는 않지만(백인 엘리트만 사는 동네라서 불편하다) 축제는 공짜고 야외에서 열린다.

날이 따뜻해지자 도시가 정신이 나간 것 같다. 모두들 또다시 생존했다는 사실에 신이 나서 거리로 뛰쳐나가고 싶어 한다. 불행히도 여름이 되었다는 것은 사람들이 더 자주 총질을 주고받는다는 뜻이기도 하다. 음, 어느 동네에 사느냐에 따라 다르지만.

코너와 나는 이리저리 돌아다니면서 공예품을 구경하는데, 대부분 끔찍하다. 예를 들어서 스카이라인을 그린 수채화나 나무로 만든 시카고 컵스 야구팀 로고를 누가, 왜 사고 싶어 하는지 잘 모르겠지만 어쨌든 이런 물건들도 팔리긴 하나 보다.

날씨가 화창해서 5월이라기에는 너무 더울 정도다. 새로 산 파란색 원피스는 겨드랑이가 너무 꽉 끼지만 이 옷을 입은 내 모습이 마음에 든다. 지금까지는 꽃무늬 옷을 입고 다닌 적이 한 번도 없다. 이 원피스를 입어봤을 때 싫지 않아서 깜짝 놀랐다. 아마는 예뻐 보인다고 했고, 이번만큼은 나도 동의했다. 내가 기차역에서 걸어 나올 때 코너가 나를 보고 기절하는 척했으므로 이 옷을 사길 잘한 것 같다.

우리는 무대 옆 피크닉 테이블에 앉아서 거대한 접시에 담긴 기름진 감자튀김을 나눠 먹는다. 나는 튀김 냄새를 맡을 때마다 이성을 잃기 때문에 사람이 어떻게 튀김을 거부할 수 있는지 모르겠다. 갑자기 디페시모드 커버 밴드가 내가 제일 좋아하는 노래 '인조이 더 사일런스'를 연주하기 시작한다.

"말도 안 돼." 내가 코너의 팔을 꽉 잡으며 말한다. "이 노래. 못 참겠다. 너무 좋아."

코너가 미소를 짓는다. "진짜 좋다."

이 순간은 완벽하다. 석양, 감자튀김, 음악. 코너를 보자 슬픔이 파도처럼 나를 덮친다. 코너가 바로 앞에 앉아 있는데도 나는 그가 그립다. 설명하기 힘들지만, 예전에 읽었던 하이쿠가 떠오른다. "교토에서도/ 뻐꾹 소리 들리면/ 그립다, 교토." 정말로 그런 기분이다. 벌써부터 향수(鄕愁)가 느껴진다.

코너는 우리 관계에 대해서 너무 깊이 고민하지 말자고 했고, 나도 그게 무슨 뜻인지 머리로는 이해한다. 어차피 각자 다른 대학에 갈 테니 말이다. 깊이 생각하면 결국 더 힘들 것이다. 게다가 혼자서 뉴욕을 탐험할 테니 정말 신나겠다고 생각하려 애쓴다. 평생 처음으로 완전히 독립할 기회가 생겼다.

코너가 일어나서 내 옆으로 다가온다.

"보고 싶을 거야." 코너의 팔이 나를 감쌀 때 내가 이렇게 말한다.

"나도 네가 보고 싶을 거야, 하지만 또 만날 거잖아. 게다가 여름이 아직 통째로 남아 있고. 난 아직 여기 있어." 코너가 미소를 짓는다.

"알아, 하지만 여름이 **끝난** 뒤에는?" 내가 고개를 돌린다. 하늘이 어두워지기 시작한다.

"뉴욕으로 널 만나러 갈게, 말했잖아." 코너가 내 얼굴을 돌려 자기를 마주보게 한다.

나는 이런 느낌이, 알지 못하는 것이 싫다. 이런 어중간한 상태는 무섭지만 또 생각해 보면 확실한 건 아무것도 없다는 사실도 안다.

나는 눈물을 흘린다. 코너 때문만이 아니라 모든 것 때문이다. 내 삶이 너무 빨리 변하고 있는데, 내가 원하는 것이지만 너무 무섭다.

"넌 정말 아름다워, 알고 있었어?" 코너가 이렇게 말하고 내 뺨에 키스한다.

나는 코너의 말을 믿는다는 사실을 깨닫고 깜짝 놀란다.

여름방학이 끝나고

스물여덟

우울증과 불안 증세는 약을 먹으면서 좋아졌다. 아직도 가끔 기분이 곤두박질치지만, 삶을 견디기만 하는 것이 아니라 정말로 행복할 때도 있다. 계절 중에서 여름을 제일 좋아한다는 사실도 도움이 된다. 저번에는 모르는 사람에게 다가가서 개를 좀 안아 봐도 되냐고 물었다. 그녀는 웃으면서 된다고 했고, 골든레트리버는 나에게 입맞춤을 퍼부었다.

　부분적으로는 약 덕분인 것 같다. 그리고 쿡 선생님이 불안에 대처하는 몇 가지 방법을 가르쳐 주었다. 선생님이 '정신적 왜곡'이라고 부르는 것을 일기장에 적은 다음 더욱 논리적인 생각으로 반박하는 것이다. 지난번에는 내가 시카고의 거지 같은 동네 출신의 가난한 멕시코 여자애라서 대학 생활에 적응 못할 것이라는 걱정이 들기 시작했다. 다른 애들은 나보다 더 좋은 학교에 다녔으니 더 똑똑할 것이라는 확신이 들었다. 나는 꼬리에 꼬리를 무는 이 끔찍한 생각에 갇혀 버렸다. 하지만 내 호흡과 주변에 정신을 집중한 다음 그런 생각이 왜 틀렸는지 그 이유를 억지로 적어 보았다. 1)내가 잘 해낼 수 있다고 생각하지 않았다면 학교 측은 입학을 허락하지 않았을 것이다. 2)나는 책을 진짜 많이 읽었다. 3)나는 정말 열심히 공부할 것이다. 4)나는 잉맨 선생님이 지금까지 가르친 학생 중 최고라고 한다. 5)대부분의 사람들은 그렇게 똑똑하지 않다.

내 머리는 끔찍한 결론으로 건너뛰는 것에 너무 익숙하기 때문에 정말 많은 연습이 필요하다. 아직도 세상은 끔찍하고 무서운 곳이라는 기분이 들 때가 있다. 그럼에도 불구하고 나는 세상으로 나가서 가능하다면 모든 것을 경험하고 싶다. 말이 되는 생각인지는 잘 모르겠다.

쿡 선생님은 나보고 많이 좋아졌다면서, 매일 같은 시간에 약을 먹는 것이 가장 중요하다고 알려준다. 나는 선생님에게 내가 쓰는 글 이야기를 자주 했기 때문에 어젯밤에 잠이 안 와서 쓴 시를 읽어 줘도 되냐고 묻는다.

"정말 들어 보고 싶다." 선생님이 말한다.

나는 상담을 할 때마다 꼭 울기 때문에 목을 가다듬고 울음을 터뜨리지 않기만을 빈다.

"좋아요, 읽어 볼게요." 내가 말한다. "아직 완성된 건 아니에요. 완성시킬 수 있을지 모르겠어요. 오늘도 계속 고쳤거든요. 그냥, 지난 2년을 설명할 수 있어서 기분이 좋아요. 제목은 「판도라」예요.

그녀는 금고를 열었다. 자신을, 그녀의 삶이 담긴 낡은 슬라이드를, 그녀의 진실을 넣어 두었던 상자를 열었다. 부러진 깃털들, 거짓 반짝임을 만들어내는 박살 난 거울들. 그녀는 모든 순간을, 모든 거짓을, 모든 속임수를 모조리 분해한다. 모든 것이 멈춘다. 고요함, 아름다움, 더없는 행복, 겉모습이 담긴 사진들. 그녀의 축축한 입속에, 머리카락의 향기 속에 아직 남아 있지만 얽히고설킨 불확실함 속에서, 그녀의 어둠 속에서 파내야 하는 것들. 그녀는 자신이 펼쳐지는 날, 속박에서 풀려나는 날, 그 다홍색 상자를 뒤지고 또 뒤진다. 그녀는 진실 속에서 자라고 유목민처럼 세계를 떠돌아다니며 보랏빛 하늘의 아름다움을 훔치고 진주와 아름다운 아라베스크와 종이학을 찾아내서 얼굴에 가져다 대고 양 손바닥 사이에 간직한다. 영원히."

쿡 선생님이 미소를 짓는다. "정말 아름답구나." 그녀가 말한다. "읽어 줘서 고마워."

"마음에 드신다니 다행이에요." 내가 끌어안자 쿡 선생님은 깜짝 놀라지만 곧 마주 안아 준다.

상담을 마치고 나갈 때 쿡 선생님이 대학 생활을 아주 잘하겠다고 말한다. 나는 그 말을 믿기로 한다.

저녁 식사가 끝난 다음 아마가 잠시 앉아서 차를 마시며 이야기를 나누자고 한다. 덜컥 걱정이 들지만 이미 일어난 일들보다 더 나쁜 일이 생길 가능성은 아주 적다는 사실을 깨닫는다.

"이하, 남자에 대해서 얘기해 주려고 그래." 아마가 주전자를 가스레인지에 올리며 말한다.

"세상에, 아마. 제발, 싫어요." 내가 귀를 막는다. 결국 엄마와 섹스 이야기를 하게 되다니, 믿을 수가 없다.

"네가 대학에 가게 되었잖니, 아주 잘된 일이지. 왜 굳이 멀리 가야 하는지 아빠랑 나는 잘 모르겠지만 이렇게 똑똑한 네가 아주 자랑스럽단다. 우린 네가 조심하면서 자신을 지키기 바랄 뿐이야. 남자가 원하는 건 하나밖에 없어, 알겠니? 우유를 줘 버리고 나면……."

"우유라고요? 윽, 역겨워요, 아마. 그만해요. 내 앞가림은 내가 할 수 있어요."

"넌 인생이 아주 쉽다고 생각하지, 안 그러니? 너한테는 나쁜 일이 하나도 안 생길 거라고 말이다. 내가 하고 싶은 말은 아무나 쉽게 믿으면 안 된다는 거야." 아마가 고개를 저으며 머그잔으로 손을 뻗는다.

"아무나 **안** 믿거든요." 아마가 왜 이런 식으로 생각하게 되었는지 알지만, 그래도 괴롭다. 내가 인생을 하나도 모르는 바보도 아닌데 말이다. 게다가 나는 이미 끔찍한 일들을 겪었다. 내가 트라우마가 뭔지 안다는 사실은 아마도 안다. 나는 세상이 무엇을 할 수 있는지 이미 보았다.

"있잖아, 뉴스에서 봤는데 어떤 남자가 여자의 술에 약을 탔대."

나는 최선을 다해 인내심을 발휘한다. "네, 루피스*는 나도 알아요."

"루피스라니, 케 에스 에소?**"

"아무것도 아니에요. 아무튼, 그게 뭔지 나도 알아요. 나 바보 아니라니까요, 진짜."

"바보라고는 안 했다. 방금 너 똑똑하다고 말했잖니, 못 들었어? 왜 너는 모든 걸 이상하게 받아들이니?"

"알았어요, 알았어. 술 조심할게요. 남자도 조심하고요, 약속해요. 엄마가 원하면 최루 스프레이라도 들고 다닐게요."

"에이즈에 걸리거나 임신할 수도 있어. 그러면 어떻게 할래? 대학을 어떻게 마치겠어?" 아마가 허리에 손을 얹는다.

우리 엄마는 정말 최악의 시나리오만 생각한다. 내가 누구를 닮아서 이 모양인지 이제 알겠다. "세상에, 아마! 에이즈도 안 걸리고 임신도 안 할 거예요. 건강에 대해서 나도 잘 알아요. 책 많이 읽는다고요." 콘돔이 99퍼센트 예방 효과가 있다거나 혹시나 임신을 하더라도 절대 낳지 않을 거라는 말은 하지 않는다.

"그냥 조심하라는 말이야." 아마가 머그잔 두 개에 뜨거운 물을 따른다.

"알아요. 고마워요. 도와주려는 건 알지만, 섹스 이야기는 그만하면 안 될까요? 대신 요리 가르쳐 줘요. 토르티야 만드는

* 성범죄에 이용되는 불법 진정제.
** 그게 뭐니?*¿qué es eso?*.

371

법 배우고 싶어 죽겠어요." 내가 농담을 한다.

이 말에 아마는 웃을 수밖에 없다.

스물아홉

비행기를 타는 날 아침, 나는 프레디와 알리샤에게 전화를 걸어서 뉴욕 대학교에 가게 되었다고 알린다. 두 사람은 내가 자랑스럽다고 말한다. 난 두 사람을 거의 모르기 때문에 왜 내가 자랑스럽다는 건지 잘 모르겠지만, 겨울방학 때 돌아오면 전화하겠다고 약속한다. 전화를 끊자 로레나가 내 방으로 들어와서 침대에 앉는다. 로레나는 간호대학에 등록했고 시내의 멕시코 식당에서 웨이트리스로 일한다. 프릴과 자수가 잔뜩 달린 어이없는 원피스를 입어야 하지만 급료는 괜찮은 모양이다. 로레나는 메이시 백화점 화장품 코너에서 일하게 된 후앙가와 함께 보증금을 모아서 로건 스퀘어에 아파트를 빌릴 생각이다. 우리 셋 다 빨리 자기 인생을 살고 싶은 것 같다.

"짐 싸는 거 도와줄까?" 로레나가 어지러운 방을 둘러보며 말한다. 아주 짧은 검정색 반바지와 은색 달러 기호가 그려진 회색 탱크톱 차림이다. 로레나의 패션이 정말 그리울 것 같다. 로레나는 내가 몇 년 동안이나 얘기한 끝에 드디어 머리를 갈색으로 다시 염색했다. 이렇게 예쁜 모습은 처음이다.

"아니, 괜찮아. 가져갈 건 거의 다 쌌어. 이제 청소만 하면 돼." 내가 말한다. "이런 말을 하면 너무 꼰대 같겠지만 네가 정말 자랑스럽다. 넌 정말 멋진 간호사가 될 거야. 항상 나를 너무 잘 보살펴 줬으니까."

"아, 닥쳐. 그만해. 너 때문에 화상 다 지워지겠어."

"진심이야. 사랑해, 너 없이 어떻게 해야 할지 모르겠어. 아마 하루에 열 번씩 전화할 거야."

"새로운 곳에서 멋지게 사느라 너무 바빠서 그럴 시간도 없을걸. 나 같은 건 다 까먹겠지." 로레나가 탱크톱 안으로 얼굴을 집어넣는다. 나는 지금까지 로레나가 우는 모습을 딱 세 번 봤다. 4학년 때 넘어져서 머리가 깨졌을 때, 아빠 이야기를 했던 날, 그리고 내가 퇴원한 직후.

"거짓말. 말도 안 돼. 두고 봐." 나 역시 눈물을 흘리지만 마음 한구석에서는 정말 로레나의 말처럼 될까, 하는 생각도 든다.

"이제 가야겠다. 두 시간 뒤에 교대야." 로레나가 말한다. "일 분이라도 늦으면 잘릴 거야. 사장이 완전 개자식이라니까."

"사랑해." 내가 더러운 방바닥을 보면서 다시 말한다. 바퀴벌레가 침대 밑으로 기어 들어가지만 굳이 잡지 않는다.

"나도 사랑해." 로레나가 말한다. "나 잊어버리면 안 돼."

나는 문 앞에서 로레나와 마지막 포옹을 나눈 다음 눈부신 오후의 태양 속으로 걸어가는 친구를 지켜본다. 말도 안 되게 짧은 반바지 밑으로 막대기 같은 다리가 보여서 웃지 않을 수가 없다. 로레나는 절대 자기 몸을 부끄러워하지 않는다. 이제 생각해 보니 로레나는 그 무엇도 별로 부끄러워하지 않고, 그것이 내가 로레나를 사랑하는 이유 중 하나다.

아파는 내가 병원에 실려간 날 입었던 색 바랜 파란 셔츠를 입고 있다. 물건을 버리기 싫어하는 아마가 방법을 찾아서 얼룩을 제거한 것이 분명하다. 그날의 일을 잊으려고 지난 몇 달 동안 노력했지만, 아무리 지우려고 해도 순간순간 점점이 되살아난다. 아파는 나한테 그때 얘기를 한 번도 하지 않았지만, 아파의 눈에 다 보인다. 우리 두 사람은 겪기 전으로 되돌아갈 수 있으면 좋겠다고 생각하는 일들이 너무나 많다.

그날 밤, 아마는 일하러 가서 아직 돌아오지 않았고, 내 울음소리와 내가 반복 재생해 둔 노래─메르세데스 소사의 '토도 캄비아'*─만 빼면 사방이 조용했다. 나는 이 노래를 듣자마자 완전히 사로잡혔다. 가사가 구구절절 맞는 말이다. 좋든 싫든, 좋아지든 나빠지든, 모든 것은 변한다. 그 사실이 가끔은 아름답고 가끔은 무섭다. 때로는 아름다우면서도 무섭다.

캄비아 엘 마스 피노 브릴란테
데 마노 엔 마노 수 브리요
캄비아 엘 니도 엘 파하리요

* 모두 변하네 *Todo Cambia*.

캄비아 엘 센티르 운 아만테

캄비아 엘 룸보 엘 카미난테

아운케 에스토 레 카우세 다뇨

이 아시 코모 토도 캄비아

케 요 캄비에 노 에스 엑스트라뇨*

　내가 손목을 막 그었을 때 아파가 문 앞에서 나를 부르는 소리가 들렸다. "미하." 아빠가 조용히 말했다. "미하, 에스타스 비엔?**" 아파는 티오 비고테스를 도와 자동차를 고치고 있어야 했지만 일찍 끝났나 보다. 아마와 달리 아파는 내가 혼자 방에 있을 때 절대 귀찮게 하지 않는데, 뭔가 이상하다는 느낌이 들었던 것 같다. 나는 베개에 얼굴을 묻으며 소리를 죽이려 했지만 그럴 수가 없었다. 내 의지와 상관없이 소리가 새어 나왔다. 내 몸이 내가 소리를 죽이게 놔두지 않았다.

　"미하, 문 열어라! 뭐 하고 있니? 제발 문 좀 열어. 아빠를 위해서 열어 줘, 제발." 아파가 문을 밀어서 열려고 했지만 내가 침대로 막아 놓았다. 아파의 목소리에서 공포가 느껴졌고, 아파에게 상처를 줘서 정말 미안했지만 일어날 수가 없었다. 그 순간,

* 사람들의 손을 거치면/ 제일 좋은 보석도 그 빛이 변하네/ 작은 새도 둥지를 바꾸네/ 연인의 감정도 변하네/ 아무리 고통스러워도/ 여행자는 길을 바꾸네/ 이렇게 모든 것이 변하듯이/ 내가 변하는 것도 이상한 일은 아니라네 *Cambia el más fino brillante/ De mano en mano su brillo/ Cambia el nido el pajarillo/ Cambia el sentir un amante/ Cambia el rumbo el caminante/ Aunque esto le cause daño/ Y así como todo cambia/ Que yo cambie no es extraño*
** 괜찮니?*¿estás bien?*

나는 그 어느 때보다도 아빠를 사랑하고 있었다.

눈앞에서 삶이 주마등처럼 스쳐 지나가지는 않았다. 마마 하신타의 집 앞에서 마마가 올가와 내 목을 끌어안고 찍은 사진 밖에 보이지 않았다. 새가 지저귀는 소리까지 들렸다.

오헤어 공항은 녹초가 되어 서둘러 움직이는 사람들로 가득하다. 우리는 바쁘게 지나가는 사람들을 피해 길을 비켜 주고 싶었지만 그럴 여유 공간이 없다. "이제 곧 비행기 타야 돼요." 내가 엄마 아빠에게 말한다. 보안 검색 줄은 끝이 보이지 않는다.

아빠가 내 등에 손을 얹고, 아마는 울음을 터뜨린다.

어떻게 이런 식으로 부모님을 두고 떠날 수 있을까? 어떻게 부모님을 남겨두고 나만 살아갈 수 있을까? 도대체 어떤 사람이 이런 짓을 할까? 나 자신을 용서할 수 있을까?

"우린 널 사랑해, 훌리아. 너무 사랑해." 아마가 이렇게 말하고 내 손에 돈을 꼭 쥐여 준다. "파라 시 세 테 안토하 알고." 뉴욕에 가면 꼭 갖고 싶은 게 생길지도 모르니까, 라는 뜻이다. "언제든 돌아와도 되는 거 잊지 말고."

수도꼭지처럼 눈물이 줄줄 흐르지만 상관없다. 만약 이 세상에 눈앞에서 변하는 삶을 보면서 울어도 되는 장소가 있다면 그건 바로 공항이다. 어떤 면에서는 연옥이랑 비슷하지 않을까? 중간 지대라는 점에서 말이다.

"드릴 게 있어요." 내가 몸을 숙여 배낭을 뒤적인다. 아마와 아빠는 혼란스러운 표정이다.

"여기요." 분수 앞에서 긴 원피스를 입고 서 있는 아마가 그려진 그림을 아파에게 건넨다. "정말 아름다워요, 아파가 간직해야 돼요." 내가 아파에게 말한다. "다시 그림을 그리시면 좋겠어요, 아파. 언젠가 저를 한번 그려 보면 어때요?" 내가 미소를 지으며 손등으로 얼굴을 닦는다.

아파가 눈을 감고 고개를 끄덕인다.

잠에서 깨니 뉴욕의 스카이라인이 보인다. 나는 시카고가 크다고 생각했지만 뉴욕은 광활하고 거대하고 압도적이다. 이곳에서 내가 어떤 삶을 살지, 어떤 사람이 될지 궁금하다. 코너는 우리가 다시 만날 수 있을 거라고 말한다. 나는 코너가 보고 싶지만 내년이면 어떻게 될지 우리 둘 다 모른다.

발밑의 도시와 동네들을 보니 국경이 떠오르고, 그러자 희고 완벽한 치아를 가진 에스테반이 생각난다. 마음 한구석에서는 에스테반이 과연 미국에 올까 궁금하다. 미국에서 사는 것이 에스테반의 꿈이지만, 나는 에스테반이 오지 않았으면 좋겠다는 생각까지 든다. 국경을 살아서 건넌다 해도 이곳이 모두에게 약속의 땅인 것은 아니다.

나는 많은 일을 겪어냈고, 쉽지 않았지만 그것에 대해서만큼은 나 자신을 인정해 주려고 노력하는 중이다. 생각해 보면 겨우 몇 달 전만 해도 죽으려고 했는데 지금은 혼자서 뉴욕행 비행기에 타고 있다. 솔직히 내가 어떻게 마음을 추슬렀는지 나도 잘 모르겠고, 가끔 이게 얼마나 갈지 모르겠다는 생각도 든다. 영원하기를 바라지만 누가 알까? 보장된 것은 아무것도 없다. 다시 한 번 머리가 이상해지면 어떻게 하지? 내가 할 수 있는 건 계속 나아가는 것뿐이다.

나는 아직도 올가가 나오는 악몽을 꾼다. 가끔은 올가가 다시 인어로 등장하고, 가끔은 아기를 안고 있는데 알고 보면 아기가 아니다. 보통 바위나 물고기고, 심지어 헝겊이 든 자루일 때도 있다. 속도는 느려졌지만 죄책감이 아직도 나뭇가지처럼 자란다. 언제쯤이면 내 잘못도 아닌 일에 죄책감을 느끼지 않게 될까 궁금하다. 누가 알까? 어쩌면 영원할지도 모른다.

어떤 면에서는 (아마가 이해를 하든 못 하든) 아마와 아파, 올가를 위해서 사는 것도 내가 이루려는 것의 일부가 아닐까 싶다. 엄밀히 말해서 내가 세 사람을 **위해** 사는 것은 아니지만, 나에게는 세 사람이 갖지 못했던 수많은 선택의 기회가 있고, 나에게 주어진 것으로 정말 많은 일을 할 수 있을 듯한 기분이 든다. 내가 지루하고 평범한 삶에 안주한다면 세 사람이 걸어온 길을 낭비하는 셈이다. 언젠가 세 사람도 이 사실을 깨달을지 모른다.

내가 올가에게, 우리 가족에게 느끼는 책임감을 이야기하자 잉맨 선생님은 그것을 글로 써 보라고 했다. 사실, 선생님이 시켜서 그때 그 자리에서 바로 썼다. 그날 나는 잉맨 선생님의 교실에 앉아서 노트를 펴 놓은 채 거의 두 시간 동안 울었고, 잉크가 번졌다. 잉맨 선생님은 내내 한 마디도 하지 않았다. 그저 내 어깨를 어루만진 다음 내가 울음을 그칠 때까지 자기 자리에 앉아 있었다. 대부분 저절로 써지긴 했지만 지금까지 중에서 제일 힘들게 쓴 글이었다. 손으로 여덟 장이나 썼는데 글씨가 너무 엉망이라서 나만 알아볼 수 있었다. 그것이 나의 입학 지원 에세이가 되었다.

비행기가 착륙하기 전에 일기장에서 올가의 초음파 사진을 꺼낸다. 가끔은 달걀 같고 가끔은 눈[眼] 같다. 지난번에는 심장 뛰는 것이 분명히 보이는 것 같았다. 내가 이것을, 사랑해야 할 또 다른 존재를, 이미 죽은 또 다른 존재를 어떻게 엄마 아빠에게 줄 수 있을까? 지난 2년 동안 나는 언니를 제대로 이해하기 위해서 언니의 삶을 샅샅이 뒤졌고, 그러면서 나의 (아름답고도 추한) 조각들을 찾는 법을 배웠다. 여기 바로 내 손에 언니의 조각을 하나 쥐고 있다니 얼마나 놀라운 일인가?

감사의 말

처음부터 이 책을 믿고 나에게 기회를 준 놀라운 에이전트 미셸 브로워(Michelle Brower)에게 크나큰 감사를 전한다. 그녀보다 내 작품을 더 잘 대변해 줄 사람은 감히 바랄 수도 없다.

오랫동안 소중한 의견을 들려주고 나에게 집을 내준 멋진 멘토이자 사랑하는 친구 레이철 캐헌(Rachel Kahan)에게 꼭 고맙다는 말을 하고 싶다. 우리가 6년 전에 인터넷에서 만난 사이라니! 세상에.

편집자들은 정말 믿어지지 않을 만큼 대단했다. 비할 데 없는 통찰을 제공해 주고 관대하게 지켜보며 응원해 준 미셸 프레이(Michelle Frey)와 마리사 디노비스(Marisa DiNovis)에게 고마운 마음을 전한다. 두 사람이 이끌어 준 덕분에 나는 이 책을 가장 훌륭한 버전으로 만들어낼 수 있었다. 사실, 크노프 청소년 문고(Knopf Books for Young Readers) 직원 모두가 정말 꿈같은 팀이었다.

나쁜 여자 모임의 모든 친구들에게는 나에게 보내 준 사랑에 마음 깊이 감사한다는 말을 전하고 싶다. 아드리아나 디아스

(Adriana Díaz), 푸하 나이크(Pooja Naik), 사라 이녜스 칼데론(Sara Inés Calderón), 이달미 노리에가(Ydalmi Noriega), 사피야 싱클레어(Safiya Sinclair), 새라 퍼킨스(Sarah Perkins), 새라 스탠추(Sara Stanciu), 엘리자베스 슈뮬(Elizabeth Schmuhl), 로레알 패트리스 잭슨(L'Oréal Patrice Jackson), 크리스타 데시르(Christa Desir), 미키 캔달(Mikki Kendall), 젠 피츠제럴드(Jen Fitzgerald), 앤드리아 피터슨(Andrea Peterson)을 포함한 수많은 친구들에게 말이다.

에두아르도 C. 코랄(Eduardo C. Corral)과 리고베르토 곤살레스(Rigoberto González)의 끝없는 조언과 동지애, 웃음에 감사한다.

초고를 읽고 나에게 꼭 필요한 용기를 준 마이클 해링턴에게 감사의 인사를 전한다.

내가 살면서 선택하는 것들이 전혀 이해되지 않을 때에도 흔들림 없이 응원해 준 우리 가족에게 영원히 변치 않는 감사의 인사를 전한다. 구스, 카타, 오마르, 노라, 마리오, 마테오, 소피아에게 이 책을 바친다.

또한 목숨을 걸고 이 나라에 온 모든 이민자와 그 자녀에게 감사의 마음을 전하고 싶다. 미국을 다시 위대하게 만드는 사람은 바로 **당신들**이다.

나는 완벽한 멕시코 딸이 아니야

초판 1쇄 인쇄 2022년 1월 10일
초판 1쇄 발행 2022년 1월 20일

지은이 에리카 산체스
옮긴이 허진
펴낸이 정은선

책임편집 최민유
편집 양이석 이우정 이은지
마케팅 왕인정 이선행
디자인 손주영

펴낸곳 ㈜오렌지디
출판등록 제2020 – 000013호
주소 서울특별시 강남구 선릉로 428
전화 02-6196 – 0380
팩스 02-6499-0323
ISBN 979-11-92186-11-5 03840

www.oranged.co.kr